복수의 여신

Nemesis

Copyright ⓒ 1975 Agatha Christie Ltd.

Korean translation edition is published by arrangement with Agatha Christie Ltd., a Chorion group company.

이 책은 Agatha Christie Ltd., a Chorion group company와 적법한 계약을 통해 출간되었습니다. 저작권법에 의해 한국 내에서 보호를 받는 저작물이므로 무단 전재와 무단 복제를 금합니다.

애거서 크리스티 추리 문학 72

복수의 여신

강호걸 옮김

해문

■ 옮긴이 **강호걸**

전문 번역인
번역서로 《복수의 여신》, 《황제의 코담배케이스》 등 다수.

복수의 여신

초판 발행일	1989년 06월 05일
중판 발행일	2011년 06월 10일
지은이	애거서 크리스티
옮긴이	강 호 걸
펴낸이	이 경 선
펴낸곳	해문출판사
주 소	서울시 서초구 서초동 1328-11 도씨에빛 2차 1420호
TEL/FAX	325-4721 / 325-4725
출판등록	1978년 1월 28일 (제3-82호)
가격	6,000원
ISBN	978-89-382-0272-7 04800
	978-89-382-0200-0(세트)

※잘못된 책은 구입하신 곳에서 바꾸어 드립니다.

● 등 장 인 물 ●

제인 마플— 수다스럽고 남의 일에 참견 잘하는 할머니로 보이지만 '악'에 대한 훌륭한 감각을 가지고 있는 노처녀 할머니.
제이슨 래필— 굉장한 부자로 마플 양을 추리여행으로 초대한다.
마이클 래필— 제이슨 래필의 외아들. 사고뭉치에 전과까지 가지고 있다.
브로드리브, 슈스터— 제이슨 래필의 변호사.
샌본 부인— 마플 양이 떠난 여행의 가이드.
라이즐리 포터 부인— 지나치게 사교적이고 자기중심적인 부인.
조안나 크로퍼드 양— 라이즐리 포터 부인의 조카로 온갖 시중을 들고 있다.
워커 대령 부부— 퇴역한 군인 부부.
H. T. 버틀러 부부— 선량한 미국인 부부.
엘리자베스 마거릿 템플— 은퇴한 여학교 교장으로 강한 개성을 가지고 있다.
원스터드 교수— 병리학자이자 심리학자.
리처드 제임슨— 매우 마른 건축가.
럼리 양, 벤덤 양— 노부인들.
캐스퍼— 침착치 못한 성격의 외국인.
쿡 양, 배로 양— 중년의 부인들. 단순 여행자처럼 보이지만 수상한 점이 있다.
엠린 프라이스— 머리가 긴 젊은 청년.
클로틸드 브래드베리스코트— 옛 영주의 저택에 사는 세 자매 중 첫째. 키가 크고 미인이다.
래비니아 글린— 세 자매 중 둘째. 미망인.
앤시아 브래드베리스코트— 세 자매 중 막내로 머리가 나쁘고 히스테릭하다.
베리티 헌트— 어렸을 때 부모를 잃고 세 자매와 함께 산다. 어느 날 잔인하게 살해당한 채 발견된다.

차 례

- 9 ● 제1장 서장(序章)
- 21 ● 제2장 암호는 네미시스(복수의 여신)
- 33 ● 제3장 마플 양, 일을 맡다
- 43 ● 제4장 에스터 월터스
- 55 ● 제5장 저승으로부터의 지시
- 69 ● 제6장 사랑
- 76 ● 제7장 초대
- 82 ● 제8장 세 자매
- 91 ● 제9장 폴리고넘 발드슈아니컴
- 98 ● 제10장 "오! 얼마나 정답고 얼마나 아름다운 추억인가."
- 112 ● 제11장 사고
- 126 ● 제12장 협의

차 례

제13장 검정과 빨강의 체크 ● 142
제14장 브로드리브 씨의 의문 ● 157
제15장 베리티 ● 162
제16장 검시재판 ● 169
제17장 마플 양의 방문 ● 183
제18장 브라바존 부주교(副主敎) ● 195
제19장 안녕이라는 말 ● 210
제20장 마플 양의 생각 ● 220
제21장 큰 시계 3시를 치다 ● 235
제22장 마플 양의 설명 ● 247
제23장 에필로그 ● 264
작품 해설 ● 272

서장(序章)

　오후가 되면 두 번째 신문을 펴보는 것이 제인 마플 양에게는 습관처럼 되어 있었다. 매일 아침 그녀의 집에는 두 종류의 신문이 배달되었다. 그중 먼저 배달되는 신문을 마플 양은 아침 일찍 차를 마시면서 보는데, 그것은 그 신문이 시간을 맞추어 배달되었을 때의 이야기다. 신문배달을 하는 소년들은 시간에 대한 관념이 전혀 없는 모양이었다. 게다가 임시로 다른 소년이 신문을 넣는 일도 자주 있었다. 또 그들은 자기가 배달하는 구역에 대해서 저마다 나름대로의 지리적인 견해를 갖고 있는 것 같았다. 아마도 남들과 똑같은 식으로 신문을 돌리는 것이 못내 못마땅했던 모양이다. 하지만 매일같이 버스나 기차 등을 타고 출근하기에 앞서 잠시 신문을 들척이며 좀더 재미있는 기사는 없나 하고 살펴보는 것이 하나의 아침 일과로 되어 있는 독자들에게는 신문이 늦게 배달되는 것이 여간 짜증스러운 일이 아닐 수 없다. 물론 세인트 메리 미드에서 평화스러운 나날을 보내고 있는 중년, 또는 나이가 지긋한 부인네들은 아침식사를 하며 찬찬히 신문을 들여다보는 것을 더 좋아하지만 말이다.
　오늘도 마플 양은 자기가 '잡동사니 신문'이라고 이름을 붙인 일간 신문의 1면과 그 밖의 다른 몇몇 기사들을 꼼꼼하게 읽어내려가고 있었다. '잡동사니 신문'이라고 한 것은 그동안 줄곧 보아오던 '데일리 뉴스기버'의 소유주가 바뀜으로써 그녀와 그녀의 친구들을 몹시 안타깝게 만들었는데, 이제는 신사복이라든가, 아니면 부인네들의 드레스, 여자들의 연애사건, 아이들의 경연대회, 여자들이 보내는 불만 편지 등등이 지면을 가득 메우고, 1면은 고사하고 어느 한 귀퉁이에서조차 참다운 기삿거리를 찾아볼 수가 없게 된 것을 비꼬아서 그렇게 불렸던 것이다. 옛 관습에 젖어 있는 마플 양은 자기가 보는 신문이 보다 신문다운 신문으로서 참다운 뉴스를 제공해 주기를 바라고 있었다.

오후에 그녀는 점심을 먹고 나서 신경통으로 시달리는 등 때문에 특별히 구입한 안락의자에 앉아 20분 정도의 달콤한 낮잠을 즐긴 뒤, 아직은 그래도 천천히 정독할 가치가 있는 '타임스' 지(紙)를 펴보았다. 물론 옛날의 '타임스' 지 같지는 않지만 말이다. '타임스' 지에 대해서 정말 안타깝고 화가 나는 것은 이제는 더 이상 읽을거리를 찾아볼 수 없게 되었다는 것이다. 1면에서부터 자세히 훑어보지 않아도 어떤 내용이 어디에 있다는 것을 잘 알고 있기 때문에 곧바로 자기가 관심을 가지고 있는 문제를 다룬 기사들을 쉽게 찾을 수가 있었는데, 이제는 이런 전통적인 방법이 전혀 통하지 않게 된 것이다. 2면에서 갑자기 사진과 함께 카프리 섬에 대한 여행안내 기사가 튀어나오는가 하면, 옛날에 비해 스포츠 관련 기사가 눈에 띄게 많아지기도 했다. 법정에 관한 소식과 사망기사는 그런대로 예전처럼 충실하게 취급하고 있는 편이었다. 특별히 눈에 잘 띄는 자리에 있어서 다른 어떤 기사들보다도 마플 양의 주의를 단번에 끌곤 했던 생일이나 결혼 등의 자질구레한 소식들은 '타임스' 지의 다른 면으로 자리를 옮겼는데, 요즈음에 와서야 마플 양은 그런 기사들이 훨씬 뒷면에 거의 영구적으로 고정 배치되었다는 것을 알게 되었다.

마플 양은 우선 1면의 주요기사들에 시선을 던졌지만, 이미 아침 신문에서 본 내용들과 별 차이가 없고, 다른 점이라면 표현방법이 조금 점잖을 거라는 사실을 잘 알고 있기에 대강 살펴보고는 기사 목록을 재빨리 훑어보았다. 논설, 평론, 과학, 스포츠……그러고는 언제나처럼 뒷장으로 넘어가 생일, 결혼, 부고란을 살펴본 뒤에 독자들의 기고를 실은 페이지를 읽는데, 대체로 그 페이지에서는 뭔가 재미있는 것들을 발견하게 된다. 다시 페이지를 넘겨 궁정소식으로 시선을 옮기는데, 그 페이지에서는 경매에 관한 뉴스도 함께 볼 수 있다. 과학에 대한 간단한 기사가 종종 실리기도 하지만, 그녀는 그것을 읽어보려고 하지 않는다. 그녀가 이해할 만한 내용이 거의 없었기 때문이다.

평소와 같이 생일, 결혼, 그리고 부고란을 살펴보면서 마플 양은 전에도 종종 그랬던 것처럼 이런 생각에 잠겼다.

'정말 슬픈 일이야. 요즘에는 사람들이 죽음에 대해서만 관심을 가지니!'

아기를 낳았다는 사람들도 있었지만 그들의 이름이 마플 양에게는 전혀 생소하기만 했다. 혹시 누가 손자를 보았다는 등의 소식을 다루는 난이라도 있다면 아는 사람의 이름을 보게 되는 기회가 생길지도 모를 텐데. 그러면 이런 생각에 빠질지도 모르는 일이다.

'맞아, 메리 프렌더개스트는 세 번째 손녀딸을 보았었지!' 물론 그건 가능성이 너무 희박한 일이기는 하지만.

그녀는 결혼란으로 눈길을 돌렸지만 그리 주의 깊게 살펴보지는 않았다. 그건 그녀의 옛 친구들의 아들이나 딸들이 이미 몇 년 전에 대개들 결혼했기 때문이었다. 부고란은 좀더 깊은 관심을 가지고 살펴보았다. 혹시 이름 하나라도 빠뜨리고 지나칠까 하여 세심한 주의를 기울였다. 앨로웨이, 앤고패스트로, 아든, 바턴, 베드쇼, 버고와이저(가만있어 봐, 독일 이름 아냐? 하지만 리드 가(家)의 고인(故人)인 것 같은데). 캠퍼다운, 카펜터, 클레그, 클레그? 아는 사람인가? 아니, 그런 것 같지는 않아. 재닛 클레그는 요크셔 어딘가에 살고 있거든. 맥도널드, 맥켄지, 니콜슨. 니콜슨? 아니, 그 니콜슨이 아니야. 오그, 오메로드—아주머니 중 한 분이 아닐까? 그런 것 같은데. 린다 오메로드, 아니, 모르는 사람인걸. 퀸트릴? 세상에, 엘리자베스 퀸트릴이 틀림없어. 여든다섯이라니! 마플 양은 엘리자베스 퀸트릴이 벌써 몇 년 전에 세상을 떠났을 거라고 생각했었다. 이렇게 오래 살아왔다니 정말 놀라운 일이다. 그녀는 늘 몸이 약했는데도 말이다. 그녀가 장수할 거라고 생각한 사람은 아무도 없었다. 레이스, 래들리, 래필. 래필? 뭔가 그녀의 기억을 불러일으키는 듯했다. 그 이름은 확실히 눈에 익은 것이었다. 래필. 벨포드 파크, 메이드스톤, 벨포드 파크, 메이드스톤. 아니, 그 주소는 전혀 생소했다. 꽃은 사양함. 제이슨 래필. 그래, 확실히 특이한 이름이다. 어디선가 들어본 이름인 것 같았다. 로스—퍼킨스. 그게 그러니까—아니, 그건 아니었다. 라일런드? 에밀리 라일런드 아니, 에밀리 라일런드라는 이름은 그녀의 기억 속에 전혀 들어 있지 않다. 남편과 아이들로부터 진심으로 사랑을 받은 부인. 정말로 슬픈, 아니면 어떤 의미에서든 누구에게나 공감을 주는 말이었다.

마플 양은 신문을 내려놓고는 크로스워드 퍼즐(글자 맞추기 퍼즐)을 그저 무료하게 바라보며 어째서 래필이라는 이름이 귀에 익은 것인지 생각해 내려고 애썼다.

"틀림없이 생각이 날 거야." 마플 양은 중얼거렸다. 그녀는 노인들이 기억을 더듬어내는 방법을 아주 잘 알고 있었다.

"곧 생각이 날 거야, 틀림없어."

그녀는 창 밖의 정원 쪽으로 눈길을 던졌다가 이내 거두고는 마음속에서 정원에 대한 생각을 몰아내려고 애를 썼다. 마플 양에게 있어서 정원은 크나큰 즐거움의 원천인 동시에 오랜 세월 동안 참으로 힘든 노동을 바치게 만든 존재였다. 지금은 의사들이 하도 난리를 치는 통에 정원을 돌보는 일을 하지 못하게 되었다. 한번은 이러한 금지조치에 반기를 들어볼까 생각도 해보았지만, 결국은 의사들의 조치에 따르는 것이 몸에 좋을 거라는 결론을 내렸었다. 그녀는 특별히 뭔가를 내다보려고 하지 않는 한, 쉽게 정원을 바라볼 수 없도록 의자의 위치를 돌려놓았다. 마플 양은 한숨을 내쉬고는, 뜨개질 가방을 집어들어 거의 완성단계에 접어든 어린 아이의 털실 재킷을 꺼냈다. 앞판과 뒤쪽은 다 되었다. 이제는 소매를 붙이는 일만 남았다. 소매를 붙이는 일은 늘 짜증스러웠다. 소매는 두 개가 다 비슷비슷했다. 정말 귀찮은 일이다. 하지만 아주 예쁜 핑크빛 털실이다. 핑크빛 털실. 잠깐—그게 어디였더라? 그래, 맞아—그 이름과 꼭 맞는 것을 방금 신문에서 보았었다. 핑크빛 털실. 푸른 바다. 카리브 해(海). 모래 해변. 햇볕. 자신은 뜨개질을 하고 있었고—그래, 맞아, 래필 씨. 그건 그녀가 카리브 해를 여행하고 있을 때였다. 오노레 섬. 그녀의 조카인 레이먼드가 연 파티. 그리고 레이먼드의 아내인 조안이 하던 말이 생각났다.

"이젠 더 이상 살인사건에 관여하지 마세요, 제인 이모님. 이모님 몸에 좋지 않아요."

사실이지 그녀로서도 살인사건 따위에 끼어들 생각은 추호도 없었다. 어쩌다 보니 일이 그렇게 된 것뿐이지. 그게 전부였다. 단지 한쪽 눈에 의안을 해 넣은 늙은 소령의 길고 따분한 이야기를 들어주어야 했다는 이유만으로 그렇게 되었던 것이다. 가엾은 소령—그런데 그의 이름이 뭐였더라? 그녀는 벌써 그것을 잊어버리고 말았다. 래필 씨와 그의 비서, 월—월터스 부인, 맞아, 에스터 월터스 그리고 전속 마사지사인 잭슨. 모두 생각이 났다. 불쌍한 래필 씨. 그 래필 씨가 세상을 떠났다니. 그는 벌써 오래전에 자기가 곧 죽을 거라는 것을 잘 알고 있었다. 분명히 그녀에게 그런 말을 했었다. 그는 의사들이 생각했던 것보다 오래 산 것 같다. 그는 거칠고 완고한 사람이었고—또 굉장한 부자였다.

마플 양은 생각에 잠겨 규칙적으로 뜨개질을 하고 있었지만, 그녀의 마음은 다른 곳에 가 있었다. 그녀는 세상을 떠난 래필 씨를 생각하며 그에 관해 기억할 수 있는 것들을 기억해 내고 있었다. 사실 그는 쉽게 잊힐 사람이 아니었다. 그녀는 마음속으로 그의 모습을 생생하게 그려낼 수 있었다. 정말이지 그는 개성이 아주 강하고 까다로운 사람으로, 어떤 때에는 놀라울 정도로 거친 행동을 하기도 했다. 그렇지만 아무도 그의 거친 행동에 대해서 감히 뭐라고 하지 못했다. 그녀는 그런 것까지도 다 생각이 났다. 그가 그토록 부자였기 때문에 사람들은 그의 거친 행동에도 아무 말 못했던 것이다. 그렇다, 그는 정말 부자였다. 개인비서와 하인, 그리고 자격증이 있는 전속 마사지사까지 데리고 있었다. 그는 누구의 도움 없이는 제대로 거동조차 할 수 없었다.

수행 간호사는 어쩐지 의심스러운 사람이었던 것 같다고 마플 양은 생각했다. 래필 씨는 때때로 그를 몹시 거칠게 대하곤 했다. 그래도 그는 그런 대우를 결코 고깝게 여기지 않는 것 같았다. 물론 그것도 래필 씨가 그만큼 부자였기 때문이었을 테지만.

"내가 그에게 주는 보수의 반만큼이라도 줄 사람은 아무도 없을 게요." 래필 씨는 이렇게 말했다.

"그리고 그도 그것을 알고 있지요. 물론 일은 제법 잘하고 있지만."

마플 양은 그게—래필 씨와 같이 지내던 사람이 잭슨이었는지, 아니면 존슨이었는지 잘 생각이 나지 않았다. 얼마나 같이 지냈었을까? 한 1년 3~4개월쯤? 아마 그렇지는 않았을 거라고 마플 양은 생각했다. 래필 씨는 변화를 좋아하는 사람이었다. 그는 같은 사람, 같은 행동, 늘 똑같은 얼굴과 목소리에 싫증이 나 있었다.

마플 양은 그걸 이해할 수 있었다. 그녀 자신도 가끔 그런 기분을 느끼곤 했으니까. 그 얌전하고 다정한 말벗이 상냥하게 말을 거는 것조차 끔찍하게 여겨질 때도 있었다.

"아, 좀 나은 사람으로 바꾸었으면—." 그런데 그 여자의 이름이 잘 생각이 나지 않는데—비숍 양? 아니, 비숍 양이 아니다. 어째서 비숍이라는 이름을 생각했을까? 정말 알 수 없는 일이다.

그녀는 다시 래필 씨 생각으로 돌아갔다. 그렇다, 존슨이 아니고 잭슨, 아서 잭슨이었다.

마플 양은 다시 중얼거렸다.

"세상에, 어째서 나는 늘 이름을 혼동하는 걸까. 아까 내가 생각하던 이름은 '나이트' 양이었어. 비숍 양이 아니라, 어째서 그녀를 비숍 양이라고 생각했을까?"

그 해답은 곧 나왔다. 체스(서양 장기). 체스의 말인 나이트(기사)와 비숍(승려).

"다음에는 그녀를 캐슬(城) 양이라고 할지도 몰라. 아니면 룩(당까마귀, 야바위꾼) 양이라고 하든지. 하기야 그녀는 사기꾼 같은 데는 전혀 없지만. 그건 정말이야. 그런데 래필 씨의 비서였던 그 훌륭한 여인의 이름이 뭐였더라? 오, 맞아, 에스터 월터스 맞았어. 에스터 월터스는 어떻게 되었을까? 유산을 상속받았을까? 그래, 유산을 상속받았을지도 모르지."

그 문제를 래필 씨에게서 들었는지, 아니면 에스터 월터스한테서 들은 것인지 마플 양은 잘 생각이 나지 않았다. 뭔가 정확한 사실을 기억해 내려고 애쓰면 오히려 더욱 혼란스러워지는 법이다. 에스터 월터스 카리브 해에서의 그 일은 그녀를 몹시 상심케 했었지만 이제는 다 잊었을 게다. 그녀가 과부였던가? 마플 양은 에스터 월터스가 훌륭한 사람을 만나서 다시 결혼했다면 좋겠다 싶었지만, 어쩐지 그런 일은 없을 것 같은 느낌이 들었다. 에스터 월터스는 결혼상대로는 마땅치 않은 남자들과 인연을 맺곤 하는 기질이 있는 것 같았기 때문이다.

마플 양은 다시 래필 씨에 대한 생각으로 돌아갔다. 꽃은 사양한다고 했다. 그녀도 래필 씨에게 꽃을 보낼 생각은 없었다. 그는 원하기만 한다면 전 영국에 있는 모든 화원의 꽃을 살 수도 있을 것이다. 아무튼 그들은 꽃을 보낼 만큼 친한 사이도 아니었다. 친구라고 할 수도 없고, 서로 정담을 나눌 만한 시간도 갖지 못했었다. 그들 두 사람 사이를 굳이 표현하자면—협력 관계라고나 할까. 그렇다, 그들은 아주 잠시 동안 동지였었다. 정말 긴박한 순간이었다. 그리고 그는 훌륭한 동지가 되어주었다. 그녀도 그걸 잘 알고 있었다. 카리브 해 적도의 어둠을 헤치고 그에게 달려갔을 때, 그녀는 그걸 알았다. 그때 그녀는 핑크빛 털목도리 같은 것을 두르고 있었는데(젊었을 땐 그걸 뭐라고 불렀더라) 머리에 쓰는 레이스 같은 것이었다. 고급 핑크빛 털실로 짠 숄—스카프 같은 것으로 머리에 두르고 있었는데, 그런 그녀의 모습을 보고 그가 웃음을 터뜨렸었다. 그리고 뒤에 그녀가 이야기를 꺼냈을 때—마플 양은 그때 자기가 한 말과 그가 웃었던 일을 생각하곤 미소를 지었다. 하지만 끝까지 웃음으로 일관한 것은 아니었다. 그는 그녀가 부탁한 일을 기꺼이 해주었고, 때문에—

"아!" 마플 양은 한숨을 쉬었다. 정말 너무도 긴박한 순간이었다. 그 일에 대해서는 결코 입 밖에 낼 수 없었기에 그녀는 조카나 사랑스러운 조카며느리 조안에게조차도 말하지 않았었다. 마플 양은 고개를 끄덕였다. 그러고는 나직하게 중얼거렸다.

"불쌍한 래필 씨, 아무런 고통 없이 편안하게 눈을 감았을는지……."

글쎄, 아마도 많은 비용을 받는 의사가 진정제를 써서 그의 임종을 편안하게 해주었을 테지. 카리브 해에서 보낸 그 몇 주일 동안에도 그는 심한 고통을 겪고 있었다. 거의 온종일을 고통 속에서 지냈던 것이다. 참으로 용기 있는 사람이었다.

용감한 사람이었다. 마플 양은 그의 죽음을 애석해했다. 비록 그가 늙고 병들어 쇠약한 몸이었다고 해도, 그가 가고 없음으로 해서 세상은 뭔가 소중한 것을 잃은 것 같다는 생각이 들었기 때문이다. 그녀는 그가 사업적으로는 어떠했는지 전혀 알 수가 없었다. 냉혹하고, 거칠며, 몹시 저돌적이었을 것 같았다. 무척 공격적인, 그러나 좋은 친구였다고 생각했다. 비록 그 자신은 그것을 드러내지 않으려고 했지만 그에게서는 마음속 깊은 곳에서 우러나오는 따뜻한 마음씨를 느낄 수 있었다. 그녀가 진정으로 존경한 사람이었다. 그녀는 그의 죽음이 못내 안타까웠고, 그가 자신의 죽음에 대해 너무 괴로워하지 않고 편한 마음으로 임종을 맞이했기를 바랐다. 이제 그는 화장이 되어 훌륭한 대리석 납골당에 안치되었을 것이다. 그녀는 그의 결혼 여부에 대해서는 아는 바가 없었다. 그는 아내나 아이들에 대한 이야기를 한 번도 하지 않았었다. 외로운 사람이었을까? 아니면 너무도 바쁜 인생을 사느라고 외롭다는 생각을 가질 겨를도 없었을까?

그녀는 그날 오후 래필 씨 생각을 하며 몇 시간을 그곳에 앉아 있었다. 그녀는 영국으로 돌아온 뒤 그와 다시 만날 생각을 한 적도 없고, 또 그를 만난 적도 없었다. 그런데도 그녀는 이상하게 그와 연결이 되어 있는 듯한 기분을 느끼곤 했다. 만일 그가 그녀를 찾아왔거나 다시 만나자는 제안을 했었다면 그들이 구해준 한 생명으로 인한, 아니면 뭔가 다른 것으로 인한 인연이 있는 게 아닌가 생각했을 것이다. 인연—.

"아니야." 마플 양은 마음속에서 그 생각을 떨쳐버리려고 애쓰며 중얼거렸다.

"우리 사이에 무정한 인연은 있을 수 없는 걸까?" 과연 제인 마플이 무정할 수도 있을까? 마플 양은 스스로에게 이렇게 말했다.

"내가 그런 생각을 전혀 못했다니 정말 이상한걸. 난 매정하고 냉혹해질 수 있는데……"

문이 열리고 곱슬곱슬한 검은 머리가 보였다. 비숍 양—아니, 나이트 양 대신 들어온 체리였다.

"뭐라고 하셨죠?" 체리가 말했다.

"아니, 혼자서 중얼거린 거야. 내가 매정해질 수 있을지 생각해 보는 중이었거든."

"예?" 체리가 말했다.

"천만에요. 마님은 너무도 친절하신 걸요."

"그렇지만은 않아. 그럴 만한 이유가 있다면 나도 매정해질 수 있을 거야."

"어떤 이유 말인가요?"

"정의를 지키기 위한 이유에서라면 말이지." 마플 양이 말했다.

"그 꼬마 게리 홉킨스에게는 매정하게 대하셨다고 할 수 있죠. 그 아이가 자기 고양이를 못살게 괴롭히던 걸 보신 날 말이에요. 마님이 그토록 매정하게 야단을 칠 줄은 정말 몰랐어요. 그 아이는 완전히 겁에 질렸더군요. 아마 그 일을 결코 잊지 못할 거예요."

"그 아이가 또다시 고양이를 못살게 하지 않았으면 좋겠어."

"만일 그 아이가 다시 그런 짓을 한다면, 먼저 주위에 마님이 있는지 없는지부터 살피게 될 거예요." 체리가 말했다.

"사실이지 홉킨스 말고도 마님한테 호되게 당해서 겁을 먹고 있는 아이들이 꽤 있을 거예요. 조용히 앉아서 뜨개질을 하고 있는 모습을 보면 다들 마님이 양처럼 순하고 온화한 분이라고 생각할 거예요. 하지만 누군가가 마님을 화나게 하면 사자처럼 사나워지실 수도 있는 분이죠."

마플 양은 조금 미심쩍은 표정을 지었다. 체리가 지금 말한 대로 자기에게 그런 면이 있는지 자신도 확신이 서지 않았다. 도대체 지금까지—그녀는 잠시 하고 있던 생각을 멈추고 지난 일들을 돌이켜보았다. 비숍 양—아니, 나이트 양과 지낼 때에는 몹시 짜증스러운 순간도 있었다. 하지만 짜증이 나더라도 그녀는 몇 마디 슬쩍 비꼬아주는 정도로 넘어가곤 했었다. 사자라면 비꼬는 짓은 하지 않을 것이다. 사자는 결코 빈정거리지 않는다. 단번에 덮쳐들며 으르렁거리지. 발톱을 날카롭게 세우고는 상대를 무자비하게 물어뜯을 것이다.

"사실이지 내가 그런 행동을 했으리라고는 생각지 않아." 마플 양이 중얼거렸다.

그날 저녁 마플 양은 생각할수록 부아가 치미는 심정으로 평소처럼 천천히 정원을 거닐며 그 점을 다시 곰곰이 생각해 보았다. 아마도 금어초(金魚草) 한 포기를 찾아내게 된 것이 그 일을 다시 생각나게 한 것 같았다. 사실 그녀는 조지 영감에게 몇 번이고 말했었다. 유황색 금어초라야지, 정원사들이나 좋아하는 칙칙한 자줏빛을 띤 것은 안 된다고.

"유황색." 마플 양이 큰소리로 말했다.

집 바로 옆을 지나는 길가에 세워진 울타리 저쪽에서 누군가가 고개를 돌리며 말했다.

"예? 지금 뭐라고 하셨죠?"

"아니, 그냥 나 혼자 해본 말이에요." 마플 양은 울타리 너머로 고개를 돌리며 대답했다.

그녀는 세인트 메리 미드에 사는 사람이라면 거의 다 알고 있는데, 이 여인은 전혀 모르는 사람이었다. 설혹 개인적으로 친분이 없다고 해도 슬쩍 한 번 보는 것만으로도 누구라는 것을 알아볼 수 있을 정도로 이곳 사람들에 대해서는 잘 알고 있었다. 허름하고 거친 트위드 천 스커트를 입은 땅딸막한 여인이었는데, 멋진 정원용 구두를 신고, 푸른색 오버코트에 모직으로 짠 스카프를 두르고 있었다.

"나이가 들면 다들 그런가 봅니다." 하고 마플 양은 덧붙였다.

"훌륭한 정원을 갖고 계시는군요." 그 여인이 말했다.

"지금은 그렇게 훌륭한 정원이라고는 할 수 없어요. 내가 직접 돌볼 수 있었을 때에는 사실―."

"예, 무슨 말씀인지 저도 잘 안답니다. 그럴 거예요. 정원사들이란 말로는 정원을 돌보는 일에 대해서 모르는 게 없다고 하면서도 정작 솜씨들은 형편없거든요. 개중에는 쓸 만한 사람도 있지만, 정원 일에 대해서 아는 게 하나도 없는 사람들도 많죠. 일단 고용만 되면 차나 마시며 대부분의 시간을 보내고, 하는 일이라곤 고작 잡초나 뽑는 정도이니. 물론 솜씨가 좋은 사람들도 있지만, 그것도 기분이 내킬 때의 일이죠." 그러고는 한마디 덧붙였다.

"사실 저는 제법 노련한 정원사랍니다."

"여기서 살고 있나요?" 마플 양은 약간 흥미를 느끼며 물었다.

"예, 헤이스팅스 부인 댁에서 하숙을 하고 있답니다. 그 부인한테서 부인 이야기를 들었어요. 마플 양이시죠?"

"맞아요."

"저는 정원을 돌봐주는 일로 와 있답니다. 바틀렛, 바틀렛 양이라고 해요. 사실 그 집에서는 하는 일이 그리 많지 않아요. 헤이스팅스 부인은 일년생 초본(草本)에만 관심이 있거든요. 그렇다고 해서 제가 뭐라고 할 수 있나요? 물론 정원 일 말고도 여러 가지를 하고 있죠. 장을 본다든가 뭐 그런 일들 말이에요. 언제든 원하신다면 한두 시간 정도 정원을 돌봐드릴 수 있어요. 아마 지금까지 부인이 써본 다른 사람들보다는 훨씬 마음에 드실 거예요."

"그렇다면 좋겠군요. 나는 꽃을 제일 좋아해요. 야채 같은 것에는 별로 관심이 없어요." 마플 양이 말했다.

"헤이스팅스 부인 댁에서는 야채를 기르고 있지요. 따분한 일이지만 그래도 어쩔 수 없는 일이죠. 저, 이젠 그만 가봐야겠네요."

그녀는 마치 마플 양의 모습을 단단히 기억해 두려는 듯, 머리에서 발끝까지 자세히 훑어보고 나서는 쾌활하게 고개를 끄덕이며 그곳을 떠났다.

헤이스팅스 부인? 마플 양에게는 헤이스팅스 부인이 전혀 생소한 이름이었다. 분명히 옛 친구는 아니었다. 또한 원예 모임의 회원도 분명코 아니었다. 지브롤터 로(路) 끝에 새로 지은 집에 살고 있는 사람인 것 같았다. 지난해에 몇 가구인가가 그곳으로 이사 왔었다. 마플 양은 한숨을 내쉬며 짜증스런 얼굴로 긁어초들을 새삼 내려다보고는, 그 질기디질긴 잡초들을 몇 포기 뿌리째 뽑아 가위로 삭둑삭둑 잘라버리고 싶은 마음이 굴뚝같았지만, 결국 한숨과 함께 기분을 가라앉히고는 울타리를 따라 빙 돌아서 집으로 돌아왔다. 래필 씨에 대한 생각이 다시 그녀의 마음을 채웠다. 그들은, 그와 그녀는—그녀가 젊었을 때 늘 인용하곤 했던 그 책의 제목이 뭐였더라? '어둠 속을 스치며 지나가는 배들.' 그렇다, 정말 꼭 들어맞는 표현이다. 어둠 속을 항해하는 배들……그녀가 그에게 도움을 청하러—아니, 단순한 부탁이 아니라 긴급한 구원을 요청하러 간 것은 한밤중이었다. 꾸물거릴 시간이 없었다. 그는 곧바로 승낙하고는 지체 없이 실행에 옮겼지. 그때 그녀는 사자처럼 사납게 굴었을까? 아니, 결코 그렇지는 않았다. 그것은 격한 감정을 터뜨린 것이 아니었다. 즉시 착수하지 않으면 안 될 너무도 절박한 어떤 일에 대해서 역설했었던 것이다. 그리고 그도 그것이 얼마나 절박한 상황인지 이해해 주었었다.

가엾은 래필 씨. 그날 밤에 지나간 배는 참으로 흥미 있는 배였다. 그의 그 무례한 행동에 익숙해지게 되면 그를 유쾌한 사람이라고 생각하게 될 수도 있는 걸까? 천만에! 그녀는 고개를 가로저었다. 래필 씨는 결코 유쾌한 사람이 못 되었다. 아무튼 그녀는 래필 씨에 대한 생각은 이제 잊어버리고 싶었다.

'어둠 속을 스치며 지나가는 배들. 그들은 지나가며 서로 이야기를 주고받는다.

외롭게 깜박이는 불빛, 그리고 어둠을 뚫고 멀리서 들려오는 아득한 목소리.'

이제 그녀는 다시는 그에 대한 생각을 하지 않게 될 것이다. 혹시 '타임스' 지에 고인에 대한 약력이 실려 있다면 한번 읽어 볼 수도 있겠지만, 그러나 그런 일은 결코 없을 거라고 생각했다. 그는 그다지 유명한 사람이 못 되었다. 단지 굉장한 부자였을 뿐이다. 물론 굉장한 부자였다는 이유만으로 신문에 고인에 대한 약력이 실리는 경우도 많다. 하지만 래필 씨는 그런 부자들과는 성격이 달랐다. 그는 유명한 기업가도 아니었고, 또한 세인들의 관심을 살 만한 뛰어난 은행가도 아니었다. 그는 다만 전 인생을 걸고 막대한 돈을 그러모은 것뿐이었다……

제2장

암호는 네미시스(복수의 여신)

1

 래필 씨가 죽은 지 일주일 정도 지나서였다. 마플 양은 아침 식탁에서 쟁반 위에 놓인 한 통의 편지를 집어들고는 뜯기 전에 잠시 내려다보았다. 그날 아침에 배달된 다른 두 통의 편지는 영수증이나 청구서 같아서 별 관심이 없었지만, 이것은 좀 달랐다.

 런던의 소인이 찍혔고, 타자기로 주소를 친 기다란 고급 봉투였다. 마플 양은 종이칼로 봉투를 조심스럽게 뜯었다. '브로드리브 앤드 슈스터 합동법률공증사무소', 주소는 블룸즈버리였다. 내용은 정중하고 법률적인 용어로 그녀에게 이익을 줄지도 모르는 어떤 제안에 대해 논의할 것이 있으니 다음 주 중에 자기들 사무실로 방문해 달라는 것이었다. 그러고는 목요일인 24일쯤이면 좋겠다는 말이 덧붙여 있었다. 그날이 곤란하다면 그녀 쪽에서 런던을 방문할 적당한 날짜를 알려달라고 했다. 덧붙여서 그들은 자기들이 죽은 래필 씨의 고문변호사이며, 고인과 그녀가 친한 사이였다는 것을 잘 알고 있다고 했다.

 마플 양은 조금 당혹감을 느끼며 눈살을 찌푸렸다. 그녀는 그 편지에 대한 생각을 하느라 평소 때보다 조금 꾸물거리며 자리에서 일어났다. 체리가 계단에서 그녀를 부축했다. 성격이 꼼꼼하고 세심한 체리는 경사가 급한 구식 계단을 마플 양 혼자서 내려가다가 실족해서 다치는 일이 없도록 홀에서 대기하고 있었던 것이다.

 "나한테 너무 신경을 써주는 것 같구나, 체리." 마플 양이 말했다.

 "당연한 일인걸요. 좋은 분은 그렇게 많지 않아요." 체리는 담담한 어조로 대꾸했다.

 "칭찬해줘서 고마운데." 마플 양은 무사히 마지막 계단을 내려서며 말했다.

체리가 물었다.

"무슨 걱정거리라도 있으세요? 안색이 별로 좋아 보이지 않아서요."

"아니, 대수롭지 않은 일이야. 변호사한테서 좀 이상한 편지를 받아서."

"설마하니 누가 마님을 고소한 것은 아니겠죠?" 체리가 걱정스러운 표정으로 물었다. 그녀는 변호사한테서 편지가 오는 것은 무조건 좋지 않은 일 때문이라고 생각하는 경향이 있었다.

"아니, 그런 일은 아닐 게야. 그냥 다음 주 중에 런던에 있는 자기네 사무실로 찾아와 달라는구나."

"누가 마님한테 유산이라도 남긴 건 아닐까요?" 체리가 궁금한 듯이 물었다.

"그런 일은 아닐 거야."

"하지만 그건 아무도 모르는 일이에요."

의자에 앉아 수를 놓은 가방에서 뜨개질감을 꺼내며 마플 양은 래필 씨가 자기에게 유산을 남겼을 가능성이 있을지 생각해 보았지만, 그럴 가능성은 도무지 없을 것 같았다. 그녀 생각에 래필 씨는 그럴 사람이 아니었기 때문이다.

그녀는 그 날짜에는 도저히 시간을 낼 수 없을 것 같았다. 작은 방 두 개를 증축하는 데 필요한 자금조달 문제를 협의하기 위한 여성협회 모임에 참석해야 하기 때문이었다. 그래서 그녀는 편지를 보내 다음 주 중 적당한 날짜를 정했다. 그 편지에 대한 답장이 와서 약속이 정해졌다. 그녀는 브로드리브와 슈스터가 어떤 사람인지 궁금했다. 편지에 J. R. 브로드리브로 서명되어 있는 것으로 보아 그가 선임자인 것 같았다. 마플 양 생각에는 래필 씨가 그녀에게 작은 유품이나 편지 같은 것을 남겼을 가능성은 있을 것 같았다. 아니면 그녀가 정원을 가꾸는 일에 관심이 깊은 것을 알고 자기가 소장하고 있던 진귀한 화초들에 관한 책이라든가, 그의 백모가 남긴 카메오(양각으로 아로새긴 보석, 조가비 따위) 브로치일 수도 있다. 그녀는 그런 공상들을 하면서 빙그레 미소를 지었다. 하지만 그건 순전히 공상에 불과했다. 왜냐하면 그 어느 경우이건 유언집행인이 간단하게 처리할 수 있는 문제로, 그것들을 우편으로 그녀에게 보내기만 하면 되기 때문이다. 그녀와 만나야 할 필요는 전혀 없었다.

"아무튼 다음 주 화요일이면 알게 되겠지." 마플 양은 혼자 중얼거렸다.

2

"어떤 여자일까?" 브로드리브가 시계를 흘끗 쳐다보면서 슈스터에게 말했다.

"이제 15분만 있으면 알게 되겠죠. 그런데 시간을 잘 지킬지 모르겠군요." 슈스터가 말했다.

"아마 시간은 잘 지킬 걸세. 침착지 못한 요즘 젊은 사람들보다는 나이 든 사람들이 훨씬 시간관념이 철저하다네."

"뚱뚱한 노부인일까요, 아니면 말랐을까요?" 슈스터가 다시 물었다.

브로드리브 씨는 고개를 저었다.

"래필이 그녀에 대해서 어떤 여인이라고 한 적은 없나요?"

"그가 그녀에 대해서 언급할 때에는 모든 것에 지나칠 정도로 조심을 하더군."

"정말이지 모든 게 아리송하기만 합니다. 도대체 무슨 일인지 전혀 알 수가 없으니……."

"내 생각에는 마이클과 관계가 있을 것 같네만." 브로드리브 씨가 신중하게 말했다.

"예? 그건 아주 오래전의 일이잖아요? 그럴 리가 없어요. 도대체 뭣 때문에 그런 생각을 하죠? 그가 그 일에 대해서 뭐라고 했나요?"

"아니, 그는 그 문제에 대해서는 한마디도 하지 않았다네. 도무지 무슨 생각을 하고 있는지 내겐 힌트조차 주지 않았거든. 그저 여러 가지 지시를 했을 뿐이야."

"혹시 죽을 때가 가까워져서 머리가 좀 이상해졌었던 건 아닐까요?"

"아니, 결코 그렇지는 않았어. 정신적으로는 예전과 다름없이 맑았다네. 육체적인 병고가 그의 두뇌에 전혀 영향을 미치지 못했던 거지. 죽기 마지막 두 달 동안 그는 별도로 20만 파운드나 벌어들였다네. 그것만 봐도 알 수 있지."

슈스터가 탄복조로 말했다.

"그에게는 뛰어난 육감이 있었군요."

브로드리브 씨 역시 감탄스런 어조로 말했다.

"사업적인 머리가 뛰어난 사람이었어. 정말 보기 드문 사람이었는데 애석한 일이야……."

테이블 위에 있는 부저가 울리자 슈스터가 수화기를 들었다. 저쪽에서 여자의 목소리가 들렸다.

"제인 마플 양께서 브로드리브 씨를 뵈러 오셨습니다."

슈스터가 브로드리브 씨를 쳐다보며 눈짓으로 신호를 보내자, 브로드리브 씨는 고개를 끄덕였다.

"안으로 모셔요." 슈스터는 이렇게 말하고 다시 덧붙였다.

"우리가 만나보겠소."

마플 양이 방 안으로 들어오자 마른 체격에 조금은 우울해 보이는, 얼굴이 긴 중년신사가 의자에서 일어나 그녀를 맞이했다. 그녀는 이 사람이 브로드리브 씨임이 틀림없는 것 같은데, 어쩐지 이름과는 어울리지 않는 모습을 하고 있다고 생각했다. 그와 함께 있는 나이가 좀 덜 들어보이는 사람은 그보다 훨씬 살집이 붙어 있었다. 그는 검은 머리에 작고 예리한 눈을 하고 턱밑에 살이 붙기 시작하고 있었다.

"제 동업자인 슈스터 씨입니다." 브로드리브 씨가 소개를 했다.

슈스터가 말했다.

"계단이 많아서 올라오시는 데 불편하시지나 않았는지 모르겠군요." 동시에 마음속으로는 이런 생각을 하고 있었다. '일흔은 넘었을 테고—아니 여든은 족히 되었겠는데.'

"계단을 오르면 늘 숨이 조금 차답니다."

브로드리브 씨가 미안하다는 듯이 말했다.

"구식 건물이 되어 놔서 승강기가 없답니다. 저희 사무실은 개업한 지가 오래되어서 손님들을 편하게 모실 만한 현대식 설비들을 제대로 갖추지 못했습니다."

"방이 널찍한 게 아주 시원해 보이는군요." 마플 양이 정중히 말했다.

그녀가 브로드리브 씨가 내준 의자에 앉자 슈스터는 조용히 밖으로 나갔다.

"편히 앉으십시오." 브로드리브 씨가 말했다.

"커튼을 좀 칠까요? 햇빛 때문에 눈이 부실 것 같아서요."

"고맙습니다." 마플 양이 흡족한 표정으로 말했다.

그녀는 평소 습관대로 꼿꼿한 자세로 앉아 있었다. 그녀는 가벼운 트위드 정장에 진주 목걸이를 하고 챙이 없는 조그만 벨벳 모자를 쓰고 있었다. 브로드리브 씨는 속으로 생각했다. '시골 부인치고는 상당히 세련되었는걸. 복스러운 할머니야. 변덕스러운 성격일까—아닐까? 꽤 예리한 눈초리인데. 래필은 이 노부인을 어디서 만났을까? 시골에서 올라온 친척 아주머니라도 되는 걸까?' 머릿속으로는 이런 생각을 하면서도 그는 날씨라든가, 예년보다 일찍 내린 서리로 인한 농작물 피해 등에 대해서 이야기했다. 일종의 서론인 셈이었다.

마플 양은 적당히 대꾸해 주면서 그가 본론을 꺼내기를 차분히 기다렸다.

"대체 무슨 일인지 궁금하실 겁니다." 하고 말하며 브로드리브 씨는 앞에 놓인 서류들을 뒤적이며 그녀에게 미소를 지어 보였다.

"아마 부인께서도 래필 씨의 사망 소식을 들으셨을 겁니다. 아니면 신문에서 그 기사를 보셨거나."

"신문을 보고 알았어요." 마플 양이 말했다.

"두 분이 친구 사이였다고 알고 있습니다만."

"그를 처음 만났던 게 1년 전이었지요." 마플 양은 다시 덧붙였다.

"서인도제도였어요."

"아, 생각납니다. 내가 알고 있기로 그때 그는 건강 때문에 그곳으로 여행을 갔었는데, 그의 건강에는 다소 도움이 되었을 테지만, 이미 그의 병세는 돌이킬 수 없을 정도로 악화되어 거동조차 할 수 없는 위중한 상태였지요."

"그랬어요."

"그를 잘 알고 계셨습니까?"

"아니, 그렇다고는 할 수 없어요. 우리는 그때 한 호텔에 묵고 있었고, 이따금씩 이야기를 나누곤 한 사이에 불과해요. 영국에 돌아와서 그분을 다시 만나본 적도 없었고요. 나는 시골에서 아주 조용히 지내고 있고, 그분은 오로지 사업에만 몰두했던 모양이에요."

"그분은 끊임없이 사업에 열중했는데, 돌아가실 때까지도 사업에서 손을 떼지 않을 정도로 열심이었지요. 사업에 관한 한 천재적인 두뇌의 소유자였습니다."

"정말 그러셨던 것 같아요. 참으로 놀라운 분이라는 것을 곧 알아볼 수 있었답니다."

"그런데 혹시 이번에 제가 말씀드릴 일에 대해서 래필 씨한테 무슨 말씀을 들은 적이 있습니까?"

"래필 씨가 나한테 무슨 부탁 같은 것을 하게 되리라고는 정말 상상도 못했어요. 정말이에요."

"그분은 마플 양을 크게 믿으셨습니다."

"고마운 일이지만, 그건 잘못 보신 거예요. 나는 극히 평범한 사람에 지나지 않거든요."

"아시다시피 그는 막대한 재산을 남겨놓고 돌아가셨습니다. 물론 그분의 유언 내용에는 문제가 될 만한 점이 거의 없지요. 돌아가시기 전에 이미 재산분배에 대한 사항을 다 처리해 놓았으니까요."

"요즘에는 다들 그렇게 하는가 봐요." 마플 양이 말했다.

"물론 나야 재정적인 문제에 대해서는 아는 게 하나도 없지만요."

"래필 씨의 유언에 따라 이번에 제가 부인께 알려드리고자 하는 것은, 1년이 지나게 되면 일정 액수의 돈이 완전히 부인 소유가 된다는 사실입니다. 물론 거기에는 부인께서 한 가지 제안을 수락하셔야 되다는 조건이 있지만요. 그 제안에 대해서는 이제 말씀드리겠습니다."

브로드리브 씨는 테이블에서 긴 봉투를 집어들었다. 그것은 단단히 봉해져 있었다. 그는 그 봉투를 그녀에게 건네주었다.

"부인께서 직접 읽어 보시는 게 좋겠군요. 서두르지 마시고 천천히 읽어 보십시오."

마플 양은 브로드리브 씨가 건네 준 종이칼로 겉봉을 조심스럽게 뜯었다.

내용은 타자기로 쳐져 있었다. 그녀는 찬찬히 읽어 보았다. 그러고는 원래대로 접었다가 다시 읽어 보고 브로드리브 씨를 쳐다보았다.

"이것만 봐서는 잘 모르겠군요. 좀더 확실하게 알아볼 수 있는 것은 없을까요?"

"저로서는 더 이상 도움을 드릴 수가 없군요. 이 편지를 전해 드리고 유산 증여액에 대해서 알려드리는 게 제가 맡은 일입니다. 그 금액은 유산증여세를 빼고 전부 2만 파운드입니다."

마플 양은 멍하니 그를 쳐다보았다. 너무 뜻밖이어서 무슨 말을 해야 좋을지 몰랐다. 브로드리브 씨는 잠시 아무 말도 하지 않고 그녀를 자세히 지켜보았다. 그녀가 놀란 것은 분명했다. 그건 마플 양으로서는 전혀 생각지 못한 일이었다. 브로드리브 씨는 그녀가 무슨 말부터 꺼내게 될지 궁금했다. 그녀는 차가운 눈빛으로 그를 쏘아보았다. 이윽고 그녀는 냉소적인 어조로 입을 열었다.

"정말 굉장한 돈이로군요." 마플 양이 말했다.

"쓰기에 따라서는 그리 많은 돈이라고는 할 수 없지요." 브로드리브 씨는 그 정도야 새 발의 피라고 하고 싶은 것을 억지로 참으며 대꾸했다.

"놀랐어요. 솔직히 말해서 나는 굉장히 놀랐어요."

그녀는 그 서류를 집어들고 다시 한 번 찬찬히 읽어보았다.

"이 내용에 대해서 알고 계시겠죠?" 그녀가 물었다.

"그렇습니다. 제가 래필 씨한테서 직접 받아적은 것입니다."

"그 밖에 달리 무슨 설명은 없었나요?"

"없었습니다."

"물론 당신은 그에게 자기가 직접 처리하는 게 좋지 않겠냐고 하셨을 테지요?" 마플 양의 목소리에는 어딘지 모르게 가시가 돋쳐 있었다.

브로드리브 씨는 어설프게 미소를 지어 보였다.

"그렇습니다. 분명히 그런 말을 했었습니다. 그리고 대체 무엇을 어떻게 해달라는 것인지 부인께서 정확히 이해하시기가 어렵지 않겠냐는 말도 했었습니다."

"바로 보셨어요." 마플 양이 말했다.

"물론 지금 당장 대답을 하실 필요는 없습니다."

"그래요. 이 문제에 대해서는 좀더 깊이 생각을 해봐야겠어요."

"말씀하신 대로 상당한 액수의 돈이 걸린 문제이니까요."

"나는 이제 늙었어요. 그냥 나이가 좀 든 게 아니라 확실히 늙은 거예요. 이 돈이 확실히 내 것이 될 때까지 살 수 있을지 조차도 의문이지요. 내가 이 돈을 손에 넣기 전에 무슨 불행한 일을 당하게 될지도 모르잖아요?"

"돈이란 것은 나이와는 상관없이 매력적인 존재이지요." 브로드리브 씨가 말했다.

"그 돈이면 내가 관계하고 있는 몇몇 자선단체에 도움을 줄 수도 있고, 또 뭔가 하고 싶어도 자금이 없어서 아무것도 못하고 있는 많은 사람들을 도와줄 수도 있어요. 물론 나 개인적으로도 하고 싶은 것들이 있지요. 그동안 여유가 없어서 맘껏 즐기지 못했던 것들 말이에요. 아마도 래필 씨는 이런 뜻밖의 선물이 이 늙은이에게 얼마나 커다란 위안이 될지 잘 알고 계셨던가 봐요."

"맞는 말씀입니다. 여행이라도 하실 생각인가요? 요즘에는 원하기만 하면 멋진 여행을 즐길 수 있지요. 극장, 음악회 등, 생활에 새로운 활력을 불러일으킬 수 있는 것들도 많고요."

"내가 원하는 것은 좀더 소박한 거예요." 마플 양의 목소리에는 짙은 상념이 배어 있었다.

"자고새 요리를 맛보고 싶은데, 너무 비싸거든요. 정말 한 마리를 통째로 맛보고 싶어요. 마롱 글라세(설탕에 절인 밤) 역시 너무 비싸서 좀처럼 먹어볼 기회가 없었지요. 또 오페라에도 가보고 싶고. 그러려면 코벤트 가든(런던 중심부에 있는 극장가)까지 갔다 올 수 있는 차와, 호텔에서 하룻밤 잘 수 있는 돈이 있어야겠지요? 자, 쓸데없는 이야기는 이제 그만두고, 이번 일에 대해서는 집에 돌아가서 좀더 깊이 생각해 봐야겠어요. 아무튼 래필 씨는 도대체—왜 이런 별난 제안을 하게 된 건지, 그리고 어째서 내가 그에게 도움이 될 거라고 생각한 건지 정말 아무것도 모르세요? 틀림없이 그분도 우리가 만난 지 벌써 2년 가까이 되었고, 따라서 나도 그때보다 훨씬 쇠약하며, 더구나 내가 지닌 보잘것없는 재능 또한 아무런 쓸모가 없으리란 것을 잘 알고 있었을 텐데요. 요행이라도 바란 걸까요? 이런 종류의 일을 조사하는 데는 좀더 자격이 갖추어진 사람들도 많잖아요?"

브로드리브 씨가 말했다.

"물론 누구라도 그렇게 생각할 겁니다. 하지만 그분은, 마플 양, 바로 부인을 선택했습니다. 그런데 혹시 죄송한 말씀이지만—음, 뭐라고 할까, 혹시 무슨 범죄라든가, 아니면 범죄수사 같은 일에 관계하셨던 적이 있습니까?"

"엄밀히 말해서 그렇다고는 할 수 없어요. 말하자면 아마추어로서 잠시 관여했던 것뿐이지요. 보호관찰관이라든가 치안판사로서 판사석에 앉아본 적도 없고, 또 사립탐정사무소 같은 데와 관계를 맺었던 적도 없었어요. 래필 씨가 그 일에 대해서 미리 당신한테 말해 주었으면 좋았을 텐데. 그러니까 브로드리브 씨, 이런 일이었어요. 우리가 서인도제도에서 함께 지내고 있을 때 래필 씨와 나는 거기에서 있었던 어떤 범죄에 관여하게 되었던 거예요. 정말이지 보기 드물게 복잡한 살인사건이었답니다."

"그런데 부인과 래필 씨가 그 사건을 해결한 거로군요?"

"꼭 그렇다고는 말할 수 없군요. 래필 씨는 그분의 독특한 인품으로, 그리고 나는 이따금 눈에 띈 한두 가지 분명한 징후들을 종합분석함으로써 하마터면 일어날 뻔한 제2의 살인을 미연에 방지할 수 있었지요. 나 혼자였다면 할 수 없었을 거예요. 너무 힘에 겨웠거든요. 그건 래필 씨도 마찬가지였고요. 병으로 꼼짝할 수 없는 처지였으니까. 하지만 우리는 멋진 동지가 되어 그 일을 해낼 수 있었답니다."

"한 가지 더 묻고 싶은 것이 있습니다. 마플 양, '네미시스(복수의 여신)'라는 말은 부인에게 특별한 의미라도 있는 겁니까?"

"네미시스"

그것은 그리 간단한 문제가 아니었다. 그러나 뜻밖에도 그녀의 입가에는 아주 천천히 미소가 떠올랐다.

"그래요, 내겐 어떤 의미가 있는 말이에요. 나와, 또 래필 씨에게도 어떤 의미가 있는 말이었지요. 내가 그분에게 그 말을 하자, 그분은 그 이름에 대한 내 설명을 듣고는 상당히 좋아했답니다."

하지만 그것은 브로드리브 씨가 기대하던 대답은 아니었다. 그는 전에 래필 씨가 카리브 해의 한 호텔 침실에서 느꼈던 것과 같은 그런 놀라운 심정으로 마플 양을 바라보았다. 아무리 봐도 상당히 세련되고 교양이 있어 보이는 노부인이다. 그런데—복수의 여신이라니!

"당신도 똑같은 기분을 느끼실 거예요." 하고 말하며 마플 양은 자리에서 일어났다.

"혹시 이번 일에 대해서 좀더 알게 되시면 나한테도 알려주세요, 브로드리브 씨. 틀림없이 뭔가 더 알아볼 만한 게 있을 거예요. 정말이지 래필 씨가 나보고 어떻게 하라는 것인지 막막하기만 하군요."

"그의 가족이나 친구들에 대해서는 전혀—."

"아까도 말씀드렸듯이, 우린 이국땅에서 잠시 마주친 여행자에 불과했어요. 그리고 몹시 복잡한 사건에 동지로서 같이 관여하게 된 것이고요. 그게 전부예요."

그녀는 문 쪽으로 가려다가 갑자기 돌아서며 물었다.

"래필 씨에게는 에스터 월터스 부인이라고 하는 비서가 있었는데, 이런 질문을 하면 실례가 되겠지만 그분은 그녀에게 5만 파운드의 유산을 물려줄 모양이던데요?"

"유산문제에 대해서는 신문에 발표될 겁니다." 브로드리브 씨는 말을 끊었다가 다시 이었다.

"하지만 그 질문에 대해서는 '예'라고 할 수 있습니다. 그런데 월터스 부인의 지금 이름은 앤더슨 부인이랍니다. 재혼했거든요."

"정말 잘 되었군요. 그녀는 딸이 하나 있는 미망인이었는데, 비서로서는 그녀만한 사람이 흔치 않을 거라고 생각했었지요. 그녀는 래필 씨를 무척 잘 이해했어요. 훌륭한 여인이었지요. 그녀가 잘 되었다니 나도 기쁘군요."

그날 저녁, 마플 양은 의자에 앉아서 영국에서는 흔히 겪는 갑작스레 닥친 한기 때문에 불을 지핀 벽난로 쪽으로 발을 죽 뻗고는 그날 아침 브로드리브 씨가 건네 준 서류를 봉투에서 다시 꺼내 들었다. 그러고는 부분적으로 잘 이해가 가지 않는 내용에 이르기까지 마치 마음속에 하나하나 새겨넣기라도 하듯이 한 자 한 자 읽어나갔다.

> 세인트 메리 미드 마을, 제인 마플 양 귀하.
> 이 서류는 내가 죽은 뒤 나의 변호사인 제임스 브로드리브의 사무실에서 부인에게 전달될 것입니다. 그는 내 개인적인 일로 인해 야기되는 법률문제를 처리하기 위해 고용한 변호사로서, 나의 사업 활동과는 전혀 관계가 없습니다. 그는 성실하고 신뢰할 만한 변호사입니다. 다른 많은 사람들이 그러하듯이 그도 역시 호기심의 유혹에 빠지기 쉬운 사람입니다. 나는 그의 호기심을 만족시켜 줄 수 없습니다. 따라서 어떤 면에서 이 문제는 부인과 나 사이의 일로만 남게 될 겁니다. 우리의 암호는 네미시스입니다. 이 말을 나한테 처음으로 한 장소와 상황을 잊었으리라고는 생각지 않습니다. 이제는 이미 오래전이 되어버리고 만 나의 사업활동 중에서 난 어떤 사람을 고용해야 하는지에 대해서 한 가지 배운 것이 있습니다. 그것은 뛰어난 감각을 지닌 사람이어야 한다는 거지요. 내가 시키고자 하는 특정 일에 대한 감각 말입니다. 그것은 지식이나 경험과는 다릅니다. 감각이라고밖에 달리 표현할 수 없는 거지요. 어떤 일을 하는 데 있어 타고난 재능 말입니다.
> 그렇습니다. 부인은 정의에 대한 선천적인 감각을 지녔고, 그것은 범죄를 해결하는 천부적인 감각으로 이어집니다. 나는 부인이 어떤 범죄를 조사해 주기를 바랍니다. 그 일을 위해서 나는 얼마간의 돈을 따로 준비해 두도록 해놓았는데 부인이 이러한 제안을 받아들여 그 결과 그 범죄가 적절하게 밝혀지게 되면 그 돈은 완전히 부인 것이 될 겁니다. 부인이 이번 일을 맡아 처리하는 기간은 1년으로 잡았습니다. 부인은 물론 젊지 않습니다. 그러나 강인한 분입니다. 또한 부인은 적어도 1년 이상은 더 사시리라는 것을 믿어 의심치 않습니다.
> 나는 이번 일이 부인을 불쾌하게 하지는 않으리라 생각합니다. 부인

은 조사하는 데 있어 타고난 재능을 갖고 있습니다. 이번 일을 조사하는 데 필요한 자금은 부인이 조사하는 동안 필요하면 언제라도 송금이 되도록 되어 있습니다. 현재의 부인 생활을 계속하시든지, 아니면 이번 일을 맡아주시든지 그건 부인이 선택할 문제입니다.

나는 지금 부인이 의자에 앉아 있는 모습을 마음속으로 그려봅니다. 그 의자는 부인의 신경통 때문에 특별히 고안된 편안한 의자일 테지요. 부인 나이쯤 되면 누구나 다 신경통에 시달린다는 것을 나도 잘 알고 있습니다. 신경통으로 해서 무릎이나 등이 불편하다면 여기저기 돌아다니기가 어려울 테고, 따라서 부인은 대부분의 시간을 뜨개질하며 보내실 테지요. 부인이 어느 날 밤엔가 갑작스레 들이닥쳐 나를 잠에서 깨웠을 때 내가 보았던 핑크빛 털실로 짠 스카프에 싸여 있는 당신의 모습을 아직도 생생하게 기억하고 있습니다.

지금도 재킷이라든가, 스카프, 그 밖에 나는 이름도 알 수 없는 다른 여러 가지들을 뜨개질하고 있는 부인의 모습을 생각해 봅니다. 그 뜨개질을 계속하고 싶다면 그렇게 하십시오. 하지만 정의를 위해 뭔가 하고 싶다면 이번 일은 부인에게 상당히 흥미 있는 일이 될 것입니다.

오직 공법(公法)을 물같이,
정의를 하수(河水) 같이 흘릴지로다.
(아모스 6장 24절)

마플 양, 일을 맡다

1

마플 양은 그 편지를 세 번이나 읽어 보았다. 그러고는 편지를 한옆으로 밀어놓고 나서, 그 편지의 내용과 그 속에 숨겨진 뜻이 무엇인지 곰곰이 생각해 보았다.

제일 먼저 떠오른 생각은 그녀에게 주어진 확실한 정보가 놀랄 만큼 빈약하다는 것이었다. 브로드리브 씨로부터 뭔가 더 알아낼 만한 정보는 없을까? 그녀 생각으로는 그럴 가능성은 거의 없을 듯싶었다. 그것은 래필 씨의 계획과는 어울리지 않는 것 같았기 때문이다. 그렇다고 해도 래필 씨는 완전히 백지 상태인 그녀가 대체 무엇을 해주기를, 어떤 방향으로 행동을 취해 주기를 기대하는 걸까? 뭔가 다른 복선이 깔려 있는 것일까? 몇 분 더 심사숙고한 뒤에 그녀는 래필 씨가 의도적으로 그렇게 꾸며놓은 것이라고 결론을 내렸다. 그녀의 상념은 짧기는 했지만 그를 알게 된 과거로 거슬러 올라갔다. 무력한 육신, 거친 성격, 번뜩이는 재치와 이따금씩 던지는 유머. 그는 사람들을 놀리는 걸 즐기는 것 같았다. 이 편지 역시 브로드리브 씨의 당연한 호기심을 헛되게 만들어 놓음으로써 자신의 만족을 채우려는 것 같았다. 편지에서는 이번 일이 대체 뭐와 관련된 것인지에 대해서는 단 한마디의 실마리조차 주지 않고 있었다. 그녀에게 도움이 될 만한 것은 전혀 보이지 않았다. 래필 씨는 분명히 의도적으로 이 편지가 아무런 도움도 되지 않도록 쓴 것 같았다. 그걸 어떻게 표현해야 할지는 모르겠지만, 아무튼 그에게는 다른 생각이 있었음이 틀림없다. 그렇다고 해도 아무것도 모르는 상태에서 덮어놓고 일에 착수할 수도 없는 노릇이다. 이건 마치 힌트는 하나도 주지 않고 글자 맞추기 퀴즈를 풀라고 하는 것과 다를 바 없었다. 뭔가 실마리가 있어야 옳다. 무엇을 해야 할지, 어디를 가야 할지, 아니면 좀더 정신을 집중하기 위해 뜨개질하던 것을 내려놓고 안락의자에 앉아 어떤 문제를 풀어야 하는 것인지 알 수 있어야 했다. 아니면 래필 씨는 그녀를 비행기나 배로 서인도제도라든가, 남아메리카, 혹은 어떤 특정한 곳으로 보낼 생각이 있었던 것은 아닐까? 그녀가 어떤 일을 해야 하는 건지, 또는 보다 분명한 지시를 받아야 하는 것인지 그건 모두 그녀 자신이 알아내야 할 것 같았다. 래필 씨는 그녀가 사물에 대해서 추리하고 의문을 던지며, 그 해답을 발견해낼 만한 충분한 재능이 있다고 생각한 것일까? 아니, 그녀는 그 점에 대해서는 별로 자신이 없었다.

마플 양은 누구에게 들으라는 듯이 큰소리로 중얼거렸다.

"그 사람이 정말 그런 생각을 했다면 망령이 들었던 게지. 죽기 전에 노망이 들지 않고서야 어떻게 그런 생각을 해."

하지만 그녀는 래필 씨가 정말로 노망이 들었으리라고는 생각지 않았다.

"틀림없이 지시를 받게 될 거야. 하지만 무슨 지시를, 또 언제 받게 된다는 거지?"

그때 갑자기 그녀의 마음속에 뭔가 번뜩하고 떠올랐다. 사실 그것이 그녀가 받은 분명한 지시라는 것을 미처 분간할 사이도 없이 말이다. 그녀는 그런 분위기를 떠올리며, 다시 큰소리로 중얼거렸다.

"나는 영생을 믿어요. 래필 씨, 지금 당신이 어디 계신지는 알 수 없지만, 그러나 어딘가에 계시다는 것만은 믿어 의심치 않아요. 당신의 소원이 이루어지도록 최선을 다하겠어요."

2

그로부터 사흘 뒤, 마플 양은 브로드리브 씨에게 편지를 썼다. 요점만 간략하게 쓴 짧은 편지였다.

브로드리브 씨 귀하,
당신의 그 제의에 대해서 곰곰이 생각해 본 결과 돌아가신 래필 씨

가 나에게 제안한 그 일을 맡기로 했음을 알려 드립니다. 물론 그 일을 제대로 해낼지 아직은 자신이 없지만 그러나 돌아가신 분의 소망을 이루어드릴 수 있도록 최선을 다할 것입니다. 사실 나로서도 그 일이 성공할지 의문입니다. 그분의 편지에서는 무엇을 어떻게 하라는 지시라든가, 아니면 한마디 암시조차 발견할 수 없었습니다. 혹시 내가 알아야 할 분명한 지시에 대해서 뭔가 알고 계신 것이라도 있으면 나에게 알려주시기 바랍니다. 하지만 지금까지의 상황으로 보아 그런 일은 없을 것 같군요.

그런데 돌아가실 때 래필 씨의 정신상태는 아무런 이상이 없었나요? 나로서는 이런 질문을 하는 것이 당연하다고 생각되는데 최근 래필 씨가 사업적 혹은 개인적인 일로 해서 무슨 범죄사건 같은 데 관계한 적은 없었는지요? 아니면 그가 몹시 관심을 갖고 있는 일에 대해 도무지 정의가 지켜지지 않는다고 해서 화를 내거나 불만을 표시한 적은 없었나요? 만일 그런 일이 있었다면 당신은 당연히 나에게 알려주셔야 할 의무가 있다고 생각합니다. 부정한 거래 같은 일로 해서 그가 고통을 받은 적은 없었습니까?

내가 이런 질문을 하게 된 까닭을 당신도 곧 이해하시게 될 겁니다. 사실 래필 씨 자신도 내가 이러리란 것을 이미 예상하고 있었는지도 모릅니다.

3

브로드리브 씨가 편지를 슈스터에게 보여주자, 그는 의자에 뒤로 기대어 앉으며 휘파람 소리를 냈다.

"그 할머니가 일을 맡을 모양인데요? 꽤 모험을 좋아하는 할머니야." 그러고는 한마디 덧붙였다.

"그런데 도대체 그 일에 대해서 뭘 알고 있기나 한 걸까요?"

"그렇지는 않을 걸세." 브로드리브 씨가 대답했다.

"도대체 알 수가 없으니……. 그는 정말 괴상한 사람이었어요."

"상대하기 어려운 사람이었지." 브로드리브 씨가 말했다.

"나로서는 전혀 짐작도 못하겠는데, 당신은 어떠세요?"

"나도 마찬가지일세. 내 생각에는 그는 내가 알기를 바라지 않은 것 같아."

"글쎄요, 그렇게 함으로써 일을 더 어렵게 한 것은 아닐까요? 시골에서 올라온 할머니가 죽은 사람의 머릿속에 무슨 생각이 들어 있었는지, 그가 무슨 엉뚱한 계획을 꾸미고 있었는지 어떻게 알 수 있겠습니까? 혹시 그 할머니를 골탕먹이려고 한 건 아닐까요? 장난삼아 말입니다. 아마도 그 할머니가 시골 마을에서 일어나는 문제들을 해결 좀 했다고 해서 잰 체하는 것이 눈에 거슬려 이번 기회에 호된 맛을 보여줄 생각으로—."

"아니—." 브로드리브 씨가 그의 말을 가로채며 말했다.

"나는 결코 그렇게 생각지 않네. 래필은 그럴 사람이 아니거든."

"이따금씩 짓궂은 장난을 치기도 했잖습니까?"

"그랬지. 하지만 이번 일은 그렇지가 않아. 이번 일에 대해서 그는 상당히 고심했던 것 같거든. 그에게 뭔가 걱정거리가 있었던 게 틀림없어."

"그런데 그게 대체 무슨 일인지 귀띔조차 해주지 않았나요?"

"전혀."

"아니, 그렇다면 도대체 뭘—?" 슈스터는 말을 끊었다.

"그가 이번 일에 대해서 무슨 결과를 바랐다면 그건 정말 무리한 기대가 아닐 수 없지. 내 말은, 그 할머니가 이번 일을 도대체 어디서부터 손을 댈 수 있겠느냐 하는 걸세."

"아무래도 지독한 장난인 듯싶은데요."

"2만 파운드라면 상당히 큰돈일세."

"그야 그렇지만, 그러나 그 할머니가 결코 그 일을 해내지 못할 거라는 것을 그가 알고 있었다면요?"

"그렇지는 않아. 그는 결코 그렇게 비신사적인 짓을 할 사람이 아닐세. 틀림없이 그 할머니가 뭔가 기회를 잡아내거나 단서를 찾아낼 거라고 생각했을 거야."

"그렇다면 우리가 할 일은 뭐죠?"

"기다리는 걸세." 브로드리브 씨가 말을 이었다.

"기다리면서 다음에 무슨 일이 일어날지 지켜보는 걸세. 결국은 뭔가 진전이 있어야 하니까."

"그럼 아직 개봉이 안 된 다른 지시를 갖고 있나 보군요?"

"이보게, 슈스터. 래필 씨는 변호사로서의 내 분별력과 윤리적 양심을 전적으로 신뢰했다네. 아직 개봉이 안 된 그 지시서들은 어떤 특정 상황에서만 개봉할 수 있게 되어 있고, 아직은 그럴 만한 상황이 일어나지 않았다네."

"그리고 앞으로도 결코 일어나지 않을 겁니다." 슈스터가 말했다.

그들의 이야기는 이것으로 끝났다.

4

브로드리브 씨와 슈스터는 자신들의 직업적인 생활에 몰두할 수 있는 행운이라도 있었지만, 마플 양은 그렇지 못했다. 그녀는 뜨개질을 하다 깊은 생각에 빠지기도 하고, 또 산책을 나가기도 했는데, 때로는 그런 일로 해서 체리한테 충고를 듣기도 했다.

"의사 선생님도 그러셨잖아요. 너무 심한 운동을 하시면 안 된다고요."

"아주 천천히 걷는걸. 또 아무것도 하지 않아. 땅을 고른다든지, 잡초를 뽑는다든지 하는 일 말이야. 난 그저 천천히 거닐면서 어떤 일에 대해서 이런저런 생각을 할 뿐이지." 마플 양이 말했다.

"어떤 일에 대해선데요?" 체리는 궁금한 듯 물었다.

"글쎄, 나도 그걸 알고 싶어." 마플 양은 이렇게 말하고는, 체리에게 바람이 차니 스카프를 갖다 달라고 했다.

"마님이 몹시 안절부절못해 하시는 것 같아요. 대체 무슨 일 때문에 그러시는 건지 궁금해요." 체리는 남편 앞에 중국식 쌀밥과 강낭콩 수프를 차려놓으며 말했다.

"오늘 저녁은 중국식이에요."

그녀의 남편은 고개를 끄덕였다.

"당신 요리 솜씨가 갈수록 좋아지는 것 같은데."

"마님 때문에 걱정이 돼요. 마님이 몹시 초조해하시는 것 같아 정말 걱정이에요. 마님한테 편지가 한 통 왔었는데, 그걸 보시고선 몹시 흥분하셨거든요."

체리 남편이 한마디 했다.

"앉아서 조용하게 쉬셔야 해. 마음을 편히 하고 조용히 쉬시면서 도서관에서 새 책을 빌려다 보시든지, 아니면 친구를 사귀시든지 하셔야 할 것 같아."

"뭔가를 궁리하고 계셔요. 계획 같은 것 말이에요. 무슨 일인가를 하실 모양인데, 그것 때문에 고심하고 계신 것 같아요."

그녀는 남편과의 대화를 끝내고는 커피 쟁반을 들고 가 마플 양 옆에 내려놓았다.

마플 양이 체리에게 물었다.

"요 어디 새로 지은 집에 살고 있는 헤이스팅스라는 부인을 알고 있어? 그리고 함께 산다는 바틀렛 양인가 왜ㅡ."

"그건 왜요ㅡ마을 끝에 있는 칠도 새로 하고 깨끗이 수리한 그 집 말인가요? 그 사람들은 이사 온 지 얼마 안 돼요. 저는 이름도 모르는걸요. 그런데 무엇 때문에 그 사람들에 대해서 알려고 하시는 거예요? 제가 보기에는 별로 재미없는 사람들 같은데."

"서로 친척간일까?"

"아뇨. 그냥 친구 사이인 것 같아요."

"그런데 어째서ㅡ." 마플 양은 도중에 말을 끊었다.

"뭐가 궁금하신 거죠?"

"아니, 아무 일도 아냐. 책상을 좀 정리해 줘. 그리고 펜과 종이도 갖다 주고, 편지를 써야겠어."

"누구한테요?" 체리는 본능적인 호기심을 억누르지 못하고 물었다.

"어떤 목사님의 누이동생한테. 성당 참사회 의원이신 프레스콧이란 목사님이지."

"서인도제도를 여행할 때 만난 분이죠? 앨범에서 그분 사진을 보여주셨잖아요."

"맞아."

"혹시 어디가 편찮으신 건 아니세요? 그냥 목사님께 편지를 보내시려는 것뿐인가요?"

"나는 아주 건강해. 다만 어떤 일에 대해서 급히 알고 싶어 초조할 뿐이지. 프레스콧 양이라면 틀림없이 도와줄 수 있을 거야."

친애하는 프레스콧 양

나를 아직도 기억하고 있는지 모르겠군요. 우리는 그러니까 당신과 당신 오빠와 나는 서인도제도에 있는 생 오노레 섬에서 만났었지요. 목사님도 잘 계실 테지요? 지난겨울 추위 때 천식으로 고생하지나 않으셨는지 모르겠군요.

오늘 이 편지를 쓰게 된 것은 에스터 월터스, 월터스 부인의 주소를 알고 있으면 좀 알려달라고 부탁드리기 위해서입니다. 월터스 부인은 카리브 해에서 지낼 때 당신도 보았을 거예요. 돌아가신 래필 씨의 비서였지요. 그때 그녀한테서 주소를 받았는데 불행하게도 그만 잃어버렸답니다. 당시 그녀가 어떤 원에 문제에 대해서 내게 물었었는데 몰라서 대답을 못해 주었어요. 그런데 이제야 알게 되어서 그녀에게 편지로 알려주고 싶거든요. 들려오는 말에 의하면 그녀는 재혼했다고 하지만, 그것도 사실은 확실한 소식이라고 할 수가 없답니다. 아마 당신이라면 그녀에 대해서 나보다 훨씬 잘 알고 있을 거예요.

이번 일이 당신에게 폐가 되지 않았으면 좋겠군요. 그럼 목사님께도 안부 전해 주시고 하시는 일마다 행복이 함께 하길 기원합니다.

제인 마플

마플 양은 편지를 보내고 나자 기분이 훨씬 좋아졌다.

"최소한 나도 뭔가 일을 시작한 거라고 할 수 있어. 이번 편지에 크게 기대하지는 않지만, 그래도 뭔가 도움이 될지 모르지."

프레스콧 양은 편지를 받자마자 곧 답장을 보냈다. 참으로 일처리가 빠른 사람이었다. 그녀의 편지는 유쾌했고 문제의 그 주소가 동봉되어 있었다.

저도 에스터 월터스 부인한테서 직접 무슨 소식을 들은 것은 없고 당신처럼 그녀의 재혼식에 참석했던 한 친구로부터 그 소식을 들었답니다. 지금은 앨더슨인가, 앤더슨 부인이라고 하나 봐요. 주소는 햄프셔 군 앨턴 근교의 윈슬로 로지예요. 제 오빠도 당신께 안부를 전해 달라는군요. 우리가 이토록 멀리 떨어져 산다니 정말 너무도 안타까워요. 우리는 영국 북부에 있고, 당신은 런던 남쪽에 계시니 앞으로는 가끔씩이라도 서로 만나봤으면 얼마나 좋겠어요.

조안 프레스콧 올림

"앨턴 근교의 윈슬로 로지라." 마플 양은 그 주소를 옮겨적었다.

"여기서 그리 멀지 않은 곳인데. 그래, 그렇게 멀지 않은 곳이야. 가만있자, 어떻게 가는 게 좋을까—택시가 좋겠어. 좀 낭비인 듯도 싶지만, 만일 무슨 좋은 결과라도 얻게 되면 정당한 비용으로 청구할 수 있을 테니까. 그런데 그녀한테 먼저 편지를 보낼까, 아니면 한번 운에 맡겨 볼까? 가엾은 에스터. 그녀는 내가 베푼 호의나 친절을 거의 알지 못할 거야."

마플 양은 끝없이 떠오르는 생각의 늪 속으로 빠져들었다. 카리브 해에서 그녀가 취한 행동이 에스터 월터스를 곧 닥쳐올 살인으로부터 구해냈다고 해도 과언이 아니다. 그러나 그건 마플 양 개인의 생각이었고, 아마 에스터 월터스는 그렇게 생각지 않을 것이다.

"좋은 여자야." 마플 양은 부드러운 어조로 중얼거렸다.

"좋은 여자야. 못된 사내하고도 너무 쉽게 결혼해 버리는 경향이 있어 문제지만. 자칫 잘못했으면 살인범과 결혼할 뻔했지. 난 아직도 그렇게 생각해."

마플 양은 여전히 생각에 잠긴 어조로 나직하게 중얼거렸다.

"내가 그녀의 목숨을 구해 준 거나 마찬가지였어. 물론이고말고. 하지만 그녀는 그걸 인정하지 않을 거야. 아마도 나를 몹시 미워할 테지. 그렇다면 그녀한테서 정보를 얻어내기가 더욱 어려울 텐데. 그래도 하는 데까지는 해봐야지. 여기서 죽치고 앉아 그냥 기다리는 것보다야 훨씬 나을 테니까."

래필 씨가 그 편지를 쓴 것은 그녀를 희롱할 생각에서였을까? 그는 결코 친절한 사람이 아니었다. 남의 기분 따위는 전혀 생각해 주지 않는 편이었다.

마플 양은 시계를 보고는 일찍 잠자리에 들기로 했다.

"잠들기 바로 직전에 좋은 생각이 떠오르는 수도 많거든."

"잘 주무셨어요?" 체리가 아침 식탁에 앉은 마플 양 앞에 찻쟁반을 내려놓으며 물었다.

"괴상한 꿈을 꾸었어." 마플 양이 대답했다.

"악몽이었나요?"

"아니, 그런 것은 아니었어. 내가 누군가와 이야기를 나누고 있었는데, 잘 모르는 사람이었거든. 한참 이야기를 하다가 문득 그 사람을 보니까, 글쎄 그때까지 이야기를 나누던 사람이 아닌 전혀 다른 사람이지 뭐야. 누군지는 모르지만 아무튼 다른 사람이었어. 정말 괴상한 꿈이야."

"몹시 뒤죽박죽인 꿈이었나 보군요." 체리가 위로하듯 말했다.

"실은 그 꿈 때문에 생각난 것이 있어. 전에 알고 있던 어떤 사람에 대한 거야. 인치를 불러줘. 11시 반까지 이리로 오라고 해."

인치는 마플 양 과거의 일부였다. 원래의 택시 주인인 인치 씨가 죽자 그의 아들인 젊은 인치가 물려받아 사업을 계속하다가, 그의 나이가 40이 되자 자동차 차고로 업종을 바꾸면서 중고차도 두 대를 구입했다. 그리고 그가 죽자 차고는 다른 사람의 손에 넘어갔고, 그 뒤에도 핍스 자동차, 제임스 택시, 아서 렌트카 등으로 이름이 바뀌어 왔으나, 고집스러운 마을 주민들은 아직도 옛날대로 인치라고 부르고 있는 것이었다.

"런던에 가시려고요?"

"아니, 런던에 가려는 게 아냐. 아마 헤이즐무어에서 점심을 먹게 될 것 같아."

"거긴 또 왜 가시는 거죠?" 체리가 의아스런 표정으로 물었다.

"어떤 사람을 우연히, 그것도 정말 아주 자연스럽게 만나려고 하는 거야. 정말 쉽지 않은 일이지만, 어떻게든 해봐야지."

11시 반에 택시가 와서 대기하자, 마플 양은 체리에게 지시했다.

"이 번호로 전화를 걸어서 앤더슨 부인을 바꿔달라고 해. 그리고 앤더슨 부인이 전화를 받게 되면 브로드리브 씨가 의논할 일이 있다고 하는 거야. 체리가 브로드리브 씨의 비서가 되는 거지. 혹시 그녀가 집에 없으면, 언제 집에 돌아오는지 알아두어야 해."

"그녀가 집에 있으면 어떻게 하죠?"

"브로드리브 씨가 내주 중에 런던에 있는 사무실에서 뵙고 싶어하는데 시간을 내주실 수 있겠느냐고 묻고, 그녀가 적당한 날짜를 일러주면 그것을 메모한 다음 전화를 끊으면 돼."

"대체 무슨 일을 꾸미고 계신 거죠? 이게 다 무슨 일이에요? 어째서 저한테 이런 일을 시키시는 거죠?"

"기억이란 참 신기한 거야. 때로는 1년이 넘도록 들어보지 못한 목소리가 생생하게 기억나기도 하거든."

"그 뭐라는 부인이 제 목소리를 알아들으면 어떻게 하죠?"

"그런 일은 결코 없을 거야. 그래서 체리한테 전화를 부탁하는 것이지."

체리는 마플 양의 지시대로 전화를 걸었다. 앤더슨 부인은 쇼핑하러 나갔는데, 점심때쯤 돌아와 오후에는 죽 집에 있을 거라는 것이었다.

마플 양이 말했다.

"그렇다면 일이 한결 쉽겠는걸. 인치는? 아, 벌써 왔네? 그래, 잘 지냈어요, 에드워드?" 그녀는 아서 택시 회사의 운전기사에게 인사를 했다. 그의 실제 이름은 조지였다.

"여기까지 갈 건데, 한 시간 반 이상 걸리면 안 돼요."

드디어 본격적인 탐색이 시작되었다.

에스터 월터스

 에스터 앤더슨은 슈퍼마켓에서 나와 차를 세워둔 곳으로 걸어가며, 요즘은 갈수록 주차하는 일이 어려워지는 것 같다고 생각했다. 그때 갑자기 한 노부인이 다리를 조금 절며 다가오다가 그녀와 부딪혔다. 그녀가 미안하다고 하자 상대방이 깜짝 놀라며 소리쳤다.
 "아니, 세상에―이게 누구야?―월터스 부인 아녜요? 나 모르겠어요? 생 오노레 호텔에서 만난 적이 있었는데―그게 상당히 오래되었는데, 한 1년 반쯤 됐나요?"
 "마플 양이시죠? 맞아요. 정말 부인이로군요."
 "이렇게 다시 만나다니, 정말 너무너무 기뻐요. 나는 이 근처에서 친구들과 점심을 먹기로 했는데, 이따가 돌아갈 때는 앨턴을 거쳐서 가야 해요. 오늘 오후에 집에 있을 건가요? 그동안 밀린 이야기들을 나누고 싶은데 말이에요. 오랜만에 옛 친구를 만나게 되니까 하고 싶은 이야기가 너무 많아요."
 "그러실 거예요. 그건 저도 마찬가지인걸요. 3시 이후에는 죽 집에 있을 거예요."
 일단은 성공이었다.
 에스터 앤더슨 부인은 속으로 미소를 지으며 생각했다.
 '제인 마플 할머니가 불쑥 나타나다니, 세상에! 난 벌써 돌아가셨으려니 생각했는데.'
 마플 양은 3시 30분 정각에 윈슬로 로지의 초인종을 눌렀다. 에스터가 문을 열고 그녀를 맞이했다.
 마플 양은 그녀가 권하는 의자에 앉았지만, 왠지 모르게 다소 들뜬 모습이었다. 어떻게 보면 당황해 하고 있는 것 같았지만, 그러나 그것은 잘못 본 것으로, 그녀가 뜻한 바대로 일이 잘 되어가고 있다는 것을 보여주는 증거였다.

그녀가 에스터에게 말했다.

"정말 뜻밖이에요. 이렇게 다시 만나다니 너무도 반가워요. 세상 일이란 참으로 알 수 없는 것 같아요. 한번 다시 만나봤으면 하는 사람은 언젠가 꼭 다시 만나게 되거든요. 시간이 흐르다 보면 돌연히 그런 일이 생기게 되니 참으로 놀라운 일이에요."

"그래서 세상은 넓고도 좁다고들 하는가 봐요." 에스터가 말했다.

"맞아요. 거기에는 뭔가 알 수 없는 게 있는 것 같아요. 세상은 너무도 넓고, 또 서인도제도와 영국이 얼마나 멀리 떨어져 있어요? 그런데도 이렇게 부인과 만나게 되다니—그게 런던이 될 수도 있고, 해로즈 백화점이 될 수도 있지요. 아니면 기차역이나 버스 안에서 만날 수도 있고요. 그런 일은 얼마든지 일어날 수 있거든요."

"맞는 말씀이에요. 하지만 저는 사실 이런 곳에서 부인과 만나게 될 줄은 몰랐어요. 여긴 부인 같은 분과는 너무도 어울리지 않는 곳이거든요."

"아니, 그건 그렇지 않아요. 여긴 사실 내가 살고 있는 세인트 메리 미드와 그다지 멀리 떨어져 있지 않습니다. 한 25마일 정도밖에 안 될 거예요. 하지만 차가 없는 사람에게는 25마일도 상당히 먼 거리라고 할 수 있지요. 버스를 타거나 택시를 타지 않고는 서로 만날 수가 없으니 말이에요."

"무척 건강해 보이세요."

"내가 보기에는, 에스터, 당신이 더 활기에 넘쳐 보인다고 하고 싶은데. 당신이 여기서 살고 있을 줄은 정말 몰랐어요."

"저도 이곳에서 산 지 얼마 안 된답니다. 사실은 결혼하고서부터 여기에서 살게 되었거든요."

"어머나, 정말 몰랐어요. 세상에. 어쩌다 빠뜨리고 못 본 모양이에요. 난 신문의 결혼소식란은 늘 보는데."

"결혼한 지 4~5개월 되었어요. 지금은 앤더슨 부인이랍니다."

"앤더슨 부인……, 단단히 기억해 두어야겠는데. 그런데 남편은 뭘 하는 분인가요?"

"기술자랍니다. 타임 앤드 모션 회사의 지점을 경영하고 있어요. 그이는(그녀는 잠시 머뭇거렸다) 나보다 조금 어리답니다."

"오, 그건 문제가 안 돼요. 정말 문제가 안 됩니다. 오늘날에는 남자들이 여자보다 훨씬 빨리 늙거든요. 이런 말 하긴 좀 뭣하지만, 그게 사실인 걸 어떻게 해요. 남자들은 여자보다 걱정거리가 많고, 또 훨씬 힘든 일을 많이 하기 때문이 아닌가 싶어요. 그래서 그런지 고혈압이나 저혈압에 잘 걸리고, 때로는 가벼운 심장병에 걸리기도 하거든요. 또 위장병에 시달리기도 하지요. 우리 여자들은 걱정을 별로 하지 않는 것 같아요. 그런 점에서는 여자가 남자보다 훨씬 강하지 않을까 싶군요."

"그런 것 같아요."

이제 그녀는 마플 양에게 미소를 보이고 있었고, 마플 양은 마음이 놓였다. 지난번만 해도 에스터는 그녀를 몹시 미워하는 것 같았는데, 아마도 그때는 그녀를 증오했을지도 모른다. 하지만 지금은 글쎄, 조금은 감사하는 마음을 느끼지 않을까 싶기도 했다. 잘못했으면 앤더슨 부인으로서의 행복한 생활 대신 커다란 교회 묘지의 돌비석 아래 누워 있게 되었을지도 모른다는 것을 깨달았을 수도 있다.

"아주 건강하고 행복해 보이는군요." 마플 양이 말했다.

"부인도 마찬가지인걸요, 마플 양."

"뭘요, 이젠 많이 늙었답니다. 여러 가지 병치레도 많고, 뭐 그렇다고 심각할 정도는 아니고 신경통 때문에 여기저기가 쑤시고 아픈 정도지요. 무릎도 예전 같지가 않고, 등이나 어깨, 팔등에 통증을 느낄 때도 있어요. 이런, 내가 쓸데없는 얘기들을 늘어놓고 있군, 집이 참 훌륭해요."

"예, 지은 지 얼마 안 되었답니다. 우린 넉 달 전에 이사 왔어요."

마플 양은 주위를 둘러보았다. 예상한 대로인 것 같았다. 이사를 오면서 살림을 많이 장만한 모양이라고 생각했다. 가구들은 모두 고급스럽고 안락해 보였지만, 다소 사치스런 느낌도 들었다. 고급 커튼과 가구 덮개들, 그러나 특별히 예술적인 감각은 보이지 않았다. 그녀는 자기가 짐작한 대로인 것 같다고 생각했다. 이처럼 부유한 냄새가 나는 이유를 그녀는 능히 짐작할 수 있었다. 바로 래필 씨가 에스터에게 남겨준 유산 덕분이리라. 래필 씨가 마음을 바꾸지 않은 것이 다행이었다.

"래필 씨가 돌아가셨다는 사실을 알고 계시지요?" 에스터는 마치 마플 양의 마음을 들여다보기라도 한 듯이 물었다.

"예, 알고 있답니다. 이제 한 달쯤 되었나요? 정말 안된 일이에요. 정말 슬픈 일이지만, 사실 그분도 자신의 생명이 얼마 남지 않았다는 것을 알고 있었던 게 아닌가 싶어요. 그런 말씀을 여러 번 하셨거든요. 참으로 용기가 있는 분이었다고 생각하는데, 그렇지 않은가요?"

"예, 정말 용감하고, 또 무척 자상한 분이셨답니다. 제가 그분과 처음 일하게 되었을 때, 그분은 저에게 많은 급료를 주시겠다고 하면서, 그 이상은 기대하지 말고 착실히 저축해야 할 거라고 하시더군요. 저도 사실 그 이상 다른 무엇은 기대하지도 않았고요. 그분은 자기 말에 대해서 책임을 지는 사람이었잖아요? 그런데 어찌된 일인지 마음을 바꾸신 거죠."

"그래요. 그렇다니 정말 다행한 일이로군요. 그런데 그게―실은 그분한테서 아무 이야기도 못 들어서―대체 마음을 바꾸었다니, 뭘요?"

"저에게 막대한 유산을 남겨주셨답니다. 정말 엄청난 돈을요. 너무도 뜻밖이어서 처음에는 거의 믿어지지가 않을 정도였어요."

"아마도 당신을 놀라게 해주고 싶었나 보군요. 내 생각에는 그분은 마음씨가 좋은 분이었던 것 같아요." 마플 양은 이렇게 말하고 나서 다시 덧붙였.

"그런데 그 사람―이름이 뭐였더라, 수행 간호사였던 그 남자 말이에요, 그 사람한테는 아무것도 남겨주지 않았나요?"

"잭슨 말인가요? 아뇨, 그 사람한테는 아무것도 남겨주지 않았어요. 하지만 작년에 그에게 상당한 재산을 주셨답니다."

"그 뒤에 잭슨을 본 적이 있어요?"

"아뇨, 그 섬을 떠난 뒤로는 한 번도 본 적이 없는 것 같아요. 그는 영국에 돌아온 뒤로는 래필 씨하고 같이 지내지 않았거든요. 저지 섬인가 전지 섬에 사는 어느 귀족한테 간 것 같아요."

마플 양이 다시 입을 열었다.

"래필 씨가 돌아가시기 전에 꼭 한번 만나보았어야 하는 건데……. 우리가 그토록 서로 뒤엉켜 지낸 뒤라서 그런지 참으로 이상한 기분이 드는군요. 그분과 당신, 그리고 나, 또 다른 여러 사람들이 말이에요. 그 뒤 집으로 돌아와서 6개월이 지난 어느 날 문득 이런 생각이 들었어요—그 당시 긴박했던 순간에는 그토록 서로 밀접하게 지냈는데도, 실은 래필 씨에 대해서 아는 게 거의 없다는 것이었지요. 그분의 사망 소식을 읽은 다음 날은 하루 종일 그 생각만 했답니다. 그분에 대해서 좀더 알았으면—고향이 어디인지, 부모는 어떤 분들이었는지, 또 자식이 있었는지, 아니면 조카나 사촌, 또는 다른 친척은 없었는지 등등. 정말 알고 싶어요."

에스터 앤더슨은 살짝 미소를 지었다. 그녀는 마플 양을 가만히 바라보는데, 그녀의 표정은 마치 이렇게 말하는 것 같았다.

"물론이죠, 당신은 만나는 모든 사람들에 대해서 그들의 모든 것을 알고 싶어 못 견딜 거예요."

하지만 그녀는 단지 이렇게 말했을 뿐이다.

"사람들이 그분에 대해서 알고 있는 것은 오직 하나밖에 없었지요."

그러자 마플 양이 재빨리 말을 받았다.

"그가 굉장한 부자였다는 사실. 그렇지 않은가요? 어떤 사람이 굉장한 부자라는 것을 알게 되면 그 외에 다른 것은 문제가 되지 않는 법이거든요. 누구든 엄청난 부자를 만나게 되면 그 위력에 압도되어 이렇게들 말하지요. '정말로 굉장한 부자야.' 또는 '진짜 엄청난 부자야.' 마침내는 말끝이 희미해지며 말이에요."

에스터는 참지 못하고 살짝 웃음을 터뜨렸다.

마플 양이 다시 물었다.

"그분은 결혼하지 않았었지요? 자기 부인에 대해서 말한 적이 한 번도 없었거든요."

"오래전에 부인을 잃으셨다고 했어요. 결혼하고 나서 4~5년 뒤였대나 봐요. 부인은 그분보다 훨씬 연하였는데, 암으로 돌아가신 모양이에요. 정말 안된 일이죠."

"자녀는?"

"예, 딸 둘하고 아들 하나예요. 딸 하나는 결혼해서 미국에서 살고 있지요. 그리고 다른 딸은 어려서 죽었대요. 미국에 있는 딸은 저도 한 번 만나본 적이 있어요. 아버지와는 전혀 닮지 않았더군요. 말이 없고 조금은 애처로워 보이는 젊은 여인이었어요." 그녀는 잠시 말을 끊었다가 다시 이었다.

"래필 씨는 아들에 대해서는 한마디도 없었답니다. 아마 여기저기서 말썽을 많이 일으켰던 모양이에요. 좋지 못한 스캔들 같은 것 말이죠. 그런데 그도 몇 년 전인가 세상을 떠났다나 봐요. 아무튼 래필 씨는 아들에 대해서는 결코 입 밖에 내지 않았답니다."

"쯧쯧, 정말 안된 일이로군요."

"벌써 오래전의 일인가 봐요. 외국 어딘가로 떠났다가 돌아오지 않은 거죠 —아마도 그곳 어디서 죽은 게 아닌가 싶어요."

"래필 씨는 그 일로 해서 몹시 상심하셨겠지요?"

"그건 아무도 알 수 없는 일이죠. 그분은 자기에게 이롭지 못하다 싶은 일에 대해서는 과감히 단념해 버리는 사람이었거든요. 자기 아들이 마음에 들지 않고 보람은커녕 오히려 짐만 되자 아들에 대해서는 완전히 포기했던 것이 아닌가 싶어요. 생활비 같은 것은 어쩔 수 없이 보내주었을지는 몰라도, 그밖에 아들에 관한 생각은 다시는 하지 않았을 거예요."

"과연……, 정말로 자기 아들에 관해서는 일체 입 밖에 내지 않았다는 말인가요?"

"아시겠지만, 그분은 개인의 사사로운 감정이나 사생활에 대해서는 거의 말씀을 안 하시는 분이었답니다."

"그야 물론 그랬지요. 하지만 당신은 오랫동안 그분의 비서로 일해 왔으니 —따라서 자신의 고민거리 같은 것을 당신에게 털어놓기도 했을 텐데요?"

"남에게 고민 같은 것을 털어놓을 분이 아니었어요. 오히려 고민 같은 것은 아예 하지도 않는 사람이었다고 해야 옳을걸요. 일하고 결혼한 분이라고나 할까. 자신의 사업이 아버지였고, 유일한 자식이었으며, 그의 모든 것이었지요.

여러 가지 투자사업과 돈을 불리는 일에만 신경을 썼고, 또 그것만이 유일한 낙이었던 거예요. 사업은 크게 번창하고—"

"죽을 때까지는 아무도 행복한 사람이라고 장담할 수 없지." 마플 양은 무슨 슬로건이라도 외듯이 천천히 중얼거리고 있었다.

"돌아가시기 전에 특별히 무슨 일에 대해서 걱정하진 않았나요?"

"아뇨. 그런데 어째서 그런 생각을 하시나요?" 에스터가 되물었다.

"사실 나도 꼭 그랬을 거라고 생각하는 것은 아니에요. 다만 사람들이 늙게 되면, 사실 그는 늙었다고 할 순 없지만, 아무튼 꼼짝 못하고 드러눕게 되어 아무 일도 못하게 되면 여러 가지 근심거리가 많게 되는 법이기 때문에 그런 생각을 해본 거랍니다. 그렇게 되면 걱정거리들이 늘 마음에서 떠나지 않고 맴돌게 되거든요."

"무슨 말씀인지 알겠어요. 하지만 래필 씨는 그렇지도 않았던 것 같아요. 아무튼 저는 곧 비서직을 그만두었답니다. 에드먼드를 만나고 나서 2~3개월 뒤였어요."

"아, 그랬군요. 래필 씨는 당신이 그만두어서 몹시 가슴 아팠을 거예요."

"아니, 그렇지는 않았을 거예요." 에스터가 밝은 표정으로 말했다.

"그분은 그런 일로 가슴 아파할 분이 아니었답니다. 곧바로 다른 비서를 고용했을 거예요. 사실 또 그랬고요. 마음에 들지 않으면 돈을 듬뿍 안겨주고 내보내고는 대신 다른 비서를 고용하는 거죠. 아마도 마음에 드는 비서를 찾을 때까지 계속 그렇게 했을 거예요. 무척이나 감성이 예민한 분이었답니다."

"맞아요. 그 점은 나도 알 수 있어요. 너무 쉽게 흥분하고 화를 잘 내서 탈이었지만."

"화내는 것을 즐겼다고나 할까요. 그렇게 함으로써 그분은 극적인 재미를 느꼈던 것 같아요."

"극적이라." 마플 양은 심각한 어조로 말했다.

"나는 가끔 궁금한 생각이 들었는데, 혹시 래필 씨는 범죄학이랄까, 뭐 그런 것에 대한 연구에 관심이 있는 것 같지는 않았나요? 글쎄, 뭐랄까……."

"카리브 해에서 일어난 그 일 때문에 그러시는 거죠?" 에스터의 목소리가 갑자기 딱딱해졌다.

마플 양은 잠시 망설였으나 도움이 될 만한 정보를 어떻게 해서든 조금이라도 알아내야겠다는 생각이 앞섰다.

"아니, 그 일 때문에 그러는 것은 아니고, 다만 나중에 혹시 그분이 그런 일들의 심리학적인 측면에 대해서 의문을 품지는 않았을까 싶어서라오. 아니면 정의가 제대로 지켜지지 않은 사건들에 대해서 관심을 갖게 되었거나, 혹은—뭐랄까……." 그녀는 시간이 지날수록 점점 더 자신이 없어지는 것을 스스로 느낄 수 있었다.

"그분이 그런 일들에 대해서 조금이라도 관심을 가졌을 것 같아요? 그리고 생 오노레 섬에서 있었던 그 끔찍한 일에 대해선 더 생각하고 싶지도 않군요."

"그야 물론 그럴 거예요. 내가 정말 주책없이 굴었나 봐요. 사실 래필 씨가 가끔 말하곤 한 어떤 일에 대해서 생각하고 있는 중이었다오. 이상하게 들리겠지만, 그분이 혹시, 그 뭐랄까—범죄의 원인에 대해서 나름대로의 의견을 갖고 있었던 게 아닌지 가끔 그런 생각이 들곤 해서……."

"그분의 관심은 오로지 재산문제에 관한 것뿐이었어요." 에스터는 딱 잘라 말했다.

"아주 기가 막힌 사기범죄 같은 것이라면 몰라도 그밖에는 전혀—."

그녀는 여전히 차가운 눈빛으로 마플 양을 바라보고 있었다.

마플 양은 얼굴을 붉히며 말했다.

"미안해요. 쓸데없이 좋지도 않은 옛날 일을 들추어내어 부인을 심란하게 만든 것 같군요. 이젠 그만 일어서야겠어요." 그러고는 다시 덧붙였다.

"기차를 타야 하는데 시간이 될까 몰라……. 이런 핸드백이 어디 갔지? 아, 여기 있군요."

그녀는 핸드백을 챙긴다, 우산을 찾는다 하는 등 법석을 떨며 긴장감이 다소 풀릴 때까지 시간을 보냈다. 이윽고 문을 나서게 되자 그녀는 차라도 한 잔 들고 가라며 만류하는 에스터를 돌아보며 말했다.

"아녜요, 말은 고맙지만 정말 시간이 없어요. 이렇게 다시 만나게 되어서 정말 기뻐요. 그리고 아무쪼록 행복한 생활이 되기만 바라요. 그런데 혹시 다시 일을 할 생각은 없겠지요?"

"글쎄요. 그런 사람들도 많아요. 뭔가 소일거리를 찾는다는 거죠. 사람들은 대개 아무것도 하지 않고 지내게 되면 무료해서 견딜 수 없게 되거든요. 하지만 나는 좀더 여유 있는 생활을 즐기고 싶어요. 또 래필 씨가 남겨준 유산도 있으니까요. 정말 친절한 분이세요. 내가 그 유산을 어떻게 쓰든 개의치 않고 오직 내가 즐겨 써주기만을 원하셨을 거예요."

에스터는 잠시 말을 끊었다가 불쑥 내뱉었다.

"사실 나는 그분을 좋아했어요. 그래요, 몹시 좋아했답니다. 나한테 있어서 그분은 일종의 도전 같은 존재였기 때문이었을 거예요. 그분은 상당히 까다로운 분이어서, 나는 그런 그분을 다루는 것을 즐겼답니다."

"그래, 그분을 마음대로 다루었나요?"

"글쎄요, 완전히 다룰 수 있었다고는 할 수 없지만, 생각보다는 잘 해냈다고 할 수 있을 거예요."

마플 양은 길로 나와서는 뒤를 돌아보고 에스터에게 손을 흔들어 주었다. 에스터 앤더슨 역시 문간에 서 있다가 밝게 웃으며 손으로 답례를 보냈다.

"이번 일은 그녀, 아니면 그녀가 알고 있는 무엇인가와 관계가 있을 거라고 생각했는데……." 마플 양은 혼자 중얼거렸다.

"잘못 생각한 것 같아. 그래, 그게 무엇이든 간에 그녀와는 관계가 없는 것 같아. 아, 래필 씨는 내 능력을 너무 과대평가한 게 아닌지 모르겠어. 여러 가지 상황을 종합해서 밝혀내 주기를 기대한 모양인데—도대체 어떤 일을……. 이제 어떻게 하지?" 그녀는 고개를 저었다.

그녀는 상황을 세밀하게 분석해 보았다. 어쨌든 그녀에게 결정권이 있었다. 거절하든, 수락하든, 무엇을 어떻게 알아내든, 다 그녀의 소관이었다. 현재는 아무런 정보도 갖고 있지 않지만, 뭔가 단서가 될 만한 것이 나타날 때까지 희망을 갖고 계속 나아가든 말든 모두 그녀에게 달린 일이었다. 이따금씩 그녀는 눈을 감고 래필 씨의 얼굴을 떠올려 보았다. 그는 간편한 여름옷을 입고 서인도제도의 호텔 정원에 앉아 있었다. 기분이 좋지 않은 듯 얼굴을 찌푸리고 있었지만, 이따금씩 농담을 던지기도 하며. 그가 이번 일을 계획하고 착수하기로 결심했을 때 심중에 무슨 생각을 가지고 있었는지 알 수만 있다면. 그녀가 일을 수락하도록 미끼를 던져 유인할 생각이었을까? 아니면 설득할 생각이었을까—혹은 억지로라도 그녀에게 일을 떠맡길 생각이었을까? 래필 씨의 개성으로 보아서는 세 번째가 가장 가능성이 많았다. 그렇다고 하더라도 그는 뭔가 해주기를 바라고 그녀를 선택해서 일을 맡기기로 한 것이 아닐까? 무엇 때문에 그는 갑자기 그녀를 마음속에 떠올리게 된 것일까? 어째서 그녀에 대한 생각이 난 것일까?

그녀는 래필 씨와 생 오노레 섬에서 있었던 일을 돌이켜 보았다. 혹시 그가 임종에 이르게 되자 서인도제도에 갔었던 일을 떠올리고 그 문제들을 곰곰이 생각하게 된 것은 아닐까? 누군가 그와 적대관계에 있는 사람, 혹은 한편이었거나, 아니면 그냥 방관자였던 어떤 사람과 관계가 있는 일이어서 마플 양을 생각하게 된 것일까? 정말로 무슨 연관이 있는 것일까? 그렇지 않다면 갑작스레 그녀 생각을 떠올렸을 까닭이 없다. 도대체 어떤 면에서 그녀가 필요했을까? 늙은 데다가 머리도 혼란스럽고, 지극히 평범한 할머니에 지나지 않으며, 그나마 육체적으로도 그다지 건강치 못하며 예전처럼 머리회전이 빠르지 못한 데도 말이다. 혹시 그녀에게 무슨 특별한 자격이라도 있다는 걸까? 그건 있을 수 없는 일 같았다. 그렇다면 래필 씨가 그녀를 골려주려고 꾸민 일일까? 비록 죽음을 눈앞에 두었다고 하더라도 래필 씨는 자신의 그 별난 유머 감각 때문에 한번 짓궂은 장난을 해보고 싶다는 생각을 했는지도 모르는 일이다.

그녀는 래필 씨라면 바로 숨이 넘어가기 직전이라고 해도 한마디 농담을 던지고 싶어할 사람이라고 생각했다. 그게 사실이라면 그의 별난 유머 행각이 제대로 들어맞은 셈일 것이다.

마플 양은 다짐이라도 하듯 자신 있는 목소리로 중얼거렸다.

"분명히 내겐 그럴 만한 자격이 있을 거야."

결국 래필 씨는 이 세상 사람이 아닌 이상, 자신의 장난을 직접 즐길 수는 없는 노릇이다. 과연 그녀가 지닌 자격이란 어떤 것일까?

"내게 무슨 자격이 있어 남에게 도움을 줄 수 있다는 걸까?" 마플 양은 자신에게 물어보았다.

그녀는 겸손하게 자신을 돌이켜보았다. 이것저것 조사하고 캐묻기를 좋아하는 성격이었다. 그녀 나이에는 질문을 받기보다는 질문을 하는 것이 어울렸다. 그것이 하나의 두드러진 특징이라고 할 수 있다. 뭔가를 알고 싶으면 사립탐정이나 심리 조사원을 찾아가는 것보다 나이 든 노부인, 즉 이것저것 캐묻고 다니기를 좋아하며 수다스럽고 무슨 일이건 간에 다 알고 있어야 직성이 풀리는, 또 그런 것들이 모두 극히 자연스럽게 보이는 노부인을 찾아가는 것이 훨씬 도움이 되는 법이다.

"수다스럽고 참견 잘하는 할망구지." 마플 양은 중얼거렸다.

"암, 나야말로 말도 많고 참견하기 좋아하는 할망구라 할 수 있지. 나 같은 수다쟁이 할망구는 주위에서 얼마든지 볼 수 있어. 그럼. 나야 아주 평범한 할망구에 지나지 않지. 평범하고, 가끔은 이것저것 헛갈리기도 하는 그런 할망구. 물론 그런 면이 속을 감추기에 더없이 좋은 무기이기도 하고. 이런, 대체 내가 무슨 생각을 하고 있는 거지? 때로는 상대방이 어떤 사람인지 금방 알아보는 수도 있는데, 그건 그 사람이 내가 알고 있는 다른 사람을 생각나게 하기 때문이야. 그리고 또 나는 사람들의 결점이나 장점에 대해서 어느 정도는 알고 있어. 어떤 종류의 사람인지 금방 알지. 바로 *그거야*."

마플 양은 다시 생 오노레 섬과 골든 팜 호텔을 생각했다. 또한 뭔가 실마리를 얻을 수 있지 않을까 하는 기대를 갖고 에스터 월터스를 찾아가 보기도 했다. 그것은 정말 쓸데없이 시간만 낭비한 짓인 것 같다고 마플 양은 생각했다. 거기에서는 더 이상의 연관성이 있을 것 같지 않았다. 그것이 대체 무엇인지 감도 못 잡고 있는, 마플 양을 바쁘게 만든 그 일과는 전혀 관계가 없는 것 같았다.

"휴, 래필 씨, 당신은 정말 나쁜 사람이에요." 마플 양은 상당히 짜증스런 어조로 중얼거렸다.

그러나 그 뒤 침대에 들어 찜질용 보온 물통을 신경통에 몹시 시달리는 등에 대면서 다시—다소 누그러진, 사과하는 듯한 어조로 중얼거렸다.

"그래도 난 최선을 다했어요."

그녀는 마치 방 안에 누군가 있기라도 한 듯이 큰 소리로 말했다. 사실 어단가에 그가 있을 것도 같았고, 또 텔레파시라든가 뭐 그런 것이 존재한다면, 그렇다면 분명하게 요점을 말해 둘 필요가 있지 않을까 싶었다.

"이제 내가 할 수 있는 것은 다해 보았어요. 내 능력이 미치는 데까지는 다 했으니까, 나머지는 당신 손에 맡기겠어요"

마플 양은 훨씬 편안한 기분으로 손을 내밀어 전등을 끄고는 잠을 청했다.

저승으로부터의 지시

1

 그로부터 3~4일 뒤, 편지가 한 통 배달되었다. 마플 양은 언제나처럼 소인과 필적을 확인한 뒤, 청구서가 아니란 것을 알고 나서야 겉봉을 뜯었다. 내용은 타자기로 깔끔하게 쳐져 있었다.

 마플 양,
 부인이 이 편지를 읽을 때쯤이면 나는 이미 죽어 땅에 묻혀 있을 겁니다. 화장이 되지 않아 다행입니다. 한 줌의 재가 되어 청동제 납골함에 담겨지는 한 망령이 되어 나타나고 싶어도 그럴 수 없지 않을까 싶군요. 하지만 그대로 매장된다면 무덤에서 빠져나와 망령이 되어 누군가에게 나타나는 것은 제법 있을 수도 있는 일이 아닐는지요. 내가 정말 그렇게 되기를 원하는 걸까요? 모르겠어요. 어쩌면 어떻게 해서든 부인과 의사소통이 되기를 원하는 것인지도 모릅니다.
 지금쯤이면 아마 부인은 내 변호사들과 만나서 어떤 제안을 들었을 겁니다. 바라건대 그 제안을 부인이 수락해 주셨으면 합니다. 하지만 그 제안을 거절하셔도 상관없습니다. 그 일로 미안해하진 마십시오. 수락하시건 거절하시건 그건 부인 자유입니다. 이 편지는 내 변호사들이 지시받은 대로 일을 처리하고, 또 우체국이 제대로 임무를 수행한다면 이달 11일 부인에게 전달될 겁니다. 지금부터 이틀 안에 부인은 또 런던의 어떤 여행사로부터 연락을 받게 될 겁니다. 아마도 그 일이 부인을 불쾌하게 하지는 않을 겁니다. 거두절미하고, 아무튼 마음을 활짝 여십시오. 그리고 건강에 특히 조심하시기 바랍니다. 부인

이라면 그 일을 잘 해내실 겁니다. 부인은 무척 예리한 분이니까요. 언제나 행운이 함께 하고, 또 수호천사가 부인 곁에서 항상 지켜주시기를 기원합니다.

부인의 친구 J. B. 래필

"이틀이라고!" 마플 양은 탄식을 하듯 되뇌었다.

그녀에게는 하루가 1년 같았다. 우체국도, '대영제국의 유명저택과 정원 순회관광'이란 모토를 내건 여행사도 맡은 바 업무를 성실히 수행했다.

제인 마플 양 귀하.
고(故) 래필 씨의 지시에 따라 우리 여행사의 37번째 순서인 대영제국의 유명저택과 정원 순회관광의 세부일정을 보내드립니다. 이번 여행은 다음 목요일인 17일 런던을 출발함으로써 시작됩니다.
런던에 있는 우리 사무실을 방문해 주시면 우리 여행사 직원인 샌본 부인이 모든 것을 자세히 알려드리고 궁금하신 점에 대해서도 모두 답해 드릴 것입니다.
이번 여행은 2~3주 정도 소요됩니다. 또한 이번에 여행할 곳은 부인이 아직 가보시지 못한 곳으로서, 정말 아름답고 경관이 수려한 명소와 훌륭한 정원이 포함되어 있는데, 래필 씨는 부인 마음에 꼭 드실 거라고 하셨습니다. 그분은 부인을 위해 우리가 할 수 있는 최상의 서비스와 편의를 제공하라고 하셨습니다.
언제 버클리 가(街)에 있는 우리 사무실을 방문해 주실지 알려주시기 바랍니다.

마플 양은 그 편지를 접어 핸드백 속에 집어넣고 나서, 전화번호부를 펼쳐 들고는 두 친구에게 전화를 걸었다. 한 친구는 바로 그 여행사에서 주관하는 관광여행을 다녀온 적이 있었는데, 굉장히 멋진 여행이었다고 했다. 또 한 친구는 비록 자기가 직접 경험한 것은 아니지만, 경험한 친구들에 의하면 다소 비용이 많이 들기는 해도 늙은이들을 지쳐 빠지게 하지는 않는다고 했다. 마플 양은 버클리 가의 그들 사무실로 전화를 걸어 다음 화요일에 방문하겠다고 했다.

다음 날 그녀는 체리에게 그 여행 건에 대해서 말했다.

"나, 여행을 떠나게 될 것 같아, 체리."

"여행이오?" 체리가 물었다.

"관광회사에서 주관하는, 무슨 패키지 해외관광인가 하는 것 말인가요?"

"아니, 해외관광이 아니고 국내관광이야. 주로 유서 깊은 유명저택이나 정원을 둘러보는 것이지."

"연세도 많으신데 괜찮으시겠어요? 무척 힘이 드실 텐데요. 때로는 몇 마일씩 걷기도 하셔야 해요."

"내 건강은 걱정하지 않아도 돼. 이런 관광여행은 건강이 별로 좋지 않은 사람들을 위해 충분히 휴식할 시간을 준다고 하더군."

"하지만 조심하셔야 해요, 제발. 갑자기 심장마비라도 일으켜 쓰러지시기라도 한다면 기막히게 멋진 분수 같은 걸 구경한다고 해도 무슨 소용이 있겠어요? 너무 나이가 많이 드셨어요, 마님. 이런 여행을 하시기에는 말이에요. 이런 말씀을 드려서는 안 되겠지만, 만일 너무 무리하시다가 돌아가시기라도 한다면……."

"내 몸은 내가 책임질 수 있어." 마플 양은 다소 엄숙하게 말했다.

"아무튼 조심하셔야 해요."

마플 양은 짐을 꾸린 뒤, 런던으로 가서 적당한 호텔을 찾아 방을 잡았다. ('아! 버트램 호텔.' 그녀는 생각했다. '참으로 멋진 호텔이었지. 이런, 그때의 일들은 모두 잊어야 해. 세인트 조지는 정말 즐거운 곳이야.') 약속시간이 되자 그녀는 버클리 가에 있는 여행사 사무실을 찾아가 35세쯤 되어 보이는 상냥한 여인의 마중을 받았다. 그 여인은 샌본 부인이라고 자신을 밝히며 이번 여행에서 마플 양을 개인적으로 수행하게 될 것이라고 했다.

"그런데 내 경우에는—." 마플 양은 말끝을 흐렸다.

샌본 부인은 그녀가 다소 당황해 하는 것을 알아차리고는 재빨리 말했다.

"어머, 저번에 보낸 편지에서 미리 알려드렸어야 하는 건데. 모든 비용은 래필 씨가 이미 지불하셨답니다."

"그분이 돌아가신 것을 알고 있나요?" 마플 양이 물었다.

"그럼요. 하지만 이번 일은 그분이 돌아가시기 전에 다 해놓으신 거예요. 그분은 이렇게 말씀하시더군요—자기는 비록 건강이 좋지 않지만, 평소 그렇게 여행을 하고 싶어도 기회가 없어 안타까워하는 아주 친한 부인이 한 분 계신데, 그 부인을 한번 대접해 드리고 싶었다고요."

2

이틀 뒤, 마플 양은 작은 여행용 가방을 들고 새로 산 멋진 옷가방은 운전사에게 맡기고는 런던 북서쪽으로 빠져나가는 호화스럽고 몹시 안락한 버스에 올라탔다. 그녀는 관광안내 책자 안쪽에 적혀 있는 승객 명단을 찬찬히 살펴보았다. 그것은 보기 좋게 꾸며진 작은 책자로, 관광버스의 일일 스케줄, 호텔과 식사, 관광지 등에 대한 다양한 정보가 적혀 있었고, 또한 어느 날은 두 개의 관광 코스 중 하나를 선택할 수 있는 사항에 대해서도 자세히 나와 있었는데, 그것은 강요하는 것이 아니라 하나는 젊고 활동적인 사람들을 위한 것이고, 다른 코스는 노인네들과 관절염이나 류머티즘에 시달려 다리가 불편한 사람들을 위한 것이어서 자주 앉아 쉴 수 있으며 지세가 험하지 않고 걷는 거리가 짧은 코스로, 이에 대한 설명도 자세하게 되어 있었다.

마플 양은 승객 명단을 보고 나서 함께 할 사람들을 자세히 살펴보았다. 다른 승객들 역시 그녀와 마찬가지로 다른 사람들을 살펴보고 있었기 때문에 그것은 쉬운 일이었다. 사람들은 여럿 중에서도 유독 그녀를 살펴보고 있었는데, 그들 중에서 특별히 마플 양의 관심을 끌 만한 사람은 없었다.

라이즐리 포터 부인
조안나 크로퍼드 양
워커 대령 부부

H. T. 버틀러 부부
엘리자베스 템플 양
원스티드 교수
리처드 제임슨 씨
럼리 양
벤덤 양
캐스퍼 씨
쿡 양
배로 양
엠린 프라이스 씨
제인 마플 양

 노부인은 넷이었다. 마플 양은 우선 이들부터 살펴보기로 했다. 다시 말하자면 그들부터 관찰대상에서 제외시키기로 한 것이다. 그중 둘은 동행이었다. 나이가 70쯤 되어 보이는 그들은 마플 양과 동년배인 듯싶었다. 그중 한 사람은 불평이 많은 타입인 것 같았다. 버스 앞좌석에 앉았다가는 곧 뒷좌석으로 옮기고, 또 창가에 앉았다가는 햇볕이 안 드는 안쪽 좌석에 앉고 싶어하는 등. 신선한 공기를 마시고 싶어 창문을 열었다가는 바람이 너무 들어온다고 투덜거리기도 하며……그들은 여행용 담요와 니트 스카프, 그리고 꽤 여러 종류의 여행안내서들을 가지고 있었다. 그들은 조금 다리를 절며 이따금씩 무릎이나 등이 쑤시기도 했지만, 그런 노령에도 불구하고 살아 있는 동안 인생을 즐기는 데는 아무런 지장이 없는 모양이었다. 확실히 집에만 틀어박혀 있는 그런 할머니들은 아니었다. 마플 양은 가지고 온 작은 노트에 적어넣었다.
 그녀와 샌본 부인을 빼고 승객은 모두 15명이었다. 그리고 그녀가 이 관광여행에 일원이 된 이상 이들 15명은 모두 어떤 식으로든 그냥 지나칠 수만은 없는 중요한 존재들이 된 셈이다. 중요한 정보원(情報源)으로서, 혹은 법적인 문제나 사건과 관계가 있는 사람이 될 수도 있고, 아니면 살인범—이미 살인을 저지른 사람이거나, 혹은 살인을 계획하고 준비하고 있는 사람이 될 수도 있는 것이다. 그것이 무엇이든 래필 씨와 관계된 것일 수 있었다. 아무튼 그녀는 이 사람들에 대해서 요모조모 메모해 두기로 했다.

노트 오른쪽 페이지에는 래필 씨의 입장에서 볼 때 주목할 가치가 있는 사람들에 관해서 적기로 하고, 왼쪽 페이지에는 그녀에게 유용한 정보—당사자 자신은 자기가 그런 정보를 가지고 있는 줄을 모를 수도 있는 그런 정보를 제공해 줄 수 있는 사람들에 대해서 정리해 두기로 했다. 물론 그들은 자신이 갖고 있는 정보가 그녀에게, 혹은 래필 씨에게, 아니면 법이나 세상의 정의를 위해 유익한 것이 될 수도 있다는 사실조차 모르고 있을지도 모른다. 그날 저녁, 그녀는 노트 뒷면에 과거 세인트 메리 미드나 기타 다른 곳에서 그녀의 마음속에 깊은 인상을 남겨준 사람들에 대해서 한두 가지 적어두기로 했다. 뭔가 유사점이 있다면 그것이 좋은 길잡이가 될 수도 있기 때문이다. 과거에도 종종 그러한 적이 있었다.

또 다른 두 노부인은 분명히 일행이 아닌 듯싶었다. 나이는 둘 다 60쯤. 한 노부인은 나이보다 젊어 보였고, 또 옷맵시도 근사한 것이 분명 자신을 사회적으로 상당한 신분이 있는 존재로 여기는 것 같았고, 또한 남들도 그렇게 보았다. 목소리는 크고 오만함이 깃들어 있었다. 그녀가 데리고 있는 처녀는 열여덟 아홉 살쯤 되어보였으며, 그녀를 제럴딘 숙모라고 불렀다. 이 처녀는 숙모의 권위주위적인 태도에 익숙해져 있다는 것을 마플 양은 주목했다. 또한 이 처녀는 상당히 똑똑하고 매력적이었다.

마플 양이 앉아 있는 통로 건너편에는 어깨가 딱 벌어진 덩치가 큰 남자가 앉아 있었는데, 마치 욕심꾸러기 아이가 네모난 벽돌을 되는 대로 쌓아놓은 듯 볼품없는 모습이었다. 그의 얼굴은 원래는 둥글게 만들려고 했지만, 그와는 반대로 네모난 턱이 크게 발달한 각진 얼굴이 된 것 같았다. 커다란 머리에 희끗희끗한 흰 머리칼이 섞여 있었고, 보기 드물게 짙은 눈썹은 말을 할 때마다 아래위로 크게 움직거렸다. 말하는 모습은 마치 쉴 새 없이 짖어대는 양치기 개처럼 으르렁거리는 것 같았다. 그의 옆좌석에는 큰 키에 검은 머리를 한 외국인이 앉아 있는데, 자리가 불편한지 계속해서 이리저리 몸을 움직거리고 있었으며, 발음이 괴상한 영어로 말하다가 이따금씩 불어와 독일어를 섞어 쓰기도 했다. 덩치가 큰 남자는 이러한 외국어에 대해서 꽤 익숙한 듯, 그때마다 불어와 독일어로 능숙하게 대꾸하고 있었다. 그들을 다시 한 번 재빨리 훔쳐보고 마플 양은 그 눈썹이 짙은 남자가 원스티드 교수이고, 침착하지 못한 외국인이 캐스퍼 씨일 거라고 마음속으로 결정해 버렸다. 그녀는 대체 그들이 무엇을 가지고 그토록 열띤 토론을 벌이고 있는지 궁금했지만 캐스퍼 씨의 말이 너무 빠르고, 또 외국어가 섞여 있어 제대로 알아들을 수가 없었다.

그들의 앞좌석에는 한 60세쯤 되어 보이는 키가 큰 노부인이 앉아 있었는데, 어느 곳에서도 금방 눈에 뜨일 두드러진 모습을 하고 있었다. 아직도 젊었을 때의 뛰어난 아름다움을 그대로 간직하고 있는 부인으로, 짙은 회색빛 머리를 뒤로 감아올려 상큼한 이마를 드러내 보이고 있었다. 그녀의 목소리는 나직하고 맑으며, 예리한 울림이 있었다. 개성이 뚜렷한 여인이라고 마플 양은 생각했다. 그렇다, 분명 쉽게 볼 수 있는 여인은 아니다. 뭔가 여느 여인과는 다른 분위기를 풍겼다. '에밀리 월드론 부인이 생각나는걸.' 하고 마플 양은 생각했다. 에밀리 월드론 부인은 옥스퍼드 대학의 한 단과대학 학장이며 유명한 과학자였는데, 마플 양은 조카가 주최한 어떤 모임에서 한 번 만난 적이 있었고, 그때 받은 인상이 너무도 강해 결코 잊을 수가 없었다.

마플 양은 계속해서 다른 승객들을 살펴보았다. 부부가 두 쌍 있었는데, 한 쌍은 미국인 중년부부로, 아내는 상냥하고 다소 수다스러운 편이고, 남편은 온화하고 너그러운 사람이었다. 그들은 분명 관광을 한껏 즐기고 있었다. 그리고 또 중년 영국인 부부가 있었는데, 마플 양은 주저 없이 그들을 퇴역군인 부부라고 적어넣었다. 마플 양은 명단의 워커 대령 부부란에 표시를 했다.

그녀의 뒷좌석에는 키가 크고 마른 30세가량의 남자가 앉아 있었는데, 말투로 보아 건축가인 듯했다. 버스 앞쪽에는 동행으로 보이는 두 중년 여인이 있었다. 그들은 팸플릿 내용과 앞으로의 여행일정에 대해서 이야기를 나누고 있었다. 한 여인은 검은 머리에 마른 체격이었고, 다른 여인은 금발에 탄탄한 체격으로 마플 양에게는 어쩐지 낯이 익어 보였다. 전에 어디선가 본 것 같았다. 하지만 그게 어디에서였는지 생각이 나지 않았다. 무슨 칵테일파티나, 아니면 기차 앞자리에 앉았던 사람일 수도 있었다. 그 여인에게는 사람들의 기억

속에 남을 만한 뚜렷한 특징 같은 것이라고는 전혀 없었다.

이제 마플 양이 살펴볼 사람은 하나밖에 남지 않았다. 아주 젊은 사람으로 19세나 20세쯤 되어 보이는 청년이었다. 그의 차림새는 나이와 잘 어울리는 것으로, 몸에 꼭 끼는 검은색 진에 자주색 폴로 스웨터를 입었고, 길게 기른 검은 머리를 거의 어깨까지 늘어뜨리고 있었다. 그는 그 '제럴딘 숙모'라고 불리는 오만한 부인의 조카딸에게 상당한 관심이 있는 것 같았고, 그녀 역시 그에게 마음을 두고 있는 것 같았다.

점심때 버스는 한 쾌적한 강변 호텔에서 멈추었고, 오후에는 블레넘을 관광하기로 했다. 마플 양은 이미 그전에 블레넘을 두 번이나 본 적이 있기 때문에 실내 관광은 그만두고 조금 있다가 정원과 아름다운 경치나 구경하기로 했다.

그날 밤 묵기로 되어 있는 호텔에 도착했을 때는 승객들은 서로 상당히 친해져 있었다. 유능한 샌본 부인은 관광 중에도 본분을 잃지 않고 자신의 임무를 충실히 수행했다. 일행을 몇 개의 작은 무리로 나누고는 혹시 무리에서 뒤처진 사람이 있으면 다가가서 나직하게 속삭이곤 했다. "워커 대령님한테 가서 정원에 대한 이야기를 들어 보세요. 그분은 퓨셔(바늘꽃과의 관상용 관목)류(類) 수집에 있어서는 대가랍니다. 정말 굉장해요." 이처럼 그녀는 단지 몇 마디 말로 사람들을 흩어지지 않게 만들곤 했다.

마플 양은 이제 사람들의 이름을 모두 알게 되었다. 생각했던 대로 눈썹이 짙은 남자는 원스티드 교수였고, 그 외국인은 캐스퍼 씨였다. 오만한 여인은 라이즐리 포터 부인이었고, 그녀의 조카딸은 조안나 크로퍼드였다. 머리가 긴 청년의 이름은 엠린 프라이스였고, 그와 조안나 크로퍼드는 인생에 있어서 많은 것들, 이를테면 소신이랄 수 있는 경제문제, 예술, 싫어하는 것, 정책이라든가 일반적인 화제 등에 대해서 상당한 공통점을 가지고 있음을 알게 된 것 같았다.

두 노부인은 자연히 또래인 마플 양과 친해지게 되었다. 그들은 관절염이라든가 류머티즘, 다이어트 등에 대해서 이야기를 나누었고, 또한 의사들의 새로운 치료법, 효과가 높은 특효약에 대한 이야기, 전에 경험한 놀라운 치료효과에 대한 추억담 등을 나누며 즐거운 회상에 젖기도 했다. 그들은 또 유럽 여러 나라들을 여행한 일에 대해서도 이야기를 나누며 호텔과 여행사들이 어떠니 하다가 결국은 럼리 양과 벤덤 양이 살고 있는 서머싯 주에 대한 이야기로 넘어갔는데, 그들 말에 의하면 그곳에서는 솜씨 좋은 정원사를 구하는 일이 그다지 어렵지 않다고 했다. 늘 같이 붙어 다니는 두 중년 부인은 쿡 양과 배로 양이었다. 마플 양은 이 두 여인 중에서 금발을 한 쿡 양을 어디선가 본 것 같다는 느낌을 떨쳐버릴 수 없었지만, 그게 어디에서였는지에 대해서는 여전히 생각이 나지 않았다. 어쩌면 그녀가 잘못 생각하고 있는지도 몰랐다. 그렇다고 해도 쿡 양과 배로 양이 일부러 자기를 회피하고 있는 것 같은 기분이 드는 것은 어쩔 수 없었다. 그들은 마플 양이 접근하는 것을 몹시 꺼려하는 것 같았다. 물론 그것은 그녀의 일방적인 억측에 지나지 않을 수도 있었지만.

이 15명 중 적어도 한 명은 어떤 식으로든지 그녀의 일과 관계가 있음은 틀림없는 일이었다. 그날 저녁 마플 양은 자연스럽게 래필 씨 이름을 거론하며 사람들의 반응을 살펴보았지만, 특별한 반응을 보이는 사람은 아무도 없었다.

그 아름다운 여인의 이름은 엘리자베스 템플 양으로, 어느 유명한 여학교의 교장을 지냈다고 했다. 마플 양에게는 아무도 살인범 같아 보이지 않았다. 다만 캐스퍼 씨가 조금은 가능성이 있어 보였지만, 그것은 외국인에 대한 편견 때문이리라. 마른 체격의 젊은 남자는 리처드 제임슨으로 건축가였다.

"내일이면 좀더 잘 알게 되겠지." 마플 양은 속으로 중얼거렸다.

3

마플 양은 완전히 녹초가 되어 잠자리에 들었다. 관광이란 즐겁기는 하지만 사람을 지치게 만든다. 거기다가 15~16명이나 되는 사람들을 일일이 관찰하면서 그중에 과연 누가 살인사건과 관계가 있을까 하고 쉴 새 없이 생각을 굴려야 했으니 오죽이나 피로했겠는가. 온전한 상식을 가진 사람이라면 꿈도 못 꿀 일 같았다. 이들은 모두 말 그대로 좋은 사람들로, 오로지 이 관광여행을 즐기는 것 말고는 아무 다른 목적도 없는 것 같았다. 그래도 그녀는 다시 한

번 승객 명단을 훑어보았지만, 역시 노트에 기록할 특별한 사실은 별로 없었다.

라이즐리 포터 부인? 범죄와는 전혀 무관. 지나치게 사교적이고 자기중심적인 것 같다.

조카딸인 조안나 크로퍼드? 역시 마찬가지. 하지만 무척 똑똑한 아가씨다.

하지만 라이즐리 포터 부인은 마플 양이 알아내고자 하는 일과 관계가 있는 어떤 정보를 가지고 있을지도 모른다. 라이즐리 포터 부인과는 계속 친하게 지낼 필요가 있을 것 같았다.

엘리자베스 템플 양? 무척 개성이 강한 여인. 흥미 있는 여인이다. 마플 양은 여러 살인범들을 떠올려 보았지만 그녀의 이미지와 부합되는 살인범은 전혀 없었다. '사실이지 그 여자는 너무도 완전무결해.' 마플 양은 생각했다. '설사 그녀가 살인을 범했다면, 그건 극히 당연한 살인이었을 거야. 뭔가 고결하고 정당한 이유가 있었거나, 아니면 그녀 스스로 고결하다고 생각하는 어떤 이유 때문에……' 하지만 그것만으로는 만족한 대답이 되지 못했다. 템플 양은 자신이 무엇을 하고 있으며, 또한 무엇 때문에 하는 것인지에 대해서 항상 인식하고 있을 것 같았다. 그것이 아무리 고결한 이상이라 할지라도 그로 인해 죄를 범하게 된다면 그녀는 그 일에 대해서 결코 분별없는 생각을 하지는 않을 것이다. '그렇다고 해도—.' 마플 양은 생각을 계속 이었다. '그녀는—그녀는 래필 씨가 무슨 이유로 해서 나로 하여금 만나보기를 원하는 사람일 수도 있어.' 그녀는 이런 생각들을 노트 오른쪽 페이지에 기록해 나갔다.

마플 양은 생각의 관점을 달리해 보았다. 지금까지는 누가 살인범일 가능성이 있을까에 대해서 생각해 보았는데, 그렇다면 과연 누가 희생자일까? 전혀…… 혹시 라이즐리 포터 부인이라면 또 모르지. 확실히 돈도 많아 보였고, 게다가 남에게 호감을 살 만한 성격도 아니다. 그 똑똑한 조카딸이 유산을 물려받게 될지도 모른다. 그녀와 무정부주의자 같아 보이는 엠린 프라이스가 무슨 반자본주의에 대한 이상 같은 것 때문에 손을 잡았을 수도 있다. 매우 가능성이 희박한 생각이기는 하지만 그 외에 달리 살인의 제물이 될 만한 사람을 생각해 내기는 어려웠다.

원스티드 교수는? 확실히 흥미 있는 인물이었다. 또 친절하기도 하고, 과학자일까, 아니면 의사? 확신할 수는 없지만 아무튼 그녀 생각에는 과학자인 것 같았다. 물론 그녀는 과학에 대해서는 문외한이었지만, 그녀 생각이 전혀 틀린 것 같지만은 않았다.

버틀러 부부는? 그녀는 그들을 혐의대상에서 제외시켰다. 선량한 미국인 부부이리라. 서인도제도나 그 밖에 그녀가 다른 곳에서 겪었던 사람들과는 전혀 관계가 없는 사람들이겠지. 버틀러 부부가 관계되었으리라고는 도저히 생각할 수 없었다.

리처드 제임슨? 비척 마른 건축가. 마플 양은 그 일과 건축은 도무지 관계가 없을 것 같았지만, 아무튼 생각은 해보았다. 은밀한 장소? 이번에 방문할 저택 중에 해골이 숨겨진 은밀한 장소가 있는 저택이 있을 수도 있다. 그렇다면 건축가인 리처드 제임슨은 그 은밀한 장소가 있는 곳을 알아, 자기가 그곳을 찾을 수 있도록 도와주거나, 아니면 자기가 그를 도와 그곳을 찾아내어 결국 그곳에서 시체를 발견하게 된다……. '맙소사.' 마플 양은 속으로 외쳤다. '이 무슨 말도 안 되는 생각을 하고 있담.'

쿡 양과 배로 양은? 전형적인 한 쌍의 여행자. 하지만 분명히 그들 중 한 명은 전에 어디선가 본 적이 있었다. 쿡 양은 분명히 낯이 익었다. 잘 생각해 보면 기억이 나겠지.

워커 대령 부부는? 좋은 사람들이다. 퇴역한 군인 부부로, 대부분을 해외에서 보냈다고 했다. 많은 이야기를 나누어 보았지만, 그들에게서는 그녀가 기대하는 것을 얻을 수 없을 듯싶었다.

벤덤 양과 럼리 양? 노부인들. 도저히 범죄자들로는 보이지 않는다. 하지만 노부인들은 대개 갖가지 소문이나 소식에 밝은 편이라 그들과 류머티즘이라든지 관절염, 혹은 특효약 따위에 대해서 이야기를 나누다가 우연치 않게 뜻밖의 귀중한 정보를 얻게 되는지도 모르는 일이다.

캐스퍼 씨? 위험한 인물일 수도 있다. 몹시 침착지 못한 성격인 것 같았다. 당분간 명단에서 그를 제외하지 않기로 했다.

엠린 프라이스? 아마도 학생이리라. 학생들은 원래 매우 격정적인 법이다.

래필 씨가 자기를 택한 것은 한 학생의 뒤를 밟아보라는 의도에서였을까? 그렇다면 그것은 그가 무엇을 했으며, 무엇을 원하는가, 아니면 무엇을 하려는가에 달려 있을 것이다. 그는 열렬한 무정부주의 신봉자일 수도 있다.

"아, 이젠 잠을 좀 자야지." 마플 양은 갑자기 피로가 엄습해 옴을 느끼며 중얼거렸다.

팔, 다리, 등, 그리고 정신마저도 정상이 아닌 것 같았다. 그녀는 곧 잠이 들었고, 여러 가지 꿈을 꾸었다.

한 꿈에서는 윈스티드 교수의 짙은 눈썹이 떨어졌는데, 그것은 그의 눈썹이 진짜가 아닌 가짜이기 때문이었다. 그녀가 다시 꿈에서 깨어나자 처음으로 느낀 것은 종종 곧이어서 꾸는 꿈이 문제의 그 꿈에 대한 모든 의문을 해결해 주곤 했다는 사실이다. '바로 그거야. 암, 틀림없어.' 그녀는 생각했다. 그의 눈썹이 가짜라면 문제는 모두 해결되는 것이다. 그는 바로 범죄자였던 것이다.

하지만 유감스럽게도 해결된 것은 하나도 없었다. 윈스티드 교수의 눈썹이 떨어졌다고 해서 문제해결에 도움이 되는 것은 전혀 없다.

유감이지만 그녀는 다시 잠에 들 수가 없었다. 그녀는 뭔가 결심을 하고 침대에서 일어나 앉았다.

마플 양은 한숨을 내쉬고는 천천히 가운을 걸치고 침대에서 나와 의자에 앉았다. 그러고는 옷가방에서 조금 큰 노트를 꺼내 들고 일에 착수했다.

그녀는 노트에 적어나갔다.

'내가 맡은 일은 분명 어떤 범죄와 관련되어 있는 것이다. 래필 씨는 편지에서 그 점을 확실히 밝혔다. 그는 내가 정의에 대한 뛰어난 감각을 가지고 있으며, 또한 그것은 범죄에 대한 직감과도 연결이 된다고 했다. 그 일이 범죄와 관련이 있다고 해도 그것은 간첩사건이나, 사기, 또는 강도사건 같은 것은 아닐 것이다. 왜냐하면 그런 것들은 내 전공이 아닐 뿐더러 나와는 전혀 상관도 없고, 또 거기에 대한 특별한 기술이나 지식도 없기 때문이다. 래필 씨가 나에 대해서 아는 것은 고작 생 오노레에서 함께 보낸 기간뿐이다. 그때 우리는 한 살인사건에 관계되었었다. 나는 신문에 보도된 살인사건 따위에 주의를 기울여 본 적이 결코 없었다. 또 범죄심리학에 대한 책을 읽어본 적도 없고,

사실 그런 것에는 전혀 관심이 없었다. 다만 그저 우연히 살인 현장에 있게 되었던 것이며, 그 우연이란 것이 도에 조금 지나칠 정도로 많았다는 것뿐이었다. 친구나 아는 사람들이 관계된 살인사건에 내 주의를 기울였던 것이다. 뭔가 특별한 일에 우연이라고 보기에는 이상할 정도로 관계하게 되는 일은 누구나 한두 번 경험하는 것이 아닐까? 우리 아주머니 한 분은 다섯 번이나 타고 가던 배가 조난당했고, 한 친구는 사고를 몰고 다니는 사람이라고 할 정도로 사고를 자주 겪곤 하는데, 그녀의 친구 중에는 그녀와 함께는 택시를 타지 않으려는 사람들도 있다. 그녀는 택시 사고 네 번, 자동차 사고 세 번, 그리고 열차 사고를 두 번이나 당했다. 이러한 일들은 뚜렷한 이유도 없이 어떤 특정한 사람들에게 자주 일어나는 것 같았다. 나 자신도 이런 것을 적고 싶지는 않지만, 그러나 분명 많은 살인사건들이 내 주변에서 일어나는 것 같으니 말이다.'

마플 양은 잠시 멈추고서 자세를 바꾼 뒤 등에 쿠션을 대고는 다시 적어나갔다.

'이번에 맡은 일에 대해서 나는 될 수 있는 한 논리적인 조사를 해야 한다. 내가 받은 지시는 너무나 막연하다. 전혀 없다고 해도 좋을 것이다. 따라서 나는 나 자신에게 한 가지 명백한 질문을 하지 않으면 안 된다. 대체 이것은 무슨 일에 관한 것일까? 대답은 나도 모른다. 기묘하고 흥미 있는 일임은 틀림없다. 래필 씨 같은 사람이 이런 식으로 일을 추진하는 것은 이상한 일이다. 더구나 유능한 사업가로서 놀라운 성공을 거둔 그가. 그가 나에게 바라는 것은 내 직감을 동원해서 추측하고 관찰하며 주어진 지시나 암시에 충실하라는 것이다.

정리하자면 우선,

1. 나는 지시를 받게 된다, 죽은 사람으로부터.

2. 내가 할 일은 정의를 지키는 것이다. 정의롭지 못한 것을 바로잡거나, 아니면 정의를 동원해서 악에 대항하는 것이다. 래필 씨가 내게 준 암호 네미시스만 보아도 이 점은 분명하다.

원칙적인 설명이 있고 나서 나는 처음으로 실제적인 지시를 받았다. 래필 씨는 죽기 전에 나를 '유명저택과 정원'을 관광하는 여행사의 37번째 여행에 참가하도록 해놓았다. 왜? 그것은 나 자신에게 물어야 할 질문이다. 어떤 지리적, 또는 지역적인 이유에서일까? 뭔가 관계가 있거나 실마리가 있을까? 어떤 특정한 저택과 관계가 있을까? 아니면 어떤 특정한 정원이나 경치와 관계가 있는 무엇일까? 가능성은 희박하다. 보다 가능성이 있는 생각은 이번 여행에 참가한 사람들이나 그중의 한 사람과 관계가 있다고 보는 것이다. 그들 중에서 내가 개인적으로 알고 있는 사람은 하나도 없지만, 적어도 한 명은 내가 풀어야 할 수수께끼와 관계가 있을 것이다. 일행 중 누군가가 살인사건과 관계가 있거나 연루가 되어 있으리라. 누군가가 어떤 정보를 갖고 있거나, 아니면 어떤 범행의 희생자와 특별한 관계를 갖고 있든지, 또는 그 자신이 살인범일 수도 있다. 아직까지는 전혀 의심을 받지 않은 살인범.'

마플 양은 여기에서 갑자기 손을 멈추었다. 그러고는 고개를 끄덕였다. 그녀는 여기까지의 자신의 분석에 만족했다.

그녀는 침대로 다시 들며 이렇게 덧붙였다.

'첫째 날 끝.'

사랑

다음 날 그들은 앤 여왕 시대의 아담한 정원이 딸린 영주가 살던 저택을 관광했다. 거리도 과히 멀지 않아서 그다지 피로하지는 않았다. 몹시 마음을 끄는 아름다운 저택으로 독특하게 꾸며진 아름다운 정원과 함께 흥미 있는 역사를 간직하고 있었다.

건축가인 리처드 제임슨은 저택의 구조적인 아름다움에 도취해서 한없이 찬사를 늘어놓았다. 그는 일행이 지나가는 방마다 걸음을 멈추고는 그 독특한 주형 틀이나 벽난로들을 가리키며 역사적인 연대 등을 설명해 주곤 했다.

일행은 처음에는 흥미를 느끼며 경청했으나, 장황하게 계속되는 그의 설명에 차츰 짜증을 느끼며 한두 명씩 조심스럽게 일행에서 떨어져 나와 뒤로 처졌다. 저택 관리인은 한 관광객에 의해 자신의 역할을 빼앗긴 것이 못내 불만스러웠던 모양이다. 그는 자신의 역할을 되찾으려고 여러 번 애를 써보았으나, 제임슨 역시 호락호락 물러서질 않았다.

관리인은 드디어 최후의 시도를 했다.

"여러분, 이 방은 '하얀 거실'이라고 하는데 바로 시체가 발견된 곳입니다. 시체는 젊은 남자였는데, 단검에 찔린 채 여기 난로 앞 양탄자에 누워 있었지요. 지금으로부터 1,700여 년 전의 일로, 그는 모패트 부인의 애인이었다고 합니다. 그는 작은 옆문으로 들어와 층계를 올라와서 저기 벽난로 왼쪽에 있는 회전벽을 통해 이 방으로 들어온 거지요. 부인의 남편인 리처드 모패트 경은 바다 건너 베네룩스 지방에 가 있었다고 합니다. 그런데 그가 온다는 말도 없이 돌아와 그 불륜의 현장을 목격한 거지요."

그는 의기양양한 표정으로 이야기를 끝냈다. 그는 청중들의 반응이 마음에 들었고, 또한 그로 인해 건축가의 설명이 어쩔 수 없이 중단된 것이 기뻤다.

"어머나, 정말 로맨틱하죠, 헨리?" 버틀러 부인이 미국식 발음이 섞인 낭랑한 목소리로 말했다.

"어쩐지 이 방에서는 그런 분위기가 물씬 풍기는 것 같아요. 그래요, 난 분명히 느낄 수 있어요."

그녀의 남편이 주위를 둘러보며 말을 받았다.

"메이미는 분위기에 무척 민감합니다. 전에 루이지애나에 있는 오래된 저택에 갔었을 때의 일인데……"

메이미의 그 별난 민감성에 대한 이야기가 한참 무르익어 갈 무렵 마플 양과 몇몇 사람은 기회를 봐서 조심스럽게 그 방을 나와 우아하게 장식된 계단을 따라 아래층으로 내려갔다.

마플 양은 마침 옆에 있던 쿡 양과 배로 양에게 말을 걸었다.

"몇 년 전의 일인데, 내 친구 한 사람이 정말 끔찍한 일을 겪은 적이 있답니다. 어느 날 아침인가 그 집 서재에서 시체가 발견된 거예요."

배로 양이 물었다.

"식구 중 한 사람이었나요? 간질병 같은 게 발작해서……?"

"아니, 그런 게 아니에요. 누군가에게 살해당한 거지요. 이브닝드레스를 입은 낯선 아가씨였답니다. 아름다운 금발이었어요. 하지만 그 머리는 물을 들인 것이고, 원래는 암갈색 머리였다더군요. 그런데……"

마플 양은 말을 끊고 쿡 양의 스카프 사이로 빠져나온 노란 머리칼에 시선을 고정시켰다.

그때 갑자기 그녀는 어째서 쿡 양의 얼굴이 낯이 익었고, 전에 어디서 쿡 양을 보았었는지에 대해서 알게 되었다. 하지만 전에 그녀가 보았을 때, 쿡 양의 머리칼은 짙은—거의 검은색에 가까운 짙은 색이었는데, 지금은 그것이 밝은 노랑으로 바뀌어 있었던 것이다.

그때 라이즐리 포터 부인이 계단을 내려와 그들 곁을 지나쳐 홀로 들어서며 단호한 어조로 말했다.

"정말이지 이젠 더 이상 이런 계단을 오르내리지도 못하겠고, 또 방들마다 돌아다니며 서 있기도 지쳐서 못하겠어요. 내가 알기로는 밖에 정원이 있는데, 그다지 넓지도 않고, 또 원예를 하는 사람들에게는 상당히 유명한 모양이에요. 우리 더 이상 시간낭비 말고 정원으로 나갑시다. 날씨가 몹시 흐린 걸 보니 오전 중에 비가 내릴 것 같군요."

라이즐리 포터 부인의 말투에는 남을 복종시키는 권위 같은 것이 있어서 대개는 그런 결과가 나타나곤 했다. 부인 주위에 있던 사람들은 순순히 그 뒤를 따라 식당에 있는 프랑스식 문을 통해 정원으로 나갔다.

라이즐리 포터 부인이 말한 대로 정원은 아름다웠다. 그녀는 당당하게 워커 대령을 밀어내고 일행을 이끌었다. 일행 중 일부는 그들을 따르고, 일부는 그들과 반대방향을 택했다.

마플 양은 곧장 정원용 벤치로 향했다. 아름답고 편안해 보이는 벤치였다. 그녀는 안도의 한숨을 내쉬며 벤치에 풀썩 주저앉았는데, 그녀의 한숨에 감염이라도 된 듯 따라오던 엘리자베스 템플 양도 한숨을 내쉬며 그녀 옆에 앉았다.

템플 양이 말했다.

"저택을 둘러보는 일은 피곤해요. 아마 세상에서 가장 피곤한 일일 거에요. 더군다나 끔찍하게 지루한 설명을 들으며 방마다 쫓아다녀야 하니."

"그야 그렇지만 아주 흥미 있는 내용이었잖아요." 마플 양이 상당히 자신 없는 어조로 말했다.

"정말 그렇게 생각하세요?" 템플 양이 물었다. 그녀는 고개를 돌려 마플 양을 똑바로 쳐다보았다. 그 순간 그들 둘 사이에 어떤 공감—일종의 즐거움이 깃든 상호이해 같은 교류가 흘렀다.

"그렇지 않은가요?"

"그럼요, 전혀."

둘 사이의 공감대가 완전하게 형성되는 순간이었다. 그들은 한동안 말없이 앉아 있었다. 이윽고 템플 양이 정원을 바라보며 이야기를 시작했다.

"이 정원은 홀맨이 1800년엔가 1798년엔가 설계했다고 해요. 천재적인 재능을 가진 사람이었는데, 애석하게도 젊은 나이에 세상을 떠났지요."

"한창 젊을 때 세상을 떠난다는 건 정말 슬픈 일이에요." 마플 양이 말했다.

"글쎄요······." 템플 양이 뭔가 여운을 남기며 말끝을 흐렸다.

"하지만 그로 인해 많은 것을, 정말 많은 것을 잃게 되잖아요."

"많은 것을 모면하기도 하고요." 엘리자베스 템플이 말했다.

"늙은이라서 그런지 몰라도, 나는 요절을 하게 되면 많은 것들을 잃게 되지 않을까 하는 생각을 떨쳐버릴 수가 없군요."

템플 양이 다시 말을 받았다.

"저처럼 평생을 젊은이들 속에서 보낸 사람은 죽음 그 자체를 끝이 아닌 하나의 완성으로 보게 되지요. 왜 T. S. 엘리엇도 이런 말을 했잖아요. '장미가 피어 있는 시간이나 주목나무의 일생이나 그 길이는 같다'고요."

마플 양이 말했다.

"무슨 말인지 알아요—그 삶의 길이가 어떠하든 저마다의 삶은 완전한 생의 경험을 갖는 것이라는 거죠. 하지만—하지만 어떤 삶이 부당하게 단전될 수밖에 없었다면 그 삶은 완전치 못한, 결국 한을 남기고 끝날 수도 있다고는 생각지 않나요?"

"예, 그건 그렇다고 할 수 있지요."

마플 양은 가까이에 피어 있는 꽃들을 바라보며 말했다.

"작약이 정말 아름답게 피었군요. 한 구획을 온통 작약으로 길게 장식했군. 정말 굉장하지요, 템플 양? 하지만 그 아름다움 속에 어쩐지······."

엘리자베스 템플이 고개를 돌려 그녀를 쳐다보았다.

"저택이나 정원을 구경하려고 이번 여행에 참가하셨나요?" 그녀가 물었다.

"사실은 저택을 구경할 생각인데, 정원구경도 무척 재미있을 거예요. 하지만 저택 구경은 나에게 새로운 경험이 되죠. 다양한 건축양식과 역사, 그리고 아름다운 옛가구, 그림들······고맙게도 어떤 친구가 이번 여행을 주선해 주었답니다. 내겐 너무도 고마운 선물이지요. 여태껏 살아오는 동안 유명한 대저택들을 별로 구경하지 못했거든요."

"정말 자상한 친구신가 보군요." 템플 양이 말했다.

"이런 관광여행을 자주하나요?" 마플 양이 물었다.

"아뇨. 내게 있어서 이번 여행의 목적은 꼭 관광에만 있다고는 할 수 없지요."

마플 양은 호기심 어린 눈빛으로 그녀를 쳐다보았다. 그러고는 뭔가 물어보려고 하다가 그만 입을 다물었다. 템플 양이 그녀에게 미소를 지어보였다.

"내가 왜 이번 여행에 참가했는지, 동기가 무엇인지, 또 이유가 뭔가 궁금하시죠? 어때요, 한번 추측해 보세요."

"오, 난 그러고 싶지 않은데." 마플 양이 대답했다.

"아니, 한번 해보세요. 재미있을 거예요. 정말 재미있겠는데요. 자 한번 알아맞혀 보세요." 템플 양이 다시 재촉했다.

마플 양은 잠시 침묵을 지켰다. 그녀는 똑바로 엘리자베스 템플을 쳐다보며 마치 감정이라도 하듯이 그녀의 전신을 훑어보았다. 그러고는 이윽고 입을 열었다.

"이건 내가 당신에 관해서 알고 있거나, 당신에 대해서 들은 사실과는 무관한 거예요. 나는 당신이 상당한 저명인사이고, 또 당신이 재직했던 학교가 매우 이름이 높은 학교라는 것을 알고 있답니다. 그래요, 나는 그런 것들과는 상관없이 오직 당신 모습에서 느껴지는 인상만 갖고 추측하는 것인데, 당신은 일종의 순례자인 것 같군요. 순례하고 있는 분 같아요."

잠시 침묵이 흐르고 나서 엘리자베스 템플이 말했다.

"정말 잘 어울리는 표현이로군요. 그렇습니다. 난 지금 순례 중이지요."

마플 양이 조금 있다가 다시 입을 열었다.

"지금은 고인이 된 한 친구가 나를 이번 여행에 보내며 모든 비용을 지불했지요. 래필 씨라고 대단한 부자였답니다. 그분에 대해서 들어본 적이 있나요?"

"제이슨 래필? 물론 들어보았지요. 하지만 개인적인 친분이 있거나 만나본 적은 없어요. 전에 한번 내가 관계하고 있는 교육 사업에 거액을 기부한 적이 있었지요. 정말 고마운 일이었답니다. 말씀하신 대로 그분은 굉장한 갑부였어요. 몇 주일 전 신문에서 그분의 사망기사를 보았어요. 그분과는 상당히 각별한 친구 사이였나 보군요?"

"그렇지는 않아요." 마플 양이 말했다.

"1년 전 외국에서 그분을 만났지요. 서인도제도였어요. 그분에 대해서 아는 것은 별로 없답니다. 그분의 생활이라든가 가족, 또는 개인적인 친구 등에 대해서. 굉장한 재산가였지만, 한편 자기 자신에 대해서는 무척 소극적이었어요. 혹시 그분의 가족이나 친지 중에서 아는 사람은 없나요?"

마플 양은 잠시 멈추었다가 다시 말을 이었다.

"이상하게도 사람들은 질문하기는 싫어하면서도 속으로는 몹시 궁금해하는 것 같거든요."

엘리자베스 템플은 한동안 침묵을 지키다가 이윽고 입을 열었다.

"한 처녀를 알고 있었는데, 내가 있었던 팰로필드 학교의 학생이었지요. 그 여학생은 사실 래필 씨하고는 아무런 친척관계는 없었고, 다만 래필 씨의 아들과 약혼한 적이 있었어요."

"그런데 결혼하지는 않았나요?" 마플 양이 성급하게 물었다.

"예."

"왜 하지 않았죠?"

"글쎄요……. 사람들은 그 처녀가 너무 예민했기 때문이라고 할지도 모르지요. 래필 씨 아들은 결혼해 주기를 원하는 여자를 좋아할 타입은 아니었답니다. 그 처녀는 정말 사랑스럽고 귀여운 아가씨였지요. 모르겠어요, 왜 그녀가 그와 결혼하지 않았는지……. 아무도 내게 그 이유에 대해서 말해 주지 않았어요."

그녀는 한숨을 내쉬고 다시 말을 이었다.

"아무튼 그녀는 죽었어요……."

"무슨 이유로 그녀가 죽었나요?"

엘리자베스 템플은 한동안 작약꽃을 말없이 바라보았다. 그러고는 짧게 한 마디 내뱉었다. 그 말은 마치 심금을 울리는 종소리처럼 깊은 여운을 남기며 울려 퍼졌다.

"사랑!"

마플 양은 급히 그 말을 되물었다.

"사랑 때문에?"

"그 말은 세상에서 가장 두려운 말 중의 하나죠." 엘리자베스 템플이 말했다. 다시 그녀의 목소리가 비통하고 애처롭게 들려왔다.

"사랑……."

제7장

초대

마플 양은 오후 관광은 그만두기로 했다. 몸이 상당히 피곤해서 중세 교회와 14세기 양식의 스테인드글라스 감상은 어쩔 수 없이 포기해야만 할 것 같았다. 그녀는 한동안 휴식을 취한 다음 미리 약속해 둔 큰길가에 있는 찻집에서 사람들과 만나기로 했다. 샌본 부인도 기꺼이 찬성했다.

마플 양은 찻집 밖에 있는 벤치에 앉아서 다음 계획을 세우며, 그것을 실행에 옮기는 것이 과연 현명한 일인지 곰곰이 생각해 보았다.

티타임이 되어 사람들이 다 모이자 마플 양은 자연스럽게 쿡 양과 배로 양에게 접근해서 4인용 테이블에 같이 앉았다. 나머지 한 자리는 캐스퍼 씨가 차지했지만 영어가 서투른 그는 별 문제가 되지 않을 것 같았다.

테이블에 비스듬히 기대어 스위스 롤빵을 한 조각 뜯으며 마플 양이 쿡 양에게 말을 걸었다.

"전에 한번 만난 적이 있는 것 같은데, 그렇죠? 그 일에 대해서 곰곰이 생각해 보았는데, 물론 난 사람들의 얼굴을 잘 기억하지 못해요. 하지만 당신과는 틀림없이 어디에선가 만난 적이 있어요."

쿡 양은 미소를 지으면서도 한편으로는 미심쩍어하는 표정을 짓고 있었다. 그녀는 친구인 배로 양을 돌아다보았다. 마플 양도 배로 양을 쳐다보았다. 하지만 배로 양의 표정에는 그녀의 궁금증을 풀어줄 희망이 전혀 보이지 않았다.

"혹시 우리 동네 근처에 살지 않았었나요?" 마플 양이 계속 말을 이었다.

"나는 세인트 메리 미드에 살고 있는데, 아담한 마을이죠. 요즘에는 도처에 새로운 건물이 들어서고 있어서 그렇게 작은 마을이라고는 할 수 없지만요.

머치 벤햄 근처인데, 루머스 해안에서는 불과 12마일밖에 떨어져 있지 않아요."

"가만있어 보세요." 쿡 양이 말했다.

"가만, 루머스라면 나도 잘 알고 있는데—."

갑자기 마플 양이 탄성을 질렀다.

"맞아요! 그때 내가 우리 집 정원에서 손질을 하고 있을 때였는데, 당신이 지나가며 나에게 말을 걸었었죠. 이제 생각나요. 당신은 친구와 함께 그곳에 살고 있다고 했는데—."

쿡 양이 말을 받았다.

"아, 그래요. 정말 둔하군요. 이제야 생각이 나다니. 우린 그때 쓸 만한 정원사를 구하기가 어렵다는 이야기를 나누었죠?"

"맞아요. 지금은 거기 살고 있지 않은가 보군요? 그때 당신은 누구와 함께 지내고 있다고 했는데……."

"예, 그때 난—." 쿡 양은 그 사람의 이름이 잘 생각나지 않는지 더듬거렸다.

"서덜랜드 부인이라고 하지 않았나요?" 마플 양이 말했다.

"아니, 아니에요. 그게—음—."

"헤이스팅스." 배로 양이 초콜릿 한 조각을 먹으며 잘라 말했다.

"맞아요. 새 집에 살고 있다면서." 마플 양이 말했다.

그때 갑자기 캐스퍼 씨가 입을 열었다.

"헤이스팅스? 나도 이스트본에 있는 헤이스팅스 저택에 있었는데."

그는 미소를 지으며 다시 말했다.

"바닷가에 있는 아주 멋진 곳이지요."

마플 양이 말했다.

"정말 너무도 우연이로군요. 얼마 지나지 않아 이렇게 다시 만나다니. 세상은 정말 좁지요?"

"예, 거기다가 우린 모두 정원에 관심이 많고요." 쿡 양이 중얼거리듯 다소 모호하게 말했다.

"꽃은 정말 아름다워요. 난 꽃을 무척 좋아한답니다." 캐스퍼 씨가 다시 미소를 지으며 말했다.

"정말 희귀하고 아름다운 관목들도 많아요." 쿡 양이 말했다.

마플 양은 전문용어까지 써가며 계속해서 정원에 대한 대화를 이끌어나갔다. 쿡 양은 진지하게 대화에 참여했지만, 배로 양은 이따금씩 한두 마디 던질 뿐이었다.

캐스퍼 씨는 그저 미소만 띤 채 침묵을 지켰다.

나중에 마플 양은 평소처럼 저녁식사 전의 휴식을 즐기며 그동안 수집한 정보들을 검토해 보았다. 쿡 양은 자기가 세인트 메리 미드에 있었다는 사실을 인정했다. 또 마플 양 집 앞을 지나간 적이 있다는 사실도 인정했다. 정말 공교로운 일이 아닐 수 없다. 우연일까? 마플 양은 우연이라는 말을 입속에서 되뇌며 곰곰이 생각해 보았다. 정말 그것은 우연이었을까? 아니면 그곳에 올 만한 특별한 이유가 있었던 것일까? 누군가가 그녀를 그곳에 보낸 것은 아닐까? 뭔가 목적이 있어서 그녀를 보낸 것일까? 아니면 쓸데없는 상상에 지나지 않는 것일까?

"어떤 우연이든 그것은 늘 숙고해 볼 만한 가치가 있지." 마플 양은 다짐이라도 하듯 속으로 중얼거렸다.

"만일 그것이 정말로 우연에 지나지 않는다면 그때 가서 흘려버려도 늦지 않거든."

쿡 양과 배로 양은 겉으로는 여행이나 즐기는 극히 정상적인 친구 사이로 보였다. 그들 말에 따르면 그들은 매년 이런 여행을 한다고 했다. 작년에는 그리스 지역을 여행했고, 재작년에는 네덜란드, 그전에는 북아일랜드를 여행했다고 했다. 그들은 정말로 건전하고 평범한 사람들 같아 보였다. 하지만 쿡 양은 한때나마 세인트 메리 미드에 있었던 사실을 숨기려 한 듯한 인상을 보인 것 같았다. 어쩐지 말 한마디까지 친구인 배로 양의 지시를 받는 듯한 인상을 풍겼다. 아마도 배로 양이 리더인 것 같았다.

"물론 이 모든 것이 내 일방적인 상상에 지나지 않을 수도 있어. 그들은 사실 아무런 상관도 없는 사람일지도 모르지."

그때 문득 그녀의 머릿속에 '위험'이라는 단어가 떠올랐다. 래필 씨의 첫 번째 편지 속에도 그런 말이 쓰여 있었고, 또 그의 두 번째 편지에서는 그녀를 지켜줄 수호신이 필요하게 될 것이라는 말도 있었다. 이번 일로 그녀는 위험 속에 뛰어들게 될 것인가? 그렇다면 왜? 누구에게서?

쿡 양이나 배로 양에게 당하지 않을 것은 분명하다. 그렇게 아무렇지도 않게 보이는 사람들이니.

그렇기는 하지만 쿡 양은 머리에 염색을 하고 헤어스타일도 바꾸었다. 외양을 되도록 변장하고 있는 것이다. 그것은 아무래도 이상한 일이다. 마플 양은 다시 한 번 동행한 여행자들을 생각해 보았다.

캐스퍼 씨, 이렇게 되면 그 사람이야말로 위험한 사람일지도 모른다는 생각이 떠올랐다. 영어를 잘 못하는 것처럼 보이지만, 사실은 아주 잘하는 것이 아닐까? 그녀는 캐스퍼 씨가 점점 더 의심스러워졌다.

마플 양은 외국인에 대해서 빅토리아 왕조적인 견해를 깨끗이 버리지 못하고 있었다. 아무래도 외국인은 잘 모르겠어. 물론 이런 식으로 느낀다는 것은 바보 같은 짓이다……그녀에게는 온갖 나라에서 온 친구들이 다 있으니까. 그렇긴 하지만 역시……? 쿡 양, 배로 양, 캐스퍼 씨, 거기에 더벅머리 청년……엠린 뭐라든가……혁명론자인가……무정부주의 실천자인가? 버틀러 부부……정말 좋은 미국인이다……하지만 어쩌면……사실 너무 지나치게 호인이 아닐까?

"정말 나는 힘을 좀 내야겠어." 마플 양이 말했다.

이번에는 일행의 여행일정을 살펴보았다. 내일은 아무래도 노력을 좀 기울일 필요가 있다는 생각을 했다. 비교적 아침 일찍 출발해서 오전 중에는 관광 드라이브, 오후에는 튼튼한 다리를 가진 사람에게나 어울리는 해안의 오솔길 산책, 흥미 있는 몇 군데의 화초 재배농장—이건 꽤 피곤할 것이다. 하지만 편리한 단서가 붙어 있었다. 쉬고 싶은 사람은 일행의 숙소로 예약되어 있는 '골든 보어 호텔'에 남아 있어도 무방함. 호텔에도 멋진 정원이 있고, 또 약 한 시간 정도만 걸으면 부근에 경치 좋은 곳이 있다. 그녀는 그쪽으로 결정하기로 했다.

그런데 그때까지는 몰랐던 일이지만, 그녀의 계획은 부득이 바꾸지 않으면 안 되게 되어 있었다.

다음 날 마플 양이 점심식사 전에 손을 씻고 골든 보어 호텔의 자기 방에서 아래층으로 내려오니 트위드 윗도리에 스커트 차림의 어떤 부인이 좀 들뜬 모습으로 다가와서 그녀에게 말을 걸었다.

"실례합니다만 당신이 마플 양인가요? 제인 마플 양 말입니다."

"그래요, 그것이 내 이름이에요." 마플 양은 약간 놀라면서 말했다.

"저는 글린 부인, 래비니아 글린이라고 합니다. 저와 두 자매들이 바로 이 근처에 살고 있죠……. 저, 우리는 부인이 이리로 오신다는 말을 들었답니다……."

"내가 이리로 온다는 말을 들었다고요?" 마플 양은 놀란 듯이 말했다.

"예, 우리들의 아주 오래된 친구에게서 편지가 왔는데―벌써 제법 되었습니다. 한 3주쯤 전이라고 생각되는데, 날짜를 적어두라고 했죠. '유서 깊은 저택과 정원 순회여행'의 날짜 말입니다. 그분의 말에 따르면 아주 친한 친구―아니, 친척이라든가, 뭐 어느 쪽인지 분명치는 않았습니다만, 그 여행에 오시게 된다고 하더군요."

마플 양은 놀라서 입이 다물어지지 않았다.

"제가 말씀드리고 있는 것은 래필 씨라는 분에 관한 겁니다." 글린 부인이 말했다.

"아아! 래필 씨." 마플 양이 말했다.

"……부인도 아세요? 그분은……."

"돌아가신 거 말이지요? 예, 알고 있습니다. 정말 애석한 일이에요. 편지가 오고 나서 얼마 뒤였죠. 우리들에게 편지를 보낸 직후가 아닌가 싶습니다. 아무튼 우리들로서는 그분이 우리들에게 부탁하신 것을 실행하는 것이 우리에게는 특히 중요한 일이라고 생각하고 있답니다. 그분이 제안한 것인데, 우리 집에 오셔서 한 이틀쯤 묵으시지 않겠습니까? 관광여행도 이 부근은 꽤 힘이 들거든요. 젊은 사람들에게는 문제없지만, 연로하신 분께는 좀 무리랍니다. 몇 마일씩 걸어야 되는 곳도 있고, 험한 바위벼랑의 좁은 길을 올라가기도 해야 해서, 제 언니나 동생도 부인이 우리 집에 오셔서 묵으신다면 정말 좋아할 겁니다. 이 호텔에서 걸어가도 10분이면 되고, 또 이 지방의 여러 가지 재미있는 것도 보실 수 있고요."

마플 양은 잠깐 망설였다. 글린 부인이 대하는 태도가 마음에 들었다—적당히 살이 찌고 호인형인 데다가 좀 수줍어하면서도 붙임성이 있었다. 게다가……또 거기에 래필 씨의 지시가 있을 것이 분명했다—다음에는 그녀가 어떤 절차를 밟아야 하는가? 그래, 분명히 그럴 거야.

그런데 어째서 이렇게 불안해지는지 알 수가 없었다. 아마 관광여행에 온 일행과 함께 있으면 마음을 놓을 수 있기 때문일까? 하지만 그래 봤자 일행과 알게 된 것은 이제 겨우 사흘밖에 안 된다. 그런데도 같은 그룹이라는 느낌이 드는 것이다.

그녀는 걱정스러운 얼굴로 자기를 올려다보고 있는 글린 부인을 보고, "고맙습니다—정말 친절도 하시지. 기꺼이 가겠습니다."라고 말했다.

제8장

세 자매

마플 양은 창가에 서서 밖을 내다보고 있었다. 그녀의 뒤 침대 위에는 옷가방이 놓여 있었다. 특별히 정원을 주의 깊게 살피고 있는 것은 아니었다. 정원이 너무 좋거나, 아니면 너무 보잘것없을 때에 흔히 있는 일이다. 지금은 그 후자에 속한다. 방치되어 온 정원이었다. 건물 쪽도 손을 본 지가 오래된 집이다. 건물과 정원이 균형이 잘 잡혀 있는 집으로서 집 안의 가구들도 당시로써는 고급이었겠지만, 근래에 와서는 손질이나 수리를 하지 않은 모양이다. 어쨌든 이 집은 지난 몇 년 동안 사람의 따뜻한 손길이 조금도 닿지 않았다고 그녀는 생각했다. 정말 이름 그대로 '옛날 영주의 저택'이었다.

우아하고 상냥한 미적 감각을 기초로 해서 세워진 집, 지난날에는 자애롭고 단란한 가족들이 살았었던 집이다. 자녀들은 결혼해서 떠나 버리고 지금은 글린 부인이 살고 있다고, 마플 양이 묵게 될 침실로 안내하면서 그녀에게 부인이 들려주었다. 부인은 이 집을 자매들과 함께 숙부에게서 상속받았는데, 부인의 남편이 세상을 떠난 뒤로 자매들과 함께 여기서 살고 있다고 했다. 자매들도 모두들 나이가 들어서 수입은 줄어드는데 일거리는 좀처럼 없다고도 했다.

다른 자매들은 미혼이며, 한 사람은 글린 부인보다 위이고, 또 한 사람은 부인보다 어렸다. 둘 다 브래드베리스코트 양이었다.

집 안에는 어린아이들 물건이라고는 찾아볼 수가 없었다. 아무렇게나 굴러다니는 공도 낡은 유모차도 없었고, 조그만 의자나 테이블도 없었다. 이 집은 세 자매들만이 사는 집이었다.

"어쩐지 러시아 냄새가 많이 풍기는데." 마플 양이 조그만 목소리로 혼잣말을 했다. 그건 《세 자매》 생각이 났기 때문이다. 그것이 체홉이었던가? 아니면 도스토옙스키였던가? 그녀는 기억이 분명치 않았다. 세 자매. 하지만 이건 모스크바를 동경하고 있는 그 세 자매와는 전혀 다르다. 이곳 세 자매는, 아마 거의 확실하다고 그녀는 생각하는데 지금 이곳에 있는 것에 만족하고 있는 것 같았다. 그녀는 다른 두 사람에게도 소개되었다. 한 사람은 부엌에서, 또 한 사람은 계단을 하나 내려와서 그녀를 맞으러 나왔다. 두 사람 다 좋은 집안 출신답게 예절바르고 우아했다. 마플 양이 젊었을 때라면, 지금은 이미 권위를 잃은 말이 되어 버린 '레이디'라고 불릴 만한 두 사람이었다. 그러고 보니 '가난한 레이디'라는 말이 있었던 것도 생각이 났다. 아버지가 그녀에게 이렇게 말씀하시곤 했었다—"잘 들어, 제인, 가난한 레이디가 아니야. 어렵게 된 숙녀라고 하는 거야."

요즈음의 숙녀들은 좀처럼 궁한 처지가 되지는 않는다. 정부라든가 단체, 또는 부자 친척들이 도움을 준다. 아니면⋯⋯래필 씨 같은 사람들이. 그러고 보면 그것이 이야기의 전부이며, 또한 그녀가 여기까지 와 있는 이유의 전부인 것이 아닐까? 래필 씨가 이 모든 걸 꾸며놓은 것이다. 사실 이렇게 한다는 것이 꽤 성가신 일이었을 것이라고 마플 양은 생각했다. 그는 죽기 4~5주일 전에 정확치는 않아도 대강은 언제 죽을 것인지 이미 짐작하고 있었던 것으로 추측된다. 즉, 의사란 대개 적당히 낙관적이어서 그 경험으로 미루어 어느 기간 안에 죽을 줄 알았던 환자가 의외로 소강상태를 유지하며, 수명이 이미 다 했는데 좀처럼 최종단계로 가지 않는 것을 알고 있기 때문이다. 그와는 반대로 환자를 돌보고 있는 병원의 간호사는 마플 양의 경험에 의하면 대개 환자가 다음 날은 죽을 것으로 생각하고 있다가 죽지 않으면 크게 놀라게 된다. 그러나 의사가 와서 간호사가 자신이 느낀 대로 가망 없다는 말을 하면 그는 문을 나가면서 그 대답으로 이렇게 말해 주는 것이다—"응, 끄떡없어, 몇 주일은 더 갈 거야." 그러면 간호사는 이렇게 생각한다—의사가 낙관적인 것은 물론 좋은 일이지만 이건 의사 쪽에서 잘못 본 거라고. 의사는 좀처럼 과오를 범하지 않는다. 의사는 알고 있는 것이다—아무리 괴롭고, 살아날 가망이 없으며, 심신장애가 있고, 그리고 아무리 불행하다 해도 더 살기를 바란다는 것을. 그들은 고작 하룻밤 넘길 알약을 의사에게서 받아먹지만, 그 의사의 알약을 필요한 양보다 좀더 먹고서 아직 조금도 체험해 보지 못한 다른 세계로 가는 관문으로 들어서볼 생각은 전혀 없는 것이다.

래필 씨. 그가 바로 마플 양이 멍청하게 정원을 바라보며 생각하고 있는 사람이다. 래필 씨? 그녀는 자신에게 제시된 계획, 자신에게 주어진 일을 좀더 분명하게 이해할 수 있을 것 같은 느낌이 들었다. 래필 씨는 계획을 잘 세우는 사람이었다. 금융상의 거래나 매매계획을 세우는 것처럼 여러 가지 계획을 세웠다. 그녀의 하녀 체리의 말을 빌자면 그는 난처한 문제를 안고 있었던 것이다. 체리는 난처한 문제가 생기면 가끔 마플 양에게 의논을 하러 오곤 했다.

이번 일은 래필 씨 스스로는 처리하기 어려운 문제라 그는 상당히 괴로웠을 것이라고 마플 양은 생각했다. 보통 그는 어떤 문제라도 자신이 스스로 처리했고, 또 어디까지나 그렇게 하겠다고 해왔던 것이다. 하지만 그는 자리에 누운 채 죽어가고 있었다. 경제상 문제라면 방법이 있었다. 변호사와 의논할 수도 있었고 또 고용인이나 친구, 친척들과도 의논해 볼 수가 있다. 그러나 그의 손이 미치지 못하는 무엇인가가, 또는 누구인가가 있었던 것이다. 그가 해결할 수 없었던 문제, 해결을 원한 문제, 끝을 맺어야겠다고 생각한 계획. 그리고 그것은 금전적 수단이나 상거래나 변호사를 통해서 해결할 수 없는 문제라는 것도 명백했다.

"그래서 이 할망구 생각이 난 게로군." 마플 양이 말했다.

그 사실이 그녀를 아주 놀라게 했다. 그러나 그녀가 지금 생각하고 있는 것으로 보아서는 그의 편지는 참으로 명확했다. 그는 그녀가 어떤 일을 해낼 자격을 가지고 있다고 생각했던 것이다. 그녀는 또 생각해 보았다—그것은 어떤 범죄의 성격을 띤 것이거나, 아니면 범죄와 관련이 있는 일이 틀림없다. 그가 마플 양에 대해서 알고 있는 다른 것으로는 그녀가 원예에 몰두해 있다는 것뿐이다. 설마 그가 그녀에게 원예에 대한 문제를 해결해 달라고 할 리는 없다. 어쩌면 그녀와 범죄를 결부시켜서 생각했을지도 모른다. 서인도제도에서의 범죄사건이나 본국에서의 그녀 주변에서 생기는 범죄 사건들을.

범죄……어디서?

래필 씨는 여러 가지 계획을 짜놓았던 것이다. 변호사들과 먼저 계획을 세웠다. 변호사들은 각자 그들의 임무를 다했다. 변호사들은 정해진 시간에 래필 씨의 편지를 그녀에게 우송했다. 그 편지는 그녀가 보기에는 참으로 생각하고 또 생각한 편지였다. 그녀가 대신해 주기를 바라는 그의 소원이 무엇인지, 또 왜 그렇게 해주기를 바라는지를 솔직히 말하는 편이 훨씬 간단했을 것이다. 그가 죽기 전에 그녀를 부르지 않은 것이 오히려 놀라운 일이다—그것도 자기 마음대로 불러다놓고 죽어가고 있는 자신의 모습을 그녀에게 보이면서 부탁하고 싶은 일을 겁을 주어서라도 승낙시키는 방법. 하지만 아무래도 이것은 래필 씨의 방법은 아니라고 생각했다. 다른 사람도 아닌 그가 남에게 겁을 줄 수 있을까? 이것은 겁을 주어서 될 일도 아니고, 또한 그 역시 그런 식으로 하고 싶지는 않았을 것이며, 또 그녀에게 애원하며 그녀의 호의에 매달려 불의를 바로잡아 달라고 사정하는 일도 하기 싫었을 것이 분명하다는 생각이 들었다. 그래, 그런 방법도 또한 래필 씨의 방법은 아니다. 그녀는 계속 생각했다—적어도 그가 자신의 생애를 걸고 바라던 일이므로 자기가 원하는 일을 위해서 돈을 쓰고 싶었을 것이다. 그녀에게 돈을 치름으로써 그녀에게 어떤 일을 즐기는 데 흥미를 가져 주길 원했던 것이다. 돈을 치르는 것으로서 그녀를 유인하려는 것이 아니라 호기심을 갖게 하려는 것이다. 즉, 그녀로 하여금 흥미를 느끼게 할 의도였다. 그가 이렇게 혼잣말을 했을 것으로는 생각되지 않았다—돈을 많이 내면 그녀는 달려들겠지—하고, 다시 말하자면 그녀는 자신에 대해서는 스스로도 잘 알고 있었다. 돈이라는 것이 나쁠 건 없지만 지금 당장 돈의 필요성을 느끼고 있지는 않았다. 그녀에게는 사랑하는 조카 레이먼드가 있어서 그것이 어떤 곳에 쓰일 돈이든지, 가령 집을 고친다든지 아니면 전문의에게 특별한 치료를 받아야 된다든지 하면 그것을 어김없이 마련해 주었다. 지금까지 그가 보내준 돈을 다 합치면 어마어마했다. 마치 그것은 아일랜드 스위프(걸린 돈 전액을 한 사람, 혹은 몇 사람이 독점하는 경마의 한 방법)의 표를 손에 쥔 때와 같은 멋진 것이다. 운이 아니고는 좀처럼 만져볼 수 없는 거액이다.

마플 양은 혼자서 생각했다—그러나 물론 열심히 노력해 보긴 해야겠지만, 그와 동시에 운도 필요하고 많은 연구와 사색도 필요하며, 또한 모르긴 해도 그녀가 하는 일에는 상당한 위험도 따를 것이다. 그러나 그녀는 대체 이번에 하게 될 일이 무엇인지 스스로 알아내지 않으면 안 된다. 그가 말하려 하지 않았다는 것은 어쩌면 그녀에게 영향을 주게 되어 그 생각을 좌우해서는 안 된다고 생각했기 때문일까? 남에게 어떤 이야기를 할 경우에 그에 대한 자신의 생각을 조금도 섞지 않고 말하기란 어렵다. 아마 래필 씨는 자기의 생각이 잘못된 것인지도 모른다는 생각을 했을지도 모른다. 그런 생각을 하는 것은 가장 그 사람답지 않지만, 그래도 있을 수 있는 일이다. 그는 자신의 판단력이 병으로 말미암아 무디어져서 전처럼 날카롭지 못하다고 생각했을는지도 모른다. 그래서 마플 양은 그의 대리인이며 고용인으로서 자기 스스로 추측하여 자신의 결론을 끌어내야 한다. 자, 이제는 그 몇 가지 결론을 끌어낼 때가 되었다. 다시 말하자면 본래의 의문—대체 이것은 어떤 일일까?—로 되돌아가는 것이다.

그녀는 지금까지 지시를 받아왔다. 그 일에서부터 먼저 생각해 보자. 그녀는 이미 죽어버린 사람에게서 세인트 메리 미드 마을에서 떠나라는 지시를 받았다. 따라서 그것이 어떤 일이건 그 마을에서부터 손을 댈 일은 아니다. 그 부근 마을의 문제도 아니다. 신문의 스크랩을 조사하거나 이곳저곳 수소문을 해서 해결이 될 문제도 아니다. 하긴 그렇다고 해도 무엇에 대해서 수소문을 해야 할 것인지를 알아야 하겠지만. 그녀는 제일 먼저 변호사 사무실에 가도록 지시받았고, 다음에는 집에서 편지(2통)를 읽도록 지시받았으며, 그리고 이번에는 신나게도 잘 운영되고 있는 '영국의 유서깊은 저택과 정원 관광여행'을 떠나도록 지시받았다. 거기에서부터 그녀는 다음 단계로 온 것이다. 지금 이 순간 그녀가 있는 바로 이 집. 조슬린 세인트 메리의 옛날 영주의 저택. 여기에는 클로틸드 브래드베리스코트 양, 글린 부인, 그리고 앤시아 브래드베리스코트 양이 살고 있다. 래필이 처음부터 그렇게 짜놓은 것이다. 죽기 몇 주일 전에. 아마 이것은 변호사들에게 지시하여 그녀의 이름으로 관광여행을 떠날 버스의 좌석을 예약하고 난 다음에 짰을 것이다. 따라서 그녀는 어떤 의도하에 이 집에 있는 것이 된다. 겨우 이틀 밤을 묵게 될는지도 모르고, 더 길어질는지도 모른다. 무슨 일인가를 지시받아 오래 묵게 되는 것인지, 아니면 그보다 더 오래 머물러 있으라는 부탁을 받게 될지도 모른다. 이로써 현재의 그녀의 처지로 되돌아온 셈이 된다.

글린 부인과 두 자매들. 이번 일이 무엇이 되었건 그녀들은 거기에 관계가 있고, 어떤 모양으로든지 연관이 있을 것이 분명하다. 그것이 무엇인지 그녀는 찾아내지 않으면 안 된다. 시간은 짧다. 이것이 고민이다. 마플 양은 자기 자신이 무엇이고 찾아내는 재능을 갖고 있다는 것을 한순간도 의심해 본 일이 없다. 그녀는 흔히 있는 수다스러운 노파이며, 다른 사람들도 수다를 떨며 남의 소문이나 듣는 것으로 생각하는 그런 사람이다. 그녀는 자신의 어릴 때 이야기를 해보기로 마음먹었다. 그렇게 하면 자매들 중 누군가가 거기에 이끌려 자신의 어린 시절 이야기를 할는지도 모른다. 옛날에 맛본 먹을 것에 대한 이야기, 그전에 부리던 하인들 이야기, 딸이나 조카, 그 밖의 친척들에 대한 것, 여행, 결혼, 출산, 그리고……그래……죽음에 대한 이야기들을 해보자. 죽는 이야기를 들었을 때에 절대로 특별한 흥미를 가지고 있는 눈치를 보이지 말 것. 추호도. 거의 무의식적으로, "어머, 그거 정말 안됐군요!" 등으로 알맞게 대답할 자신이 있다. 친척관계나 그 밖에 여러 가지 있었던 일이나 어떤 사람의 생애에 대한 이야기 등을 꺼내어 그 가운데에서 뭔가 힌트가 될 만한 것이 튀어나올까에 기대를 걸어봐야겠다. 그것은 이 부근에서 일어난 어떤 일인데, 직접 이 세 사람에게는 관계가 없는 것일지도 모른다. 그것은 세 사람이 알고 있고, 말할 수 있고, 또 분명하게 이야기할 수 있는 어떤 것일 것이다. 어쨌든 여기에는 무엇인가가 있다. 실마리가 되던 무엇인가를 암시하는 것이든. 지금부터 이틀 뒤, 그때까지 관광 여행을 더 이상 하지 말라는 어떠한 암시가 없는 한 그녀는 여행에 다시 참가해야 한다. 생각이 집에서 그 버스로, 그리고 또 그 버스 안에 앉아 있었던 사람들에게로 옮겨갔다. 어쩌면 그녀가 찾고 있는 것은 그 버스 안에 있어서, 그녀가 여행을 다시 계속하게 되면 또 그리로 올는지도 모른다. 어떤 한 사람, 아니 몇몇 사람, 죄 없는 사람(전혀 죄가 없는 사람은 아니겠지만), 뭔가 긴 지난날의 이야기가 있는 사람. 그녀는 잠깐 이마에 주름을 잡고서 뭔가를 생각해내려 했다. 과거에 생각해 본 것 중에서 머릿속을 스쳐간 일—절대로 나는 확실하다고 생각한다—대체 무엇이 확실하다는 것일까?

생각은 다시 세 자매에게 되돌아왔다. 여기에 너무 오래 있어서는 안 된다. 짐 속에서 이틀을 묵는 데 필요한 약간의 물건들, 밤에 갈아입을 옷, 잠옷, 목욕용 가방 등을 꺼내놓고 아래층으로 내려가서 주인 여자들과 어울려 뭔가 기분 좋은 화제로 이야기라도 해야겠다. 그런데 여기서 중요한 점을 확실히 해두어야만 한다. 이 세 자매는 자기의 동지인가, 아니면 적인가? 그 어느 쪽에도 해당될 것 같았다. 이 점을 잘 생각하지 않으면 안 된다.

가벼운 노크 소리가 들리고 글린 부인이 들어왔다.

"이 방이 마음에 드셨으면 좋겠습니다만. 짐 푸시는 것을 도와드릴까요? 아주 참한 가정부가 있긴 하지만 오전 중에만 도와준답니다. 하지만 그 사람은 무슨 시중이든지 다 들어드릴 겁니다."

"아니, 괜찮아요. 고마워요." 마플 양이 말했다.

"간단히 몇 가지만 꺼내면 되니까."

"아래층으로 내려가시는 다른 통로를 안내해 드릴게요. 좀 넓은 집이라서. 2층으로 올라오는 계단이 두 개가 있어서 그것이 오히려 귀찮을 때도 있답니다. 어떤 때엔 헛갈리는 수도 있어요."

"아, 정말 고마워요." 마플 양이 말했다.

"그럼 밑으로 내려오셔서 점심식사 전에 셰리주라도 한잔 함께 드시지요."

마플 양은 고맙다고 하면서 그러마고 하고 부인의 안내를 받으며 아래층으로 내려갔다. 글린 부인은 자기보다는 훨씬 젊다고 마플 양은 생각했다. 아마 쉰 살쯤 된 것 같았다. 그것보다 더 되지는 않았겠지. 마플 양은 계단을 조심해 가며 내려갔다. 왼쪽 무릎이 언제나 좀 약한 편이다. 하지만 계단 한쪽에는 난간이 있었다. 아주 훌륭한 계단이라서 마플 양이 물었다.

"아주 훌륭한 집이군요. 내가 보기에는 1700년대의 건축물 같은데, 맞아요?"

"1780년이에요." 글린 부인이 말했다.

부인은 마플 양의 집에 대한 평가가 마음에 들었나 보다. 부인은 마플 양을 응접실로 안내했다. 아주 널찍하고 우아한 방. 구석구석을 꽤 아름답게 만든 가구도 있었다. 앤 여왕 시대의 책상에 윌리엄 왕과 메리 왕비 시대의 대형 책상. 거기에 빅토리아 여왕 시대의 소파와 장식품도 있었다. 커튼은 빛이 바래고 좀 낡아 있었으며, 양탄자는 마플 양이 보기에는 아일랜드제였다. 십중팔구 리메릭 오뷔송 타입의 수직물(手織物)일 것이다. 소파는 무게가 있어 보였으나, 비로드는 꽤 낡아 있었다. 두 자매가 먼저 거기에 와 앉아 있었다. 두 여자는 마플 양이 들어가자 일어나서 그녀에게로 다가왔다. 한 여자는 셰리주 술잔을 들었고, 또 한 여자는 마플 양을 의자로 안내했다.

"높은 의자를 좋아하실지 모르겠는데요? 좋아하시는 분이 많던데요."

"나도 좋아한답니다." 마플 양이 말했다.

"그게 편하니까요. 등을 위해서도 좋고."

자매는 등이 아픈 것에 대해서도 잘 알고 있는 것처럼 보였다. 자매 중에서 가장 나이가 많은 여자는 키가 크고 미인이었다. 또 한 여자는 무척 젊어 보였다. 좀 마른 편이었으며, 전에는 금발이었으나 지금은 흰 머리칼이 섞인 머리칼을 어깨까지 늘어뜨려서 어쩐지 유령 같은 느낌이 들었다. 이 여자는 완전히 어른이 된 오필리아 역을 맡으면 성공할 거라고 마플 양은 생각했다.

클로틸드, 마플 양은 생각했다. 이 사람은 절대로 오필리아 역은 아니고 클라이템네스트라(그리스 신화에 나오는 부정한 아내로서 남편 아가멤논을 죽인다) 역을 맡기면 멋지겠지……목욕 중인 남편을 찔러 죽이고 기뻐 날뛰는 그런 여자. 하지만 그녀는 결혼한 적이 없으니 이 해석은 쓸모가 없다. 마플 양 생각엔 그녀는 남편 이외의 사람을 죽일 것 같지는 않았다……그리고 중요한 건 이 집 안에 아가멤논이 없다는 것이다.

클로틸드 브래드베리스코트, 앤시아 브래드베리스코트, 래비니아 글린. 클로틸드는 미인이고 래비니아는 애교가 있다. 앤시아는 한쪽 눈꺼풀에 가끔 경련을 일으킨다. 그녀의 눈은 크고 회색이며, 흘끔흘끔 오른쪽이나 왼쪽을 보고는 갑자기 이상스럽게 어깨너머로 자기 뒤쪽을 돌아보는 묘한 버릇이 있었다. 마치 누군가가 그녀를 온종일 감시한다고 생각하는 모양이다. 이상한 일이라고 마플 양은 생각했다. 앤시아가 좀 마음에 걸리기 시작했다.

모두들 자리에 앉아 이야기가 시작되었다. 글린 부인이 방을 나갔는데, 그건 부엌에 가기 위한 것이었다. 그녀는 세 사람 중에서는 그래도 제일 가정적인 모양이다. 이야기는 흔히 있는 순서대로 진행되었다. 클로틸드 브래드베리 스코트가 이 집은 줄곧 자기 가문 소유였다고 설명했다. 그녀의 대숙부(大淑父)의 소유였다가 그녀의 숙부에게로, 그리고 그 숙부가 세상을 떠난 뒤에는 그녀와 두 동생들에게 물려져서 두 사람이 와서 함께 살게 되었다고 했다.

"숙부님에게는 아들 하나밖에 없었답니다." 브래드베리스코트 양이 설명했다.

"그런데 그 외아들이 전사해 버리고 말았지요. 그래서 아주 먼 조카들은 젖혀두고 우리들이 가문의 마지막 후손인 셈이랍니다."

"정말 멋진 집이군요." 마플 양이 말했다.

"1780년에 지은 집이라고 동생에게서 들었습니다."

"예, 아마 그런가 봐요. 다만 이렇게 크고 넓지 않았으면 싶답니다."

"요새는 수리를 하자면 아주 큰일이겠어요."

"예, 정말이에요." 클로틸드가 한숨을 쉬며 말했다.

"이것저것 그냥 방치해 두고 있답니다. 슬픈 일이지만 그것이 현실이니까요. 전에는 여러 부속 건물이나 온실 같은 것도 정말 크고 깨끗했었는데."

"아주 달콤한 머스캣종의 포도나무도 있었어요." 앤시아가 말했다.

"체리 파이가 담장 안쪽을 따라 무성하게 자랐었지요. 예, 정말 애석한 일이에요. 전쟁 중에는 정원사 같은 사람은 구할 수가 없었어요. 우리 집에는 젊은 정원사가 있었는데, 그 사람도 군대에 소집되어 가버렸답니다. 물론 그런 것까지 불평할 수야 없겠지만, 여하튼 무엇이든지 수리를 한다는 것은 불가능했고 온실도 아주 허물어져 버렸답니다."

"그리고 집 옆에 있었던 조그만 화초 전용 온실도 없어지고 말았어요."

두 자매는 한숨을 쉬었다. 세월이 흐르고 시대가 바뀌는 것을 안타까워하는 한숨이었다.

이 집 안에는 음산한 것이 있다고 마플 양은 생각했다. 어쩐지 슬픔을 안고 있는 것 같았는데, 그 슬픔은 너무도 깊이 배어 있어서 해소시키거나 제거할 수 없는 종류 같았다. 그녀는 자신도 모르게 몸서리를 쳤다.

제9장

폴리고넘 발드슈아니컴

 식사는 평범한 것이었다. 뼈가 붙어 있는 어린 양고기, 구운 감자, 그리고 플럼 타르트가 나왔는데 크림은 양도 적을 뿐만 아니라 만든 솜씨도 형편없었다. 식당 벽에는 가족의 초상화 같은(마플 양 생각에는) 그림이 몇 장 걸려 있었다. 빅토리아 여왕 시대의 특별한 가치 같은 것은 없는 초상화였다. 식기를 넣어두는 찬장은 크고 무게가 있어 보였으며, 플럼 색의 마호가니 재(材)를 써서 만든 훌륭한 것이었다. 커튼은 어두운 붉은색인데 가문의 표식을 넣어서 짠 천이었고, 마호가니 재로 만들어진 대형 식탁은 10명은 충분히 앉을 것 같았다.

 마플 양은 자신이 관광 여행 중에 겪었던 일들을 이야기했다. 하지만 여행이라고 해야 이제 겨우 사흘째라 이야깃거리도 별로 없었다.

 "래필 씨는 부인과는 오랜 친구 사이였겠죠?" 가장 위인 브래드베리스코트가 말했다.

 "아니, 그렇지도 않답니다." 마플 양이 말했다.

 "처음 만나게 된 것은 서인도제도로 여행 갔을 때였답니다. 래필 씨는 아마 건강 때문에 그곳에 가셨을 줄 압니다만."

 "예, 그분은 지난 몇 해 동안 몸에 여러 가지 장애가 심했었답니다." 앤시아가 말했다.

 "정말 안됐어요." 마플 양이 말했다.

 "하지만 나는 그분의 굽힐 줄 모르는 그 정신에 감탄했었지요. 꽤 많은 일을 처리하고 계시는 듯했답니다. 매일매일 비서에게 편지 내용을 불러주고 있었고 여기저기로 전보를 치기도 했지요. 자신이 환자라는 사실을 좀처럼 인정하지 않으려는 듯했답니다."

"예, 그분은 누구에게 지는 것을 아주 싫어하셨으니까요." 앤시아가 말했다.

"우리들은 요 몇 년 사이에는 그분을 자주 만나 뵙지 못했어요." 글린 부인이 말했다.

"워낙 바쁘신 분이라서. 그래도 크리스마스에는 언제나 자상하게도 우리를 기억하고 계셨답니다."

"부인은 런던에 사시나요?" 앤시아가 물었다.

"아, 아니에요." 마플 양이 말했다.

"시골에서 살고 있답니다. 아주 작은 마을인데 루머스와 마켓 베이싱의 중간쯤 되는 곳이지요. 런던에서는 25마일쯤 된답니다. 아주 아름다운 구시대의 마을이었는데, 요즈음은 모든 것이 다 그렇듯이 소위 개발이라는 것이 되어버려서요." 그녀는 덧붙여 말했다.

"래필 씨는 런던에 살고 계셨지요? 생 오노레에 있는 호텔 명단에는 분명히 주소가 이튼 지구로 되어 있었던 것으로 압니다만, 아니면 벨그레이브 지구였나?"

"켄트 군(郡)의 시골에 저택을 가지고 계셨답니다." 클로틸드가 말했다.

"가끔 거기서 손님접대를 하셨나 봐요. 대개는 사업상의 친구 분이거나, 아니면 해외에서 오신 분들이었답니다. 아마 우리들 중에는 아무도 거기에 가본 사람은 없을 거예요. 절대라고 할 수는 없지만 우리들이 우연히 만나게 되어도 런던에서 대접을 받는 것이 보통이었지요."

"이번 여행 중에 나를 이리로 초대해 주시도록 당신들에게 말씀해 놓으신 래필 씨는 정말로 자상한 분이시군요." 마플 양이 말했다.

"아주 자상한 분이세요. 그렇게 바쁘신 분이 이렇게까지 마음을 써주실 줄이야 누가 생각이나 했겠어요."

"우리는 전에도 이 관광여행에 오시는 그분의 친구를 초대한 적이 있었답니다. 대체로 그분들이 이런 일을 준비하는 데에는 아주 세심한 배려가 되어 있었습니다. 하지만 어느 분의 마음에도 꼭 들게 한다는 것은 불가능한 일이지요. 젊은 분은 당연히 먼 곳까지 걸어나간다든지, 경치를 보려고 산에 오르는 것을 좋아하지요. 그리고 그렇게 할 수 없는 노인들은 호텔에 남게 되겠지만, 이 부근의 호텔은 쓸 만한 곳이 정말 없거든요. 이번에 함께 오신 분들의 오늘 여행일정이나 내일의 세인트 보나벤처행(行)도 그렇습니다만, 아주 힘드실 거예요. 내일은 아마 섬에도 배를 타고 가기로 되어 있는 모양입니다만, 자칫하면 파도가 심해서요."

"저택 구경만 해도 지쳐 버린다니까요." 글린 부인이 말했다.

"예, 알고 있어요." 마플 양이 말했다.

"너무 많이 걷게 하는 바람에 다리가 뻣뻣해지고 아주 완전히 지쳐 버리게 되더군요. 이런 여행에는 따라나서는 게 아니라는 생각도 들었지만, 그래도 아름다운 건물이나 훌륭한 방, 가구들을 본다는 것은 매우 신나는 일이지요. 그밖에도 여러 가지가 있고요. 그리고 멋진 그림도 빼놓을 수 없지요."

"그리고 정원도요?" 앤시아가 말했다.

"정원도 좋아하시지요?"

"그래요." 마플 양이 말했다.

"특히 정원을 좋아한답니다. 나는 말이지요, 여행설명서 기사 중에서 지금부터 찾아가게 될 역사적인 저택의 잘 손질된 정원을 보게 된다는 것에 커다란 기대를 가지고 있답니다." 그러고는 테이블 주위를 신난다는 듯이 한 바퀴 돌았다.

모든 것이 기분 좋고 아주 자연스러운데도 어쩐 일인지 압박감을 느끼게 되는 이유를 알 수가 없었다. 뭔가 부자연스러운 것이 여기에는 있는 듯한 느낌이었다. 하지만 대체 부자연스럽다는 것은 어떤 것인가? 대화는 주로 평범하고 쓸데없는 것들뿐이었으며, 지극히 정상적이었다. 그녀 자신도 그랬거니와 세 자매 역시 그랬다.

'세 자매' 하고 마플 양은 이 어구를 다시 한 번 잘 생각해 보았다. 셋이 하나의 그룹이 되면 왜 불길한 분위기를 느끼게 되는 것일까? '세 자매', '맥베스의 세 마녀.' 아니, 그 세 마녀를 이곳 세 자매와 비교할 생각은 추호도 없다. 그렇기는 하지만 마플 양은 연극의 프로듀서가 세 마녀를 연출하는 그 방법이 틀렸다고 머리 한 구석에서 언제나 생각하고 있었다. 그녀가 본 그 연극은 정말 엉터리라고 생각했었다. 마녀들은 마치 무언극을 하는 사람처럼 날개를 펄럭이며 이상한 뾰족모자를 쓰고 있었다. 팔딱팔딱 뛰기도 하고 미끄럼을 타듯이 걷기도 했다. 마플 양은 이 셰익스피어 연극을 보여준 조카에게 이런 말을 한 적이 있었다.

"저것 봐라, 레이먼드, 만일 이 멋진 극을 내가 연출한다면 저 세 마녀를 아주 다른 모양으로 연출하겠어. 나라면 저 세 사람을 지극히 정상적인 보통 노부인으로 하지. 늙은 스코틀랜드 여자로 팔딱팔딱 뛰거나 걷게는 하지 않아. 세 사람은 서로를 훔쳐보듯이 계속 흘끗거리지. 그렇게 하면 관객들은 그 통상적인 보통 모습의 이면에서 무서움을 느끼게 된단다."

마플 양은 남은 플럼 타르트를 마저 먹고는 테이블 너머로 앤시아를 보았다. 좀 단정치 못하고 멍청한 얼굴. 왜 이 앤시아가 불길하다고 느껴질까?

"난 있지도 않은 일을 상상하고 있어." 마플 양은 마음속으로 말했다.

"이런 짓을 해선 안 되지."

점심식사 뒤에 정원으로 안내받아 산책하게 되었다. 그 안내를 맡은 것은 앤시아였다. 아무래도 이건 좀 답답한 산책이라고 마플 양은 생각했다. 특별히 뛰어나게 멋진 정원은 아니었지만, 옛날에는 손질이 잘 되어 있었을 정원이었다. 빅토리아 여왕 시대의 정원 요소를 갖춘 보통 정원이었다. 1에이커 반 정도의 채소밭도 있었는데, 지금 여기서 살고 있는 세 자매를 위해서는 분명히 너무 넓었다. 일부에는 아무것도 심어져 있지 않았으며, 거의 잡초만 무성했다. 잡초가 화단을 온통 뒤덮고 있어서 마플 양은 여기저기 마구 뻗어 있는 잡초들을 뽑아주고 싶어 못 견딜 정도였다.

앤시아 양의 긴 머리칼이 바람에 날려서 오솔길이나 잔디 위에 가끔 머리핀이 하나둘 떨어졌다. 그녀는 내뱉는 듯한 어조로 말했다.

"부인 정원은 참으로 훌륭하겠지요?"

"아니에요. 아주 조그만 정원인걸요." 마플 양이 말했다.

두 사람은 잔디가 덮인 오솔길을 따라서 걷다가 담장 끝에 기대고 있는 듯한 무덤 같은 것 앞에서 멈춰 섰다.

"여기가 온실이었답니다." 앤시아 양은 슬픈 듯이 말했다.

"아, 아주 달콤한 포도가 있었다고 하던 곳 말이군요."

"세 종류가 있었어요." 앤시아가 말했다.

"검은 함부르크종에다가, 백포도의 알맹이가 아주 작지만 단 것, 그리고 세 번째가 달콤한 머스캣종이었답니다."

"그리고 헬리오트로프도 있었다고 했죠?"

"체리 파이였어요." 앤시아가 말했다.

"아, 그래, 체리 파이. 냄새가 아주 좋지요. 이 부근도 폭격의 피해가 있었나요? 온실이……, 폭탄에 맞았다던가?"

"아니, 그런 피해는 조금도 없었어요. 이 근처는 전혀 공습을 받지 않았으니까요. 애석한 일이지만 너무 오래되고 낡아서 쓰러져 버렸답니다. 우리들이 이리로 온 지는 그렇게 오래되지도 않았고, 게다가 돈이 없어서 수리를 하거나 다시 지을 수도 없었어요. 그리고 사실 그렇게 해봐야 소용없는 것은, 그 뒤의 관리를 우리로선 할 수가 없었거든요. 그래서 애석한 일이지만 온실이 저절로 쓰러지도록 버려두는 수밖에 없었답니다. 우리로서는 그럴 수밖에 없었어요. 그래서 지금은 보시다시피 이렇게 완전히 잡초에 묻혀 버리고 만 거예요."

"그렇군요……. 그런데 저게 뭐죠? 꽃이 피기 시작하고 있는 덩굴풀은?"

"아, 저거요? 저건 흔해빠진 건데요." 앤시아가 말했다.

"P로 시작되는 이름인데. 음, 뭐라고 했더라." 그러고는 분명치 않은지, "폴리 뭔가 하는 그런 이름이에요." 하고 말했다.

"아, 그래. 내가 그 이름을 알 것 같아요. 폴리고넘 발드슈아니컴. 아주 잘 자라지요? 이건 아주 쓸모가 있어요. 낡아서 허물어진 건물이라든가, 그 밖에 뭐든지 보기 싫은 것을 안 보이게 덮어씌우는 데에는 아주 그만이지요."

그녀의 눈앞에 있는 무덤 같은 것은 완전히 푸른 덩굴과 흰 꽃에 싸여 있었다. 마플 양은 이 풀이 다른 식물을 기르려고 할 때에 위협이 된다는 것을 잘 알고 있었다. 폴리고넘은 뭐든지, 그것도 놀랄 만큼 단시간 내에 덮어버린다.

"온실이 꽤 컸던가 봐요."

"예……, 안에 복숭아나무도 있었으니까요……. 그리고 넥타린도." 앤시아는 실망스러운 표정을 지었다.

"하지만 지금도 아주 아름답군요." 마플 양은 위로하듯이 말했다.

"아주 예쁘고 작은 꽃이에요."

"이 오솔길 왼쪽에는 아주 아름다운 목련나무가 있었어요." 앤시아가 말했다.

"또 이 부근에는 보기 좋은 꽃나무 울타리가 있었는데, 그것도 우리는 가꿀 수가 없었어요. 정말 견딜 수가 없군요. 모든 것이 견딜 수가 없어요……그전에는 이렇지 않았는데……모두가 다 못쓰게 되어버리고 말았어요……모든 곳이 다."

앤시아는 담장 옆을 따라서 나 있는 오솔길에서 직각으로 갈라진 길을 종종걸음으로 앞서서 걸었다. 걸음이 점점 빨라졌다. 마플 양은 그 뒤를 따라갈 수 없을 정도였다. 마플 양은 생각해 보았다―이건 마치 이 여주인이 일부러 나를 폴리고넘이 우거진 곳에서 멀리 끌어내려 하는 듯이 보이는데. 뭔가 보기 싫거나 불쾌한 곳에서 멀리하게 하려고 말이야. 이 여주인은 과거의 영광이 이미 남아 있지 않은 것을 부끄러워하는 것일까? 그 폴리고넘은 그야말로 제멋대로 우거지도록 내버려둔 상태였다. 잘라낸 흔적도 없고 적당히 번지도록 손을 본 것 같지도 않았다. 그곳만이 정원 안에서 꽃이 있는 황무지가 되어 있었다.

마플 양은 여주인의 뒤를 쫓으며 마치 그녀가 그곳에서 도망치고 있는 것 같다고 생각했다. 이윽고 마플 양은 부서진 돼지우리에 관심이 끌렸다. 주위에는 장미 덩굴이 두세 가닥 엉켜 있었다.

"저희 대숙부께서 돼지를 몇 마리 기른 적이 있었답니다." 앤시아가 설명했다.

"하지만 요새는 그런 일을 하려는 사람은 꿈에도 없겠죠, 그렇죠? 냄새도 몹시 심하고 집 근처에 플로리분다 장미가 조금 있어요. 플로리분다는 자라기 어려운 곳에서도 아주 잘 자라지요."

"그래요." 마플 양이 말했다.

최근에 재배되고 있는 장미의 신품종 이름을 두셋 말해 보았다. 하지만 앤 시아 양은 생판 처음 듣는 모양이라고 마플 양은 생각했다.

"이런 여행은 가끔 하시나요?"

갑자기 하는 질문이었다.

"저택이나 정원을 구경 다니는 여행을 말하는 건가요?"

"예. 매년 가는 사람도 있다지요?"

"예, 나로서는 도저히 바랄 수도 없는 일이지요. 비용이 굉장히 들거든요. 친구가 이번 내 생일 선물로 이 여행을 하도록 해준 거예요, 친절하게도."

"아, 그랬군요. 전 몰랐어요. 왜 부인이 오시게 되었는지. 그건……이번 여행은 상당히 고되시겠지요? 하지만 서인도제도 같은 곳에 가시는……."

"아, 그 서인도제도에 간 것도 실은 자상한 조카 덕분이었지요. 아주 좋은 애랍니다. 이 늙은 이모 생각을 아주 끔찍이 해준답니다."

"아, 예, 그랬었군요."

"젊은 애들이 없으면 어떻게 해볼 수도 없지요." 마플 양이 말했다.

"정말 자상해요. 그렇게 생각지 않으세요?"

"예……그런 것 같군요. 저는 잘 모르지만. 저에게는……우리들에게는…… 젊은 친척이 없어서요."

"당신 언니인 글린 부인은 자식이 없나요? 거기에 대해서는 아무 말도 안 해서. 물어보기도 뭣하고."

"없어요. 언니 부부에게는 자식이 하나도 없었어요. 하긴 없는 것이 잘된 일인지도 모르죠."

"무슨 말씀이신지?" 마플 양은 그녀와 집으로 돌아오면서 이상하게 생각했다.

제10장

"오! 얼마나 정답고 얼마나 아름다운 추억인가."

1

다음 날 아침 노크 소리에 마플 양이 "들어 오세요."라고 하자 문이 열리고 중년 부인이 차 끓이는 포트와 컵, 우유통, 그리고 버터와 빵을 담은 접시 등을 올려놓은 쟁반을 들고 들어왔다.

"아침 일찍 차를 가져왔습니다." 하고 상냥하게 웃으면서 말했다.

"좋은 날씨예요. 벌써 커튼 열어놓으셨군요. 잘 주무셨습니까?"

"예, 아주 잘 잤어요." 마플 양은 읽고 있던 작은 성경책을 옆에 놓으면서 말했다.

"정말 좋은 날씨예요. 여러분이 '보나벤처의 암벽'으로 가시기엔 안성맞춤이군요. 하지만 부인은 안 가시는 편이 좋을 겁니다. 다리가 여간 아파야지요."

"난 여기 있어도 재미가 있는걸요." 마플 양이 말했다.

"이렇게 초대해 주신 브래드베리스코트 양이나 글린 부인은 정말 친절도 하시지."

"예, 그분들께도 좋은 일이지요. 집에는 가끔 손님이 와주시는 편이 활기가 생기거든요. 요즘 집 안이 너무 답답했답니다."

그녀는 창의 커튼을 더 활짝 열어젖히고는 도기로 된 세면대에 더운물을 담은 물통을 가져다 놓았다.

"욕실은 한 층 더 위에 있습니다만—." 그녀가 말했다.

"나이가 드신 분들은 여기서 더운물을 쓰시는 편이 층계를 올라가지 않아도 되니까 좋을 거예요."

"정말 고마워요……당신은 이 집에 대해서 잘 알고 있나 보군요?"

"처녀 때부터 여기 와 있는걸요……그 무렵에는 하녀였어요. 일하는 사람이

셋이나 있었죠……요리사에 하녀에……잔심부름꾼……한때는 주방 하녀도 따로 있었지요. 그건 대령님이 계실 때였답니다. 말도 몇 마리 있었고, 마부도 있었지요. 이젠 옛날 일이 되고 말았답니다. 여러 가지 일이 일어나서는 이렇게 적막한 꼴이 되었죠. 마님은 젊어서 세상을 떠나셨습니다. 대령님의 아드님은 전사하시고, 외동 따님인 아가씨도 세계의 반대편에 가서 사셨고 뉴질랜드 사람과 결혼했거든요. 아기를 낳으시다 돌아가셨는데 그 아기도 죽었답니다. 대령님은 완전히 혼자가 되셔서 여기서 외롭게 지내셨지요……집도 돌보지 않으시고, 그전처럼 단정한 모습도 보이지 않으셨죠. 돌아가실 때에 실은 조카 딸인 클로틸드 두 자매에게 유산으로 남겨주셨는데, 그녀와 앤시아 양이 여기에 와서 사시게 되고……그 뒤 래비니아 양도 남편을 잃고 이리로 오신 거랍니다…….” 그녀는 한숨을 쉬며 고개를 흔들었다.

"이분들도 집에 대한 손질은 조금도 안 하세요……그만한 힘이 없는 거죠. 정원도 그래서 엉망이지요…….”

"정말 안됐군요.” 마플 양이 말했다.

"저렇게 모두 좋은 분들뿐인데 말입니다……앤시아 양은 머리가 좋은 편은 아니지만 클로틸드 양은 머리가 좋아서 대학까지 가셨거든요……3개 국어나 하세요……그리고 글린 부인, 그야말로 상냥하고 좋은 분이죠. 그분이 이리로 오셔서 합치게 되었을 때 저는 속으로 이렇게 생각했답니다. 이젠 여기도 차차 좋아지겠지 하고요. 하지만 앞날이란 정말 알 수 없더군요. 저는 가끔 생각해 보는데, 이 집에는 액운이 낀 것이 아닌가 싶어요."

마플 양은 의아한 얼굴을 했다.

"처음에 무슨 일이 하나 생기면 이어서 자꾸만 일이 생기거든요. 무서운 비행기 사고가……스페인에서 일어나서……전원이 사망했답니다. 비행기란 참 무서워요……저는 절대 타지 않는답니다. 클로틸드 양의 친구 분도 그 사고로 부부가 함께 세상을 떠났어요……다행히 그 따님은 학교에 가느라고 화를 면했는데, 클로틸드 양은 그 따님을 이리로 데리고 와서 함께 살면서 모든 정성을 다하셨죠.

해외여행에도 데리고 가셨답니다……이탈리아나 프랑스에……꼭 자기 딸처럼 대하셨답니다. 복 많은 아가씨였지요. 게다가 참 상냥했어요. 그런데 그런 무서운 일이 일어날 줄이야 정말 누가 꿈엔들 상상이나 했겠어요."

"무서운 일이라니 무슨 일이지요? 여기서 일어났나요?"

"아뇨, 여긴 아니에요, 다행히도. 하긴 어떤 의미로는 여기서 일어났다고 할 수 있을지도 모르죠. 여기서 그녀가 그를 만났으니까. 그는 이 부근에 있었거든요……그리고 세 자매분은 그 청년의 아버지……아주 굉장한 부자 아버지와 아는 사이였지요. 그래서 그 청년도 여기에 오곤 했답니다……그것이 사건의 시작이었지요……"

"두 사람은 사랑에 빠진 거로군요?"

"그렇답니다. 아가씨는 순식간에 그 청년에게 빠져버린 거예요. 그는 사람의 마음을 잡아끄는 미남 청년이었으며, 이야기도 잘하고 사람의 관심을 끌게 하는 면이 있었답니다. 설마 그런 일이……그런 일이 일어나리라고는 아무도 눈곱만큼도 생각지 않았으니까요……" 그녀는 이야기를 갑자기 중도에서 끝내버렸다.

"사랑의 갈등이라도 있었나요? 그래서 그것이 잘 안 되었나요? 그녀가 자살이라도?"

"자살?" 하고 노부인은 깜짝 놀라면서 마플 양을 보았다.

"그런 이야기를 누가 하던가요? 살인이에요, 파렴치한 살인. 목을 조르고, 게다가 얼굴을 끔찍하게 짓이겨놓은 거랍니다. 클로틸드 양이 그 아가씨의 신원을 확인하고 오셨는데……그때부터 사람이 변했어요. 아가씨의 시체는 여기서부터 30마일이나 떨어진 곳에서 발견되었다는군요……폐업해 버린 채석장 옆 숲 속에 있었답니다. 그리고 그것은 그 청년에게는 처음 하는 살인이 아니었다는군요. 다른 여자도 죽였답니다. 6개월 동안이나 그 여자는 행방불명이 되어서 경찰은 꽤 멀리까지 넓은 지역을 찾아다녔다는군요. 아아! 정말 악마 같은 남자……천성이 악인이었다고밖에는 생각할 수 없어요. 요즈음도 머리가 이상해져서……자신이 하고 있는 일이 무엇인지도 모르는 인간이 있습니다만, 그것은 그 사람의 책임이 아니라고 하는 사람도 있더군요. 저는 그런 말은 절대로 믿지 않습니다! 살인자는 살인자예요. 그런데도 오늘날은 교수형도 없어져 버렸으니. 흔히 오래된 가문에는 미치광이의 혈통이 있는 법이라……더웬트라드가 브래싱턴 같은 가문에서는 차례차례 세대가 바뀔 때마다 정신병원에서 죽어갔고……그 폴렛 부인 같은 사람은 다이아몬드 왕관 같은 것을 머리에 얹고는 자기가 마리 앙투아네트라고 하면서 돌아다녔는데, 그 부인도 어딘가 골방에 갇혀버렸을 거예요. 하지만 그런 사람은 뭐 나쁜 짓을 한 건 아니거든요……단지 바보 같을 뿐이지요. 그러나 그 남자, 그 남자는 바로 악마 그것이었어요."

"그 남자는 어떻게 되었나요?"

"사형도 그 무렵에는 폐지된 뒤라서……아니면 그 남자가 너무 젊은 탓이었을까요. 지금 기억이 분명치는 않습니다만 유죄판결은 내려졌지요. 보스톨인가 브로드샌드인가 하는, 아무튼 B로 시작되는 곳으로 보냈다고 해요."

"그 남자의 이름은?"

"마이클……그 뒤의 이름은 생각이 안 나는군요. 하긴 10년도 더 되었으니까……잊어버리고 말았어요, 이탈리아 사람 같은 이름인데……그림 같았어요. 그림을 그리는 사람……래플이든가……."

"마이클 래필이 아닌가요?"

"아, 그거예요! 소문에는 말이죠, 그 남자의 아버지가 굉장한 부자라서 형무소에서 그 남자를 빼냈다고 하더군요. 마치 은행 강도가 도망갔다는 이야기 같아요. 하지만 제 생각에는 그냥 소문에 불과한 것이 아닌가 해요……."

그래, 자살은 아니었다. 살인이었다. '사랑!' 어느 처녀의 죽음. 그 원인을 엘리자베스 템플은 이렇게 말했다. 어떤 의미로는 옳다. 젊은 여자가 살인자와 사랑에 빠져서……사랑하기 때문에 아무런 의심도 없이 추악한 죽음으로 떨어졌다.

마플 양은 소름이 끼쳤다. 어제 마을 길을 걷고 있을 때 신문의 전단을 보았다. '엡섬 다운스의 살인, 두 번째 여자의 시체 발견, 경찰은 한 청년에게 수사협조 요청.'

역사는 되풀이되고 있다. 하나의 오래된 모양……추악한 모양. 잊고 있었던 시구가 서서히 머리에 떠올랐다.

흰 장미를 닮은 청년, 다정다감하고 창백한 얼굴
적막한 계곡에서 속삭이는 물소리
동화 속 꿈의 왕자
아아, 이토록 세상에 아름다운 것은 없구나
그것은 흰 장미를 닮은 청년.

고통과 죽음에서 청년을 지켜주는 것은 누구인가? 청년은 과거에 한 번도 스스로 자신을 지키지 못했듯이 스스로는 지키지 못한다. 청년은 너무도 세상사를 모르는 것인가? 아니면 너무도 많이 알고 있는 탓일까? 그리고 그로 말미암아 그들은 모든 것을 알고 있다고 생각하고 있다.

2

그날 아침 마플 양이 조금 일찍 아래층으로 내려온 탓인지 여주인들의 모습은 얼른 눈에 띄지 않았다. 그녀는 현관문을 열고 나가서 다시 한 번 정원을 휙 둘러보았다. 특별히 이 정원이 마음에 들어서가 아니다. 뭔가 눈에 띄는 것은 없을까, 뭔가 좋은 생각을 떠오르게 하는 것이 있을 것 같은 막연한 느낌이 있었기 때문이다. 어쩌면 그녀만이 가지고 있지 않은 어떤 생각을 갖게 될는지도 모른다……솔직히 말해서 좋은 생각이라고는 해도 그것이 어떤 것인지 그것조차 분명하게 알 수가 없다. 뭔가 유의해야 될 점, 뭔가 단서가 될 만한 것.

지금은 세 자매의 누구와도 만나고 싶지 않았다. 머릿속에서 두세 가지의 일을 곰곰이 생각해 보고 싶었다. 가정부인 재닛과 이른 아침 차를 마시면서 한 대화 속에서 얻어진 새로운 사실이다.

쪽문이 열려 있었으므로 그리로 해서 마을길로 나가 조그만 가게들이 줄지어 있는 길을 따라 교회와 묘지가 있는 곳을 알리는 듯이 뾰족 솟아 있는 첨탑(尖塔) 쪽으로 걸어갔다. 지붕이 있는 묘지의 문을 밀고 들어가서 묘 사이를 어슬렁거리며 걸었다. 아주 옛날 날짜가 표시되어 있는 묘도 있고, 좀 들어간 담장 옆에는 별로 오래되지 않은 것이 있었으며, 그 담장 저쪽에는 근래의 것도 한두 개 있었다. 오래된 묘에는 별로 흥미 있는 것이 없었다. 어느 묘지에나 있는 일이지만, 같은 이름이 몇 번이고 나온다. 이 마을에서 태어난 많은 '프린스'라는 성(姓)을 가진 사람이 묻혀 있었다. 재스퍼 프린스, 마저리 프린스, 에드거와 월터 프린스, 멜라니 프린스, 네 살. 한 가문의 족보 하이럼 브로드……엘렌 제인 브로드, 엘리자 브로드, 91세.

그 뒤의 묘를 지나가려는데 묘 사이의 쓰레기를 모으면서 천천히 걷고 있는 노인이 눈에 띄었다. 노인은 그녀에게 가볍게 고개 숙이며, "안녕하십니까." 하고 인사를 했다.

"안녕하세요." 마플 양이 말했다.

"아주 좋은 날씨로군요."

"아마 곧 비가 올 겝니다."

노인은 꽤 자신 있게 말했다.

"이쪽에는 프린스나 브로드 성을 가진 분이 많이 묻혀 있군요." 마플 양이 말했다.

"예, 그렇죠. 이곳에는 죽 프린스 집안이 살았으니까요. 한때는 상당히 많은 땅을 갖고 있었답니다. 그리고 브로드 집안사람들도 꽤 오랫동안 살고 있지요."

"여기는 아이들 무덤인가 보죠? 정말 아이의 무덤을 보는 것만큼 슬픈 일은 없어요."

"아, 그건 멜라니의 무덤이지요. 우리는 그 애를 멜라니라고 불렀죠. 예, 정말 가엾게 죽었답니다. 차에 치여서요. 가게에 과자를 사러 뛰어가는 중이었답니다. 요새 흔히 있는 일이지만, 차가 속력을 늦추지 않고 달리니까 그런 일이 자꾸 생기는 거지요."

"생각하면 슬픈 생각이 들어요." 마플 양이 말했다.

"끊임없이 많은 사람들이 죽어가고 있다고 생각하면 말이에요. 그리고 사람은 묘지에 새겨진 이름을 보기 전에는 그런 걸 깨닫지 못하고 있으니. 병, 노령, 차에 친 어린이, 때로는 더 끔찍한 일도 있지요. 젊은 처녀가 살해되기도 하고"

"예, 예. 정말입니다. 바보 같은 계집애들이라고 나는 생각합니다. 그리고 그 엄마들은 또 어떻고, 요새는 딸아이들 돌볼 틈도 없으니까요……그렇게 악착같이 일을 나갈 것도 없는데 말입니다."

마플 양은 이 노인의 비판에 대략 찬성하는 편이었지만 시대 풍조를 놓고 토론하며 시간을 보낼 생각은 없었다.

"옛날 영주의 저택에 묵고 계시는 분이시죠?" 노인이 물었다.

"관광버스로 여기 오시는 걸 저도 보았습니다. 하지만 부인에게는 너무 힘들 겁니다. 하긴 언제든지 타고 온 사람들 중 몇 사람은 그만두게 되지만"

"정말 좀 힘들더군요." 마플 양이 실토했다.

"그리고 나에게 아주 친절한 친구인 래필 씨라는 사람이 이곳에 있는 그 사람 친구에게 편지를 해주어서, 그 사람들이 나를 초대했답니다. 한 이틀쯤 묵게 될 거예요."

래필이라는 이름은 이 노정원사에게는 별다른 의미가 없었다.

"글린 부인과 그 두 자매분은 정말 친절하더군요." 마플 양이 말했다.

"그분들은 이곳에서 사신지 꽤 오래되나 보죠?"

"아니, 그렇게 오래되지는 않았답니다. 한 20년 되었을까요. 브래드베리스코트 대령님 댁이었지요. 그 옛날 영주의 저택 말입니다. 대령님이 돌아가셨을 때에도 벌써 한 70년은 된 집이었지요."

"대령님의 자제분은?"

"아드님이 있었습니다만 전사해 버렸지요. 그래서 조카분들께 그 집을 남겨 주신 겁니다. 그분들 말고는 아무도 집을 물려 줄 사람이 없었으니까요"

노인은 다시 무덤 주위를 돌아다니며 하던 일을 계속했다.

마플 양은 교회 안으로 들어갔다. 빅토리아 여왕 시대에 보수되어 창에는 빅토리아 시대풍으로 밝은 유리가 끼워져 있었다. 놋쇠 명판(銘板)이 한둘, 몇 개 걸려 있는 액자가 옛날을 말해 주고 있을 뿐이었다.

마플 양은 불편한 좌석 하나에 앉아서 이것저것 생각을 굴려 보았다. 지금 틀림없는 길을 가고 있는 것일까? 여러 가지 일들이 얽혀들고 있다……하지만 그 얽혀든 것들이 도무지 명확치가 않다.

한 젊은 여자가 살해되고(실제로는 몇 명의 젊은 여자가 살해되었고)……혐의를 받고 있는 청년들(요새는 흔히 '젊은이'라는 말이 쓰인다)이 '수사에 협력하기 위해서' 경찰에 시달리고 있다. 흔히 있는 일이다. 하지만 이것은 모두 이미 지난 일, 10년이나 20년 전의 일이다. 지금 와서 보면……아무것도 찾아내지 못하고 있다. 해결될 여지도 없다. 비극에는 '끝'이라는 딱지가 붙어 있다.

대체 그녀가 무엇을 할 수 있단 말인가? 대체 래필 씨는 그녀에게 무엇을 해달라는 것일까?

엘리자베스 템플……엘리자베스 템플을 붙들어서 좀더 이야기를 들어야만 하겠다. 엘리자베스는 마이클 래필과 결혼하기 위해 약혼한 젊은 여자에 대한 이야기를 했다. 하지만 정말로 그런 것일까? 그런 사실은 옛날 영주의 저택 사람들에게는 알려지지 않은 듯하다.

세상에 흔히 있는 이야기가 마플 양의 머리에 떠올랐다……그녀가 살고 있는 마을에서는 가끔 있었던 그런 이야기다. 시작은 언제나 '총각과 처녀가 만났다'는 이야기다. 보통 그런 이야기의 순서대로 진행되어…….

"그러니까 처녀는 자기의 배가 불러오는 것을 알게 되지." 하고 마플 양은 자신에게 말했다.

"그리고 그 사실을 총각에게 말하고, 그에게 결혼해 달라고 하지. 그러나 그는 그녀와 결혼할 생각은 추호도 없어. 게다가 그런 경우에 그에게는 골칫거리가 있었을 거야. 적어도 그의 아버지가 그런 일을 용납하지 않았을 거고, 그녀의 가족은 '격식을 갖추어 데리고 가라'고 강력히 주장하겠지. 그리고 그때쯤엔 남자는 여자에게 이미 싫증이 나 있을 테고……아마 십중팔구 다른 여자가 생겼을 거야. 그래서 남자는 잔인하지만 손쉬운 길을 택하게 되고……여자를 목 졸라 죽이고서 신원확인을 못하도록 얼굴을 엉망으로 짓이겨 버리는 거지. 이것은 이 남자의 전력(前歷)―잔인하고 비열한 범행에 딱 들어맞지만 아무런 의심도 없이 끝나버리고 마는 거야."

그녀는 자신이 앉아 있는 교회 안을 둘러보았다. 참으로 평온하다. '악'의

존재 같은 것은 믿어지지 않았다. 악에 대한 날카로운 육감―래필 씨는 그녀에게 그것이 있다고 했다. 그녀는 일어나서 교회를 나와 다시 한 번 묘지 쪽을 둘러보았다. 비석과 거기에 새겨진 희미한 이름, 그런 것들 사이에는 그녀에게 느껴지는 '악'의 느낌은 전혀 없었다.

어제 옛날 영주의 저택에서 그녀가 느낀 것이 '악'이었을까? 끌려 들어갈 듯한 깊은 절망, 그 어쩔 수도 없는 슬픔. 앤시아 브래드베리스코트, 한쪽 어깨너머로 두려운 듯이 뒤를 흘끔 훔쳐보던 그 눈, 언제나 그녀의 뒤에 서 있는 무엇인가를 겁내고 있는 듯한 그 눈매.

그 사람들, 그 세 자매는 뭔가를 알고 있는데, 그 알고 있는 것이란 무엇일까?

마플 양은 다시 한 번 엘리자베스 템플을 생각했다. 버스 일행의 다른 사람들과 함께 엘리자베스 템플이 한순간 구릉지를 가로질러 가파른 오솔길을 올라가서 절벽 위에서 바다 쪽을 바라보고 있는 모습을 상상해 보았다.

내일 다시 일행과 합류하면 엘리자베스 템플을 잡고 좀더 말을 시켜 봐야지.

마플 양은 먼저 온 길로 다시 옛날 영주의 저택으로 되돌아가기 시작했다. 아주 천천히 걷는 것은 지쳤기 때문이다. 아무래도 오늘 아침에는 별로 수확이 있었다고는 할 수 없다. 지금으로서는 가정부 재닛에게서 들은 과거의 비극 이외에는 이 옛날 영주의 저택이 다른 곳과 특별히 다른 점 같은 것은 느낄 수 없었으며, 또 하인들의 기억 속에는 대개 과거의 비극 등이 소중하게 간직되어 있어서, 가령 멋진 결혼식이라든가 큰 잔치라든가, 혹은 수술이 성공해서 사고에서 기적적으로 살아났다든가 하는 기쁜 사건과 마찬가지로 분명하게 기억되어 있는 것이다.

문에 가까워지니 두 여자가 문 있는 곳에 서 있는 모습이 보였다. 그중 한 여자가 그녀 쪽으로 다가왔다. 글린 부인이었다.

"아니, 여기 계셨군요." 그녀가 말했다.

"모두들 걱정하고 있었답니다. 저는 틀림없이 어딘가로 산책을 나가셨다고 생각했습니다만, 너무 지치시지 말아야 할 텐데 하고 걱정했죠. 아래층에 내려와서 밖으로 나가시는 줄 알았더라면 함께 다니면서 보여드릴 만한 것이 있으면 안내라도 해드렸을 텐데. 하긴 별로 보여드릴 만한 것도 없습니다만."

"아니에요. 그냥 어슬렁거렸을 뿐이에요." 마플 양이 말했다.

"묘지와 교회 부근을 말이에요. 나는 언제나 교회에 흥미가 있거든요. 때로는 아주 재미있는 비문들도 있답니다. 나는 그런 비문을 꽤 많이 수집해 놓았죠. 이곳 교회는 빅토리아 여왕 시대에 보수된 것 같더군요?"

"예, 별로 좋지 않은 의자 같은 건 그때 들여온 것인가 봐요. 목재의 질은 좋아서 튼튼할는지는 모르지만, 아무리 봐도 별로 예술적이지는 못하더군요."

"뭔가 특별히 좋은 것을 떼어내거나 한 건 아니겠죠?"

"예, 그렇지는 않아요. 사실 그렇게 오래된 교회도 아닌걸요."

"어쩐지 명판이나 액자 같은 것이 별로 없다 싶었죠." 마플 양도 같은 생각이었다.

"교회 건축에 꽤 흥미가 있으신 모양이지요?"

"아니, 연구라든가 뭐 그런 일을 하는 것은 아닙니다만, 우리의 마을 세인트 메리 미드에서는 모든 것이 대개 교회를 중심으로 해서 돌아가고 있어서 말이지요. 즉, 옛날에는 대개가 다 그랬답니다. 내가 젊었을 때는 그랬죠. 물론 오늘날은 좀 달라졌지만요. 부인은 이 부근에서 자라나셨나요?"

"아닙니다, 정확하게 말씀드리자면 여기서 한 30마일 떨어진 곳에서 살았죠. 리틀 허즐리라는 곳이지요. 제 아버지는 퇴역군인인데······포병 소령이었답니다. 우리들은 가끔 이곳으로 숙부님을 뵈러, 그전에는 대숙부님을 뵈러 왔었지요. 그러다가 한동안은 별로 여기에 오는 일이 없었어요. 제 언니와 동생은 숙부님께서 세상을 떠나신 뒤에 이리로 옮겨왔습니다만, 그 무렵 저는 남편과 함께 해외에 있었거든요. 남편이 세상을 떠난 지는 한 4~5년 되었답니다."

"아, 그렇군요."

"언니와 동생이 여기에 와서 함께 살자고, 그것이 제일 좋은 방법이라고 자꾸만 권해서요. 우리 부부는 인도에서 꽤 오래 살았답니다. 남편은 세상을 떠날 때까지 인도에 머물러 있었죠. 요즘에 와서는 어디에 완전히······그 말하자면 뿌리를 내리고 살아야 하는지를 정하기가 꽤 어렵게 되어 있어서 말입니다."

"예, 정말이에요. 그래서 부인은 부인 집안의 여러 가족이 오랫동안 여기서 살았던 탓으로 이곳에 뿌리가 있는 것으로 느껴졌다는 말이군요."

"예, 그래요. 그런 느낌이 들었답니다. 물론 저는 언니와 동생과도 잘 지냈고, 자주 그들이 사는 곳을 찾아가곤 했지요. 하지만 세상 일이란 이렇게 되었으면 하고 바라는 대로만 되는 것은 아니더군요. 저는 런던 근교의 햄프턴 코트 가까이에 조그만 주택을 사가지고 거의 그곳에서만 지내면서, 런던의 자선단체 한두 곳에 가끔 나가서 일하기도 했답니다."

"다시 말하자면 시간을 적절히 잘 활용하셨군요, 참 잘하셨어요."

"그런데 요즘엔 이곳에서 좀더 지내는 편이 좋을 것 같은 생각이 들기 시작했답니다. 언니나 동생에 대해서 좀 걱정이 되어서요."

"건강 때문에요?" 마플 양이 생각이 떠오르는 대로 말했다.

"요즘엔 모두들 걱정을 하지요, 특히 몸이 약해지거나 어떤 병으로 고생하는 사람을 돌봐줄 충분한 자격이 있는 사람을 고용할 수 없는 경우에 말입니다. 류머티즘이나 관절염이 많으니까요. 목욕 중에 쓰러지지나 않을까, 계단에서 떨어져서 사고나 나지 않을까 등등으로 언제나 걱정을 하며 지내야 하니까요. 그런 말씀이겠죠?"

"클로틸드 언니는 아주 건강합니다." 글린 부인이 말했다.

"하지만 앤시아에 대해선 가끔 걱정이 되는군요. 동생은 보시다시피 멍청해서요. 정말 멍청이라니까요. 게다가 때로는 훌쩍 어디론가 가버릴 때가 있어서……자신도 어디로 가는지 모르는 모양이에요."

"예, 걱정거리가 있다는 것은 슬픈 일이지요. 세상에는 걱정해야 될 것이 너무 많으니까요."

"앤시아는 걱정거리는 별로 없을 겁니다만, 있다면……."

"소득세라든가 그런 돈 걱정이 아닐까요?" 마플 양이 자기의 생각을 말했다.

"아니에요, 그런 일은 별로……동생이 늘 걱정하고 있는 것은 정원에 대한 거랍니다. 동생은 옛날의 정원을 기억하고 있어서, 다시 옛날처럼 그……돈을 들여서 그때의 모양대로 되살릴 것을 간절히 바라고 있는 거예요. 클로틸드 언니가 요즘은 옛날같이 돈이 없다고 타이르고 있습니다만 앤시아는 온실에 대한 이야기, 거기에 있었던 복숭아나무에 대한 이야기를 자꾸만 한답니다. 포도나무에 대한 이야기도."

"그리고 벽 가까이에 있었던 체리 파이 이야기도?" 마플 양이 그 말이 생각나서 말했다.

"기억력이 좋으시군요. 예, 그중에서도 잊을 수 없는 것이겠지요. 정말로 향기가 좋답니다, 헬리오트로프는. 이름은 또 얼마나 고와요, 체리 파이가. 포도나무도 역시 잊을 수 없는 것이지요. 작고 달콤하고, 그리고 일찍 먹을 수 있는 포도였답니다. 하지만 옛날 일을 너무 잊어버리지 않는 것도 좋은 일은 아니지요."

"그리고 화초를 심어서 만든 울타리도 있었다면서요." 마플 양이 말했다.

"예, 앤시아는 손질이 잘 된 화초 울타리를 갖고 싶은 거랍니다. 그런 것은 지금으로서는 도저히 불가능하지요. 기껏 2주일에 한 번 잔디 깎으러 오는 일꾼을 사는 것도 힘에 겨운데. 그것도 매년 다른 집 사람을 고용해야 될 형편이랍니다. 그리고 또 앤시아는 팜파스도 심고 싶은 모양이에요. 그리고 심킨 부인의 패랭이꽃도. 이건 흰색이지요. 앤시아는 그런 것들을 모두 잘 기억하고 있으면서 그 이야기를 한답니다."

"부인도 걱정이 많겠네요."

"예, 그래서 언제나 말다툼을 하게 되는데, 아무리 말을 해도 조금도 효과가 없어요. 클로틸드 언니는 무슨 일에나 워낙 철저한 성미라서 아예 들어보려고도 하지 않는답니다."

"정말 어렵답니다—." 마플 양이 말했다.

"세상일을 어떤 식으로 받아들일까 하는 것 말이죠. 좀 엄격한 쪽이 좋으냐, 아니면 이해하려는 마음을 갖는 쪽이 좋으냐 하는 거지요. 이야기는 끝까지 들어주고 이치에 맞지 않는 소망은 눌러주고, 그건 정말 어려운 일이겠군요."

"그래도 저에게는 그렇게 골칫거리는 아닙니다. 왜냐하면 저는 제 집으로 돌아갈 수도 있고, 그러고는 가끔씩 와서 묵으면 되니까요. 그래서 저로서는 지내다 보면 좀 여유가 생겨서 어떻게 해볼 수 있는 척할 수도 있는 거랍니다. 그런데 언젠가 여기에 왔을 때 앤시아가 정원을 보수하고 온실을 다시 짓기 위해서 아주 비싸게 먹히는 조경사에게 의뢰하려는 것을 알았답니다…… 그것이 얼마나 바보 같은 짓인지, 가령 포도나무를 심는다고 해도 2~3년이나 지나야 열매가 열리잖아요. 클로틸드 언니는 아무것도 모르고 있다가 앤시아의 책상 위에 있는 견적서를 보고 굉장히 화를 냈죠. 언니는 이해성이 조금도 없거든요."

"여러 가지로 어렵겠군요." 마플 양이 말했다.

가끔 쓰고 있는데 이 말은 꽤 도움이 된다.

"난 내일 아침에는 좀 일찍 나가봐야 하는데요." 마플 양이 말했다.

"내일 아침 버스의 일행이 집합하기로 되어 있는 '골든 보어 호텔'에서 알아볼 일이 있어서요. 일행의 출발이 이르거든요. 떠나는 시간이 9시라고 했답니다."

"아, 그렇군요. 너무 힘들지 않으셨으면 좋겠군요."

"아, 문제없어요. 우리가 가는 곳은 아마……잠깐만요, 뭐라더라……스털링 세인트 메리랍니다. 그리고 별로 멀지도 않은 것 같고요. 도중에는 구경할 만한 재미있는 교회나 성도 있다는군요. 오후에는 아주 멋진 정원도 구경하게 되는데, 그렇게 몇 에이커씩 되는 곳이 아니고 뭔가 특별한 꽃이 있다나 봐요. 여기서 아주 푹 쉬게 해주셔서 다시 힘이 나는군요. 만일 지난 이틀간을 산이나 벼랑을 오르내렸다면 나는 그야말로 녹초가 되었을 거예요."

"그럼 오후에는 내일을 위해서 푹 쉬세요." 글린 부인이 집으로 들어가면서 말했다.

"마플 양은 교회에 다녀오시는 길이랍니다." 글린 부인이 클로틸드를 보고 말했다.

"별로 구경할 만한 것도 없죠?" 클로틸드가 말했다.

"빅토리아 여왕 시대의 유리 같은 것은 정말 너무했다고 생각해요, 저는. 돈만 잔뜩 들이고 우리 숙부님에게도 어느 정도 책임이 있다고 생각한답니다.

숙부님은 그런 야한 빨강이나 파란색 유리를 상당히 마음에 들어 하셨거든요."

"너무 야해요. 너무 야만스럽다고 저는 늘 그렇게 생각하고 있어요." 래비니아 글린이 말했다.

마플 양은 점심식사 뒤에 느긋하게 낮잠을 자고, 저녁식사를 할 무렵까지 여주인들과 따로 지냈다. 저녁식사 뒤에는 잠자리 갈 때까지 많은 수다를 떨었다. 마플 양은 지난날의 이야기로 열을 올렸다……처녀 때 이야기, 어릴 때 이야기, 놀러 간 곳의 이야기, 관광이나 해외여행, 오다가다 만난 사람들의 이야기 등등.

완전히 지친 채 실패했다는 생각을 하면서 자리에 들었다. 아무것도 찾아낼 수가 없었던 것이다. 아마 이제 더 이상은 찾아낼 것이 없기 때문이리라. 물고기가 낚이지 않는 낚시질……그것은 물고기가 없기 때문일까? 아니면 미끼의 선택이 잘못되었기 때문일까?

제11장

사고

다음 날 아침 마플 양이 마실 차가 7시 반에 나오게 된 것은 그녀가 일어나서 주변을 정리하고 짐을 챙길 시간을 넉넉하게 잡기 위해서였다. 마침 그녀가 조그만 여행 가방의 뚜껑을 닫고 있는데, 문에서 좀 서두르는 듯한 노크 소리가 들리더니 클로틸드가 다급한 얼굴로 들어왔다.

"저, 마플 양, 부인을 뵙고 싶다고 젊은 남자가 아래층에 와 있는데요. 엠린 프라이스라는 사람인데, 부인과 함께 여행 중인 사람들이 이리로 보냈다는군요."

"예, 그 사람을 잘 알죠. 그래, 아직 정말 젊죠?"

"예, 굉장히 현대적인 차림에다 머리도 곱슬곱슬한데……그 사람이 부인에게 뭔가 좋지 않은 소식을 전하러 왔다나 봐요. 말씀드리기 어렵지만 사고가 있었대요."

"사고요?" 마플 양이 놀라서 눈을 크게 떴다.

"그……버스에 말인가요? 도로에서 생긴 사고랍니까? 누구 다친 사람이라도 있었나요?"

"아니, 아니, 버스가 아니에요. 버스는 아무렇지도 않답니다. 어제 오후에 관광을 가던 도중에 생긴 일이래요. 어제는 꽤 바람이 불었던 건 아시죠? 하긴 바람이 사고와 무슨 관계가 있는 것은 아닐 테지만. 아마 틀림없이 여러 사람들이 흩어져서 걸어갔을 거예요. 제대로 길이 나 있기는 하지만 구릉지를 올라가서 가로지를 수도 있으니까요. 양쪽 다 목적지인 보나벤처의 정상 기념탑으로 갈 수 있는 길이지요. 틀림없이 따로따로 떨어져서, 그럴 때에 돌봐 주는 안내자가 있어야 하는데 그런 사람이 없었나 봐요. 걸음을 잘 걷는 사람만 있는 것도 아니고, 골짜기로 들어서는 비탈길은 아주 가파르거든요. 경사진 언덕을 굉장한 속도로 굴러 떨어지는 돌이나 바위가 있었는데, 글쎄 그 바위에 오솔길에 있던 사람이 맞았대요."

"아니, 저런." 마플 양이 외쳤다.

"그거 정말 안됐군요. 그래 다친 사람은 누구래요?"

"템플 양이라든가 텐더턴이라든가 하는 분인 모양이에요."

"엘리자베스 템플이에요. 세상에, 가엾어라. 그녀와는 이야기도 자주 했답니다. 버스에서는 그녀 옆자리에 내가 앉았거든요. 그녀는 은퇴한 여학교 교장 선생님이라든가 아주 유명한가 봐요."

"그렇답니다." 클로틸드가 말했다.

"저도 잘 아는 분이에요. 유명한 팰로필드 여학교의 교장 선생님이셨지요. 그분이 이번 여행에 오신 줄은 몰랐어요. 1년인가 2년 전에 교장직에서 은퇴하시고, 그 후임으로 지금은 젊고 진취적인 여교장 선생님이 와 있다나 봐요. 하지만 템플 양이 늙었다는 이야기는 아닙니다. 60쯤 됐을까요. 아주 건강하셔서 등산이나 걸어 다니는 것을 좋아하셨죠. 이번 일은 정말로 재난이에요. 상처가 너무 심하지 않았으면 좋겠는데. 아직 자세한 이야기는 저도 못 들었답니다."

"이제 짐도 다 챙겼으니ㅡ." 하고 마플 양은 여행 가방의 뚜껑을 찰칵 소리 내어 닫고는, "바로 아래층으로 가서 프라이스 씨를 만나지요."라고 말했다.

클로틸드가 그 가방을 들고 말했다.

"제가 거들어 드리지요. 충분히 들어다 드릴 수 있답니다. 저를 따라오세요, 층계를 조심하시고."

마플 양은 아래층으로 내려갔다. 엠린 프라이스가 기다리고 있었다. 머리칼이 여느 때보다 더 곱슬거리는 듯하고, 굉장히 이상한 부츠에 가죽 재킷, 거기에 눈이 부신 에메랄드 그린색의 바지를 입고 있었다.

"아주 큰일이 나서요." 그가 말하면서 마플 양의 손을 잡았다.

"제가 곧바로 부인에게 와서 사고 이야기를 해드리려고 했습니다만. 브래드 베리스코트 양에게서 이야기는 들으셨죠? 템플 양이 사고를 당했어요. 그 여선생님 말이에요. 선생님이 무슨 일을 했는지 무슨 일이 일어났는지 전 잘 모르지만, 돌이라고 할까 바위라고 할까 그런 것이 위에서 굴러 떨어졌다나 봐요. 상당히 가파른 비탈이라 그것이 선생님에게 부딪혀서 어젯밤 의식불명인 채 병원으로 실려갔어요. 아무래도 경과가 나쁜가 봐요. 아무튼 여행의 오늘 일정은 취소되고 오늘 밤은 여기서 묵기로 했습니다."

"아니!" 마플 양이 말했다.

"가엾어라. 정말 안됐어요."

"오늘 여행을 중단하고 여기 머무는 것은 의사의 검사결과가 어떨는지 기다려 봐야 알 수 있기 때문이에요. 그래서 우리는 여기 '골든 보어 호텔'에 하룻밤 더 묵게 되고 여행계획도 조금 다시 짜게 되나 봐요. 그렇게 되면 내일 그랭메링으로 가는 것은 아마 중지해야겠는데, 여기는 별로 재미있는 곳도 아니라고 다들 그렇게 말하더군요. 샌본 부인이 오늘 아침 일찍 병원으로 갔습니다. 오늘 아침에는 경과가 좀 어떤지 보려요. 11시 차 마시는 시간에 우리와 '골든 보어 호텔'에서 만나기로 되어 있습니다. 부인도 궁금하시면 함께 가시는 게 좋지 않을까 싶어서요."

"예, 함께 가지요. 물론 가야지요, 지금 곧." 마플 양이 말했다.

그곳에 함께 있던 클로틸드와 글린 부인 쪽을 보면서 잘 있으라는 인사를 했다.

"정말 고마웠습니다. 지난 이틀 밤은 참으로 즐거웠어요. 휴식 덕분에 다시 힘도 나고요. 이런 터무니없는 일만 일어나지 않았더라면."

"하룻밤 더 묵으시면—." 글린 부인이 말했다.

"좀더……." 그녀는 클로틸드 쪽을 보았다.

마플 양은 곁눈질만은 누구 못지않게 잘하는데 흘깃 본 클로틸드의 표정에서는 안 된다는 빛이 느껴졌다. 그것은 거의 알아볼 수 없을 정도로 미세한 움직임이었는데, 그녀는 고개를 옆으로 흔들지만 않았을 뿐이다. 그래서 글린 부인이 하려던 말을 그만두고 입을 다물게 되었다고 마플 양은 생각했다.

"……하지만 일행 여러분과 함께 계시는 편이 훨씬 즐거울 것 같고……."

"예, 그 편이 나도 좋답니다." 마플 양이 말했다.

"그렇게 되면 다음 계획도 알 수 있고, 또 어떻게 해야 좋을지도 알 수 있으니까요. 그리고 나도 뭔가 도울 일이 있을는지도 모르고요. 가보지 않고는 모르지요. 다시 인사를 드려야겠어요. 정말 감사합니다. '골든 보어 호텔'에 방을 잡는 것도 별 어려움이 없을 것 같고요." 하며 엠린 쪽을 보았다.

엠린은 안심시키려는 듯이, "그건 염려 마십시오. 오늘 돌아가는 사람의 방도 비게 되어 있거든요. 언제든지 만원이 될 때는 없으니까요. 샌본 부인이 오늘 밤 우리 모두가 묵을 수 있는 방을 예약해 두었을 것이고, 또 내일이 되면 어떻게 되는지……이번 일이 어떻게 되는지 분명해질 테니……"

헤어지는 인사말, 감사의 인사말이 오갔다. 엠린 프라이스가 마플 양의 짐을 들고 성큼성큼 걸어갔다.

"호텔은 저 모퉁이만 돌면 바로 거깁니다." 그가 말했다.

"예, 어제 분명히 호텔 앞을 지나갔지요. 가엾은 템플 양, 다친 곳이 너무 심하지 않았으면 좋으련만."

"아무래도 좀 심한 것 같아요." 엠린 프라이스가 말했다.

"물론 의사나 병원에 있는 인간들은 아시다시피 언제나 같은 소리지요—최선을 다하고 있습니다—라고 이 부근에는 병원이 없다 보니까……8마일쯤 떨어진 캐리스타운에 그녀를 싣고 갔습니다. 좌우간 부인을 호텔 방까지 모셔다 드릴 때쯤이면 샌본 부인이 소식을 갖고 와 있을 겁니다."

두 사람이 호텔에 도착해 보니 관광 온 일행은 커피 룸에 모여 있었고, 커피에 아침에 먹는 비스킷과 빵, 파이 등이 나와 있었다. 마침 버틀러 씨 부부가 이야기를 주고받고 있었다.

"정말 이번 일은 너무해요." 버틀러 부인이 말했다.

"이렇게 놀라게 한 적은 없었어요. 모두들 한창 재미있고 유쾌했었는데. 가엾은 템플 양. 그분은 아주 잘 걷는 분이라고 생각했었는데. 하지만 알 수 없는 거죠, 그렇죠, 헨리?"

"정말이야." 헨리가 말했다.

"그런데……생각 중인데 말이야……음, 우리는 시간이 없거든……어떻게 해야 할까……여기서 여행을 일단 중지하느냐 마느냐. 나는 이런 생각을 해.

일이 분명해질 때까지 여행을 계속하는 것은 어렵지 않을까 하고 만일 이것이……그, 뭐야……아주 중대한 생명에 관계되는 일이라도 된다면 아마 그……즉, 검시재판이라든가 뭔가 하는 일이 생기겠지."

"아, 헨리, 그런 끔찍한 소리 하지 마세요!"

"실례입니다만—." 쿡 양이 말했다.

"버틀러 씨는 일을 너무 비극적으로 보시는군요. 그런 중대한 일이야 생기려고요."

외국 사투리처럼 캐스퍼 씨가 말했다.

"하지만 그렇습니다, 여러분. 저는 어제 들었습니다. 샌본 부인이 의사와 전화로 이야기할 때였지요. 아주 중태랍니다. 모두 말하더군요. 그 사람, 뇌진탕 일어나서……대단히 상태가 나쁘다. 수술할 수 있는지 없는지를 살펴보려고 특별한 의사가 오고 있대요. 그래요……아주 나쁜 상태예요."

"아니, 정말이에요?" 럼리 양이 말했다.

"만일 그렇다면, 밀드레드, 우리는 집으로 돌아갑시다. 기차시간표를 봐두어야지요?" 하며 버틀러 부인 쪽을 보았다.

"전 말이지요, 우리 집 고양이들을 이웃 사람들에게 돌봐 달라고 부탁을 하고 왔거든요. 그러니 만일 내가 하루 이틀 늦게 돌아가기라도 하는 날이면 이웃 사람들에게 큰 폐를 끼치게 되어버린 답니다."

"이렇게 모두 흥분하시면 안 됩니다." 라이즐리 포터 부인이 엄숙하게 명령하듯이 말했다.

"조안나, 이 과자와 빵을 쓰레기통에 넣어버려. 도무지 먹을 수가 없구나. 아주 기분 나쁜 잼이야. 여하튼 내 접시 위에 놔두면 곤란해. 기분이 나빠져."

조안나가 과자와 빵을 치우고 말했다.

"엠린과 나, 잠깐 산책을 가도 되겠죠? 거리 구경을 좀 하고 싶은데. 그냥 여기에만 앉아서 괜히 어두운 이야기만 하고 있어선 안 될 것 같아요. 우리들은 아무것도 해줄 수가 없잖겠어요?"

"밖으로 나가는 편이 현명하지요." 쿡 양이 말했다.

"그래요, 나가세요." 배로 양이 라이즐리 포터 부인이 입을 열기 전에 말했다.

쿡 양과 배로 양은 서로 얼굴을 마주 보고서 고개를 가로저으며 한숨을 내쉬었다.

"그곳 잔디는 정말 미끄러지기 쉬워서—." 배로 양이 말했다.

"나도 한두 번 정말 미끄러졌다고요, 그 짤막한 잔디 위에서."

"거기다가 돌멩이도—." 쿡 양이 말했다.

"그 좁은 길을 구부러지는 곳에서는 자갈이 마치 소나기처럼 쏟아지더군요. 예, 돌멩이 하나가 내 어깨에도 떨어졌어요."

홍차, 커피, 비스킷과 케이크 등을 서둘러서 먹고 마시고 나니 서로 어쩐지 서먹서먹해져서 안절부절못했다. 커다란 변동이 생겼을 때 거기에 대처하는 적당한 방법을 찾아내기란 쉬운 일이 아니다. 너도 나도 자신의 생각을 말하고 놀라움과 곤혹스러움을 나타냈다. 지금 모두 뉴스를 고대하고 있는 것과 동시에 어떤 형태의 구경이라도 하고 싶은 기분, 오전을 심심치 않게 보낼 뭔가 재미있는 것을 원했다. 점심식사는 1시까지는 내오지 않을 것이니, 여기에 이대로 앉아서 같은 이야기를 되풀이하고 있는 것은 우울하기만 할 것이 뻔하다.

쿡 양과 배로 양은 마치 한 사람인 것처럼 동시에 일어나서 쇼핑할 물건이 있다고 모두에게 말했다. 필요한 것도 한두 가지 있고, 또 우체국에 가서 우표도 사야 된다고 했다.

"엽서를 한두 장 보내야겠어요. 그리고 또 중국에 보낼 편지 요금도 물어봐야겠고." 배로 양이 말했다.

"그리고 나는 뜨개질에 섞어서 짤 털실이 좀 필요해서요." 쿡 양이 말했다.

"그리고 시장을 지나서 좀더 가면 뭔가 재미있는 건물이 있다더군요."

"여러분들도 나가 보시는 편이 좋지 않을까요?" 배로 양이 말했다.

워커 대령 부부도 일어나서 버틀러 부부를 보고 무슨 구경거리가 있는지 함께 가보지 않겠느냐고 말했다. 버틀러 부인은 골동품 가게라도 있었으면 좋겠다고 말했다.

"아니, 진짜 골동품 가게가 아니라도 좋아요. 고물상 정도라도. 어떤 때는 그런 데서 정말 재미있는 물건을 발견할 때가 있거든요."

모두들 우르르 떼를 지어 몰려나갔다. 엠린 프라이스는 이미 눈에 띄지 않도록 슬금슬금 문을 빠져나가 어디를 간다는 말도 없이 조안나의 뒤를 따라가고 있었다. 라이즐리 포터 부인은 조카딸을 불러봐야 이미 늦은 줄 알면서도 불러보고는 로비 쪽에 가 있는 것이 좀 편하겠다고 말했다. 럼리 양이 그게 좋겠다고 맞장구를 쳤다. 캐스퍼 씨는 마치 외국의 왕실 소속 무관 같은 자세로 여자들을 따라나갔다.

원스티드 교수와 마플 양이 뒤에 처졌다.

"제 생각에는―." 하고 원스티드 교수가 마플 양을 보고 말했다.

"호텔 밖으로 나가서 앉아 있는 것이 기분이 좋을 것 같군요. 길 쪽으로 조그만 테라스가 있답니다. 함께 가시지 않겠습니까?"

마플 양은 그 제의를 고맙게 받아들이고 일어났다. 지금까지 원스티드 교수와는 거의 말을 주고받은 일이 없었다. 교수는 좀 어려울 듯한 책을 몇 권인가 가지고 있었는데, 그중의 한권은 버스 안에서까지도 열심히 읽은 것이었다.

"그런데 부인도 뭐 좀 살 생각이 아니었습니까?" 교수가 말했다.

"제 생각에는 샌본 부인이 돌아오기를 어딘가에서 조용히 기다리고 있는 것이 좋을 것 같아서요. 대체 우리가 어떤 처지에 와 있는지 정확히 아는 것이 중요하다고 생각합니다."

"정말 동감이에요, 그거라면." 마플 양이 말했다.

"저는 어제 거리를 꽤 돌아다녔으니까 오늘은 그냥 쉬고 싶군요. 그냥 여기 있으면서 뭐 좀 제가 도울 일이 없을까 하고 기다리고 있겠어요. 제가 할 만한 일은 없을 줄 압니다만, 그래도 알 수 없잖겠어요?"

두 사람은 함께 호텔 현관을 나가서 건물 모퉁이를 돌아 조그맣고 네모난 정원이 있는 곳으로 갔다―호텔의 벽에 붙어서 조금 높게 돌로 된 보도가 있고, 거기에는 여러 가지 모양의 등의자가 놓여 있었다. 거기에는 아무도 없어서 두 사람은 함께 앉았다. 마플 양은 마주앉아 있는 상대를 진지한 눈으로 바라보았다. 파도 같은 주름이 있는 얼굴, 유난히 숱이 짙은 눈썹, 백발이 섞인 풍성한 머리칼, 약간 앞으로 숙인 자세로 걷는 이 사람은 재미있는 얼굴을 하고 있다고 마플 양은 생각했다. 목소리는 차고 엄숙하며, 어떤 분야의 전문가인 듯하다고 그녀는 단정을 해버렸다.

"제가 본 것이 틀림없다고 생각하는데―." 윈스티드 교수가 말했다.

"부인은 제인 마플 양이시지요?"

그녀는 약간 놀랐지만 특별히 무슨 이유가 있어서 그런 건 아니었다. 그들은 다른 여행자들이 알아차릴 만큼 그렇게 오래 함께 있었던 것도 아니다. 그녀는 지난 이틀 밤은 일행과 함께 있지도 않았다. 그러니 그녀가 놀라는 것은 아주 자연스러운 일이었다.

"그렇게 생각하고 있었습니다." 윈스티드 교수가 말했다.

"제가 가지고 있는 인상서(人相書)에 의해서."

"제 인상서?" 마플 양이 다시 조금 놀랐다.

"예, 저는 부인의 인상서를 가지고 있거든요……." 잠깐 말을 중단했다. 분명하게 목소리를 낮춘 것은 아닌데 볼륨이 없어졌으나, 그래도 그녀에게는 잘 들렸다.

"……래필 씨에게서 받은 겁니다."

"아―." 마플 양은 정말로 깜짝 놀랐다.

"래필 씨에게서요?"

"놀라셨군요?"

"예, 정말 놀랐습니다."

"그렇게 놀라실 줄은 몰랐습니다."

"너무 뜻밖이라서……." 마플 양은 말하다가 그만두었다.

윈스티드 교수는 입을 열지 않았다. 다만 앉아서 그녀를 보고 있을 뿐이었다. 마플 양은 마음속으로 생각했다―한 1~2분 지나면 그는 이렇게 말하겠지. "분명하게 어떤 징후가 있습니까? 목으로 넘길 때에 불쾌감을 느낀다거나, 잠이 잘 오지 않는다거나, 소화는 잘 되나요?"

그녀는 그가 의사라는 점에 거의 확신을 가지고 있었다.

"언제 래필 씨가 당신에게 제 인상의 특징 같은 것을 말하던가요? 혹시 그것은……."

"얼마 전……몇 주쯤 전의 일이라고 말씀하시는 거지요? 그렇습니다……래필 씨가 세상을 떠나기 전의 일입니다. 부인이 이 여행에 참가하게 될 거라고 그분이 제게 말하더군요."

"그리고 래필 씨는 당신도 이 여행에 참가하게 될 것을—알고 있었군요."

"예, 대강 그렇게 생각하시면 되겠지요." 윈스티드 교수가 말했다.

"그가 말하기를—." 그는 계속했다.

"부인이 이 여행에 참가하게 된다, 즉 자기가 부인을 위해서 부인이 관광여행에 참가하게 되도록 손을 써놓았다고 하더군요."

"참으로 자상한 분이세요." 마플 양이 말했다.

"정말 너무너무 자상하세요. 저를 위해서 예약해 주신 것을 알고는 정말 놀랐답니다. 이렇게 자꾸 신세만 지니. 저는 도저히 이런 여행에 나설 힘이 없거든요."

"그렇습니다." 윈스티드 교수가 말했다.

"잘 말씀해 주셨습니다." 하고 학생의 훌륭한 실험을 칭찬할 때처럼 고개를 끄덕였다.

"그런데 이런 일이 생겨서 방해를 받게 되다니—." 마플 양이 말했다.

"정말 애석한 일이에요. 모두들 모처럼 즐거워하고 있었는데."

"그렇습니다." 윈스티드 교수가 말했다.

"정말 애석합니다. 그런데 뜻밖이라고 생각하십니까, 아니면 뜻밖에 생긴 일은 아니라고 생각하십니까?"

"아니, 윈스티드 교수님, 그게 무슨 뜻인가요?"

그녀의 도전적인 눈을 보고는 교수는 어깨를 약간 으쓱하고는 미소를 보이면서 말했다.

"래필 씨는 말입니다, 부인에 대해서 상당히 긴 이야기를 해주었답니다. 그는 저에게 부인과 함께 관광여행을 떠나라고 했지요. 그렇게 되면 십중팔구 부인과 사귀게 될 거라는 겁니다. 즉, 관광여행의 일행은 하루 이틀쯤 지나면 필연적으로 같은 취미나 흥미를 가진 사람들끼리 그룹이 생기고 가까워진다는 것이지요. 그리고 래필 씨는 제게 이런 말도 했습니다. 실례가 되는 말이지만, 부인을 감시해 달라고요."

"저를 감시해요?" 마플 양은 좀 불쾌하다는 듯이 말했다.

"그 이유는 뭐지요?"

"이유는 호위를 위해서라고 생각합니다. 래필 씨는 부인에게 아무 일도 일어나지 않기를 바라셨으니까요."

"제게 무슨 일이 일어난다는 거지요? 알고 싶군요."

"아마 엘리자베스 템플 양에게 있었던 그런 일이겠지요." 윈스티드 교수가 말했다.

조안나 크로퍼드가 호텔의 모퉁이를 돌아서 다가왔다. 그녀는 물건 꾸러미를 들고 있었다. 두 사람 옆을 지나갈 때 눈인사를 하고는 좀 수상쩍다는 듯이 두 사람 쪽을 흘끗 쳐다보고는 거리 쪽으로 나갔다. 윈스티드 교수는 그녀의 모습이 보이지 않을 때까지 입을 다물고 있었다.

"좋은 아가씨입니다." 교수가 말했다.

"적어도 제 눈에는 그렇습니다. 독재적인 숙모에게서 동물처럼 혹사당하면서도 현재에 만족하고 있지만, 이제 머지않아 반항의 나이가 될 것이 분명하지요."

"대체 지금 하신 말씀은 어떤 뜻인가요?"

마플 양은 지금 조안나의 반항기 이야기 같은 것에 흥미를 가질 수는 없었다.

"이번 일이 생겼기 때문에 이 문제를 의논하려는 겁니다."

"사고가 생겼기 때문이라고 말씀하시는 건가요?"

"예, 그것이 사고라면 말입니다."

"그러니까 당신은 사고가 아니라고 생각하시는 건가요?"

"그렇게 생각할 수도 있다는 것뿐이지요. 그뿐입니다."

"저는 그 일에 대해선 아무것도 모르고 있어요." 마플 양은 여운을 남겼.

"그렇습니다. 부인은 현장에 안 계셨으니까요. 부인은……이런 말씀 드리기는 좀 뭣합니다만……부인은 어디 다른 곳에 볼일이라도 있으셨습니까?"

마플 양은 한동안 가만히 있다가 윈스티드 교수를 한두 번 보고 나서 말했다.

"당신이 하는 말씀을 저는 잘 모르겠네요."

"꽤 조심을 하시는군요. 부인이 조심하시는 것은 당연한 일입니다만."

"언제나 그렇게 하고 있답니다."

"조심하는 것 말씀입니까?"

"그렇게 말씀드리고 싶지는 않습니다만, 저는 들은 이야기를 그대로 믿기도 하지만, 또한 믿지 않으려고도 한답니다."

"그렇군요, 그러고 보니 옳은 말씀입니다. 부인은 저에 대해서는 아무것도 모르니까요. 제 이름은 승객 명단에서 보셨겠지요? 아주 쾌적한 관광여행입니다. 성이라든가 유서 깊은 저택이며 멋진 정원 등을 두루 돌아보는 것이. 아마 정원이 부인에게는 가장 흥미가 있으시겠죠?"

"예, 그렇습니다."

"정원에 흥미를 가지신 분이 일행 중에는 또 있겠지요."

"글쎄요, 정원에 흥미가 있다고 입으로만 떠벌이는 사람."

"아—." 윈스티드 교수가 말했다.

"알고 계셨군요." 교수는 계속했다.

"이것이 제 역할입니다. 부인을 지켜보는 것, 그리고 우리들이 말하는 소위 어떤 형태의 더러운 손이 뻗쳐올 경우에는 부인 가까이에 있을 것. 그런데 사태는 이제야 겨우 조금 달라지기 시작했습니다. 제가 부인의 적이 될 것인지, 아니면 같은 편이 될 것인지 부인은 이제 결심을 해야 합니다."

"아마 당신이 말하는 그대로겠지요." 마플 양이 말했다.

"아주 분명하게 말해 주셨군요. 하지만 당신은 제가 어느 쪽으로 판단을 내려야 할지 당신에 관한 자료를 조금도 주지 않는군요. 당신은 래필 씨의 친구 같이 생각됩니다만?"

"아니—." 윈스티드 교수가 말했다.

"저는 래필 씨의 친구가 아닙니다. 그를 만난 것은 한 번인가 두 번뿐이죠. 한 번은 어떤 병원의 위원회에서였고, 또 한 번은 무슨 공적인 행사 때였죠.

저는 그에 관해 알고 있었습니다. 그도 저에 대해서 알고 있었을 겁니다. 마플 양, 제가 저 자신이 전공하고 있는 세계에서는 상당히 알려진 사람이라고 한다면 부인은 아마 터무니없는 자만이라고 생각하시겠지요?"

"그렇게 생각지는 않습니다." 마플 양이 말했다.

"자신에 대해서 당신이 그렇게 말한다면 아마 당신은 사실을 말하고 있는 것이겠지요. 아마 당신은 의사일 테지요?"

"부인의 육감은 대단하군요, 마플 양, 정말입니다. 의학박사 학위도 가지고 있습니다만, 전공도 있습니다. 병리학자이고 심리학자입니다. 나는 신분증명서 같은 것은 가지고 다니지 않습니다. 내 이야기를 어느 정도는 믿어주실 줄 알지만 내게로 온 편지도 보여드릴 수 있고, 또 공식적인 문서를 보여드리면 인정해 주실 줄 압니다. 내가 하고 있는 일은 주로 법의학(法醫學)에 관한 전문적인 일입니다. 이것을 평범한 말로 하자면 내가 흥미를 가지고 있는 것은 범죄자 두뇌의 여러 가지 다른 형태, 즉 그것이 내가 오랫동안 연구해 온 것입니다. 그런 제목으로 저서도 몇 권 있습니다만, 어떤 것은 굉장히 비평을 받았고, 또 어떤 것은 모두들 내 생각에 끌려오고 있습니다. 요즘은 너무 힘든 일은 미뤄두고 내 연구 주제에 마음에 드는 몇 가지 점을 강조해서 상세하게 써 보태는 일을 주로 하고 있습니다. 때로는 흥미를 끄는 일에 부딪히기도 하지요. 그러면 좀더 면밀하게 연구하고 싶어진답니다. 아니, 이거 너무 지루한 이야기가 되고 말았군요."

"천만에요." 마플 양이 말했다.

"지금의 당신 이야기로 실은 래필 씨가 제게 설명해 주고 싶지 않았을 것 같은 몇 가지 일을 당신이 설명해 줄는지도 모른다고 기대하고 있습니다. 래필 씨는 어떤 계획에 대해서 제게 나서줄 것을 부탁해 놓고는, 그 일을 해내는 데 도움이 될 만한 정보자료는 하나도 주지 않았습니다. 말하자면 저를 어둠 속에 몰아넣고 일을 맡기고는 진행시키라는 것과 같지요. 이런 식의 처리 방법은 제가 보기에는 정말로 서툴다고밖에는 생각되지 않아요."

"그래도 부인은 일을 맡기로 한 거군요?"

"맡았습니다. 솔직히 말씀드리지요. 저는 그 돈에 자극을 받은 거랍니다."

"돈이 그렇게 부인을 좌우했다는 겁니까?"

마플 양은 한동안 가만히 있다가 이윽고 천천히 입을 열었다.

"당신은 믿지 않을는지 모르겠습니다만, 거기에 대한 내 대답은 '틀림없이' 그렇다입니다."

"별로 놀랄 것도 없습니다. 그러나 부인은 흥미를 느낀 것이겠지요. 부인이 하고 싶은 말은 그거죠?"

"예, 분명히 흥미를 느꼈습니다. 저는 래필 씨를 그렇게 잘 알지는 못합니다만, 마침 얼마 동안, 실제로는 몇 주일간이었는데, 서인도제도에서 사귄 적이 있을 뿐입니다. 이것은 당신도 다소는 알고 계실 줄 압니다만."

"알고 있습니다. 부인과 래필 씨가 만나게 된 곳이며, 또 당신들 두 분이……말하자면 협력하게 된 곳이지요."

마플 양은 좀 수상하다는 듯이 교수를 보고 있다가, "아, 래필 씨가 이야기를 하셨군요?" 하고 고개를 가로저었다.

"예, 그가 말해 주었습니다." 윈스티드 교수가 말했다.

"그의 말로는 범죄사건에 대해 부인은 뛰어난 감각을 갖고 있으시다고요."

마플 양은 교수 쪽을 보고, "그런데 당신 눈에는 도저히 그렇게 보이지는 않는단 말이군요." 하고 말했다.

"좀 의외였겠죠?"

"나는 의외라고 생각한 적은 없습니다." 윈스티드 교수가 말했다.

"래필 씨는 아주 똑똑하고 빈틈이 없는 사람이었고, 사람을 보는 눈도 정확했습니다. 그는 부인도 사람 보는 눈이 틀림없다고 생각하고 있었던 겁니다."

"저는 도저히 저를 사람 보는 눈이 틀림없다고는 생각지도 않습니다." 마플 양이 말했다.

"단지 제가 말할 수 있는 것은 어떤 사람에 대해서 제가 알고 있는 다른 사람의 일을 생각해 내서 그것으로 두 사람이 하는 방식에 어떤 차이점을 예상해 낼 수 있을 뿐이지요. 만일 제가 여기서 무엇을 할 생각인지 모든 것을 알고 있다고 생각하신다면 그것은 당신의 잘못입니다."

"고의라고 하기보다는 우연이로군요." 윈스티드 교수가 말했다.

"이렇게 특별히 안성맞춤인 곳에서 어떤 일을 논의하기 위해서 마주 앉을 수 있었다는 것 말입니다. 우리는 감시를 당하고 있는 것 같지도 않고, 또 간단히 도청당하지도 않을 것이며, 우리 가까이에 창이나 문도 없고, 머리 위에도 창이나 발코니 같은 것은 없습니다. 즉, 우리는 이야기를 할 수 있다는 것이지요."

"저도 그렇게 생각합니다." 마플 양이 말했다.

"지금 제가 강조하고 있었던 것은 대체 저는 무엇을 해야 되느냐, 제게 무엇을 기대하고 있는가 그것을 전혀 알 수 없다는 겁니다. 래필 씨는 왜 이런 방법을 원하셨는지 저는 알 수가 없군요."

"저는 짐작이 될 것 같군요. 그는 부인에게 어떤 일련의 사실이나 사건에 대해서 다른 사람으로부터 한쪽으로 치우친 이야기를 듣게 되기 전에 직접 부인의 손이 닿기를 바란 겁니다."

"그렇다면 당신도 아무 말씀도 해주시지 않겠다는 거로군요?" 마플 양은 속상하다는 듯이 말했다.

"그런가요! 하지만 일에는 한계라는 것이 있답니다!"

"그렇습니다." 원스티드 교수가 말했다.

"부인 말이 옳습니다. 그 한계를 우리는 조금이라도 제거해야만 됩니다. 저는 지금부터 어떤 일을 분명히 하기 위한 몇 가지 사실을 부인에게 말씀드리겠습니다. 그 대신 부인도 몇 가지 사실을 말해 주시겠지요?"

"저에겐 그런 것이 별로 없는데요." 마플 양이 말했다.

"한두 가지 좀 이상한 징조는 있습니다만, 그러나 징조는 징조지 사실은 아니니까요."

"그러니까……." 하고 말하려다가 원스티드 교수는 도중에서 그만두었다.

"부탁드리겠습니다. 뭐든지 말씀을 해주세요—." 마플 양이 말했다.

제12장

협의

"너무 지루하게 말씀드릴 생각은 없습니다. 이번 일에 제가 어째서 관계하게 되었는지 간단히 설명하겠습니다. 저는 가끔은 내무성을 위해서 비밀고문 역할을 하기도 합니다. 또 어떤 공공단체와도 관계가 있지요. 범죄가 일어났을 경우 어떤 사건에 대해서 유죄라고 인정되는 어떤 일정한 타입의 범죄자에게 식사와 숙박을 제공하는 특별한 시설이 있습니다. 그들은 말하자면 죄인으로서 때로는 어떤 일정 기간, 그리고 또 그 나이에 따라서 구치됩니다. 만일 그 사람이 어떤 일정한 나이 이하일 경우에는 특별히 지정된 수용소에 들어가게 되지요. 이건 아시겠지요, 물론?"

"예, 잘 압니다."

"보통 소위 범죄라는 것이 발생하게 되면 즉시 제게 의논을 해옵니다―이러한 것들을 판단하기 위해서이지요. 즉, 사건의 처리법, 가능성, 예측을 할 수 있는가 없는가 하는 것 등. 이런 것은 별로 중요한 일이 아니므로 저는 관계하지 않습니다. 그러나 때로는 방금 말씀드린 시설의 책임자나 그런 사람으로부터 특별한 이유로 의논상대가 될 때도 있습니다. 이 사건의 경우 내무성을 통해서 제게 어떤 기관에서 연락이 왔습니다. 저는 이 시설의 책임자에게 찾아갔습니다. 사실대로 말씀드리자면 그것은 죄수라든가 환자, 또는 그 밖에 별별 여러 가지 이름으로 불리고 있는 사람들을 책임지고 있는 소장입니다. 그는 제 친구이기도 하지요. 꽤 오랫동안 사귀어온 사이이기는 합니다만, 그렇게 친숙한 사이는 아니었습니다.

제가 그 문제의 수용소에 갔더니 소장은 자기의 곤란한 문제를 제게 털어놓았습니다. 어떤 특별한 수용자에 대한 이야기였습니다. 소장은 이 수용자에 대해서 도저히 이해할 수가 없다는 겁니다. 여러 가지 의문이 있다는 것이지요. 그것은 어떤 젊은 남자라고 할까, 여하튼 소년보다는 조금 나이를 먹은 사람이 그 수용소에 와 있다는 겁니다. 그것은 이미 몇 년 전의 일이지요. 세월이 가고 현재의 소장이 부임해 오고부터(그는 이 죄수가 처음 왔을 때에는 그곳에 있지 않았습니다) 마음에 걸리기 시작했습니다. 그 자신이 이 방면의 전문가였기 때문이 아니고, 그가 범죄환자라고 할까, 죄수에 대해서 오랜 경험이 있는 사람이라서 마음에 걸리게 된 것이지요. 간단히 말씀드리자면 이 청년은 아주 어릴 때부터 불량소년이었습니다. 그것만은 분명합니다. 갱에 가담한 일도 있었고, 남에게 폭력을 휘두른 일도 있었습니다. 또 도둑질이며 날치기, 그리고 남의 돈을 횡령하거나 사기에 가담한 일도 있었지요. 아마 어떤 아버지라도 포기해 버릴 그런 아들이었습니다."

"아, 그렇군요. 알겠습니다." 마플 양이 말했다.

"그래 무얼 아셨다는 겁니까, 마플 양?"

"제가 안 듯한 느낌이 든 것은 당신이 하고 있는 그 이야기는 래필 씨 아들을 두고 하는 말이 아닌가 하는 겁니다."

"맞습니다. 제가 하는 이야기는 래필 씨의 아들 이야기입니다. 그에 대해서 뭐 좀 알고 계시는 거라도?"

"아무것도 모릅니다." 마플 양이 말했다.

"다만……그것도 어제 일입니다만……래필 씨에게는 불량소년이라고 할까, 좀더 부드럽게 말한다면 불만이 많은 아들이 있다는 이야기를 들었을 뿐입니다. 범죄 경력이 있는 아들. 그에 대해서는 거의 아무것도 저는 모릅니다. 그는 래필 씨의 외아들인가요?"

"예, 래필 씨의 외아들입니다. 그러나 딸은 둘 있었지요. 그중 하나는 열네 살 때에 잃고, 장녀는 행복한 결혼생활을 하고 있습니다만 아이가 없지요."

"그거 안됐군요. 래필 씨에게도."

"정말입니다." 윈스티드 교수가 말했다.

"남들은 모릅니다. 그의 아내도 젊어서 세상을 떠났는데, 그녀의 죽음이 더할 수 없이 슬펐던 모양입니다만 그 슬픔을 절대로 남에게 보이려고는 하지 않았지요. 그가 얼마나 그 아들이나 딸을 생각했는지 모릅니다. 무엇이든지 다 주었습니다. 아이들을 위해서 최선을 다했습니다. 아이들을 위해 최선을 다했지만 그가 어떤 마음이었는지는 모릅니다. 그런 자신의 마음을 좀처럼 내보이지 않는 사람이었으니까요. 제 생각으로는 그의 모든 흥미는 돈을 버는 자기의 일에 있었던 것이 아닌가 생각합니다. 모든 성공한 금융인이 다 그렇듯이 돈을 만드는 데만 흥미가 있었던 겁니다. 그렇다고 현금을 손에 쥐는 데 흥미가 있었던 것은 아닙니다. 돈을, 즉 말하자면 심부름꾼처럼 밖으로 내보내어 아주 기발한 방법을 써서 다시 더 많은 돈을 차지하는 것입니다. 그는 금융을 즐기고 있었던 거지요. 금융을 사랑하고 있었지요. 그 밖의 것은 거의 생각지 않았다고 보입니다.

그는 아들을 위해 할 수 있는 것은 다했다고 생각합니다. 학교에서 궁지에 몰려 있는 아들을 구해 주기도 하고, 재판문제가 되면 언제나 우수한 변호사를 고용해서 풀려나게 했는데 나중에 가서 타격을 받은 것은 그전에 있었던 일들이 아마 나쁜 영향을 주어서 그랬을 겁니다. 그 소년은 소녀폭행죄로 재판에 넘겨졌습니다. 폭행죄로 금고형을 받았습니다만, 나이가 어린 탓으로 집행유예가 되었지요. 그러나 그 뒤에 두 번째로, 그리고 정말로 중대한 죄로 고발을 당한 겁니다."

"그는 한 처녀를 죽였지요." 마플 양이 말했다.

"그렇죠? 저는 그렇게 들었습니다."

"그는 처녀를 집에서 꼬여낸 겁니다. 그리고 얼마 뒤에 그 처녀의 시체가 발견되었지요. 목이 졸려 죽어 있었습니다. 그리고 교살된 처녀의 얼굴과 머리는 돌멩이 같은 것으로 짓이겨져 있었습니다. 아마 그녀의 신원이 판명될 것을 우려해서였겠지요."

"별로 깨끗한 방법은 아니군요."

마플 양이 꽤 귀부인 티를 내면서 말했다.

원스티드 교수는 한동안 그녀를 바라보았다.

"부인은 그렇게 말씀하시는군요?"

"그렇게 생각되기 때문이에요." 마플 양이 말했다.

"저는 그런 종류의 것이 싫어요. 절대로 싫습니다. 제가 그에 대해서 동정이나 유감을 느끼거나 불행한 어린 시절을 변호하고 환경이 나빴다고 할 줄 아셨습니까? 그를 위해서, 그 나이 어린 살인범을 위해서 제가 눈물이라도 흘릴 것을 기대하고 계셨나요? 천만의 말씀입니다. 저는 나쁜 짓을 하는 나쁜 인간은 싫습니다."

"그 말을 들으니까 저도 기쁘군요." 윈스티드 교수가 말했다.

"제가 하는 일 중에서 사람들이 울고 화내며 과거에 있었던 일에 모든 죄가 있는 듯이 말하는 것에 얼마나 괴로움을 당하고 있는지 도저히 믿지 못하실 겁니다. 만일 사람이란 것이 불친절이라든가 생활고라든가 그런 나쁜 환경 속에 있어도 그 환경에서 상처받지 않고 빠져나올 수 있다는 것을 알고 있다면 사람들은 우선 반대의 견해는 갖지 않으리라고 생각합니다. 문제아는 불쌍하게 생각해야 할 존재입니다. 자신으로서는 어떻게 할 수도 없는 출생기원(出生起源)에 의해서 태어났으니까요. 저는 간질병 환자를 동정하는 것과 같은 심정으로 가엾게 느낍니다. 출생기원이라는 것을 아신다면……."

"조금은 알고 있습니다." 마플 양이 말했다.

"지금은 이미 상식이지요. 그렇다고 과학적이라고 할까, 전문적인 정확한 지식을 가지고 있다는 것은 물론 아니고요."

"그 소장은 경험이 많은 사람인데, 제 판단을 꼭 원하고 있는 이유를 분명하게 말해 주었습니다. 그는 자신의 경험으로 미루어 보아서 그 수용되어 있는 문제의 청년이 쉬운 말로 하자면 살인자가 아니라는 생각이 점점 강하게 들게 되었다는 겁니다. 살인자 타입이 아니다, 지금까지 그가 보아온 살인자와는 전혀 달랐다는 겁니다. 그의 의견으로는 그 청년은 어떤 조치를 취해도 절대로 정직해지지 않으며 개과천선을 하지도 않을 그런 종류의 범죄자 타입이라는 겁니다. 어떤 의미로는 도저히 손을 쓸 수 없는 사람이며, 동시에 자기에 대한 법정의 판결은 절대로 잘못된 것이라고 생각하는 그런 청년이라는 것입니다. 그러나 그 청년이 처녀의 목을 조르고 나서 도랑에 그 시체를 처넣고 얼굴을 무참하게 짓이겨서 죽였다고는 믿어지지 않으며, 아무래도 믿을 수가 없다는 겁니다. 그래서 모든 증거가 확보되어 있는 그 사건을 다시 한 번 조사해 보았다는 거지요.

 그 청년은 문제의 그 처녀와 알고 지냈으며, 그녀와는 범행 이전에도 여러 곳에서 함께 있는 것이 목격되었습니다. 아마 그들은 이미 육체관계가 있었을 것이며, 또 그것 말고도 문제가 있었습니다. 현장 가까이에 그의 차가 있는 것을 본 사람도 있습니다. 그 자신도 사람들에게서 목격되었습니다. 너무도 분명한 사건입니다. 그러나 제 친구는 아무래도 석연치 않다는 겁니다. 그는 정의감이 투철한 사람이었습니다. 다른 관점에서의 의견이 듣고 싶었던 거지요. 뻔한 경찰 측 의견이 아니고 전문의의 견해가 듣고 싶었던 겁니다. 그것은 제 분야라고 그는 말했습니다. 완전히 제 세계의 일이라고. 그는 저에게 그 젊은 청년과 만나서 이야기를 해보고 전문적인 평가를 내리고서 의견을 말해 달라는 것이었습니다."

"아주 재미있군요." 마플 양이 말했다.

"예, 정말 재미있다고 하고 싶군요. 여하튼 당신의 친구―그 소장님인가 하는 분은 경험이 많고 정의를 사랑하는 분 같군요. 당신도 그분의 말이라면 예사롭게 듣지는 않으시겠고. 그래서 그 소장님의 이야기에 당신은 귀를 기울이셨다는 말씀이군요."

"예―." 윈스티드 교수가 말했다.

"저는 굉장히 흥미를 갖게 되었습니다. 저는 그 환자를 만나서(저는 그를 이렇게 부릅니다) 여러 가지 다른 태도로 접해 보았습니다. 저는 그에게 말해 주었죠. 법률에는 여러 가지의 변화가 일어날 수 있는 것이라고. 왕실 고문변호사를 움직여서 그에게 득이 될 만한 점과 그 밖에도 필요한 것들을 조사할 수도 있다고요. 저는 친구로서 그를 대하고 또 적으로서도 대해 보았습니다. 그렇게 함으로써 틀린 면에서의 접촉에 그가 어떻게 반응하는가를 알 수가 있었고, 또 최근 잘 쓰이고 있는 육체상의 테스트도 여러 가지로 많이 시험해 보았습니다. 이런 것들은 완전히 전문적인 것이어서 상세하게는 말씀드리지 않겠습니다."

"그래서 결과적으로 어떻게 생각하시게 되었나요?"

"저는 생각해 보았습니다만―." 윈스티드 교수가 말했다.

"아무래도 제 친구가 잘못된 것은 아닌 것 같았습니다. 마이클 래필은 살인범이 아니라고 저는 생각했습니다."

"아까 말씀하신 그전 사건이라는 것은 어떤 것이었나요?"

"그 사건이 그에게 불리하게 작용한 것은 말할 것도 없습니다. 배심원들은 재판장의 요약한 이야기가 있기까지는 사건의 내용을 듣지 못했습니다만, 물론 재판장의 머릿속에는 그것이 있었겠지요. 먼젓번 사건이 그에게 불리하게 되었기 때문에 저는 나중에 직접 조사해 보았습니다. 그가 처녀에게 폭행을 가한 것은 사실이었습니다. 아마 강간을 했다고 생각됩니다만, 여자의 목을 조르는 짓은 하지 않았으며, 제 견해로는―저는 순회재판에서 수많은 사건을 보아 왔습니다만, 아주 명백한 강간사건이라는 것이 극히 적다는 겁니다. 이 점을 기억해 주시기 바랍니다만, 옛날보다는 지금이 소녀들이 강간당하기 쉽게 되어 있지요. 소녀의 어머니들이 성급하게 그것을 강간이라고 주장하고 있기 때문입니다. 문제의 그 처녀는 몇 명의 남자친구를 갖고 있었고, 친구 이상의 관계로까지 가 있었습니다. 이러한 사실이 그에 대한 너무도 큰 불리한 증거로서 문제가 되리라고는 생각지 않았습니다. 진정한 살인사건……그렇습니다, 틀림없이 살인사건이었습니다만……저는 여러 가지 테스트, 육체 테스트, 정신 테스트, 심리 테스트 등을 통해서 계속 탐색해 보았으나 어느 테스트도 그 특수한 범죄와는 일치하지 않았던 겁니다."

"그래서 어떻게 하셨나요?"

"저는 래필 씨에게 연락했습니다. 그의 자식에 대한 일로 그와 만나고 싶다고 했지요. 저는 그가 있는 곳으로 갔습니다. 저는 제 생각과 소장의 생각을 그에게 말했습니다―우리에게는 증거가 없다는 점, 재심을 청구할 증거가 현재로서는 없다는 점, 그러나 우리는 두 사람 다 오판이 되었다는 것을 믿는다는 점을 말이지요. 제가 생각하기에는 수사활동을 해야 할 것이며, 그것은 엄청난 비용이 들게 될 것이고, 또 그렇게 해야만이 내무성에 제출할 수 있는 명백한 사실을 얻을 수 있겠으나, 그것은 성공할는지도 모르고 못할는지도 모른다―이런 이야기를 했습니다. 무엇인가 있을 것이니, 찾으면 뭔가 증거가 나올 것이다. 증거를 찾는 것은 비싸게 먹히겠지만 그의 처지라면 별로 영향을 받게 되지는 않을 것이라고 저는 말했습니다. 그가 환자이고 아주 불행한 사람이라는 것을 저는 그때 알았습니다. 그 자신도 저에게 그렇게 말했습니다. 그는 젊어서 죽는 줄 알았다고도 했습니다. 또 2년 전에는 앞으로 1년 남았으며, 그 이상은 무리라고 의사가 말했었는데 뒤에 가서 이상체력 덕분에 좀더 살게 될 거라고 말하더랍니다. 저는 그에게 자기 아들에 대해서는 어떻게 생각하고 있는지 물어보았습니다."

"그래, 어떻게 생각하시던가요?" 마플 양이 물었다.

"부인도 알고 싶어하시는군요. 저도 알고 싶었습니다. 그는 모든 것을 아주 솔직히 말해 주었답니다만, 다만 좀……."

"……좀 비정했다고 말씀하시려는 거지요?"

"그렇습니다, 마플 양. 정말 부인 말이 꼭 들어맞는군요. 그는 비정한 사람이지만 공정한 사람이며, 또 정직한 사람입니다. 그는 말했습니다―자기는 이미 오래전부터 아들이 어떤 인간인지 다 알고 있다. 아들의 인간성을 바꿔주려는 생각은 하지 않았다. 왜냐하면 어떤 사람이라도 아들의 인간성을 바꿀 수는 없다고 믿고 있었기 때문이다. 아들은 자기가 갈 길이 정해져 있다. 그놈은 악당이며 불량배이다. 문제만 일으키고 다닌다. 정직하지 못한 놈이다. 누가 무슨 짓을 해도 놈에게 올바른 길을 걷게 할 수는 없다. 자기는 그것을 너무도 잘 알고 있다. 자기는 어떤 의미로는 이미 놈에게서 손을 떼었다고도 할 수 있다. 그렇다고 법률상이나 대외적인 뜻은 아니고, 놈이 돈을 달라면 언제라도 주었다. 아들이 문제를 일으키면 법률적으로, 또는 다른 방법을 써서라도 구해 주었다. 나는 언제라도 내가 할 수 있는 데까지는 했다. 예를 들어 내게 뇌성마비에 걸린 아이가 있었다고 하자. 병약한 아이가 있었다고 하자. 간질병에 걸린 아들이 있었다고 하자. 나는 그 아이를 위해 할 수 있는 데까지는 했을 거다. 만일 도덕상으로 병이 들었다고 할까, 그런 아들이 있는데 고칠 방법이 없다고 해도 역시 나는 하는 데까지는 했을 것이다. 그와 다를 것이 없다. 자, 그렇다면 지금 아들을 위해서 나는 무엇을 해줄 수 있을까?―그것은 그가 마음먹기에 달려 있다고 저는 말해 주었습니다. 그렇다면 어려울 건 없다고 그가 이렇게 말하더군요―나는 몸이 불편하지만 내가 하고 싶다고 생각하는 일은 분명하게 알고 있소. 나는 아들의 젖은 옷을 말려 주고 싶소. 억압에서 해방시켜 주고 싶소. 나는 아들을 자유롭게 해주고 싶고, 아들이 최고라고 생각하는 생활을 계속하게 해주고 싶소. 만일 아들이 앞으로도 정직하지 못한 생활을 하고 싶다면 그대로 하면 될 것이오. 나는 아들을 위해서 할 수 있는 모든 일을 하고, 그를 위한 준비를 해서 남겨 주고 싶소. 나는 아들이 천성적으로, 그리고 불행한 잘못으로 말미암아 고통받고 감옥에 들어가고, 그래서 그가 원하는 그의 생활에서 격리당하게 하고 싶지는 않소. 만일 누군가 다른 녀석이 그 처녀를 죽였다면 그 사실을 밝혀내고 정당성을 인정시키고 싶소. 나는 마이클을 위해서 정의를 인정받고 싶소. 그러나 내 몸이 자유롭지 못하오. 병세가 아주 나쁘단 말이오. 내 목숨은 지금은 몇 년 몇 달이 아니라 몇 주에 불과해—.

저는 변호사를 권해 보았습니다. 잘 아는 법률사무소가 있다고……그랬더니 그는 제 말을 가로막고—당신의 변호사 같은 것은 도움이 안 돼. 고용을 할 수는 있지만 도움이 되지는 않소. 나는 이미 정해진 시간 안에 내가 할 수 있는 준비를 해두고 싶소—하고 그는 저에게 진실을 탐색하는 데 필요한 거액의 비용을 주면서 비용에 구애되지 말고 가능한 모든 수단을 강구해 달라고 하더군요—나는 나 스스로 거의 아무것도 할 수가 없소. 오늘이라도 죽음이 찾아올는지도 몰라. 나는 당신에게 나의 보좌관으로서의 권한을 주고, 또한 내가 의뢰해 놓은 어떤 인물에게서 당신이 도움을 받도록 하겠소—하고 그는 한 사람의 이름을 제게 적어 주었습니다.

제인 마플 양

그는 말했습니다—나는 그녀의 주소를 당신에게 말해 주지는 않겠소. 내가 선택한 주위상황하에서 그녀와 만나주기를 바라오—하고 이 여행, 이 무해(無害)한, 죄 없는, 아름답고 유서깊은 저택, 성, 정원의 관광여행에 대한 이야기를 해주었습니다. 그 여행에 대한 예약을 저를 위해서도 해두겠다고 하더군요. 그는 이렇게 말했습니다—제인 마플 양도 그 여행에 참가하기로 되어 있소. 당신은 그 여행에서 그녀와 만나게 될 것이오. 그렇게 만나는 것이 누가 보기에도 아주 우연히 만난 것으로 보일 것이오—라고.

저로서는 부인에게 저를 알릴 적당한 때를 골라야만 되었다고 할까, 혹은 그게 좋겠다고 생각되면 부인 앞에서 저를 숨겨야만 했습니다. 그런데 부인이 아까 물으셨지요, 제 친구인 소장은 문제의 그 살인을 범했다고 생각되는 다른 사람을 알고 있는가, 의심을 품을 만한 이유가 있는 사람을 알고 있는가 하고 말입니다. 제 친구인 소장은 그런 말은 조금도 내비친 일이 없고, 또 이미 그는 이 사건을 담당했던 경관과 함께 이 사건에 손을 대고 있습니다. 그 경관은 이런 사건에 상당히 경험이 많은 형사였지요."

"다른 남자는 없었습니까? 그 처녀의 남자 친구 중에서나 그전에 친구였던 사람으로서 그럴 듯한 인물이?"

"그런 종류의 인물은 없었습니다. 저는 부인에 대해서 뭘 좀 이야기해 달라고 그에게 요구했습니다. 그러나 그는 거기에는 동의해 주지 않더군요. 그의 이야기로는 부인은 나이가 많을 뿐만 아니라 남의 일을 잘 알아내는 분이라고 했습니다. 또 한 가지 다른 말도 했습니다." 그가 말을 멈췄다.

"그 또 한 가지라는 것은 무엇인가요?" 마플 양이 말했다.

"저에게는 선천적으로 호기심이 많지요. 그밖에는 아무것도 내세울 것이 없답니다. 저는 귀가 좀 어두워요. 눈도 옛날 같지가 않고요. 저는 약간 바보스럽고 단순하게 보이는 쪽이 오히려 좋다고 생각할 정도고, 그것 말고는 좋은 점도 없답니다. 좀더 젊었을 때에는 '올드미스'라고 불리기도 했었지요. 저는 바로 그런 올드미스랍니다. 래필 씨가 말씀하신 것도 그런 정도였겠죠?"

"아뇨—." 원스티드 교수가 말했다.

"그가 한 말은 부인이 악에 대해서 훌륭한 감각을 갖고 있다는 겁니다."

"어머나!" 마플 양은 정말 깜짝 놀랐다.

원스티드 교수는 그녀를 가만히 지켜보고 있었다.

"정말이라고 생각하십니까?" 그가 물었다.

마플 양은 꽤 오랫동안 말이 없었다. 이윽고 그녀가 말했다.

"그럴는지도 모르지요. 예, 어쩌면. 지금까지 저는 몇 번인가 느낀 적이 있었습니다—가까이에, 주위 사람에게 악이 있다는 것, 누군가 악한 사람의 분위기가 제 가까이에 있으며, 앞으로 일어날 일과 관련이 있다는 것을 알아낸 적이 있습니다."

그녀는 문득 교수를 보고 빙긋 웃었다.

"그럴는지도 모르지요. 마치 냄새에 대해서 뛰어난 감각을 갖고 태어난 사람처럼. 다른 사람은 모르고 있는 가스 새는 냄새를 알아낸다든가, 어떤 향수 냄새를 다른 향수와 완전히 구별할 수가 있다든가 말이지요. 제게 숙모님이 계셨지요—." 마플 양은 추억에 잠기는 듯이 말을 이었다.

"그 숙모님은 누가 거짓말을 하면 냄새로 알 수 있다고 했답니다. 아주 분명한 냄새가 난다는 거예요. 그것이 사실인지 아닌지 저는 알 수 없지만, 그래도 숙모님은 몇 번이나 놀랄 만큼 정확히 알아맞히곤 했답니다. 한번은 숙모님이 숙부님에게 이런 말을 했지요—여보, 잭, 오늘 아침 당신과 이야기하던 그 젊은 사람은 쓰지 않는 것이 좋겠어요. 그 청년은 당신하고 말하는 동안 계속 거짓말만 하고 있었어요—라고요. 뒤에 그것이 사실이라는 것을 알게 되었지요."

"악을 느끼는 감각이라고 하겠군요." 윈스티드 교수가 말했다.

"부인이 악을 느끼면 제게 알려주셨으면 좋겠군요. 그렇게 해주시기를 바라겠습니다. 저는 아무래도 악에 대한 특별한 감각은 없는 모양입니다. 병들어 있는가 보지요. 하지만 여기는—"

그는 자신의 이마를 가리키며, "쓸 만합니다."라고 말했다.

"그럼 이번에는 제가 어째서 이 일에 관계하게 되었는지를 간단히 말씀을 드리는 편이 좋겠군요." 마플 양이 말했다.

"아시다시피 래필 씨는 세상을 떠나셨습니다. 그분의 변호사가 제게 좀 와달라고 하기에 가보았더니, 래필 씨의 제안을 내놓더군요. 저는 래필 씨에게서 편지를 한 통 받았는데, 거기에는 아무런 설명도 없었습니다. 그 뒤 한동안은 아무 소식도 없었죠. 그런데 이 관광여행사에서 편지가 와서는, 래필 씨가 세상을 떠나기 전에 제가 여행을 아주 좋아하는 것을 아시고 선물로서 이 여행을 예약해 주셨다는 겁니다. 저는 꽤 놀라긴 했지만 그래도 그것은 제가 손을 대야만 하는 첫 번째 지시라고 받아들였습니다. 저는 이 여행에 참가해야만 한다. 그리고 아마 이 여행 도중에 뭔가 별도의 지시나 힌트가 있을 것이라고 생각했습니다. 아무래도 그 지시가 있었던 것같이 생각됩니다. 어제, 아니 그 전날입니다. 제가 여기에 왔을 때에 이 지역의 오래된 영주의 저택에서 살고 있는 세 부인의 마중을 받고 아주 친절하게 초대되었습니다. 그쪽 이야기로는 래필 씨가 돌아가시기 전에 편지를 보내서 아주 옛날 친구가 이 여행에 나서게 되었는데, 한 이틀 밤 묵도록 해주었으면 좋겠다. 왜냐하면 어제의 주요 여정으로 되어 있는 기념탑이 있는 꼭대기까지 오르기에는 그 부인에게 무리라고 생각되기 때문이라고 했다는 겁니다."

"그래서 부인은 그렇게 하는 것이 지시의 하나라고 생각했다는 말이로군요?"

"물론입니다." 마플 양이 말했다.

"그렇게 생각할 수밖에 없었지요. 래필 씨는 공연히 아무 이유도 없이 은혜를 베풀 사람도 아니고, 높은 곳에 오르는 것을 싫어하는 노파를 그냥 동정하고 있는 것도 아니었지요. 그렇습니다. 래필 씨는 제가 그 집으로 가기를 바란 거지요."

"그래서 그 집으로 가셨군요? 그러고는 어떻게 됐습니까?"

"아무 일도 없었습니다." 마플 양이 말했다.

"세 자매뿐이었어요."

"세 사람의 이상한 자매였습니까?"

"그렇게 되었을 사람이었는지도 모르지요." 마플 양이 말했다.

"그러나 저는 그렇게는 생각지 않았어요. 어쨌든 그렇게 보이지는 않았습니다. 하긴 잘 모르겠군요. 그랬을는지도 모르지요. 그 사람들은 온전한 사람들이었습니다. 그 사람들은 처음부터 그 집에 있었던 것은 아닙니다. 그 사람들의 숙부님 댁이었던 그 집에 몇 년 전부터 와서 살고 있는 거예요. 좀 가난하긴 하지만 상냥한 사람들이고, 그렇다고 특별히 재미있는 사람들도 아니더군요. 세 자매는 조금씩 다른 타입의 사람들이었습니다. 래필 씨와는 그렇게 친한 사이는 아니었던 것 같았고요. 그 세 자매들과 저와의 대화에서는 별로 나온 것이 없었다고 생각됩니다."

"다시 말하자면 부인이 묵고 있는 동안에 아무것도 얻은 것이 없었다는 말씀이군요?"

"지금 당신이 말씀하신 그 사건은 알게 되었죠. 하지만 세 자매에게서 들은 것은 아닙니다. 그 집에 그 부인들의 숙부가 살아 있을 때부터 있어 온 오래된 하녀가 옛날이야기를 꺼내게 되어서였지요. 그 부인은 래필 씨에 대해서는 이름만 알고 있을 뿐이었습니다만, 살인에 대한 이야기가 나오자 말이 많아져서 그 이야기의 시작인 래필 씨의 아들인 불량배 청년이 그리로 오게 된 일, 그리고 그 처녀가 그와 사랑에 빠진 일, 그가 처녀의 목을 졸라죽인 일, 그게 얼마나 비극적이고 끔찍한 일이냐 하는 것 등을 말이지요. '마치 많은 방울을 단 듯'했습니다." 하고 마플 양은 자기가 젊었을 때 흔히 쓰던 말을 썼다.

"아주 거창하게 말하긴 했습니다만 여하튼 듣기 싫은 이야기였죠. 그 부인의 말로는 경찰에서는 그가 손을 댄 살인사건이 그것만이 아니라고 생각하는 모양이더라는 겁니다."

"그 집의 이상한 세 자매와 무슨 관련이 있는 것 같지는 않았습니까?"

"아뇨. 단지 그 세 자매가 그 처녀의 보호자였다는 것이 관련이라면 관련이었을까……그리고 그 처녀를 아주 귀여워했다는 겁니다. 그것도 정말 지극했던 모양입니다."

"그 세 자매는 뭔가……뭔가 다른 일들을 알고 있는지도 모르겠군요?"

"예……바로 그거죠, 우리가 알고 싶은 것이. 다른 남자……잔인한 남자, 여자를 죽인 뒤에 그 머리를 짓이겨 놓을 수 있는 남자 말이지요. 질투로 머리가 돌아버린 남자. 이런 남자가 있게 마련입니다."

"그밖에 그 옛날 영주의 저택에서 이상한 일은 없었습니까?"

"이렇다 할 만한 것은 없었어요. 단지 셋 중에서 가장 나이 어린 동생이라고 생각되는데, 그 여자가 정원에 대한 이야기만 하는 거예요. 대단히 열성적인 원예 애호가인 듯한데, 실제로는 그렇지 않은 것이 꽃이나 나무에 대한 이름을 별로 모르는 거예요. 하나하나 나는 떠보았습니다―특별히 진귀한 나무 이름을 대면서 아느냐고 물어보았지요. 그랬더니 그녀는 그렇다고 하면서 그것이 멋진 화초라고 하는 거예요. 제가 그건 평지에 심어두기에는 마땅치 않다고 했더니 그녀는 그렇다고 맞장구를 치더군요. 꽃이나 나무에 대해서 아무것도 모르는 거예요. 그래서 생각이 났는데……."

"무슨 생각이 나셨습니까?"

"아니, 당신은 제가 정원이나 화초에 대해서는 전혀 모른다고 생각하시겠지만, 누구든지 조금씩은 정원이나 화초에 대해서는 알고 있게 마련이랍니다. 저역시 새에 대해서나 정원에 대해서는 조금은 알고 있지요."

"하지만 부인이 생각났다는 것은 그 새나 정원에 대한 것은 아닌 것 같군요."

"그렇답니다. 이 관광여행단에 중년 부인이 두 사람 있는 것을 아시는지요? 배로 양과 쿡 양 말이에요."

"예, 알고 있습니다. 함께 여행하고 있는 독신 부인 말이지요."

"맞아요. 그런데 그 쿡 양에 대해서는 아무래도 좀 이상한 점이 있어요. 그것이 그녀의 진짜 이름일까요? 이번 여행에서만 쓰고 있는 이름이라고 생각되는데."

"설마……, 다른 이름이라도 있다는 겁니까?"

"있다고 생각해요. 그녀는 제 집을 찾아온 사람과 같은 사람이거든요. 정확하게 우리 집을 찾아왔다고는 할 수 없지만, 제가 살고 있는 세인트 메리 미드 마을의 우리 집 정원 울타리 밖에까지 온 적이 있었습니다. 우리 정원을 보고 그녀는 칭찬을 해주었고 원예에 대한 여러 가지 이야기를 주고받았지요. 그녀는 같은 마을에 살고 있으며, 마을에 새로 지은 집에 이사를 해왔다든가 하는 사람의 정원 일을 하고 있다고 했습니다. 제 생각은 이래요."

마플 양이 말을 이었다.

"그건 모두 거짓말이에요. 거기에도 또 원예에 대해서는 아무것도 모르는 사람이 있었던 거예요. 그녀는 알고 있는 척은 했습니다만 사실은 아니었던 거죠."

"그 여자가 마을에 온 것은 무슨 이유라고 생각하십니까?"

"그때는 별로 생각해 보지는 않았어요. 그 여자는 자기 이름이 바틀렛이라고 했답니다―그리고 함께 살고 있는 여자의 이름은 아무래도 지금 생각이 안 납니다만 아무튼 H로 시작되는 이름이었어요. 그녀는 헤어스타일이 다를 뿐만 아니라 그 머리의 색깔까지도 달랐고, 입고 있는 옷도 전혀 다른 스타일이었답니다. 처음 이 여행에 나설 때는 그녀를 몰라봤어요. 그저 어째서 그 얼굴이 낯익은 건지 이상한 느낌이 들 뿐이었죠. 그러다가 문득 생각이 난 거예요. 머리에 물을 들인 탓이라고요. 저는 그녀에게 그전에 어디서 만났는지를 말해 주었답니다. 그녀도 마을에 온 것은 인정했습니다만, 저에 대해서는 모르는 척하는 거예요. 거짓말이지요."

"그래, 그런 일에 대해서 부인은 어떻게 생각하십니까?"

"하나만은 확실한 것이 있습니다. 쿡 양은(현재의 이름으로 말입니다만) 세인트 메리 미드로 저를 보러 온 거랍니다―이번에 저를 만났을 때에 저를 알아볼 수 있도록……."

"그렇다면 왜 그럴 필요가 있었을까요?"

"모르겠어요. 두 가지 가능성이 있지요. 그중의 하나는 저는 별로 마음에 들지 않는 일이지만."

"저도 역시 마음에 든다고는 할 수 없군요." 윈스티드 교수가 말했다.

두 사람은 1~2분 말이 없었는데, 이윽고 윈스티드 교수가 입을 열었다.

"엘리자베스 템플의 신상에 생긴 일도 저는 마음에 들지 않습니다. 이번 여행을 하면서 그 여자와 말해 본 적이 있었습니까?"

"예, 있었어요. 그녀가 괜찮아지면 한 번 더 이야기를 해볼 생각입니다―그 살해당한 처녀에 대한 것을. 그 여자라면 저에게―우리에게 말해 줄 수 있으리라 생각해요. 그 여자는 그 처녀에 대한 이야기를 제게 해 주었답니다. 그 여자의 학교에 다녔나 봐요. 래필 씨의 아들과 결혼하기로 되어 있었는데, 결혼하지도 않았고, 결혼은커녕 죽어 버렸다고 하더군요. 저는 어떻게 해서 죽게 되었는지 물어보았습니다. 그랬더니 그 여자는 '사랑'이라는 말로 대답했습니다. 저는 그것을 자살이라는 뜻으로 받아들였습니다만, 그것은 살해된 것이었지요. 질투에 의한 살인이라는 편이 알맞을 것 같군요. 제3의 사나이. 그 또한 사나이를 우리는 찾아내지 않으면 안 됩니다. 템플 양은 그것이 누구인지 우리에게 말할 수 있을는지도 몰라요."

"그밖에는 다른 불길한 가능성은 없습니까?"

"우리에게 필요한 것은 우연히 얻어지는 대수롭지 않은 정보라고 저는 생각해요. 제가 보기에는 버스의 손님들 중에서는 아무에게서도 불길한 눈치는 안 보였습니다. 하지만 그 세 자매 중 누군가가 그 처녀나 마이클이 그 당시에 한 말을 알고 있거나 기억하고 있을는지도 모르지요. 클로틸드가 자주 그 처녀를 해외에 데리고 다녔다고 하니까요. 언젠가의 해외여행에서 무슨 일이 있었다든가 하는 것을 그 여자가 알고 있을는지도 모르지요. 그 처녀가 만난 어떤 남자. 이곳 옛날 영주의 저택과는 아무 관계도 없을 것 같은 그 무엇. 이것이 상당히 어려울 것으로 생각되는 것은 단지 이야기 중에서, 정말 대수롭지 않은 이야기 속에서밖에는 단서를 잡을 수 없기 때문이랍니다. 자매들 중 두 번째인 글린 부인은 일찍 결혼해서 인도인가 아프리카에 가서 살았던 것 같아요. 그 부인은 남편에게서나 남편의 친척을 통해서, 또는 그 옛날 영주의 저택과는 관계없는 사람들로부터 무슨 이야기를 들었을는지도 모르지요. 하긴 그 여자는 가끔 옛날 영주의 저택을 찾아왔었어요. 그 여자는 살해당한 처녀를 아마 알고는 있었겠지만, 다른 두 자매만큼 알지는 못했겠지요. 하지만 그렇다고 해서 그 처녀에 대한 뭔가 중요한 사실을 알고 있지 않다고는 말할 수 없는 것이지요. 그 자매 중 세 번째는 그 처녀에 대한 것은 잘 모르는 듯했어요. 그래도 그 여자 역시 처녀에게 애인이 있는 것 같다든가, 남자친구가 있을 듯하다든가, 낯선 남자와 그 처녀가 함께 걸어가고 있었다든가 하는 것을 알고 있을는지도 모릅니다. 그건 그렇고, 자, 보세요, 그 여자가 지금 호텔 앞을 지나가고 있는데요."

마플 양은 아무리 자신이 얘기에 정신이 팔려 있어도 오랫동안 몸에 붙어 있는 습관은 어쩔 도리가 없었다. 많은 사람이 지나다니는 길은 언제나 그녀의 관찰 지점의 하나인 것이다. 어슬렁거리는 사람, 다급히 서두르는 사람, 지나가는 사람 모두를 무의식중에도 주의해서 보고 있었다.

"저 커다란 포장물을 안고 있는 저 여자가 앤시아 브랜드베리스코트랍니다. 아마 우체국에 가는 모양이군요. 보세요, 지금 모퉁이에서 꺾어지고 있군요."

"제가 보기에는 머리가 좀 나쁜 듯하군요." 윈스티드 교수가 말했다.

"머리를, 그것도 백발이 섞인 머리를 길게 풀어헤치고, 마치 50이 된 오필리아 같군요."

"저도 오필리아를 연상했답니다. 저 여자를 처음 만났을 때에는. 그건 그렇고, 이제는 어떻게 해야 될까요? 이곳 골든 보어 호텔에서 하루 이틀 더 묵을 것인지, 아니면 버스 여행에 따라나설 것인지? 마치 건초더미 속에서 바늘 찾기처럼 엄두가 안 나는군요. 오랫동안 손을 쑤셔 넣고 있으면 뭔가 잡히는 것이 있을까요―그러다가 바늘에 찔리게 되더라도 말입니다."

검정과 빨강의 체크

1

샌본 부인은 관광단 일행이 마침 점심식사에 들어가려는데 돌아왔다. 그녀가 가져온 소식은 좋은 것은 아니었다. 템플 양은 아직도 의식불명. 앞으로 며칠은 절대안정을 요함.

보고를 마치고 나서 샌본 부인은 화제를 실제 문제로 가지고 갔다. 런던에 돌아가고 싶은 사람을 위해서는 적당한 기차시간표를 알려주고, 내일이든 모래든 여행을 계속할 사람에게는 불편하지 않은 계획을 짰다. 오늘 오후를 위해서는 근교를 관광할 명단을 짰다—몇 개의 작은 그룹으로 나누어 택시로 갈 수 있도록.

원스티드 교수는 식당에서 나가더니 마플 양을 한구석으로 데리고 갔다.

"오후에는 쉬고 싶으시지요? 만일 괜찮으시다면 한 시간쯤 뒤에 제가 이리로 와서 모시고 갈 곳이 있습니다. 부인도 아마 꼭 보고 싶어하실 줄로 아는 재미있는 교회가 있어서요······."

"그거 좋은데요." 마플 양이 말했다.

2

마플 양은 마중을 와준 차 안에서 얌전히 앉아 있었다. 원스티드 교수가 말한 그 시간에 데리러 온 것이었다.

"틀림없이 이 교회는 부인 마음에 들 줄 압니다. 게다가 마을도 아주 아름다운 곳이고요." 교수가 설명했다.

"시골 경치를 즐기지 말라는 법은 없으니까요."

"정말 자상도 하시지." 마플 양이 말했다.

그녀는 약간 들뜬 표정으로 교수를 보았다.

"정말 감사합니다." 그녀가 말했다.

"하지만 뭐라고 할까요……, 좀 냉정하게 보이지는 않을까 해서요, 무슨 말인지 아시겠지요?"

"하지만 템플 양이 부인의 오랜 친구는 아니잖습니까. 하긴 이번 사고가 난 것은 유감이지만."

"예." 마플 양이 다시 한 번 말했다.

"친절에 다시 한 번 감사를 드립니다."

원스티드 교수가 차문을 열어주어서 마플 양이 탔다. 차는 빌려온 것 같다고 그녀는 생각했다. 나이 많은 부인을 근교의 관광에 데리고 간다는 것은 자상한 마음씨다. 젊고 재미있고 예쁜 여자를 데리고 가야 할 곳. 마플 양은 차가 마을 안을 지나가고 있을 때 한두 번 가만히 그를 쳐다보았다. 교수는 그녀 쪽을 보지는 않았다. 자기가 앉아 있는 쪽 창밖을 바라보고 있었다.

차가 마을을 빠져나가 산 허리를 구불구불 돌아서 2류급의 시골길을 달릴 때가 되자 교수는 그녀를 보고 입을 열었다.

"죄송한 말씀이지만 우리는 지금 교회로 가고 있는 것이 아닙니다."

"예, 대강 짐작은 하고 있었어요." 마플 양이 말했다.

"예, 부인이 짐작할 줄로 알고 있었습니다."

"그래, 어디로 가는 거죠, 우리는?"

"병원으로 갑니다, 캐리스타운의."

"아, 템플 양이 입원해 있는 곳이로군요."

굳이 물어볼 것도 없었다.

"그렇습니다." 교수가 말했다.

"그 여자를 만난 샌본 부인이 병원 측의 편지를 제게 가져왔더군요. 조금 전에 병원 사람과 전화로 통화를 했습니다."

"템플 양의 병세는 나아지고 있는 건가요?"

"아니, 별로 좋은 쪽으로 가고 있는 것은 아닙니다."

"그렇군요." 마플 양이 말했다.

"회복의 기미는 거의 안 보입니다만, 달리 손쓸 방법이 없습니다. 다시 의식을 되찾지 못하는지도 모르지요. 그러나 순간적으로 제정신으로 돌아오는 일이 있을는지는 모릅니다."

"그래서 저를 그 병원으로 데리고 가는 건가요? 무슨 이유에서죠? 아시다시피 저는 그 여자의 친구도 아닌데. 다만 이 여행에서 그 여자를 처음 만났을 뿐이에요."

"예, 그건 잘 알고 있습니다. 부인을 모시고 가는 것은 그 여자가 잠깐 제정신으로 돌아왔을 때에 부인을 만나고 싶다고 부탁을 했기 때문입니다."

"알았어요." 마플 양이 말했다.

"하지만 그 여자가 왜 저에게 와달라고 했는지 이해할 수가 없군요. 어째서 저를……, 제가 왜 그 여자에게 도움을 줄 수 있다고, 뭔가를 해줄 수 있다고 생각하게 되었는지 그걸 알 수가 없군요. 그 여자는 현명한 사람입니다. 또한 훌륭한 여자고요. 팰로필드 학교의 교장으로서 교육계에도 뚜렷한 지위에 있었지요."

"최고의 여학교인 모양이더군요."

"예, 그리고 그 여자도 훌륭한 사람이고요. 또, 상식도 풍부한 여자랍니다. 전공은 수학이었지만 '무엇이나' 할 수 있는 여자였지요―교육자라고 할 만한 사람이지요. 교육에 흥미를 가지고 있는 소녀들에게 무엇을 주어야 하는지, 어떻게 격려를 해야 하는지를 알고 있었답니다. 그밖에도 많은 것을 알고 있었죠. 만일 그 여자가 죽게 된다면 그건 정말 슬프고 아픈 일입니다."

마플 양이 말을 이었다.

"정말로 아까운 생명이에요. 그 여자는 이미 교장의 자리에서 물러나기는 했지만 아직도 꽤 많은 활동을 하고 있었답니다. 이번 사고는……" 하고 이야기를 멈추고는 덧붙여 말했다.

"사고에 대한 이야기는 하고 싶지 않으시지요?"

"아니, 서로 이야기를 하는 편이 좋을 것 같군요. 커다란 둥근 바위가 언덕의 경사진 곳을 굴러 떨어져 내린 겁니다. 이것은 그전에도 있었던 일인데, 다만 상당히 오랜 간격을 두고 드물게 일어나는 현상이었지요. 그런데 어떤 사람이 제게 와서 거기에 대한 이야기를 해주었답니다." 윈스티드 교수가 말했다.

"당신에게 사고에 대한 이야기를 해주러 왔군요? 누군가요, 그 사람은?"

"젊은 두 사람이었지요. 조안나 크로퍼드와 엠린 프라이스."

"어떤 이야기를 했는데요?"

"조안나의 이야기는 언덕 비탈진 곳에 누군가가 있었던 것 같은 느낌이 든다는 겁니다. 상당히 높은 곳에. 그 아가씨와 엠린은 아래에 있는, 원래부터 나 있는 오솔길로 올라가서 언덕 주위로 돌아가는 거친 비탈길을 걷고 있었답니다. 그런데 한 모퉁이를 돌아서는데 언덕의 윤곽이 실루엣으로 보이면서 그 꼭대기 위에 남자인지 여자인지는 모르지만 커다란 바위를 밀어 내리려 하고 있는 모습을 그 아가씨가 분명히 보았다는 겁니다. 둥근 바위가 움직이더니⋯⋯이윽고 구르기 시작해서는 처음엔 느리게, 그리고 점점 빠른 속도로 비탈을 굴러 내렸다고 합니다. 템플 양은 아래에 있는 본래에 있었던 길을 걸어가고 있었는데, 굴러 내린 바위가 정확히 그 여자에게 맞은 것입니다. 그런 일은 의도적으로 하지 않은 이상 성공할 리가 없지요. 그 여자에게 정확히 맞을 리가 없을 텐데 그게 맞았거든요. 아래를 지나가고 있는 여자를 계획적으로 공격할 생각이었다면 그것은 멋지게 성공한 셈이지요."

"두 사람이 보았다는 것은 남자였나요, 여자였나요?" 마플 양이 물었다.

"안타깝게도 거기에 대해서 조안나 크로퍼드는 뭐라고 말할 수가 없다는군요. 여하튼 어느 쪽이든 그놈은 청바지 바지를 입고 있었으며, 빨강과 검정의 야한 체크무늬의 풀오버(머리로부터 입는 소매 달린 스웨터)를 입고 있었다고 합니다. 그 그림자는 금방 언덕 너머로 사라졌는데, 그 아가씨 생각으로는 아무래도 그것은 남자 같았으나 확실하지는 않다고 하더군요."

"그래서 그 아가씨 말대로 당신도 그것은 템플 양의 목숨을 노린 계획적인 것이었다고 생각하세요?"

"여러 가지를 생각해 볼수록 그 여자를 노렸다는 생각이 드는군요. 함께 보았다는 청년도 동감이라고 했습니다."

"그것이 누구인지 당신은 짐작되는 게 있으신가요?"

"전혀 짐작이 안 됩니다. 두 젊은이도 전혀 모른다고 했고요. 우리 여행단원 중에서 그날 오후 산책을 나간 사람일는지도 모릅니다. 아니면 전혀 모르는 사람이, 버스가 여기서 묵게 되는 것을 알고 있었으며, 승객 중 한 사람을 해치울 장소로 이곳을 골랐을는지도 모르고요. 또는 폭력을 위한 폭력을 휘두르는 젊은 녀석일는지도 모릅니다. 아니면 원한을 가지고 있는 적일는지도 모르지요."

"멜로드라마 같군요, '숨어 있는 적'이라고 하니." 마플 양이 말했다.

"예, 그렇습니다. 대체 은퇴해서 존경을 받고 있는 여교장 선생님을 살해하려고 한 자는 어떤 인간일까요? 이 의문에 대한 해답이 우리에게는 필요한 거죠. 어쩌면, 정말 어쩌면 템플 양 자신이 그 해답을 줄 수 있을는지도 모릅니다. 위에 있었던 사람을 그 여자는 알아보았을지도 모르고, 또는 그 여자에 대해서 뭔가 특별한 이유가 있어서 앙심을 품고 있는 자가 있다는 것을 그녀가 눈치채고 있었을는지도 모릅니다."

"그건 아무래도 있을 것 같지 않군요."

"나도 그렇게는 생각합니다." 원스티드 교수가 말했다.

"아무리 봐도 그 여자는 습격을 받을 만한 희생자로는 어울리지 않지요. 하지만 다시 생각해 보면 여교장 선생님이라면 굉장히 많은 사람을 알고 있을 겁니다. 아주 많은 사람이라고 해야겠지요, 그 사람들이 그 여자의 손을 거쳐 간 겁니다."

"당신이 말씀하시는 것은 많은 젊은 아가씨들이 그 여자의 손을 거쳐 갔다는 것이지요?"

"예, 맞습니다, 그런 이야기이지요. 소녀들과 그 가족들 말입니다. 여교장 선생님쯤 되면 여러 가지 것들을 알고 있었을 겁니다. 가령, 부모가 모르는 로맨스에 빠져 있는 소녀들에 대한 이야기라든가, 흔히 있는 일이지요. 특히 지난 10년에서 20년 사이에는 그런 일들이 많아졌습니다. 소녀들이 조숙해진다고들 하고 있으니까요. 이것은 육체적으로는 그렇지 않겠지만, 이 말의 진정한 의미로 본다면 완전한 성숙은 아직 멀었다는 거죠. 그들은 어린애 같은 면이 오래 계속되고 있습니다. 그들이 즐겨 입는 어린애 같은 옷들, 길게 바람에 날리는 어린애 같은 머리. 그들의 미니스커트 역시 어린애 같은 예찬이라고 볼 수 있습니다. 인형에게나 입힐 그런 모양의 잠옷, 팬티, 셔츠, 슈즈—하나같이 어린애들 패션입니다. 그들은 어른이 되고 싶지 않은 거지요. 우리가 생각하는 책임이라는 것을 갖고 싶지 않은 겁니다. 그러면서도 모든 아이들이 다 그렇듯이 어른으로서 대접받고 싶고, 어른이 하는 일이라면 무엇이든지 마음대로 하고 싶어하죠. 그리고 그것이 때로는 비극으로 이어지고, 때로는 비극의 결말이 되기도 하는 겁니다."

"뭔가 특정한 사건을 두고 하는 말인지요?"

"아니, 아니, 그런 뜻은 아닙니다. 다만 그런 생각을 하고 있을 뿐이지요……. 그럼, 가능성에 대한 이야기는 제 머리에서 싹 지워버리기로 할까요? 나로서는 엘리자베스 템플에게 개인적인 적이 있었다고는 믿어지지 않습니다. 그 여자를 살해할 기회를 노리고 있었을 그런 잔악한 적 말입니다만. 어떻게 생각하시죠……."

윈스티드 교수는 마플 양 쪽을 보고 말했다.

"한마디 해주시지 않겠습니까?"

"그 가능성에 대해서 말인가요? 글쎄요, 당신이 암시하는 것을 저도 알 것 같군요. 당신이 암시하고 있는 것은 템플 양이 무엇인가를 알고 있었는데, 다른 사람에게 알려지면 곤란한 것, 어쩌면 그 사람에게는 위험해질 수도 있는 어떤 사실을 알고 있었거나, 그런 일이 있었던 것을 알고 있었을는지도 모른다는 이야기지요?"

"그렇습니다, 바로 그겁니다, 제가 생각하고 있는 것도."

"그렇다면—." 마플 양이 말했다.

"이런 이야기가 되는 것이 아닌가요. 우리들의 버스 여행 중에 템플 양의 얼굴을 알고 있는 사람이나, 아니면 그 여자에 대한 것을 알고 있는 사람이 있다. 그러나 세월이 흘러서 템플 양은 그 인물을 알아보지 못한다. 그렇게 되면 또다시 우리와 동행하는 승객들에게로 이야기가 되돌아오게 되는군요?"

그녀는 잠깐 이야기를 중단했다.

"당신이 말한 그 풀오버―빨강과 검정의 체크무늬라고 말씀하셨죠?"

"아, 예, 풀오버……." 하고 교수는 의아한 듯이 그녀를 보며 말했다.

"뭔가 그것에 대해서 생각난 것이라도 있습니까?"

"눈에 아주 잘 띄거든요." 마플 양이 말했다.

"내가 추론해 보고 싶어진 것도 그 때문입니다. 아주 설명하기 좋지요. 그 조안나라는 아가씨가 특히 그 이야기를 한 것도 같은 이유라고 생각됩니다."

"예, 그럼 그 이야기에서 어떤 생각이 떠올랐습니까?"

"깃발을 펄럭이고 있었다는 점―." 마플 양이 생각에 잠기듯이 말했다.

"뭔가 눈에 잘 띄게 하는 것, 기억에 남을 것."

"그렇군요." 원스티드 교수는 격려하는 듯한 눈으로 그녀를 보고 있었다.

"바로 가까운 곳이 아니고 먼 곳에서 본 사람에 대해서 말할 경우 먼저 입에 올리는 것은 그 사람의 옷에 대해서이지요. 그 사람의 표정도 아니고, 걸음걸이도 아니고, 손이나 발에 대해서도 아닙니다. 빨갛고 큰 베레모라든가 푸른색 오버라든가, 괴상한 가죽 재킷이라든가, 야한 빨강과 검정의 체크무늬 풀오버라든가. 금방 알 수 있는 것, 바로 눈에 띄는 것이랍니다. 그것이 노리는 것은 그 인물이 그 옷을 벗어서 소포로 어딘가 한 100마일쯤 떨어진 곳으로 우송해 버린다든지, 어디 쓰레기통에 던져 버리거나 태워버린다든지, 아니면 갈기갈기 찢어버리고서 그 여자인가 남자인가는 아주 얌전한, 그러면서도 좀 낡은 옷을 입고 있으면 도저히 그 인물이라고 생각되지도 보이지도 않게 되는 것이지요. 그 빨강과 검정 체크무늬 풀오버도 그런 의도가 분명해요. 또다시 다른 어딘가에서 보이게 될 것을 의도한 것이겠지만, 실은 두 번 다시 그 인물이 그 옷을 입는 일은 없겠지요."

"아주 멋진 생각입니다." 원스티드 교수가 말했다.

"앞에서도 말씀드렸듯이―." 그가 말을 이었다.

"팰로필드라는 곳은 여기서 별로 멀지 않습니다. 한 16마일쯤 되리라고 생각합니다. 그러니까 이 부근은 엘리자베스 템플의 세계의 일부이며, 여기서 살고 있는 사람들에게도 잘 알려져 있고, 또 그 여자 쪽에서도 잘 알고 있는 사람들이 있었을는지도 모르지요, 그렇지 않습니까?"

"그렇겠군요. 그것으로 가능성은 한결 더해지는군요." 마플 양이 말했다.

"저도 당신과 같은 생각입니다." 그러고는 그녀는 곧이어 말을 이었다.

"공격을 가한 사람은 여자이기보다는 남자였던 것 같군요. 그 둥근 바위를 계획적으로 떨어뜨렸다고 하더라도 상당히 정확한 코스로 떨어졌거든요. 정확이라는 것은 남성의 자질이지 여성의 것은 아니니까요. 한편 우리들의 버스 승객의 누군가가, 또는 어쩌면 이 부근에 사는 사람으로서 과거에 그 여자의 제자였던 사람이 길거리에서 템플 양을 보게 된 것도 쉽게 상상할 수 있습니다. 상당한 세월이 지난 뒤의 일이고 보면 그 여자 쪽에서는 그 사람을 몰라보게 되지요. 하지만 그 소녀라고 할까 그 여성은 그 여자를 알아보았겠죠. 왜냐하면 50세 때의 교장 선생님이 60세가 되었다고 해서 몰라보게 달라지는 것은 아니니까요. 그 여자는 금방 알아보았을 겁니다. 그 여자가 바로 그 교장 선생님인 것을 알고, 또 그 교장이 자기의 아픈 곳을 알고 있는 줄 아는 여자. 자기에게 어떤 위험이 닥칠 것 같다고 생각하고 있는 어떤 사람입니다."

마플 양은 한숨을 쉬고는 말을 이었다.

"나는 이 부근에 대한 것은 아무것도 아는 것이 없어요. 당신은 뭔가 좀 아시는지요?"

"아뇨—." 원스티드 교수가 말했다.

"이 지방의 일에 대해서 개인적인 지식이 있다고는 말할 수 없습니다. 저는 이 지역에서 일어난 여러 가지 일에 대해서 얼마간 알고는 있습니다만, 그건 모두 부인이 제게 들려준 것입니다. 만일 부인을 만나지 못했거나, 그리고 부인이 이야기해 주지 않았더라면 저는 지금보다 훨씬 오리무중인 상태에 있었으리라고 생각합니다.

도대체 부인이 여기서 무엇을 하고 있는지요? 부인은 모르지요. 어떻든 부인은 이곳으로 오게 되었습니다. 그것은 래필 씨에 의해서 신중하게 계획된 일이며, 부인이 이곳으로 오게 되도록, 이 관광여행 버스에 부인이 타게 되도록, 그리고 부인과 내가 만나게 되도록 미리 계획되어 있었던 겁니다. 우리가 지금까지 지나온 곳, 숙박한 곳 등 여러 곳이 있는데, 이곳에 특별한 수배가 되어 있어서 부인이 이틀 밤을 묵도록 해두었습니다. 부인은 래필 씨의 옛날 친구 집에서 묵었습니다—그 사람들은 그의 의뢰를 거부할 수 없는 사람들이었습니다. 거기에 이유가 있는 것이 아닐까요?"

"그렇게 하면 제가 알아두어야 할 어떤 사실을 알 수가 있다는 것이겠지요." 마플 양이 말했다.

"연쇄살인사건이 몇 년 전에 일어난 일이 있었지요?" 원스티드 교수가 엉거주춤한 얼굴로 말했다.

"그것은 별로 이상한 일이 아닙니다. 잉글랜드나 웨일스나 어디에서나 마찬가지입니다. 그런 일은 연속해서 일어나는 일이지요. 먼저 처녀 하나가 폭행되어 살해당한 것이 발견됩니다. 그러자 또 한 처녀가 별로 멀지 않은 곳에서 또 발견됩니다. 그리고 다시 비슷한 일이 20마일쯤 떨어진 곳에서도 일어납니다. 비슷한 살해방법이었습니다.

두 처녀가 조슬린 세인트 메리 마을에서 행방불명된 것을 알고 있는데, 그 중 하나는 지금 우리가 이야기하고 있는 이 일이고, 6개월 뒤에 몇 마일이나 떨어진 곳에서 그 시체가 발견되었으며, 그 마지막 모습을 본 것은 마이클 래필과 함께 있는 것이었다고 합니다……."

"그리고 또 한 사람은?"

"노라 브로드라는 처녀인데 '남자친구도 없는 얌전한 아가씨'는 아니었습니다. 아마 상당히 많은 남자친구가 있었던 것 같습니다. 그 시체는 발견되지 않았습니다. 언젠가는 발견되겠지만. 20년이나 지난 뒤에 발견된 경우도 있으니까요." 원스티드 교수는 이렇게 말하고 차의 속도를 줄였다.

"자, 도착했습니다. 여기가 캐리스타운이고 이것이 병원입니다."

마플 양은 원스티드 교수의 안내로 안으로 들어갔다. 그곳에서는 분명히 교수를 기다리고 있었던 눈치였다. 조그만 방으로 안내되어 들어가니 책상에서 여인 하나가 일어섰다.

"어서 오세요, 원스티드 교수님." 여인이 말했다.

"그리고……, 저어, 이분은……."

"제인 마플 양입니다." 원스티드 교수가 말했다.

"바커 수간호사에게 전화로 연락해 두었는데요."

"아, 예. 바커 수간호사님이 안내를 하시겠다고 말씀하셨습니다."

"템플 양은 좀 어떤가요?"

"별로 차도가 없는 것 같아요. 보고드릴 만큼 상태가 호전되지 않아서 안타깝습니다." 하고 그녀가 일어섰다.

"바커 원장님 계신 곳으로 안내하겠습니다."

바커 원장은 키가 크고 비척 마른 사람이었다. 낮고 의젓한 목소리를 갖고 있었으며, 그 깊숙한 잿빛 눈으로 사람을 가만히 보다가는 곧 딴청을 하는 버릇이 있어서, 시선을 받은 쪽에서는 아주 잠깐 검열을 받고 나서 인물의 판정을 받은 듯한 느낌이 드는 것이었다.

"이쪽에서는 어떻게 준비하고 있는지 나로선 알 수가 없어서요……." 원스티드 교수가 말했다.

"마플 양에게 우리가 준비하고 있는 것을 말씀드리는 편이 좋겠군요. 가장 먼저 분명히 말씀드려 두어야 할 것은 환자는—템플 양은 어쩌다가 잠깐 그렇지 않을 때도 있지만, 계속 혼수상태에 있다는 것입니다. 가끔 혼수상태에서 깨어나는지 자기 주위를 알아보고는 짤막하게 한두 마디 말도 합니다. 그러나 우리가 자극해서 깨어나게 할 방법은 없습니다. 단지 아주 끈질기게 참고 기다리는 수밖에는 없지요. 이미 원스티드 교수님께선 들으셨을 줄로 압니다만, 그 환자가 의식이 돌아왔을 때에 아주 분명하게 이런 소리를 했습니다—'제인 마플 양—.' 그리고—'나 그분과 말하고 싶어. 제인 마플 양에게.' 그 뒤에 그 환자는 다시 무의식상태에 빠졌습니다. 의사는 버스에 함께 탔던 다른 승객들에게 알리는 것이 좋겠다고 합니다. 원스티드 교수님이 이리로 오셔서 여러 가지 일들을 설명해 주시고서 부인을 이리로 모셔오자고 하셨습니다. 안타까운 일이지만 우리로서 말씀드릴 수 있는 것은 템플 양이 있는 독실에 앉아 계셔 주실 수밖에는 달리 방법이 없다는 겁니다. 그리고 그 환자가 의식이 돌아와서 무슨 말이든 했을 경우에 그것을 노트할 준비를 해주시는 겁니다. 안타까운 일이지만 병세 경과에 대한 예측은 별로 좋지 않습니다. 솔직히 말씀드리는 편이 좋겠다고 생각해서 얘기하는데요, 부인이 가까운 친척 되시는 분이 아니고 이런 말씀을 들으셔도 이성을 잃으시지 않을 것으로 생각되어 의사의 생각을 그대로 전해 드리는 겁니다만, 그 여자분은 급속하게 약해져 가고 있으며, 의식을 회복하지 못한 채 이대로 사망할는지도 모릅니다. 뇌진탕을 치료하는 방법은 없습니다. 중요한 일은 누군가가 그 환자가 하는 말을 들어줄 것, 그리고 이것은 의사의 조언인데 그 환자가 만일 의식을 회복했을 경우에 주위에 너무 많은 사람들이 있는 것은 좋지 않다고 하시더군요. 혼자 계시는 것을 마플 양만 꺼리지 않으신다면 문제는 없습니다만, 그래도 간호사 한 명이 같은 방에 있도록 했습니다. 그러나 함께 있다는 표시는 내지 않도록 할 겁니다. 다시 말씀드리자면 간호사는 침대 쪽에서는 눈에 띄지 않는 곳에 있도록 했으며, 지시가 없는 한은 움직이지 않을 겁니다. 간호사는 방구석에 세워진 칸막이 뒤에 있도록 했거든요."

그리고 그녀는 덧붙였다.

"거기에는 또 경찰에 계신 분도 함께 있으면서 무엇이든지 받아쓸 준비를 하고 있게 됩니다. 의사의 생각을 말씀드리면, 의사 또한 템플 양의 눈에 띄지 않는 것이 좋겠다고 생각하고 있습니다. 한 사람만, 그것도 그 여자분이 만나고 싶어하는 사람만 있게 하여 그 여자에게 경계심을 갖게 한다든지 부인에게 하려고 한 말을 잊어버리게 하지 말아야 한다는 거지요. 이것도 부인께 부탁드리기에는 무리일까요?"

"아, 아니에요." 마플 양이 말했다.

"이미 마음의 준비는 되어 있답니다. 조그만 노트와 눈에 띄지 않는 볼펜도 가지고 있으니까요. 잠깐 동안이라면 내게 기억력도 있으니까, 그 여자가 하는 말을 일일이 기록할 필요도 없을 겁니다. 부디 내 기억력을 믿어 주시고, 또 나는 귀머거리도 아니니까―하긴 옛날만큼 귀가 밝지 않을는지는 모르지만, 침대 옆에 앉아 있으면 설령 속삭이는 듯한 목소리라도 충분히 알아들을 수가 있답니다. 환자에게는 익숙하기도 하고, 젊어서 환자 시중도 꽤 들었으니까요."

또 한 차례 바커 수간호사의 번개 같은 시선이 마플 양을 훑고 지나갔다. 이번에는 어렴풋이 고개를 끄덕인 것으로 만족을 나타냈다.

"그것참 고마운 일이군요." 하고 그녀는 말했다.

"도와주시겠다면 부인에게 맡기겠습니다. 원스티드 교수님은 대기실에서 기다리고 계시다가 필요할 때에는 즉시 오시게 할 수가 있으니까요. 그럼, 마플 양, 이쪽으로 저를 따라오시지요."

마플 양은 그녀의 뒤를 따라서 복도를 지나 시설이 잘 되어 있는 작은 독실로 들어갔다. 창에는 블라인드가 반쯤 가려져서 약간 어둑한 그 방 침대에 엘리자베스 템플이 누워 있었다. 조각상처럼 누워 있었으나 자고 있는 사람 같지는 않았다. 분명치 않은 호흡이 가늘게 들려왔다. 바커 수간호사가 환자의 상태를 보기 위해 몸을 앞으로 숙이고 마플 양에게는 침대 옆에 놓인 의자에 앉도록 손짓했다. 그런 다음에는 방을 가로질러 다시 문 쪽으로 갔다. 칸막이 뒤에서 노트를 손에 든 젊은 남자가 나왔다.

"의사의 지시입니다, 래킷 씨." 바커 수간호사가 말했다.

간호사도 한 사람 모습을 드러냈다. 방 반대쪽 구석에 앉아 있었던 것이다.

"에드먼드 양, 일이 있으면 나를 불러요. 그리고 마플 양이 필요하시다면 무엇이든 가져다 드리도록."

마플 양은 코트 단추를 풀었다. 방은 따뜻했다. 간호사가 다가와서 그 코트를 받아주었다. 그러고는 간호사도 제자리로 돌아가고, 마플 양도 의자에 앉았다. 엘리자베스 템플을 보면서 그녀는 그전에 버스 안에서 보았을 때와 마찬가지로 참으로 멋진 두상(頭狀)이라는 생각을 하고 있었다. 백발이 섞인 머리를 뒤로 넘겼는데, 그것이 모자의 챙처럼 약간 앞으로 나와서 얼굴과 잘 어울리는 것이다. 아름다운 여성, 그리고 훌륭한 개성을 지닌 여성. 그래, 정말 아까워—하고 마플 양은 생각했다. 만일 이 엘리자베스 템플을 세상에서 사라지게 한다면 아무리 애석해해도 모자랄 것이다.

마플 양은 등에 대고 있던 쿠션의 위치를 편하도록 바꾸고는 의자를 약간 옮겨 조용히 앉아서 기다렸다. 기다려야 헛일이 될는지, 아니면 기다린 보람이 있을는지 짐작도 할 수 없이. 시간이 흘렀다. 10분, 20분, 30분, 35분. 그런데 갑자기, 정말 갑자기 소리가 들렸다. 나지막했지만 분명하게 약간 쉰 목소리였다. 그전처럼 울리는 소리는 아니었지만, "마플 양—" 하고 말했다.

엘리자베스 템플 양은 가늘게 눈을 떴다. 그 눈이 마플 양을 보고 있었다. 영명하고 참으로 사리를 아는 그런 느낌을 주는 눈이었다. 그녀는 자기 침대 곁에 앉아 있는 여인의 얼굴을 탐색하듯이 보았다. 아무런 느낌도, 놀라움도 없이 그저 바라보고만 있었다. 말하자면 그냥 가만히 보고 있었다. 완전히 의식을 갖고 보고 있는 것이었다. 그러고는 다시 목소리가 들렸다.

"마플 양. 당신이 제인 마플 양이지요?"

"예, 그래요." 마플 양이 말했다.

"제인 마플이에요."

"헨리가 언제나 부인 이야기를 했지요. 부인 말을 여러 번 했답니다."

목소리가 끊겼다. 마플 양은 조용하게 물었다.

"헨리?"

"헨리 클리더링, 내 옛 친구랍니다—정말로 옛날 친구지요."

"나하고도 오랜 친구랍니다." 마플 양이 말했다.

"헨리 클리더링은"

헨리 클리더링 경과 알고 지낸 여러 해 동안의 일을 그녀는 떠올렸다—그가 한 여러 가지 이야기, 가끔 그녀에게 도움을 청하던 그 사람, 그리고 그녀도 그에게 도움을 청했던 일. 아주 오랜 친구였다

"난 부인 이름이 생각났습니다. 승객명단에 실려 있었지요. 부인이 분명하다고 생각했습니다. 부인이라면 살려줄 수가 있어요. 그렇게 그, 헨리는……여기에 그가 있었다면 말했을 겁니다. 부인이라면 살려낼 수 있을 거예요. 찾아주세요. 중요한 일입니다. 아주 중요한 일이에요……하지만 벌써 오래전의 일이라서……상당히……오래전에 있었던……."

약간 말이 흐트러지고 눈이 반이나 감겼다. 간호사가 일어서서 방을 가로질러 와서 조그만 컵을 들어서는 엘리자베스 템플의 입술에 갖다댔다. 템플 양은 한 모금 마시더니 이젠 됐다는 듯이 고개를 끄덕였다. 간호사는 컵을 놓고 제자리로 돌아갔다.

"도울 수 있는 일이 있으면 내가 도와 드리지요." 마플 양이 말했다. 그밖에는 아무것도 묻지 않았다.

템플 양이 말했다.

"다행입니다." 그리고 1~2분 지나서 다시 한 번, "다행입니다."라고 말했다.

2~3분 동안 그녀는 눈을 감고 있었다. 잠이 들었는지, 아니면 의식을 잃었는지도 모른다. 그러다가 다시 갑자기 그녀는 눈을 떴다.

"어느 쪽일까?" 그녀가 말했다.

"그들 중 어느 쪽일까요? 그것을 몰라서는 안 돼요. 내 이야기를 알아들으시겠어요?"

"알고 있어요. 죽은 처녀—노라 브로드 말이지요?"

엘리자베스 템플의 이마가 약간 찌푸려지는 듯했다.

"아니, 아니. 또 한 처녀. 베리티 헌트."

잠깐 사이를 두었다가 이윽고, "제인 마플, 부인은 늙었어요……그가 부인 이야기를 했을 때보다도 더 늙었어요. 늙었지만 그래도 역시 그 일을 밝혀 주시겠죠, 그렇죠?"

그 목소리는 조금 높고 다짐을 받는 듯했다.

"할 수 있지요? 그렇다고 해주세요. 나는 이제 시간이 없답니다. 나는 알고 있어요. 잘 알고 있어요. 둘 중 하나인데 어느 쪽일까요? 밝혀 주세요. 헨리는 부인이라면 할 수 있다고 했을 겁니다. 부인에게는 위험할는지도 몰라요……하지만 밝혀 주세요, 부탁입니다."

"하나님의 도움을 받아 나는 밝히고 말겠어요." 마플 양이 말했다. 그것은 맹세하는 말이었다.

"아아."

그녀는 눈을 감았다가 다시 떴다. 무슨 미소 같은 그림자가 입술에 지나가는 듯했다.

"위에서 커다란 바위가. 죽음의 바위가."

"그 바위를 떨어뜨린 사람은 누굽니까?"

"모르겠어요. 그런 것보다는……오직……베리티. 베리티 사건을 밝혀서 진실을. 진실의 다른 이름은 '베리티(Verity)'예요."

마플 양은 침대 위에 있는 몸이 어렴풋이 밑으로 처지는 듯한 움직임을 보았다. 아주 작은 속삭임이었다.

"안녕, 최선을 다해 주세요……."

몸이 축 늘어지며 눈이 감겼다. 간호사가 침대 곁으로 다시 왔다. 이번에는 맥을 짚어보고는 마플 양에게 손짓을 했다. 마플 양은 그 손짓에 따라서 일어서서는 간호사의 뒤를 따라서 방을 나왔다.

"그건 그분에게는 대단한 노력이었다고 생각해요." 간호사가 말했다.

"이제 한동안은 의식이 다시 돌아오지는 않을 것으로 생각됩니다. 어쩌면 의식 회복이 다시는 불가능할지도 모르겠어요. 뭐 좀 알게 된 것이 있으셨는지요?"

"글쎄, 있었다고는 생각되지 않는군요." 마플 양이 말했다.

"하지만 잘 모르겠어요."

"뭐 좀 알아내셨습니까?" 윈스티드 교수가 차 쪽으로 가면서 물었다.

"이름이 하나……." 마플 양이 말했다.

"베리티. 이것이 그 처녀의 이름인가요?"

"그렇습니다, 베리티 헌트."

엘리자베스 템플은 그 뒤 한 시간 반 만에 죽었다. 의식을 회복하지 못한 채.

제14장

브로드리브 씨의 의문

"오늘 아침 '타임스' 지(紙)를 보았나?" 브로드리브 씨가 동업을 하고 있는 슈스터 씨에게 말했다.

슈스터 씨는 '타임스' 지를 볼 만한 여유가 없어서 '텔레그래프' 지(紙)를 보고 있다고 했다.

"아니, 그쪽에도 났을 거야." 브로드리브 씨가 말했다.

"사망기사 중에 이학박사 엘리자베스 템플 양."

슈스터 씨는 좀 어안이 벙벙한 얼굴을 하고 있었다.

"팰로필드 학교의 여교장이지. 팰로필드에 대해서 들어본 적이 없나?"

"있지요." 슈스터 씨가 말했다.

"여학교지요. 아마 역사가 한 50년은 되었을 겁니다. 굉장히 돈이 많이 드는 일류학교라더군요. 그 여자가 그 학교 교장이었습니까? 교장을 그만둔 지가 꽤 되는 줄 알았는데. 한 6개월 전에 신문에서 분명히 보았거든요. 좀 새로운 여교장으로 바뀌었다고 말입니다. 결혼을 한 여자인데 비교적 젊다는군요. 보기 드문 현대적인 여성으로 35~40세쯤 되었답니다. 여학생에게 화장하는 법을 가르치고 판탈롱 바지를 입도록 허락한 사람이라고요."

"흠—." 브로드리브 씨가 말했다. 그 사람 나이쯤 되는 변호사가 오랜 경험에 의한 비판을 유인해 내려는 듯한 말을 들었을 때에 흔히 이런 소리를 내는 것이다.

"엘리자베스 템플만큼 유명해지기란 정말 쉽지 않지. 그 여자는 훌륭했어. 또 그 학교에도 오래 있었지."

"그렇군요." 슈스터 씨가 아무래도 좋다는 듯이 말했다. 어째서 브로드리브 씨가 죽은 여교장에게 이렇게 관심을 보이는지 알 수 없었다.

학교 같은 것은 이 두 신사의 어느 쪽에도 별로 흥미 있는 것은 아니었다. 그들의 자식들, 브로드리브 씨의 두 아들 중 하나는 관공서에 근무하고, 하나는 석유회사에 들어가 있었고, 슈스터 씨의 좀 늦은 자식들도 각각 다른 대학에 들어가서 학교 당국에 열심히 폐를 끼치고 있었다.

그가 말했다.

"그 여교장 선생님이 어쨌다는 겁니까?"

"버스 여행에 갔었다는군." 브로드리브 씨가 말했다.

"아, 그 버스." 슈스터 씨가 말했다.

"그 버스에는 절대로 타지 말라고 친척들에게도 나는 일러두었습니다. 지난주에도 스위스의 절벽에서 버스가 굴러 떨어진 사고가 있었고, 2개월 전에는 충돌사고를 일으켜 20명이나 죽었거든요. 요즘은 운전을 대체 어떤 사람에게 시키는지 알 수가 없어요."

"선전에는 '시골의 저택, 정원, 그 밖에 영국의 흥미 있는 구경거리' 어쩌고 하는 여행이지." 브로드리브 씨가 말했다.

"자네도 알지?"

"아, 알고 있습니다. 아, 그래……저어……우리가 보내준 미스 뭐라든가 하는 여자도 그 버스에 타고 있지요. 그 래필이 좌석을 예약한 노파 말입니다."

"제인 마플 양이 타고 있지."

"그 부인도 역시 죽었나요?" 슈스터가 물었다.

"내가 알기로는 그렇지는 않은 것 같아." 브로드리브 씨가 말했다.

"하지만 마음에 좀 걸리는데."

"사고였나요?"

"아니, 어떤 전망이 좋은 곳에서 그 일행이 언덕을 오르고 있었다는군. 걷기가 아주 불편한 곳인데, 경사는 상당히 가파르고 바위도 여기저기 널려 있는데 그 바위가 비탈을 굴러 내려온 모양이야. 템플 양은 그 바위에 맞아서 뇌진탕을 일으켜 병원에 옮겼지만 죽었다는군……"

"운이 나빴군요." 슈스터 씨는 이렇게 말하고 다음 이야기를 기다렸다.

"내가 마음에 걸리는 것은—." 브로드리브 씨가 말했다.

"나는 우연히 기억하고 있었는데, 그 팰로필드라는 곳은 그 처녀가 다니던 학교이기 때문이야."

"그 처녀란 누굽니까? 당신 이야기는 알아들을 수가 없군요, 브로드리브 씨."

"바로 그 젊은 마이클 래필의 손에 살해된 처녀 말이야. 지금 나는 두세 가지 생각이 떠올랐는데, 아무래도 이것은 래필 씨가 굉장히 관심을 기울인 이번 제인 마플 양 일과 어떤 연관이 있을 것 같은 생각이 자꾸만 들거든. 래필 씨가 좀더 자세히 말해 주었더라면 좋았을 텐데."

"연관이라는 것은 뭡니까?" 슈스터 씨가 물었다.

상당히 흥미를 가지고 있는 듯했다. 법률적인 지혜가 지금이야말로 필요한 때이며, 브로드리브 씨가 밝히려 하는 이야기에 대해서 멋진 의견을 펼쳐 보여야만 한다.

"그 처녀야. 지금 그 성이 생각나진 않지만 세례명은 호프라든가 페이스라든가 뭐 그런 이름이었어. 베리티라는 것이 그 처녀의 이름이지. 베리티 헌트……였던 것 같은데. 바로 그 연속처녀살해사건 중 하날세. 그 여자가 행방불명이 된 곳에서부터 30마일이나 떨어진 도랑 속에서 그 시체가 발견되었다는군. 사후 6개월이나 지나서 말일세. 분명한 교살이었으며, 더구나 얼굴이나 머리는 엉망으로 뭉개버린 흔적이 있었고 경찰의 생각으로는 신원확인을 지연시키기 위한 것이라고 했지만, 그러나 신원은 쉽게 밝혀졌다네. 옷가지, 핸드백, 액세서리 등이 가까이 있었거든—그 밖에도 몸에 있는 점이라든가 어릴 때의 상처 자국 등등. 그래, 그 여자라는 것이 간단히 입증되었지……."

"실제로 재판에 회부된 것은 그 여자의 사건뿐이 아니지 않습니까?"

"그렇지. 1년 사이에 그 밖에도 아마 세 명의 처녀를 살해했을 것이라는 혐의를 마이클은 받고 있었어. 그러나 다른 사건에서는 증거가 별로 확실하지 못해서 경찰은 이 사건에 전력을 기울였지. 증거는 많았어. 전력도 나빴고 폭행, 강간의 전력. 요즘 누구든지 강간이 어떤 것인지는 알고 있으니까. 세상 엄마들은 자기 딸에게 그놈을 강간으로 고소하라고 하지. 설령 그 청년에게 그럴 기회도 없고, 어머니가 일을 나갔다거나, 아버지가 휴가를 가고 집을 비우거나 했을 때 언제나 딸이 남자를 집으로 불러들이는데도 말이야. 남자를 부추겨서 결국 남자하고 강제로 함께 자게 되는 것을 막지도 못하면서 말일세. 그렇게 되어 방금도 말했듯이 어머니는 딸에게 강간당했다고 말하라고 시키지. 아니, 이것은 지금 내가 말하고 싶은 문제가 아니야.

아무래도 일이 이리저리로 걸려 있는 것이 아닐까 하는 생각이 자꾸만 든단 말이야, 나는. 이 제인 마플과 래필 일은 어쩐지 마이클과 관계가 있을 것 같거든."

"마이클은 유죄판결이 난 것이 아니었습니까? 그리고 종신형을 살고 있지 않나요?"

"글쎄, 여하튼 꽤 오래전 일이라서……잊어버렸지. '책임질 능력 없음'이라는 판결로 슬쩍 빠져나왔던가?"

"그리고 베리티 헌트인가 힌트인가는 그 학교에서 공부하고 있었겠지요, 템플 양의 학교에서? 살해되었을 때 그 여자는 학교 다닐 때가 아니었던가요? 아니, 분명한 기억은 없습니다만."

"아니, 그렇지는 않아. 그 여자는 열여덟인가 열아홉 살이었는데, 부모의 친구라나 친척이라나 하는 사람의 집에서 함께 살았어. 훌륭한 집, 훌륭한 사람들, 어느 모로 보나 훌륭한 아가씨였지. 친척들이 언제나 이렇게 말하던 아가씨였어—아주 얌전한 아가씨이고, 수줍은 편이며, 모르는 사람과는 나다니는 일도 없고 남자친구도 없답니다—라고. 친척이라는 사람들은 아가씨가 어떤 남자친구를 사귀고 있는지 조금도 모르지. 딸애들은 그런 소문이나 나지 않도록 특별히 조심을 하고 있으니까. 게다가 젊은 래필은 여자에게 인기 있는 녀석이었던 모양이야."

"그가 살해한 것은 틀림이 없었습니까?" 슈스터 씨가 물었다.

"그럼! 여하튼 증인석에서도 거짓말만 해댔어. 그의 변호사는 그에게 증언을 시키지 않는 편이 좀더 멋지게 해낼 수가 있었을 거야. 그의 친구 여럿이 그를 위해서 알리바이를 증언해 주었지만, 그 증언은 뒷받침될 만한 것이 없어서 도움이 되지 못했다고 말하는 그 의미는 알 만해. 그의 친구들 모두가 형편없는 거짓말쟁이였다는 거야."

"무슨 특별한 느낌이라도 있나요, 브로드리브 씨?"

"아니, 무슨 특별한 느낌이 있다는 건 아니야." 브로드리브 씨가 말했다.

"이 여자의 죽음이 그것과 관련되어 있는 것 같은 생각이 자꾸만 든단 말이야."

"무엇에 말인가요?"

"즉, 말일세……, 벼랑의 비탈을 굴러 내려와서 누군가의 머리에 맞았다는 바위에 대한 거야. 이건 아무래도 저절로 생긴 일이 아니야. 그런 곳에 나뒹굴고 있는 바위란 것은 그렇게 쉽게 저절로 구르는 일도 없거든, 내 경험으로 미루어 보아서는."

제15장

베리티

"베리티." 마플 양이 말했다.

엘리자베스 마거릿 템플은 어젯밤에 세상을 떠났다. 평온한 죽음이었다. 마플 양은 다시 옛날 영주의 저택 응접실의 빛바랜 의자에 앉아서 그전부터 하던 어린애의 핑크 코트 뜨개질은 그만두고 그 대신 보라색 스카프를 코바늘로 짜고 있었다. 반쯤은 애도의 뜻을 나타내는 이 방식은 마플 양이 비극에 직면했을 때의 빅토리아 여왕 초기적인 재치였다.

검시재판이 다음 날 열리기로 되어 있었다. 교구목사에게 부탁해서 준비가 갖추어지는 대로 교회에서 간단한 추도식을 열기로 얘기가 되어 있었다. 그 장소에 어울리는 복장을 하고 적당히 슬픈 얼굴을 한 장의사가 경찰과 연락을 해가며 전반적인 일을 하고 있었다. 검시재판은 다음 날 아침 11시에 열리기로 되어 있었다. 버스 여행단 일행들도 검시재판에 나가겠다고 승낙했다. 그리고 그중에서 몇 사람은 남아서 교회의 추도식에 가기로 되어 있었다.

글린 부인이 골든 보어 호텔에 찾아와서는 나중에 여행단 일행에게로 갈 때까지는 옛날 영주의 저택으로 다시 와서 묵으라고 끈질기게 마플 양에게 권했다.

"신문기자들에게서 피해 있을 수도 있으니까요."

마플 양은 세 자매에게 감사해 하고 그들의 청을 받아들였다.

버스 여행은 추도식 뒤에 다시 계속하기로 하고서 먼저 35마일 떨어져 있는 사우스 베데스톤으로 가기로 했다. 거기에는 원래 거기서 묵기로 되어 있었던 고급 호텔이 있었다. 그 뒤의 여행은 예정대로 진행하기로 했다.

한데 마플 양도 같은 생각을 했지만, 예약을 취소하고 집으로 돌아간다든가 이 여행을 중단하고 다른 방면으로 간다는 사람들이 나왔다. 그 어느 쪽 결정에도 명분은 있었다. 싫은 추억으로 남게 될 여행이니까 그만두겠다는 것이나, 이미 돈은 다 치렀으니 어떤 관광여행에서도 일어날 수 있는 사고로 그저 조금 방해를 받은 것뿐이니까 여행을 계속하겠다는 것도. 검시재판의 결과에 따라서 결정하자고 마플 양은 생각했다.

마플 양은 세 여주인들과 이런 경우에 흔히 주고받는 여러 가지 이야기를 한 뒤에 보라색 털실의 뜨개질에 몰두하면서 다음 수사는 어떻게 해야 할 것인지 생각하고 있었다. 그러나 바쁘게 움직이는 손가락은 그대로 움직이면서 문득 튀어나온 한마디가 '베리티'였다. 그 한마디를 마치 개울 속에 돌 하나를 던지고서 그 결과(가 있다고 한다면)가 어떻게 될 것인가를 관측하듯이 보고 있었다. 이 집의 여주인들에게 이것이 무엇인가를 뜻할 것인가? 그럴는지도 모르고, 그렇지 않는지도 모른다. 아니면 준비되어 있는 오늘 밤 호텔의 저녁식사 때 여행단 일행이 모인 자리에서 그 효과를 시험해 보았어야 했을는지도 모른다. 마플 양은 생각했다―그 한마디, 엘리자베스 템플의 입에서 나온 마지막 말이라고 할까, 마지막 말에 가까운 것이었지. 그것은―하고 마플 양은 계속 생각해 나갔다(손가락은 여전히 바쁘게 움직이고 있었다. 왜냐하면 코바늘 뜨개질은 보지 않아도 그녀는 책도 읽고 대화를 하면서 손가락이 류머티즘으로 조금 거북하기는 하지만 정확히 제자리를 찾아 움직일 수 있기 때문이다). 그러니까 그것은 '베리티'였다.

마치 잔돌을 연못에 던졌을 때처럼 잔잔한 너울이 일거나, 퐁당 하고 물방울이 튀거나, 무슨 일인가 일어날 것인가? 아니면 아무 일도 일어나지 않을 것인가? 무엇이든 반응이 한둘은 있을 것이다. 그래, 그녀의 짐작은 빗나가지 않았다. 얼굴에는 아무 변화도 없었지만 안경 너머 날카로운 눈은 동시에 세 사람을 지켜보고 있었다―이것은 그녀가 다년간 수련을 쌓은 결과이며, 세인트 메리 미드 마을의 교회나 어머니회, 그 밖의 공공장소에서 무슨 재미있는 뉴스라든가 소문거리를 탐색할 때 자신의 주위 사람들을 관찰하기 위한 방법이었던 것이다.

글린 부인이 들고 있던 책을 탁 내려놓고 약간 놀란 듯이 마플 양 쪽을 보았다. 그것은 마플 양 입에서 나온 특이한 말에 놀란 모습이지, 그 말의 뜻을 알고 놀란 것은 아닌 것 같았다.

클로틸드는 다른 반응을 보였다. 번쩍 머리를 들어 올리고는 약간 앞으로 뛰어나가려는 자세로 마플 양 쪽이 아닌 방 저쪽의 창을 보았다. 두 주먹을 불끈 쥐고 꼼짝도 하지 않았다. 마플 양은 머리를 약간 숙여 그쪽을 보지 않는 척했지만, 클로틸드의 눈에 눈물이 가득 고인 것을 보았다. 클로틸드는 꼼짝도 않고 앉은 채 눈물이 뺨을 흘러내리는 대로 내버려두었다. 손수건을 꺼내려고도 하지 않았고, 아무 말도 없었다. 마플 양은 클로틸드가 내뿜고 있는 깊은 슬픔의 냄새 같은 것에 어떤 감명을 느끼고 있었다.

앤시아의 반응은 또 달랐다. 반응이 빠르고, 꽤나 흥분해서 마치 기뻐하고 있는 것 같기도 했다.

"베리티? 베리티라고 말씀하셨죠? 그 애를 아세요? 부인이 베리티 헌트를 알고 계실 줄은 몰랐는데요."

래비니아 글린 부인은, "그것은 세례명인가요?" 하고 물었다.

"내가 그 사람을 알고 있는 건 아니에요." 마플 양이 말했다.

"하지만 지금 얘기한 것은 어떤 세례명이랍니다. 그래요, 좀 드문 이름이라고 생각해요. 베리티라니." 하고 생각에 잠긴 듯이 거듭 반복했다.

그녀는 보라색 털실이 굴러 떨어지는 것도 그대로 내버려둔 채, 뭔가 중대한 잘못을 저지르고 말았으나 그 이유를 몰라서 어리둥절하면서도 미안해하는 얼굴로 주위를 둘러보며 말했다.

"오, 정말 미안해요. 해서는 안 되는 말이라도 했나 보죠? 나는 다만 그—."

"아니, 그런 건 아니에요." 글린 부인이 말했다.

"다만 실은 그……그 이름은 우리들이 알고 있는 이름이라서요……우리와 좀 관계가 있는 이름이거든요."

"문득 생각이 나서요." 마플 양은 다시 미안한 듯한 태도로 말을 이었다.

"왜냐하면 그 이름을 얘기한 사람이 그 가엾은 템플 양이었거든요. 저, 난 어제 그분이 있는 곳에 갔었답니다. 원스티드 교수님이 가자고 해서요. 그 교수님은 어쩌면 내가 그분의 눈을 뜨게 할 수가 있을 거라고(이것이 적당한 말일는지 모르겠지만), 그렇게 생각하신 모양이에요. 그분은 혼수상태였는데—나는 그분의 친구도 아무것도 아니지만 다른 사람들은 내가 여행 도중에 그분과 자주 이야기를 하고 좌석도 바로 옆이었으니까 그걸 알고 있었거든요. 그런 이유로 그 교수님은 내가 어떤 도움이 되리라고 생각하셨겠지요. 하지만 나로서는 애석한 일이지만 도움을 줄 수 있을 것이라고는 생각되지 않았답니다. 조금도. 다만 나는 앉아서 기다리고만 있었을 뿐인데, 그렇게 하고 있으려니까 그분이 한두 마디 무슨 말인가를 하더군요. 그런데 무슨 소리인지 알아들을 수가 없었어요. 하지만 마지막에 내가 돌아올 무렵이 되어서 그분이 눈을 뜨고 나를 보더군요. 나를 어쩌면 다른 사람으로 착각을 했는지도 모르겠지만, 그런 이름으로 불렀답니다. 베리티라고. 그래서 그것이 고스란히 내 머리에 남아 있는데다가, 어젯밤에 그분이 돌아가셔서 더욱 그런가 봐요. 그분은 어떤 사람의 일을, 무슨 일인가를 생각하고 있었던 것이 분명해요. 하지만 얘기할 것도 없이 다만 이것은—그 말 그대로 '진실'을 의미하고 있을 뿐일는지도 모르지요. 베리티라고 하면 분명 '진실'이라는 뜻이 있는 거지요?"

그녀는 클로틸드에서 래비니아, 그리고 앤시아에게로 시선을 옮겨갔다.

"그것은 우리가 알고 있는 어떤 젊은 아가씨의 세례명이랍니다." 래비니아 글린이 말했다.

"우리가 깜짝 놀란 것은 그것 때문이었어요."

"그 아이가 그렇게 죽게 되다니, 정말 너무했어요." 앤시아가 말했다.

클로틸드는 그 무거운 목소리로, "앤시아! 자세한 이야기는 할 것도 없어." 하고 말했다.

"하지만 이제는 그 아이에 대해서는 다들 잘 알고 있지 않겠어?" 앤시아가 말했다. 그러고는 마플 양 쪽을 보고, "부인도 그 아이에 대한 것은 알고 계신 줄 알았어요. 하지만 부인도 래필 씨를 알고 계시죠? 그러니까 래필 씨가 부인을 소개하는 편지를 보냈겠죠. 부인도 틀림없이 래필 씨를 아실 거예요. 그래서 저는 래필 씨에게서 부인도 모든 것을 들었을 것이라고 생각했지요."

"정말 미안합니다만—." 마플 양이 말했다.

"당신이 무슨 말을 하고 있는지 나는 전혀 알 수가 없군요."

"그 아이의 시체는 도랑 속에서 발견되었답니다." 앤시아가 말했다.

앤시아가 일단 말을 꺼내기만 하면 멈추게 할 수가 없다고 마플 양은 생각하고 있었다. 그런데 앤시아의 시끄럽기까지 한 말소리에 클로틸드 쪽에서 더 긴장하고 있는 듯이 보였다. 지금은 벌써 손수건을 조용히 다른 사람 모르게 꺼내고 있었다. 눈의 눈물을 닦더니 등을 꼿꼿이 세우고 단정한 자세로 고쳐 앉았다—그녀의 눈은 깊은 우수에 젖어 있었다.

"베리티는—." 그녀가 말했다.

"우리가 지극히 귀여워한 아이였답니다. 한동안 여기서 살기도 했지요. 저는 그 아이가 너무 좋아서……."

"그리고 그 아이도 언니를 무척 따랐지요." 래비니아가 말했다.

"그 아이의 부모가 제 친구였으니까요." 클로틸드가 말했다.

"부모는 비행기 사고로 죽었지요."

"그 아이는 팰로필드 학교에 다녔답니다." 래비니아가 설명했다.

"그래서 템플 양이 그 아이 생각이 난 것이 아닐까요?"

"아, 그렇겠군요." 마플 양이 말했다.

"템플 양이 교장으로 있던 학교지요?"

"그렇답니다." 클로틸드가 말했다.

"베리티는 그 학교 학생이었지요. 부모가 세상을 떠난 다음 한동안 그 아이가 장차 어떻게 할 것인가를 결정할 동안 우리들에게 와서 지내고 있었죠. 열여덟 살이었던가 열아홉이었지요. 아주 귀엽고 정이 깊고 상냥한 아이였답니다. 그 아이는 간호사 공부라도 할 모양이었는데, 템플 양은 그 아이가 머리가 좋으니 꼭 대학에 보내도록 하라고 간청을 해왔죠. 그래서 그 아이는 대학에 진학할 준비를 하고 있었답니다……. 그런 때에 그 무서운 일이 일어난 거예요." 그녀는 말을 마치고는 얼굴을 돌렸다.

"전……, 이젠 더 이상 그 이야기를 하고 싶지 않군요, 죄송합니다."

"아, 아니, 좋아요." 마플 양이 말했다.

"정말 내가 실례를 했습니다. 슬픈 이야기를 꺼내게 되어서, 미처 몰랐거든요. 나는 그런 것을 알고 싶은 것이 아니고……, 다만 그……." 하고 마플 양은 더욱 횡설수설할 뿐이었다.

　그날 밤 마플 양은 그 이야기를 좀더 듣게 되었다. 그녀가 옷을 갈아입고 호텔로 가려는 참에 글린 부인이 침실로 찾아왔다.
　"부인에게 좀더 설명해 두어야겠다는 생각이 들어서 왔어요." 글린 부인이 말했다.
　"그 베리티 헌트라는 아이에 대해서 말이에요. 물론 부인은 모르는 것이 당연하지만 우리 언니 클로틸드는 특별히 그 아이를 좋아했기 때문에 그 아이의 그런 비참한 죽음이 언니에게는 굉장한 충격이 되었던 거예요. 우리들은 되도록이면 언니 앞에서는 그 얘기는 꺼내지 않고 있답니다……. 하지만 사실을 다 털어놓고 이해하시도록 하는 편이 안심이 될 것 같아서요. 베리티는 우리가 모르는 사이에 친구를 사귄 거랍니다—그것도 좋지 않은, 아니 그보다는 위험하고도 전과가 있는 청년이었지요. 그는 이곳을 지나다가 우리에게 오게 되었지요. 그 청년의 아버지를 우리는 잘 알고 있었죠" 그녀는 잠깐 이야기를 멈추었다.
　"만일 모르신다면……, 모르실 것 같으니 전부 사실 그대로 말씀드리는 편이 좋겠군요. 그 청년은 래필 씨의 아들인 마이클이었답니다……."
　"어머나!" 마플 양이 말했다.
　"설마……, 아니, 이름은 잊었습니다만, 분명히 아들이 있다는 말은 들었죠—좀 못된 아들이었다고"
　"좀 못된 정도가 아니지요." 글린 부인이 말했다.
　"1년 내내 문제만 일으키고 다녔답니다. 여러 가지 사건으로 재판도 한두 번 받은 적이 있었고요. 그 당시 저는 그런 종류의 재판관은 지나치게 관대하다는 생각을 했습니다. 그는 청년의 장래를 엉망으로 만들 수는 없다는 생각이 들었던가 봐요. 그래서 석방이 된 거죠. 지금은 잊어버렸는데, 무슨 이윤가로 해서 집행을 유예한다든가 했어요. 그런 청년은 곧바로 형무소에 보내야만 했어요. 그렇게 하면 그런 짓을 하는 다른 인간들에게도 경고가 되어 못하게 할 수가 있을 테니까요. 게다가 그는 도둑질까지도 했답니다. 수표를 위조하고 여러 가지 물건도 훔치고 완전히 골칫거리였지요. 저는 그의 어머니와 친구였어요. 그 친구는 다행이었다고 생각해요. 자기 아들이 그렇게 되어 걱정하기 전에 젊어서 세상을 떠났으니까. 래필 씨는 할 수 있는 데까지는 했다고 생각해요. 적당한 일자리를 마련해 주기도 했고, 벌금을 물어주기도 했고, 하지만 역시 그건 커다란 충격이었다고 생각합니다. 아마 부인도 마을 사람들에게 들으셨을 줄 압니다만, 이 지방에서는 살인이나 폭행사건이 여러 번 일어났거든요. 여기뿐만이 아니랍니다. 그런 사건이 20마일이나, 때로는 50마일이나 떨어진 곳에서도 일어난 거예요. 하지만 그것들이 대체로 이 지방을 중심으로 일어나는 것 같았거든요. 여하튼 베리티는 어느 날 친구에게 간다며 나간 채……, 예, 돌아오지 않은 거예요. 그래서 우리는 경찰에 신고했지요. 경찰은 그 아이를 찾기 위해 이 지방 일대를 다 뒤졌습니다만 도저히 그 아이의 행방을 알 수가 없었어요. 우리는 신문에 사람을 찾는다는 광고도 냈고 경찰에서도 냈지만, 경찰은 그 아이가 남자친구와 함께 어디론가 가버린 것이 아니냐고 하는 거였어요. 그러던 중에 그 아이가 마이클 래필과 함께 있는 것을 보았다는 소문이 나돌기 시작했죠. 그 무렵에는 이미 경찰 쪽에서도 마이클에게 그 범행의 가능성이 있다고 보고 있었던 중이랍니다. 옷이나 그 밖의 것으로 미루어보아 베리티라고 보이는 여자가 마이클과 꼭 닮은 남자와 마이클의 차의 특징과 일치하는 차에 함께 타고 가는 것을 본 사람이 있다는 거예요. 하지만 그 이상은 아무런 증거도 없이 지내오다가 6개월 뒤에 그 아이의 시체가 발견되었지요. 여기서부터 30마일쯤 떨어진 시골의 숲이 많은 황무지인데, 잔돌과 흙을 덮은 도랑 속에 있었답니다. 클로틸드 언니가 시체를 확인하러 갔었는데……, 그것은 분명히 베리티였어요. 교살된 뒤에 머리가 엉망으로 짓이겨져 있었어요. 증거가 될 만한 사마귀라든가 옛날 상처 자국도 있었고, 물론 옷이나 핸드백 안에 들어 있는 것도 그 아이의 것이었답니다. 템플 양은 베리티를 아주 귀여워했지요. 틀림없이 죽기 전에 문득 생각이 난 것이 분명해요."

"정말 미안합니다." 마플 양이 천천히 말했다.

"정말 나는 뭐라고……. 정말 미안합니다. 제발 언니에게도 그렇게 전해 주세요. 아무것도 몰랐었으니까. 정말이에요."

검시재판

1

마플 양은 마을 길을 천천히 시장 광장 쪽을 보고 걷고 있었다. 그 광장에 백 년 동안이나 '만종(晩鐘)의 문장(紋章)'으로 알려진 낡아빠진 조지 왕조 시대의 건물이 있는데, 거기서 검시재판이 열리기로 되어 있었다. 그녀는 시계를 꺼내어 시간을 보았다. 그리로 가야 하는 시각까지는 충분히 20분이나 남아 있었다. 그녀는 상점들을 기웃거리며 걸었다. 털실이나 아기 옷 같은 것을 팔고 있는 상점 앞에 멈춰 서서는 한동안 안을 들여다보고 있었다. 상점 안에서는 젊은 여자가 손님을 상대하고 있었다. 털실로 짠 조그만 코트를 두 어린애가 입어보고 있었다. 안쪽 카운터 있는 곳에는 약간 나이 든 여자가 하나 있었다.

마플 양은 안으로 들어가서는 카운터 옆, 그 초로의 부인 바로 앞자리에 앉아서 핑크색 털실의 샘플을 꺼냈다. 조그만 윗도리를 마저 짜야 하는데, 이 상표의 털실이 떨어져서 그렇다고 그녀는 설명했다. 그 털실과 같은 것이 바로 눈에 띄었지만 마플 양이 칭찬한 다른 털실 샘플을 구경하라고 권하는 바람에 그만 세상살이 이야기가 시작되고 말았다. 먼저 최근에 일어난 그 끔찍한 사고에 대한 이야기부터 시작되었다. 메리핏 부인이라는 것이 상점 앞에 써 붙인 이름인데, 이 여자가 바로 그 장본인이었다. 그녀는 이번 사고를 아주 중대한 것으로 보고 있으며, 지방의 관청에서 사람이 걸어 다니는 길의 위험이나 공중의 권리에 대해서 조금도 생각을 해주지 않는 건 안 된다고 했다.

"비가 온 다음에는 말입니다, 진흙이 깨끗이 씻겨 내려가 버리니까 바위가 흔들리게 되고 굴러 떨어지게 되는 거라고요. 1년에 세 번이나 바위가 떨어진 일도 있었다니까요—사고가 벌써 세 번째예요. 남자아이가 하나 거의 죽을 뻔했지요. 그리고 또 그 해, 그래 6개월 뒤였어요, 어느 남자분의 팔이 부러지고 말았지요. 그리고 세 번째로 가엾게도 그 나이 많은 워커 부인이었답니다. 이 분은 눈도 어둡고 귀도 거의 안 들리거든요. 무슨 일이 일어나도 그 사람에게는 들리지도 않을 거고 달아날 수도 없을 거라고 모두들 그랬으니까요. 누군가가 알고 큰소리로 부르긴 했던 모양입니다만, 멀리서 들리지도 않았고, 그 부인에게 뛰어갈 수도 없었다는군요. 그래서 부인은 죽어버린 거지요."

"쯧쯧, 가엾어라." 마플 양이 말했다.

"정말 슬픈 일이군요. 쉽게 잊히지 않을 이야기네요, 정말."

"정말이에요. 틀림없이 오늘도 검시관이 그 말을 할 겁니다."

"그렇겠죠, 꼭 하겠죠." 마플 양이 말했다.

"끔찍한 이야기이긴 하지만, 당연히 저절로 일어날 수도 있는 일이었군요. 하지만 물론 누가 밀거나 해서 일어나는 사고도 때로는 있겠죠?"

"아, 그래요, 요즘은 무슨 일을 저지를지 모르는 젊은 녀석들이 있으니까. 하지만 그런 곳에 장난삼아 올라가 있는 녀석들은 본 적이 없답니다."

마플 양은 이어서 이야기를 풀오버로 가지고 갔다. 야한 색깔의 풀오버로.

"내 것은 아닙니다만 조카 손자 때문이에요. 그 애는 풀오버 중에서도 굉장히 야한 색깔이 좋다는군요."

"예, 요즘 사람들은 모두 화려한 색을 좋아하거든요." 메리핏 부인도 동의했다.

"면바지 쪽은 그렇지도 않은가 봐요. 면바지는 검정을 좋아하더군요. 검정이나 감색 말이에요. 하지만 윗도리는 화려한 것을 찾아요."

마플 양은 야한 체크무늬의 풀오버는 어떠냐고 떠보았다. 상당히 많은 풀오버나 저지가 있는 것 같았지만, 빨강에 검정의 체크는 상점에 걸어본 일이 없는 것 같았고, 또 최근에는 들여온 일도 없는 눈치였다. 두세 가지 샘플을 구경하고 마플 양은 슬슬 돌아갈 채비를 하면서, 우선 이 지방에서 그전에 일어난 살인사건 이야기를 꺼냈다.

"나중에 가서는 경찰이 그 녀석을 붙잡았지요." 메리핏 부인이 말했다.

"아주 귀여운 얼굴을 한 사내아이였어요. 도저히 그런 짓을 할 것 같지 않더구먼. 집안도 좋았다는군요. 대학에도 다녔고 그 아버지가 굉장한 부자랍니다. 아마 틀림없이 머리가 좀 이상했을 거예요. 하지만 형무소 신세는 면했으나, 나는 그 남자는 정신병이 분명하다고 생각해요. 생각해 보세요, 그 처녀 말고도 사귀는 여자가 5~6명이나 있었다는 이야기예요. 경찰은 이 부근의 젊은 녀석들 중에서 수상한 놈을 차례차례 잡아갔답니다. 제프리 그랜트도 잡혀갔지요. 그 녀석이 제일 수상했던 모양이에요. 그 녀석은 어릴 때부터 줄곧 이상한 아이였거든요. 학교에 가는 도중에 여자아이를 붙잡곤 하는 겁니다. 여자아이에게 사탕 같은 것을 주면서 꽃구경을 가자며 들판으로 꼬여내던 놈이었지요. 경찰은 그 녀석에게 혐의를 두었어요. 하지만 그 녀석은 아니었답니다. 그런데 또 한 사람, 버트 윌리엄스라는 녀석인데 둘 다 모두 멀리 가 있어서ㅡ알리바이라고 하나요, 그것이 있어서 아니라는 것이 밝혀졌지요. 그리고 나중에 가서 결국 그 뭐라고 하더라, 지금 이름은 생각이 안 납니다만 그 청년이 수상해진 겁니다. 루이였던가, 그 청년의 이름이……, 아니, 마이크 뭐라고 했던가. 아까도 말했습니다만 정말 귀여운 얼굴을 한 남자였답니다. 그런데 나쁜 과거가 있었다는군요. 예, 도둑질이나 수표위조나 뭐 그런 거지요. 그리고 두 번이나 그 부자사건(父子事件)이라는 것을 일으켰던 겁니다. 내가 하는 말 아시지요? 여자에게 아기가 생기고 위자료를 물어주게 되는 거지요. 그전에도 두 처녀의 배를 부르게 했다니까."

"그 아가씨도 배가 부르게 되었었나요?"

"예, 그래요. 처음 시체가 발견되었을 때 우리는 노라 브로드인가 싶었어요. 그 처녀는 방앗간 브로드 부인의 조카딸이었는데, 남자친구 사귀는 데는 최고였으니까요. 그 아이도 어디론가 사라져 버렸거든요. 그 처녀가 어디로 갔는지는 아무도 몰라요. 그래서 그 6개월 뒤에 시체가 발견되었을 때 이건 그 아이라고 모두들 생각했던 겁니다."

"하지만 사실은 그렇지 않았군요?"

"예, 전혀 다른 사람이었던 거죠."

"그 여자의 시체는 아직도 발견되지 않았나요?"

"예. 언젠가는 발견되리라고 생각합니다만, 그러나 경찰에서는 아무래도 강물에 던져버린 것 같다고 생각하나 봐요. 그래도 알 수 없는 일이지요. 밭을 갈다가 뭔가가 튀어나올는지 누가 아나요? 나도 한 번 그 보물을 구경하러 간 적이 있었어요. 루턴 루라고 했던가—그것 비슷했는데. 동부 쪽 어디예요. 밭을 가는 도중에 나왔다고 하더군요. 정말 아름다웠답니다. 황금의 배며, 바이킹 배며, 황금의 접시와 굉장히 큰 황금 화분 등. 정말 알 수 없는 거지요. 언제 느닷없이 시체가 나타날는지도 모르고, 또 황금 화분이 나올는지도 모르니까요. 그리고 그 황금 접시처럼 몇백 년이나 된 것일는지도 모르고, 3~4년 된 시체일는지도 모르지요……마치 그 메리 루카스같이 4년간이나 행방불명되었다고 하니까. 라이게이트 근처 어디에서든가 시체가 발견된 모양이더군요. 이런 엉뚱한 일이 생기니까 정말 살 맛 안 나는 세상이지요. 무슨 일이 생길 지 알 수가 있나요."

"또 한 사람 여기서 살던 젊은 아가씨가 살해되지 않았나요?" 마플 양이 말했다.

"그 노라 브로드의 시체가 아닌가 했다가 그렇지 않은 것으로 판명되었던 그 애 말이군요? 예, 그래요. 지금 그 처녀의 이름은 생각나지 않는데, 호프라든가 했지 아마. 호프였나 체리티였던가. 여하튼 그런 이름이었어요. 빅토리아 여왕 시대에 흔히 있던 이름인데, 지금은 별로 안 쓰는 이름이지요. 그 옛날 영주의 저택에 살고 있었답니다, 그 처녀 말이에요. 부모가 죽은 뒤에 그곳에 와 있었죠."

"그 부모가 사고로 죽지 않았나요?"

"그래요. 스페인인가 이탈리아인가 그리로 가는 비행기를 타고 가다가 그랬다고 하더군요."

"그래서 그 아가씨는 이곳에 와서 살게 되었단 말이죠? 그 집 사람들은 그 아가씨의 친척인가요?"

"친척인지 아닌지는 모르지만, 지금의 글린 부인은 그 아가씨의 어머니와 친구라던가 그렇다나 봐요. 글린 부인은 물론 결혼해서 외국에 갔었고, 클로틸드 양은—제일 위인 머리칼이 검은 여자 말이에요, 그 여자가 그 아가씨를 굉장히 귀여워했다는군요. 그 이탈리아니 프랑스니 그런 외국에도 데려가고, 그리고 또 타이프라이터며 속기술이며 그림 공부며 그런 것도 가르쳤대요. 그 클로틸드라는 여자는 별걸 다 할 줄 아는 재주 많은 사람이지요. 그 아가씨를 여간 귀여워한 게 아니었어요. 그러니까 그 아가씨가 행방불명이 되자 이만저만 낙담하는 것이 아니었답니다. 앤시아 양과는 아주 달랐지요……."

"앤시아 양이라는 사람은 가장 어린 사람이지요?"

"그래요. 머리가 좀 돌았다는 사람도 있죠. 약간 바보예요. 그 여자가 걸어가고 있는 것을 보면 무슨 소린지 혼자 중얼중얼해가며, 또 고개도 묘하게 흔들고 있거든요. 어떤 때는 그 여자를 겁내는 아이들도 있을 정도였습니다. 무슨 일이나 그 여자가 하는 짓은 좀 이상하다고 모두들 그러지만, 글쎄요. 부인은 마을에서 소문을 좀 들으시지 않았나요? 저택에서 그전에 살던 그들 자매의 대숙부인가 하는 사람도 역시 좀 이상한 데가 있었다고 하더군요. 정원에서 권총 사격연습도 했었다나 봐요."

"하지만 클로틸드 양은 이상하지는 않잖아요?"

"예, 그 여자는 정말 머리가 좋아요. 라틴어나 그리스어 같은 것도 알고 있을 거예요. 대학에 가고 싶었던 모양입니다만, 오랫동안 병석에 있었던 어머니 시중을 들어주어야 했을 거예요. 어쨌든 그 아가씨만은 정말 알뜰하게 뒷바라지해 주었지요. 그 아가씨 이름이 뭐였더라?……페이스라고 했었나? 여하튼 자기가 낳은 딸 같았으니까요. 거기에 그 뭐라는 젊은 남자가 찾아와서—분명히 마이클이라고 했어요. 어느 날 그 아가씨는 누구에게도 말 한마디 없이 어디론가 가버린 거랍니다. 그 아가씨의 배가 불러온 것을 클로틸드 양이 눈치를 챘는지 어쨌는지는 모르지만."

"하지만 부인은 알고 있었군요?" 마플 양이 말했다.

"예, 나는 상당히 경험이 있거든요. 여자아이가 뱃속에 아기를 갖게 되면 금방 알지요. 한번 보기만 해도 간단히 알아요. 아니, 모습에서만이 아니고 눈매라든가 걸음걸이, 앉는 모양, 그리고 가끔 어지럽기도 하고 헛구역질이 나는 것으로도 알 수 있답니다. '아니, 저런!' 하고 나는 생각했었죠—또 그런 일이 생기는구나 하고. 클로틸드 양이 시체를 확인하러 갔지요. 정말 어떻게 되어버리는 것이 아닌가 싶을 정도였어요. 그 뒤 몇 주일 동안 클로틸드 양은 미친 사람과 다를 바 없었으니까. 그만큼 그 아가씨를 사랑했던 거지요."

"그리고 또 한 사람인 앤시아 양은 어땠나요?"

"그것이 참 이상도 하지, 뭐라고 할까, 즐거운 듯한―그래, 정말 즐거운 듯한 얼굴을 하고 있구나 싶었답니다. 즉, 살뜰한 정이 없는 사람이라고 할까요. 농부인 플라머의 딸이 흔히 그런 얼굴을 했었지요."

마플 양은 잘 있으라는 인사를 하고 상점을 나왔으나, 아직 시간이 10분이나 남아 있는 것을 알고는 우체국으로 갔다. 조슬린 세인트 메리 마을의 우체국과 잡화점은 시장 광장에서 조금 떨어진 곳에 있었다.

마플 양은 우체국에 들어가서 우표를 몇 장 사고 그림엽서 구경을 잠깐 한 뒤 여러 가지 페이퍼백(표지를 종이 한 장으로 장정한, 값이 싸고 간편한 책)판 책을 살펴보았다. 우편 사무를 보는 카운터 너머에는 중년의 좀 까다로운 인상을 한 여자가 자리를 지키고 있었다. 이 부인이 철사로 엮어 만든 책 꽂는 선반에서 마플 양이 책을 꺼내는 것을 도와주었다.

"가끔 선반에 걸려서요, 이런 식으로 말이에요. 얌전히 본래대로 해놓지 않고 가는 사람이 많답니다."

이 시간에는 우체국 안에 손님이 거의 없다. 마플 양은 책 표지를 불쾌한 얼굴로 보고 있었다―나체의 여자 얼굴이 피로 얼룩져 있고, 그 위를 덮치듯이 흉측한 얼굴의 살인마가 피묻은 칼을 들고 내리찍으려 하고 있었다.

"정말 도무지―." 하고 그녀가 말했다.

"요즘의 이런 공포 소설은 싫어요."

"좀 지나치지요, 이런 표지는:" 까다로워 보이는 부인이 말했다.

"사람마다 다 이런 것을 좋아하는 것도 아닌데 말이에요. 아무래도 요즘은 폭력물이 유행이라서……."

마플 양은 또 한 권을 손에 들고, "'꼬마 제인에게 무슨 일이 생겼는가?'" 하고 소리를 내어 제목을 읽었다.

"정말 끔찍한 세상이 되어버렸군요."

"예, 정말이에요. 어제 신문에도 났더군요. 어떤 여자가 아기를 슈퍼마켓 앞 유모차에 놔둔 채 물건을 사러갔답니다. 그랬더니 지나가던 녀석이 그 유모차를 밀고 가버렸다는 거예요. 아무리 생각해도 무엇 때문에 그런 짓을 하는지 알 수가 없어요. 아기는 경찰이 무사히 찾긴 했답니다만. 언제나 같은 말만 하고 있으니. 슈퍼마켓에서 물건이 없어져도, 아기를 끌고 가버려도. 대체 모두 어떻게 된 건지 알 수가 없어요."

"아무도 모른답니다." 마플 양이 말했다.

까다로워 보이는 여인은 더욱 까다로운 얼굴을 하고 있었다.

"도무지 믿을 수가 없어요, 정말로."

마플 양은 주위를 둘러보았다—우체국 안은 텅텅 비어 있었다. 그녀는 창구 쪽으로 다가갔다.

"바쁘시지 않다면 잠깐 뭘 좀 물어봐도 되겠수?" 마플 양이 말했다.

"내가 말이지요, 아주 바보 같은 짓을 해버렸다오. 도무지 요새는 실수만 자꾸 하게 되는구먼요. 이번에는 어떤 자선 단체로 보내는 소포에 그만 실수를 해버렸답니다. 옷이며 풀오버며 뜨개질한 애들 옷 같은 것을 한 데 싸서 이름을 써냈는데—그런데 오늘 아침이 되어 갑자기 생각이 났는데, 이름을 잘못 써버린 거예요. 소포 받은 사람의 명단 같은 것은 없을 줄 알지만, 혹시 어느 분이 기억하고 계시지는 않을까 해서요. 내가 써넣으려고 한 이름은 '조선조, 템스 강변 복지협회'이거든요."

까다로워 보이는 여자가 지금은 아주 상냥한 얼굴로 바뀌어 있었다. 왜냐하면 마플 양의 전매특허인 무력하고 늙고 몸까지 떨고 있는 그 모습에 동정을 느껴서였다.

"그 소포를 부인이 이리로 가지고 오셨나요?"

"아니, 내가 아니라오. 나는 실은 저 옛날 영주의 저택에서 묵고 있어요. 그 집의 어느 분이던가, 글린 부인이었다고 생각되는데, 자신이 직접 가든지, 아니면 동생을 시켜 우체국에 보내겠다고 해서요, 친절하게도……."

"음, 잠깐 기다려 주세요. 그것이 화요일이 아니었나요? 그 소포를 가지고 온 것은 글린 부인이 아니고 제일 막내인 앤시아 양이었어요."

"아, 그래요, 그러고 보니 그날이구먼……."

"저는 분명히 기억하고 있답니다. 제법 큰 것이었는데, 보기보다는 그렇게 무겁지 않았죠. 하지만 부인이 방금 말한 그 조선소인가 협회가 아니었던 것 같은데요. 수취인이 매튜스 목사님, '이스트 햄 여성 및 아동모직복 원조회'로 되어 있었답니다."

"아, 그랬었군요." 마플 양은 완전히 안심이 된다는 듯이 두 손을 꼭 마주 잡았다.

"정말 머리가 어쩌면 그렇게도 좋을까. 이제 생각이 났습니다. 크리스마스에 그 이스트 햄 협회에 편물 특별기부를 하기로 하고 물건을 보낸 일이 있었거든요. 아마 그래서 이름을 잘못 기록해 두었나 봐요. 죄송하지만 한 번 더 불러주시지 않겠어요?" 하고 조그만 수첩을 꺼내 정성 들여 받아적었다.

"하지만 소포는 이미 발송이 되었는데요……."

"아, 그렇군요. 하지만 내가 편지를 보내서 잘못된 것을 설명하고, 그 소포는 조선소협회 쪽으로 보내달라고 부탁을 하지요. 정말 친절히 해주셔서 감사합니다."

마플 양은 뒤뚱뒤뚱 밖으로 나왔다.

까다로워 보이는 여인은 다음 손님에게 우표를 내주며 옆에 있는 동료에게 소곤댔다.

"노망기가 있군요, 가엾은 할머니. 일 년 내내 저런 실수만 하고 다니겠죠, 틀림없이."

마플 양은 우체국에서 나오다가 엠린 프라이스와 조안나 크로퍼드를 만났다.

조안나는 얼굴빛이 아주 나쁘고 어쩐지 당황해 하고 있는 것 같다고 그녀는 생각했다.

"저 말이에요, 증언을 꼭 해야 되는 건가요?" 그녀가 말했다.

"전 모르겠어요……. 뭘 물어볼까요? 전 정말 겁이나요—싫어요. 전, 전 경감님에게 다 말했는데, 우리들이 보았다고 생각되는 건."

"걱정할 것 없어, 조안나." 엠린 프라이스가 말했다.

"그냥 검시재판일 뿐이야. 틀림없이 그 성격이 좋은 의사가 나올 거야. 그냥 두세 가지 물을 뿐이니까 본 대로만 말하면 되는 거야."

"당신도 봤잖아요." 조안나가 말했다.

"응, 봤지." 엠린이 말했다.

"여하튼 누군가가 위에 있는 것을 봤지. 둥그런 바위인가 뭔가 옆에 말이야. 자, 힘내, 조안나."

"경찰이 호텔의 우리 방을 뒤지러 왔었답니다." 조안나가 말했다.

"우리에게 그래도 좋겠느냐고 물어보기는 했지만, 수색영장도 다 준비해 왔더라고요. 방 안은 물론이고 우리의 소지품까지 조사했지요."

"그건 당신이 말한 체크무늬의 풀오버를 찾아내려고 그런 거야. 어쨌든 당신이 걱정할 건 하나도 없어. 만일에 말이야, 당신이 빨강과 검정의 체크무늬 풀오버를 갖고 있었다면 그런 말을 입 밖에 냈을 리 없잖아? 그렇지? 빨강하고 검정이었던가, 그것이? 나는 잘 모르겠어. 그건 뭔가 좀 밝은 색깔이라고 생각은 돼. 그뿐이야, 내가 아는 것은."

"경찰은 아무것도 찾지 못했나 봐요." 조안나가 말했다.

"여하튼 우리 일행 중 아무도 여러 가지 물건을 가지고 온 사람은 없는걸요. 버스 여행에 그렇게 많은 것을 갖고 다니는 사람은 없어요. 그런 건 누구의 짐 속에도 있을 리가 없지요. 우리 일행 중 아무도 그런 것을 입고 있는 거 본 적이 없어요. 지금까지는. 당신은 봤어요?"

"아니, 나도 본 일은 없지만 말이야, 만일 보았다고 해도 나는 몰랐을 거야." 엠린 프라이스가 말했다.

"나는 지금까지 줄곧 빨강인지 파랑인지 몰랐으니까."

"그렇겠군요, 당신은 색맹이지요?" 조안나가 말했다.

"언제였더라……, 난 그걸 짐작했어요."

"짐작했다니, 그게 무슨 소리지?"

"내 빨간 스카프 말이에요. 못 봤느냐고 내가 물었지요. 그랬더니 당신이 파란 스카프는 어디선가 봤는데 하면서 빨간 스카프를 가져다 준 적이 있었어요. 내가 식당에서 스카프를 빠뜨리고 왔었거든요. 당신은 정말 그 빨강색을 알아보지 못했다고요."

"응, 내가 색맹이라는 걸 다른 사람에게는 말하지 말아 줘. 싫단 말이야. 사람들이 병신취급할 테니까."

"남자가 여자보다 색맹이 많아요." 조안나가 말했다.

"소위 반성유전(伴性遺傳)의 하나지요." 하고 그녀가 아는 체를 했다.

"여성을 통과해서 남성에게 나타나는 거예요."

"마치 홍역을 설명하듯이 말하는군." 엠린 프라이스가 말했다.

"자, 다 왔어."

"당신은 아무렇지도 않나 봐요." 조안나가 입구로 들어가면서 말했다.

"응, 별로. 나는 아직 한 번도 검시재판에 나가본 적이 없으니까. 처음 해보는 일이란 어쩐지 흥미가 있거든."

2

스톡스 박사는 중년인데, 머리에는 백발이 섞였고, 안경을 끼고 있었다. 먼저 경찰 측 증언이 있었고, 그다음에 사망원인이 된 뇌진탕에 대해서 자세한 의학상의 증언이 있었다. 샌본 부인이 버스 여행의 경위를, 또 그날 오후에 있었던 관광 소풍에 대해서, 그리고 또 그 불행한 일이 일어난 경위에 대해서 증언했다.

템플 양은 젊지도 않았는데 정말 걸음이 빠른 사람이었다. 일행은 잘 알고 있는 사람만이 걸을 수 있는 오솔길을 따라서 언덕을 돌아 원래 엘리자베스 여왕 시대에 세워졌다가 나중에 보수증축된 오래된 무어랜드(황무지) 교회를 향해서 천천히 올라갔다. 그리로 이어지는 산꼭대기에는 보나벤처 기념탑이라고 불리는 것이 있었다. 그곳은 상당히 가파른 비탈이어서, 사람들은 제각기 다른 속도로 올라가고 있었다. 젊은 사람들은 흔히 뛰어 올라가거나 해서 다른 사람들보다는 훨씬 쉽게 목적지에 닿는다. 나이 먹은 사람들은 아주 천천히 올라갔다. 그녀 자신은 언제나 일행의 가장 뒤에 있으면서 지친 사람이 있으면 호텔로 돌아가라고 권해 왔다. 샌본 부인은 템플 양은 버틀러 부부와 이야기를 하고 있었다고 말했다. 템플 양은 예순을 넘었는데도 불구하고 버틀러 부부의 느린 걸음을 더 이상 견딜 수 없어서 그 부부를 훨씬 앞질러 나가더니 모퉁이를 돌아 상당히 빠른 걸음으로 앞서갔는데, 그런 일은 그전에도 흔히 있었던 일이다. 그녀는 뒤따라오는 사람들이 얼른 안 오면 기다리는 것을 싫어하는 편이라 자기 페이스대로 걸어갔던 것이다. 갑자기 앞쪽에서 비명이 들려와서 샌본 부인과 일행이 뛰어가 보니 오솔길이 구부러지는 지점에 템플 양이 땅바닥에 쓰러져 있는 것이 보였다. 위쪽 언덕 비탈에 몇 개의 비슷비슷한 크기의 바위가 있었는데, 그중 하나가 굴러 떨어져서 아래쪽 길을 가던 템플 양에게 맞은 것이라고 모두들 생각했다. 실로 불행하고 슬픈 사고였다.

"당신은 사고라는 생각 말고는 다른 생각은 안 났습니까?"

"예, 조금도. 사고라는 생각밖에는 안 났습니다."

"위쪽 언덕 비탈에 누가 없었습니까?"

"없었어요. 그 오솔길은 언덕을 안고 도는 본래의 길인데, 물론 위쪽 여기저기에는 걸어 다니는 사람이 있지요. 하지만 오후에는 아무도 보지 못했습니다."

다음으로 조안나 크로퍼드가 불려나갔다. 이름과 나이를 묻고 나서 스톡스 박사의 질문이 시작되었다.

"아가씨는 일행과 함께 가지 않았습니까?"

"아니에요. 우리들은 오솔길에서 벗어나서 걸어갔어요. 우리는 언덕을 돌아서 비탈의 조금 위쪽에 있었고요."

"동행이 있었지요?"

"예, 엠린 프라이스입니다."

"그 사람 말고는 아가씨와 함께 간 사람은 없었습니까?"

"없었어요. 우리는 이야기도 하고 꽃도 구경했어요. 좀 이상한 꽃이었거든요. 엠린은 식물학에서 흥미를 갖고 있었답니다."

"아가씨는 일행들이 있는 곳에서 보이지 않는 곳에 있었습니까?"

"계속 그렇지는 않았어요. 다른 사람들은 원래의 오솔길 쪽으로 가고 있었지요—우리보다 조금 아래쪽이에요."

"아가씨는 템플 양을 보았습니까?"

"그렇게 생각돼요. 그분은 다른 사람들보다 앞서 가고 있었는데, 여러 사람이 지나간 앞길의 모퉁이를 그분이 돌고 있는 것을 본 것 같습니다만, 그 뒤는 언덕의 비탈 그늘에 가려서 그분은 우리 있는 곳에서는 보이지 않게 되었어요."

"당신들의 위쪽을 걸어가는 사람은 없었습니까?"

"예. 둥근 바위가 많이 있는 위쪽 말이지요? 언덕의 비탈진 곳에 커다란 둥근 바위의 무더기가 있었죠."

"그렇습니다." 스톡스 박사가 말했다.

"당신이 말하는 그 장소를 나도 알고 있습니다. 커다란 화강암 바윗덩이들이 모여 있지요. 그 바위를 모두들 '수양'이라고도 하고 때로는 '회색의 수양'이라고도 합니다."

"멀리서 보면 양으로 보일는지도 모르겠지만, 우리는 그렇게 멀리 떨어져 있지는 않았어요."

"그리고 아가씨는 누군가 위에 사람이 있는 것을 보았습니까?"

"예. 누군가가 그 바위 무더기의 중간쯤에 있었는데, 그 바위에 말 타듯 올라타고 있었어요."

"바위를 밀고 있는 것 같다는 생각은 안 했습니까?"

"예, 그렇게 생각했어요. 그리고 왜 그럴까 하는 이상한 생각도 들었죠. 바위 중에서도 바깥쪽 끝에 있는 것을 그 남자는 밀고 있는 것 같았어요. 바위는 아주 큰 것뿐이어서 무겁고 도저히 밀 수 없을 것이라고 생각했습니다. 그런데도 그 남자인지 여자인지가 밀고 있는 사이에 흔들리게 된 것 같았어요."

"아가씨는 처음에는 그 남자라고 했는데, 지금은 그 남자인지 여자인지라고 했습니다, 크로퍼드 양. 어느 쪽이라고 생각했습니까?"

"그건, 전……그……그것은 남자라고 생각하지만, 그때는 그렇게 생각하지 않았거든요. 그 사람은……남자인지 여자인지는 몰라도 바지를 입고 풀오버를 입고 있었죠……목 부분이 남자용인 것 같은 풀오버였습니다."

"그 풀오버는 어떤 색이었나요?"

"상당히 야한 빨강과 검정의 체크무늬였습니다. 그리고 베레모 같은 것을 쓰고 있었는데, 그 뒤로 비교적 긴 머리칼이 삐져나와 있어서 여자 머리 같기도 하고 남자 머리 같기도 했어요."

"분명치 않다는 말이로군요." 스톡스 박사가 차디차게 말했다.

"요즘은 그런 머리만으로는 남성인지 여성인지 가려내기가 쉽지 않지요."

그는 잠시 말을 끊었다가 계속해서 말했다.

"그다음에는 어떻게 되었습니까?"

"바위가 구르기 시작했어요. 처음에는 흔들거리는 듯했다가 차츰 속도가 더해가더군요. 전 엠린에게 말했습니다―앗, 언덕 밑으로 바위가 떨어져요―하고. 그다음에는 그 바위가 굴러 떨어지는 굉장한 소리가 들렸죠. 그리고 그 아래쪽에서 비명이 들려온 듯이 들렸는데, 그건 제 느낌 탓이었는지도 몰라요."

"그다음에는?"

"우리는 좀 위쪽으로 뛰어 올라가서 언덕의 모퉁이를 돌아 방금 그 바위가 어떻게 되었는지 보았어요."

"그래, 무엇을 보았습니까?"

"우리가 본 것은 아래에 있는 오솔길 위에 방금 굴러내린 바위가 있었고, 사람의 몸이 그 바위에 깔려 있는 것이었습니다. 그리고 모두들 모퉁이 부근을 돌아서 그리로 뛰어왔어요."

"비명을 지른 것은 템플 양이었습니까?"

"그럴 거라고 생각해요. 어쩌면 모퉁이를 돌아서 달려온 사람들 중에서 누군가가 지른 소리일지는 모르지만. 아, 정말로……, 무서운 일이었지요."

"그래요, 정말 그렇죠. 그런데 아가씨가 본 위쪽에 있었다는 사람은 어떻게 되었습니까? 빨강과 검정 체크무늬의 풀오버를 입은 여자인가 남자인가는? 그 사람은 그때까지 그 자리에 있었나요?"

"그건 모르겠어요. 전 위쪽은 안 보았거든요. 전……, 전 사고 난 쪽에 정신이 팔려 있다가 언덕을 뛰어 내려갔어요. 뭐든 도울 일이 없을까 해서요. 잠깐 위쪽을 바라본 것 같기도 하지만 아무도 눈에 띄지는 않았습니다. 언덕의 비탈이 하나둘이 아니어서 사람 모습 같은 것은 금방 보이지 않거든요."

"그것은 당신네들 일행 중 하나가 아니었습니까?"

"그럴 리가 없지요. 우리들 중의 하나가 아니라는 것은 저도 분명히 말할 수 있습니다. 만일 그렇다면 분명히 알았을 거예요. 왜냐하면 입고 있는 것을 알거든요. 아무도 빨강과 검정색의 풀오버 같은 건 입은 사람이 없었으니까요."

"수고했습니다, 크로퍼드 양."

엠린 프라이스가 다음에 불려나갔다. 그의 이야기는 조안나의 이야기를 거의 복사한 것 같았다.

그 밖에도 몇 사람 더 증언이 있었지만, 그것은 별로 문제가 안 되는 일이었다.

검시관은 엘리자베스 템플이 죽게 된 원인의 증거가 충분치 못하고, 따라서 검시재판을 2주일 뒤로 연기한다고 선언했다.

마플 양의 방문

 검시재판을 마치고 골든 보어 호텔로 모두들 걸어서 돌아가는 동안 거의 아무도 입을 열지 않았다. 윈스티드 교수는 마플 양 옆에서 걷고 있었는데, 그녀의 걸음은 별로 빠른 편이 못 되어 다른 사람들보다 뒤처지게 되었다.
 "다음에는 어떻게 되는 거지요?" 결국 마플 양이 물었다.
 "법률적으로 말입니까, 아니면 우리의 일 말입니까?"
 "양쪽 다 말입니다." 마플 양이 말했다.
 "한쪽이 반드시 다른 한쪽에 영향을 줄 테니까요."
 "아마 그 젊은 두 사람의 증언에 나타난 것을 경찰은 한층 더 깊이 수사하게 되겠지요."
 "그렇겠군요."
 "좀더 집중적인 수사가 필요하겠지요. 검시재판은 연기 안 할 수가 없습니다. 검시관은 도저히 우발적인 사고라는 판결은 내릴 수 없을 테니까요."
 "그렇겠지요. 저도 그건 알고 있습니다." 그녀가 말했다.
 "그 두 사람의 증언을 당신은 어떻게 생각하시나요?"
 윈스티드 교수는 그 벼랑처럼 튀어나온 눈썹 밑에서 날카로운 시선을 똑바로 향한 채 되물었다.
 "그 점에 대해서 무슨 생각이라도 있습니까, 마플 양?" 의향을 떠보려는 듯한 어조였다.
 "물론 우리는 그 두 사람이 어떤 말을 할 것인지 미리부터 알고 있었지요."
 "그렇죠."
 "부인이 제게 물어본 그 의미는 제가 그들에 대해서 어떻게 생각하고 있는

가, 그들이 이번 일을 어떻게 생각하고 있는가 하는 것이겠지요?"

"그건 재미있는 일이에요." 마플 양이 말했다.

"아주 재미가 있지요. 빨강과 검정의 체크무늬 풀오버. 꽤 중요하다고 저는 생각하는데, 어떨까요? 마음이 끌리는군요."

"사실 그렇습니다."

교수는 또다시 그 눈썹 밑에서 날카로운 시선을 그녀에게 보내며, "부인은 그 풀오버에 대해서 어떤 인상을 받았습니까?" 하고 물었다.

"제 생각은……" 마플 양이 말했다.

"제 생각으로는 그 풀오버의 특징이 귀중한 실마리가 되지 않을까 싶답니다."

모두들 골든 보어 호텔에 닿았다. 겨우 12시 30분이 조금 지난 시각이라 점심식사로 들어가기 전에 가벼운 음료수를 마시고 있을 때 샌본 부인이 자기 생각을 말했다. 셰리주며 토마토 주스, 그 밖의 술 등을 여럿이서 마시는 동안에 샌본 부인은 모두에게 광고사항을 알리고 있었다.

"저는 검시관과 더글러스 총경 두 사람에게서 조언을 들었습니다." 그녀가 말했다.

"의학상의 증거가 충분히 나오면 내일 11시에 교회에서 장의추도식이 열린답니다. 그에 대한 준비는 이 지구의 교구목사 코트니 씨와 의논하겠습니다. 그 다음 날부터 우리들의 여행을 새로 계속하는 것이 가장 좋을 것으로 생각합니다. 일정은 3일간의 공백이 있었으니까 약간 변동은 있겠지만, 되도록 간단히 해서 재편성할 수 있을 겁니다. 우리 일행 중에서 한두 사람은 런던에 돌아가시겠다고 했습니다. 아마 기차 편이 되겠지요. 그 기분은 저도 이해할 수 있습니다. 따라서 저는 여러분의 뜻에 반대할 생각은 없습니다. 이번 사망 사건은 참으로 슬픈 일이었습니다. 저는 템플 양의 죽음은 우연한 결과였다고 믿지 않을 수가 없습니다. 이런 일은 그전에도 그 오솔길에서 생긴 적이 있었으니까요. 이번 경우에는 사고를 일으킬 지리적, 또는 기상적인 원인은 없었습니다만. 여하튼 좀 더 철저한 조사가 이루어져야 된다고 생각하고는 있습니다. 물론 도보여행 같은 것을 나간 하이커라든가 뭐 그런 사람이 별 생각 없이 그 남자인지 여자인지가 자신이 하는 일이 밑을 지나가는 사람에게 위험하다는 생각조차 없이 바위를 밀어냈는지도 모릅니다. 만일 그렇다고 하고, 또 그 사람이 자진해서 나선다면 모든 일은 즉시 명백해지겠지만, 지금으로서는 바랄 수 없는 일이라고 저도 생각합니다. 돌아가신 템플 양에게 적이 있었다거나 그분에게 해를 가하려는 사람이 있었다고는 아무래도 생각되지 않습니다. 제가 말씀드리고 싶은 것은 우리는 이 문제를 두고 더 이상 왈가왈부하지 말자는 겁니다. 조사는 그것이 업무인 이 지방의 당국이 할 일입니다. 내일 교회에서 열리는 추도식에는 여러분 모두 참석해 주실 줄 압니다. 그리고 그다음에 여행을 다시 계속하면 우리들이 받은 충격도 사라질 것이 아닌가 하는 기대를 갖고 있습니다. 아직도 아주 흥미진진하고 또 볼 만한 저명한 저택이나 굉장히 아름다운 경치들이 얼마든지 있으니까요."

그 바로 뒤에 점심식사 연락이 와서 그 문제는 더 이야기할 수 없었다. 다른 말로 하자면 공식적으로는 거론되지 않았다는 것이다. 점심식사를 마치고 모두들 로비에서 커피를 마시며 몇 개의 작은 그룹으로 나뉘어 앞으로의 계획을 의논하고 있었다.

"부인은 여행을 계속하실 겁니까?" 원스티드 교수가 마플 양에게 물었다.

"아뇨." 마플 양이 골똘히 생각하듯이 말했다.

"아녜요. 저는……, 저는 그래요……. 이번에 일어난 일 때문에 좀더 여기에 남고 싶은 기분이랍니다."

"골든 보어 호텔에 말입니까, 아니면 옛날 영주의 저택에 말입니까?"

"그것은 제가 다시 초대를 받고 그 옛날 영주의 저택에 가게 되느냐 아니냐에 달려 있는 일이라고 생각하는데요. 제가 먼저 그런 부탁을 하고 싶지는 않군요. 그건 여행단 일행이 원래 이곳에서 묵게 되어 있었던 이틀 밤만 초대된 것이었으니까요. 글쎄, 저로서도 골든 보어 호텔에 남는 것이 좋을 것 같은 생각도 드네요."

"세인트 메리 미드에 돌아가고 싶지는 않으십니까?"

"예, 아직은요." 마플 양이 말했다.

"아직 한두 가지 여기서 제가 할 수 있는 일이 있을 것 같거든요. 한 가지는 이미 끝냈답니다."

뭔가 묻고 싶어하는 교수의 눈과 마주쳤다.

"당신이 만일 이대로 일행들과 함께 가시겠다면." 그녀가 말했다.

"제가 손대고 있는 것을 말씀드려서 조금은 조사에 도움이 되는지도 모르는 제안을 하겠습니다. 여기에 머무르기로 한 또 하나의 이유는 언제고 다음에 말씀드리지요. 좀 조사를 해보고 싶은 일이 있거든요. 이 지방에 대해서 말이에요. 이것은 완전한 헛수고가 되는지도 모르는 일이라서 지금은 말씀드리지 않는 것이 좋을 것 같군요. 그런데 당신은 어떻게 하시겠습니까?"

"저는 런던으로 갈까 합니다. 일도 밀려 있어서요. 하지만 여기서 부인을 도울 일이 없을 때에 한해서입니다만."

"아니, 지금으로선 없다고 생각되는군요."

"이번 여행은 부인을 만나는 것이 제 목적이었으니까요, 마플 양."

"그래서 당신은 저를 만나서 제가 알고 있는 것, 아니 제가 알고 있는 것의 거의 전부를 알게 되셨으니 그 밖에도 하셔야 할 조사가 하나둘이 아니겠지요. 잘 알고 있습니다. 하지만 돌아가시기 전에 한두 가지 도움이 되는지, 혹 무슨 결과라도 나오게 되는지 모른다고 생각되는 일이 있답니다."

"뭐 좋은 생각이라도 있으십니까?"

"저는 당신이 한 말을 기억하고 있어요."

"악의 냄새가 난다는 말씀은 아닌가요?"

"분위기 속에 잘못된 것이 있다는 것을 분명하게 집어내기란 쉬운 일이 아니죠."

"그러나 분위기 속에 뭔가 잘못된 것이 있다는 것을 느끼신 거지요?"

"예, 아주 분명하게."

"그리고 그것은 특히 템플 양의 죽음이 있었기 때문인가요? 그 여자의 죽음은 말할 것도 없이 샌본 부인이 아무리 원해도 사고가 아니니까요."

"그렇죠. 그건 사고가 아니지요. 당신에게는 말씀드리지 않았다고 생각됩니다만, 템플 양이 제게 한 말이 있어요—자기는 순례(巡禮) 여행을 하고 있다고."

"재미있군요." 교수가 말했다.

"예, 재미있습니다. 무슨 순례며 어디로 가는 순례인지, 또 누구를 위한 것인지는 말하지 않았나요?"

"예." 마플 양이 말했다.

"그 여자가 좀더 생명이 붙어 있고, 또 그렇게까지 지친 상태가 아니라면 제게 이야기했을는지도 모르지요. 하지만 불행하게도 죽음이 너무 빨리 와버렸답니다."

"그래서 그것에 대해서는 더 이상의 소감은 없으시다는 말씀이군요."

"예. 하지만 그 여자의 순례여행은 악의 계략에 의해서 중단이 되어버린 것이라고 저는 확신하고 있답니다. 무엇인가가 그 여자에게 거기에 가지 못하도록 해서 그 여자가 가고 싶어한 사람에게 가지 못하게 한 거예요. 이 일을 해명하는 데는 오직 기회와 하나님의 섭리에 희망을 걸 뿐이지요."

"부인이 여기서 머무는 이유는 그것이군요?"

"그것만은 아니랍니다." 마플 양이 말했다.

"노라 브로드라는 젊은 여자에 대해서 좀 조사해 볼 것이 있거든요."

"노라 브로드." 교수는 영문을 모르겠다는 얼굴이었다.

"베리티 헌트가 행방불명이 된 것과 거의 같은 무렵에 행방불명이 된 또 한 여자예요. 당신이 그 여자에 대해서 제게 이야기한 것은 기억하고 계시지요? 남자친구가 많았으며, 언제든 수많은 남자친구를 갖고 싶어하던 여자라고 하셨지요. 어리석은 여자지만 남성에게 있어서는 정말 매력이 있었답니다. 그 여자에 대한 것을 좀더 알게 되면 제 조사에 도움이 될는지도 모른다는 생각이 드는군요."

"부디 좋으실 대로 하시지요, 마플 경감님." 원스티드 교수가 말했다.

장례는 다음 날 아침에 치러졌다. 여행단 일행 전원이 참석했다. 마플 양은 교회 안을 둘러보았다. 이 지방 사람도 몇 명인가 와 있었다. 글린 부인도 와 있었고, 언니인 클로틸드도 와 있었다. 가장 아래인 앤시아는 오지 않았다. 한두 명 마을 사람도 와 있는 듯했다. 아마 템플 양을 알아서가 아니고, 이제는

'이상한 알'이라는 말로 수군대기 시작한 이번 일에 대한 이상한 호기심에서 일 것이다. 그리고 늙은 목사도 한 분 있었다―각반을 하고 있으며, 일흔은 훨씬 넘었다고 마플 양은 생각했다. 백발이 잘 어울리고 어깨가 널찍한 노인이었다. 발이 좀 불편한지 꿇어앉거나 일어서는 동작이 힘들어 보였다. 상당히 훌륭한 얼굴이라고 마플 양은 생각했다―대체 이 사람은 누구일까 하는 생각도 들었다. 어쩌면 엘리자베스 템플의 옛날 친구여서 이 장례식에 참석하기 위해서 멀리서 이곳까지 찾아왔는지도 모르는 일이다.

교회에서 나올 때에 마플 양은 자기와 함께 온 여행 동료들과 한두 마디 말을 주고받았다. 그녀는 누가 어떻게 할 것인지 이미 다 알고 있었다. 버틀러 부부는 런던으로 돌아가기로 되어 있었다.

"난 말이에요. 헨리에게 얘기했답니다. 도저히 이대로는 여행을 계속할 기분이 안 난다고요." 버틀러 부인이 말했다.

"난 말이지요, 하루 종일 언제나 길모퉁이를 돌고 있을 때에 어떤 사람이 우리에게 총을 쏠지도 모르고, 돌을 던질는지도 모른다는 생각이 들어서 견딜 수가 없어요. 영국의 저명한 저택 같은 곳에서 누군가가 기다리고 있다가 덤벼들는지도 모르는 일이고"

"이봐, 메이미." 버틀러 씨가 말했다.

"그런 터무니없는 생각을 해선 안 돼!"

"아니에요, 당신은 요즘 세상 돌아가는 걸 모르시는군요. 하이잭이니 납치니 그 밖에도 별별 일이 다 있다고요, 어디를 가도 마치 무방비인 것 같은 생각이 드니."

럼리 양과 벤덤 양, 두 노파는 걱정이 사라졌는지 여행을 계속하기로 했다.

"우리들은 이 여행에 상당히 많은 돈을 냈는데 이런 사고쯤 일어났다고 단념하기는 억울해요. 어젯밤에 우리는 그 아주 친절한 우리 이웃 사람들에게 전화해서 우리들의 고양이를 잘 돌봐달라고 부탁해 두었으니까, 이제 걱정할 것은 없어요."

럼리 양과 벤덤 양에게는 그 일이 더 걱정스러웠던 것이다. 그렇게 해두니 기분이 한결 나아진 듯했다.

라이즐리 포터 부인도 여행을 계속하기로 했다. 워커 대령부부는 모레 가기로 되어 있는 정원의 아주 진귀한 퓨셔 품종들을 무슨 일이 있어도 보지 않을 수는 없다고 마음먹고 있었다. 건축가인 제임슨도 자기에게는 특히 관심이 있는 갖가지 건축물을 보고 싶은 생각으로 가득 차 있었다. 그러나 캐스퍼 씨는 기차 편으로 돌아가겠다고 했다. 쿡 양과 배로 양은 결심을 못하고 있는 것 같았다.

"이 부근에는 걷기에 좋은 곳이 있을 거예요." 쿡 양이 말했다.

"우리는 조금 더 골든 보어 호텔에 있었으면 해요. 마플 양도 그렇게 하시는 거지요?"

"예, 그럴 생각입니다." 마플 양이 말했다.

"아무래도 이대로 여행을 계속하고 싶은 생각이 없어서요. 그런 일이 있은 뒤라서 하루나 이틀쯤 쉬었으면 해요."

사람들이 모두 제각기 흩어지고 난 다음에 마플 양은 사람들 눈에 띄지 않는 자기만의 코스를 택했다. 핸드백에서 노트를 찢은 종이 한 장을 꺼냈다. 거기에는 전에 적어두었던 두 개의 주소가 적혀 있었다. 그 첫 번째 것이 블라켓 부인이 사는 곳이었다. 길이 골짜기를 향해 내려가고 있는 그 끝에 있는 조용하고 아담한 집이었다. 몸집이 작고 단정한 여자가 문을 열었다.

"블라켓 부인이신가요?"

"예, 그렇습니다만."

"잠깐 폐를 끼쳐도 되겠는지요? 한 1~2분 말씀을 나누고 싶은데요. 저는 이제 막 장례식을 마치고 돌아가는 길인데, 좀 어지러워서 한 1~2분만 쉬었다가 갔으면 하는데요."

"오, 저런. 그거 큰일이군요. 자, 이리 들어오세요. 이리로 앉으세요. 찬물을 한 잔 가져오지요. 아니, 더운 차를 드릴까요?"

"아니, 괜찮아요." 마플 양이 말했다.

"찬물 한 잔이면 돼요."

블라켓 부인은 물컵을 가져다 놓고 병에 대한 이야기, 현기증에 대한 이야기 등을 신나게 해나갔다.

"저, 제 사촌이 그렇답니다. 아직 그럴 나이도 아닌데, 쉰을 엊그제 지났는데 가끔 어지러워서 얼른 앉지 않으면—참 이상하지요, 어떨 때는 그 자리에 쓰러져서 정신을 잃기까지 한답니다. 정말 겁나요. 그런데 의사라는 양반은 어떻게 해줄 수도 없는가 봐요. 자, 찬물을 마셔 보세요."

"아아!" 마플 양은 물을 마시고 나서 말했다.

"이젠 기분이 많이 좋아졌는데요."

"장례식에 가셨다고요, 그 사고인지 살해당했는지 하는 소문이 들리는 그 여자의 장례식인가요? 그건 늘 있는 사고예요. 하지만 그 검시재판인가 검사관인가 하는 그런 사람들은 무슨 일이나 범죄사건으로만 생각하는 버릇이 있답니다."

"아, 그렇죠." 마플 양이 말했다.

"가끔 그런 일이 있었다는 말은 듣긴 했지만 정말 끔찍하군요. 나는 말이지요, 노라 브로드라는 여자 이야기를 꽤 여러 번 들었답니다. 노라 브로드라고 발음하나요?"

"예, 노라예요. 그 아이는 내 사촌의 딸인데요, 벌써 꽤 오래되었죠. 어디론가 가버려서는 돌아오지 않는 겁니다. 그런 계집애들은 말려도 소용없어요. 나는 가끔 낸시 브로드에게(그것이 내 사촌인데) 말해 주었어요—너는 하루 온종일 일하러 나가 있기만 하지, 노라가 무슨 짓을 하고 있는지 알고나 있니? 그 아이는 사내를 좋아하는 타입이야—라고 말이에요. 머지않아 골치 아픈 일이 생길 거야. 골치 아픈 일이 안 생기면 내 손에 장을 지져라—그랬지요. 그랬더니 아니나 다를까 내가 말한 그대로 되어버리고 만 거예요."

"그대로라뇨?"

"그 골칫거리 말이에요. 그래요, 배가 불러온 거랍니다. 그런데 내 사촌인 낸시는 까맣게 모르고 있었나 봐요. 하지만 나는 이미 세상을 65년이나 살았으니 어지간한 일은 다 알지요. 계집애들은 그 태도로 알 수 있어요. 상대가 누구라는 것도 알지만, 물론 확실한 건 아니지요. 내 짐작이 틀렸는지도 모르지만, 그 사내는 계속 여기에 살고 있고, 노라가 없어졌을 때에는 그야말로 꽤나 슬퍼했으니까요."

"어디론가 가버린 뒤는 그만이군요?"

"그래요, 누군가—모르는 남자에게 꼬드겨서 차에 탔겠지요. 그것이 그 아이를 마지막으로 본 거니까. 그 차가 어떤 차였는지 이젠 잊어버렸습니다만. 차 이름이 좀 이상했어요. 오디트라든가 뭐 그런 이름이었어요. 여하튼 그 차에 타고 있는 것을 한두 번 본 일이 있었어요. 그러니 그 차에 타고 가버린 거지요. 그리고 소문에는 그 차에 태워가서 죽여버렸다는 거예요. 하지만 나는 노라가 그렇게 되었다고는 생각지 않는답니다. 만일 노라를 누가 죽였다면 지금쯤은 시체가 발견되었을 거예요. 그렇지 않겠어요?"

"그런 생각이 드는군요." 마플 양이 말했다.

"그 아가씨는 학교에는 잘 다녔나요?"

"아니, 아니에요. 게으름뱅이라서 학교 성적도 나빴어요, 겨우 열두 살 때부터 오직 사내아이들에게만 정신이 팔려 있었으니까. 결국 그 아이는 누군가와 어디론가 도망가 버리고 말았지요. 절대 아무에게도 소식을 보내지 않았답니다. 엽서도 한 장 안 보내는걸요. 틀림없이 누군가의 꾐에 빠져서 그 사내와 가버린 거예요. 또 한 명 내가 아는 여자가 있었어요(하긴 그건 내가 젊었을 때지만). 아프리카인에게 가버린 여자가 있었답니다. 사내는 자기 아버지가 추장인가 뭐라더군요. 어쩐지 좀 이상한 말이지만 분명히 추장이라고 했어요. 어쨌든 아프리카인가 알제리인가, 그래요, 알제리예요. 거기 어디랍니다. 그리고 그 여자는 여러 가지·멋진 것들을 뭐든지 가질 수 있다는 겁니다. 그 사내의 아버지는 낙타를 여섯 마리나 가지고 있다고 그 여자가 말하더군요. 그리고 말 같은 것도 얼마든지 있고, 굉장히 으리으리한 집에 산다나—벽에는 모두 양탄자가 걸려 있답니다. 이상한 데다 양탄자를 두르기도 하지요. 그래서 그 여자는 가버렸답니다. 3년이 지난 뒤 돌아오더군요. 정말 죽도록 고생만 했다는 거예요. 둘은 진흙으로 만든 더럽고 조그만 집에서 살았나 봐요. 그렇대요. 그리고 먹는 것이라고는 코스코스라는 것뿐이고, 다른 것은 아무것도 없었다는군요. 그 코스코스라는 것은, 나는 상추인가 했더니 아무래도 그렇지 않은가 봐요. 그것과 밀가루 찌꺼기로 만든 푸딩 같은 것이래요. 너무했어요, 정말. 그리고 마지막에는 사내가 그 여자에게 너는 이제 틀렸으니까 이혼한다고 하더래요. 사내가 그냥, '나는 너와 이혼한다'를 세 번만 말하면 된대요. 그래서 사내는 그렇게 말하고 어디론가 가버렸는데, 그곳 무슨 협회 같은 곳에서 그 여자를 도와주어서 고향인 영국에 돌아오는 여비도 대주었다는군요. 그래서 돌아온 거래요. 하지만 이건 벌써 30~40년 전에 있었던 얘기지요. 그래요. 그런데 노라 말인데요, 아직 7년인가 8년밖에 안 됐으니까, 틀림없이 돌아올 거예요—완전히 녹초가 되어서 말이에요. 멋진 말을 듣고 갔는데 그것이 하나도 멋지지 않은 것을 알면 돌아올 거예요."

"그 여자는 이 고장에서 자기 어머니, 그러니까 당신 사촌 말고 찾아갈 곳이 또 있나요? 누군가 그……."

"글쎄요, 그 아이에게 잘 해준 사람이 많긴 하지만, 그 옛날 영주의 저택에 사시는 분들도 잘 해주셨지요. 글린 부인은 그 무렵에는 없었지만, 클로틸드 양은 학교 다니는 여자애들에게는 언제나 잘 해주었지요. 예, 노라도 여러 번 멋진 선물을 받곤 했어요. 한번은 아주 멋쟁이 스카프와 예쁜 드레스도 주었지요. 그 드레스는 진짜 멋있었어요. 여름 드레스인데, 풀라 실크였던가 그랬답니다. 아, 그분, 참 친절한 분이지요, 클로틸드 양 말입니다. 노라가 좀더 학교 공부에 재미를 붙이도록 정말 열심히 애써 주었답니다. 그리고 그 아이가 하고 있는 짓을 그만두라고 충고도 해주었어요. 이런 이야기를 내 입으로 하고 싶지는 않지만 그 아이가 사내들과 한 짓은 너무했어요. 누구든지 그 아이를 손에 넣을 수가 있었으니까요. 정말 어처구니가 없어요. 나중에는 너 그러다가 매춘부가 되겠다고 내가 그랬지요. 그 아이의 장래는 그것밖에 없다는 생각마저 들었거든요. 이런 말까지는 하고 싶지 않았지만 사실이니까 어쩔 수가 없지요. 그건 여하튼 그 옛날 영주의 저택에 살았던 헌트 아가씨처럼 누구에게 죽는 것보다야 낫겠지요. 정말 그건 너무했어요. 경찰에서도 여러 가지로 바쁘니까 누군가와 어디로 갔겠지 하고 생각한 모양이에요. 나중에 가서야 이상한 생각이 들었는지 여기저기로 물어보고 다녔지요. 그 아가씨와 함께 있었던 적이 있는 젊은 사람들을 잡아다가 경찰수사에 협력하라고 했다더군요. 제프리 그랜트라든지 빌리 톰슨, 그리고 래퍼드 가문의 해리라든가 그런 녀석들이지요. 모두 실업자지요—일거리는 얼마든지 있어요. 하려고만 하면. 우리가 젊었을 때는 이렇지는 않았어요. 여자아이들도 행실이 발랐지요. 또 젊은 남자아이들도 뭐라도 되려고 생각하면 일을 해야 된다는 것쯤은 알고 있었다고요."

마플 양은 이제 기분이 좋아졌다면서 블라켓 부인에게 인사하고 나왔다.

그녀가 다음에 찾아간 것은 상추를 재배하고 있는 젊은 여자였다.

"노라 브로드 말인가요? 그 아이는 벌써 몇 년 전부터 이 마을에는 없어요. 누군가와 어디로 가버렸어요. 그 아이는 남자들에게 꽤 인기가 있었죠. 나중에 어떻게 될까 싶었답니다. 무슨 특별한 이유라도 있어서 그 아이를 만나려는 건가요?"

"외국에 가 있는 내 친구에게 편지가 와서요." 마플 양은 거짓말을 했다.

"그 친구는 아주 훌륭한 집안인데 노라 브로드 양을 고용할 생각인 모양이에요. 그 노라라는 여자가 아주 어려운 처지에 있는가 봐요. 좀 깡패 같은 사람과 결혼을 했는데, 그 남자는 여자를 버리고 다른 여자와 함께 어디론가 가버려서, 그 여자는 아기를 키우기 위해 일자리를 찾고 있는 모양이에요. 내 친구는 그 여자에 대해서는 아무것도 모르지만, 내가 알기로는 그 여자가 이곳 출신이라는 생각이 나서요. 그래서 누군가 그 여자에 대한 것을 이야기해 줄 분은 없을까 해서요. 그런데 당신은 그 여자와 같은 학교를 다녔다고요?"

"예, 우리는 같은 반이었어요. 하지만 미리 말씀드리는데요, 저는 노라의 행실에는 반대했답니다. 그 아이는 남자에 미쳐 있었어요. 저는 그 무렵에 좋은 남자친구가 있어서 진실하게 잘 지내고 있었기 때문에 그 아이에게도 충고해 주었죠—톰이나 딕, 해리 같은 애들하고 그렇게 생각 없이 사귀는 건 좋지 않다고요. 차에 태워 준다거나 술집에 데려가는 걸 조심하라고 했죠. 술집에 가면 자기 나이를 숨겼어요. 그 아이는 누구나 다 제 나이보다 더 보았거든요."

"머리칼은 검정이었나요, 아니면 금발?"

"아, 그래요, 그 아이는 까만 머리였어요. 아주 예쁜 머리였죠. 언제든지 소녀들이 잘하고 다니는 풀어진 머리를 하고 있었어요."

"그 여자가 없어졌을 때에 경찰은 그 여자를 열심히 찾았나요?"

"예, 그 아이는 누구에게 한마디도 남기지 않고 가버렸어요. 어느 날 밤 가버리고는 돌아오지 않는 거랍니다. 그 아이가 차를 타는 것을 본 사람이 있지만, 그 뒤로는 그 차를 본 사람도 없고 그 아이를 본 사람도 없대요. 마침 그 때 살인사건이 여러 개 일어났죠. 이 부근만이 아니고 나라 안에 온통 말이에요. 경찰은 청년이나 소년들을 못살게 굴었답니다. 노라는 벌써 죽었을지 모른다고 경찰은 생각했나 봐요. 하지만 노라는 죽지는 않을 거예요. 그 아이라면 끄떡없어요. 저보고 말하라면, 런던이나 그런 큰 도시에서 스트립을 해서 돈깨나 벌었을 거예요. 노라는 그런 아이였지요."

"그렇다면—." 하고 마플 양이 말했다.

"아무래도 내가 말하는 사람과 같은 이가 아닌 것 같고, 또 내 친구에게도 적당한 사람이 아니겠구먼."

"그 아이가 그런 일자리에서 일을 하자면 사람이 변해도 많이 변해야 될걸요." 그 여자가 말했다.

브라바존 부주교(副主敎)

 마플 양이 좀 지쳐서 골든 보어 호텔에 돌아와 보니 접수를 담당하고 있는 아가씨가 접수 칸막이에서 나와서 그녀를 맞았다.
 "저, 마플 양, 부인에게 손님이 와 계시는데요. 브라바존 부주교세요."
 "브라바존 부주교?" 마플 양은 의아한 얼굴을 했다.
 "예, 부인을 찾으셨어요. 부인이 이 여행에 함께 오셨다는 이야기를 들으시고 여기서 떠나시거나 런던으로 돌아가시기 전에 부인에게 하고 싶은 이야기가 있다고 하셨습니다. 제가 그 손님들 중에는 오늘 오후에 기차 편으로 런던에 돌아가시는 분도 계시다고 말씀드렸더니 부주교님께서는 부인이 어디 나가시기 전에 꼭 만나보시겠다고 하시는군요. 그래서 텔레비전실에서 기다리시게 했습니다. 그 방이 조용해서요. 다른 방은 지금 아주 소란하거든요."
 약간 놀란 얼굴을 하고서 마플 양은 가르쳐 준 방으로 가보았다. 브라바존 부주교는 장례식 때 눈에 띈 바로 그 늙은 목사였다. 그는 일어나서 그녀 쪽으로 다가왔다.
 "마플 양 맞습니까? 제인 마플 양 말입니다."
 "예, 제가 제인 마플입니다만, 무슨……."
 "나는 부주교인 브라바존입니다. 실은 제 옛 친구 엘리자베스 템플 양의 장례식에 참석하려고 오늘 아침에 이곳에 온 사람입니다."
 "아, 그러세요. 그리로 앉으시지요." 마플 양이 말했다.
 "고맙습니다. 그럼 앉겠습니다. 이제는 젊었을 때 같지 않아서." 하면서 그는 조심스럽게 의자에 앉았다.
 "그런데—." 마플 양이 그의 곁에 앉았다.

"저를 만나겠다고 하셨다면서요?"

"그 이유를 말씀드려야겠습니다. 저는 부인에게 아주 낯선 사람이라는 것은 잘 알고 있습니다. 사실은 제가 캐리스타운의 병원으로 갔다가 이쪽 교회로 오기 전에 수간호사에게 이야기를 들었습니다. 그녀의 이야기로 엘리자베스가 세상을 떠나기 전에 여행단 중 어느 분을 만나고 싶어했다는 것을 알았습니다. 제인 마플 양이라는 분을 말입니다. 그리고 그 제인 마플 양이 엘리자베스에게 와서 그녀가 죽기 전에 잠깐 동안 함께 있어 주었다고 하더군요." 하고 그는 걱정스러운 얼굴로 그녀를 쳐다보았다.

"예, 모두 그대로예요." 마플 양이 말했다.

"실은 저를 찾는다기에 좀 놀랐는데요."

"부인도 그녀와 오랜 친구 사이입니까?"

"아뇨." 마플 양이 말했다.

"이번 여행에서 만났을 뿐인걸요. 그래서 저도 놀랐지요. 우리는 버스 안에서 가끔 옆자리에 앉게 되어서 서로의 생각을 이야기해 가며 아주 친하게 되었답니다. 하지만 그렇게 중태에 빠져서 저를 만나고 싶어한다는 말에는 놀랐답니다."

"예, 잘 압니다. 그녀는 아까도 말씀드렸듯이 제게는 아주 옛날 친구입니다. 가끔 저를 찾아와 주곤 했지요. 저는 필민스터에 살고 있는데, 그곳이 실은 모레 여러분들의 관광버스가 와서 묵게 될 곳입니다. 그래서 그녀는 틈을 내어 저를 찾아와 여러 가지 이야기를 듣고 제 도움을 받고 싶다고 했습니다."

"알겠어요." 마플 양이 말했다.

"한 가지 질문을 해도 될까요? 너무 당돌한 질문이 되는지도 모르겠는데."

"예, 사양 마시고, 마플 양 무슨 말씀이든지 물어보시지요."

"템플 양이 제게 한 말 중 하나인데요, 이 여행에 참가한 것은 단지 역사적인 저택이나 정원을 구경하기 위해서만이 아니었다고 하더군요. 그것을 그 여자는 보통 사람들은 흔히 쓰지 않는 말로 했답니다—순례의 여행이라고요."

"그렇게 말했다고요?" 브라바존 부주교가 말했다.

"정말 그렇게 말했나요? 예, 그거 흥미 있는 말이군요. 그뿐만 아니라 대단히 중요한 일이 아닌가 합니다."

"그래서 제가 물어보고 싶은 것은, 그녀가 말한 순례의 여행이란 당신을 방문하는 것이었다고 생각하시는지요?"

"그럴 것도 같군요." 부주교가 말했다.

"예, 그렇다고 생각합니다."

"우리는 어떤 젊은 처녀에 대해서 이야기를 나누고 있었지요." 마플 양이 말했다.

"베리티라고 하는 젊은 처녀에 대해서 말입니다."

"아, 예. 베리티 헌트."

"저는 그 성을 모르고 있었어요. 템플 양은 분명히 그냥 베리티라고만 했답니다."

"베리티 헌트는 죽었습니다." 부주교가 말했다.

"벌써 몇 년 전에 죽었습니다. 그 사실을 알고 계셨습니까?"

"예, 알고 있었죠. 템플 양과 저는 그 처녀에 대해서 이야기했답니다. 저는 모르고 있었는데 템플 양은 이야기해 주었지요. 베리티는 래필이라는 사람의 아들과 결혼하기 위해 약혼했었답니다. 래필 씨라는 사람은 제 친구지요. 래필 씨가 이번 이 여행의 비용도 저에 대한 단순한 친절로 대 주신 거랍니다. 하지만 제 생각에는 래필 씨가 아마……, 실은 제가 이 여행에서 템플 양과 만나기를 원했다고 하기보다는 만나도록 유도했다고 생각해요. 그녀가 제게 어떤 정보를 줄 수 있을 것이라고 래필 씨는 생각했었나 봐요."

"베리티에 대한 정보 말인가요?"

"예."

"그래서 그녀는 제게로 오게 되어 있었군요. 어떤 사정을 그녀는 알고 싶었던 겝니다."

"그녀가 알고 싶어한 것은—." 마플 양이 말했다.

"왜 베리티가 래필 씨 아들과의 약혼을 취소했는가 하는 것이지요."

"베리티는 약혼을 취소하지 않았답니다." 브라바존 부주교가 말했다.

"거기에 대해서는 저는 확신을 가지고 있지요. 절대로 확실합니다."

"템플 양은 그것을 모르고 있었나요?"

"예. 그녀는 영문을 몰라 기분이 상해서 왜 결혼이 이루어지지 않았는지 제게 물어보려고 오는 길이었다고 생각되는군요."

"그럼 왜 결혼이 이루어지지 않았나요?" 마플 양이 물었다.

"부디 지나친 참견이라고는 생각지 말아 주세요. 제가 이렇게 하고 있는 건 단순한 호기심에서가 아니랍니다. 저도 실은, 순례의 여행이라고까지는 할 수는 없지만, 어떤 사명 같은 것을 갖고 있답니다. 저도 왜 마이클 래필과 베리티 헌트가 결혼하지 않았는지 그 이유가 알고 싶은 거랍니다."

부주교는 잠시 동안 가만히 마플 양을 바라보고 있었다.

"부인도 상당히 깊이 관계하고 계시는군요. 저는 알 수 있습니다."

"저는 마이클 래필의 아버지의 유지에 따라서 깊이 관여하게 되었답니다. 이런 일을 해달라는 부탁을 받은 셈이지요."

"제가 알고 있는 것을 부인에게 이야기하지 않을 수가 없군요." 천천히 부주교가 말했다.

"부인은 엘리자베스 템플이 제게 물었어야 할 만한 것을 묻고 있습니다. 저 자신도 모르는 일을 묻고 있는 겁니다. 마플 양, 그 두 젊은이는 결혼할 생각을 하고 있었지요. 제가 그 두 사람의 결혼 주례를 맡기로 되어 있었거든요. 이것은 비밀리에 하는 결혼이구나 하고 저는 생각했지요. 저는 그 젊은이들을 양쪽 다 알고 있었습니다. 베리티는 아주 옛날 귀여운 아기 때부터 알고 있었죠. 그 아이의 견진례(堅振禮)도 제가 집전해 주었고, 또 저는 언제나 렌트에서 예배를 거행했는데, 부활절이나 그 이외의 경우에는 엘리자베스 템플의 학교에서 예배를 올렸습니다. 참으로 훌륭한 학교였지요. 그리고 그녀 또한 훌륭한 여자였고 훌륭한 선생님이었지요. 학생들 하나하나의 소질을 잘 이해하여, 어느 여학생에게는 어떤 공부가 필요한지에도 대단한 센스가 있었답니다. 여학생의 장래에 대해서도 바람직한 길을 가도록 권유하지만, 결코 자기의 생각이 옳다고 강요하는 일은 없었습니다. 그녀는 여성으로서도 위대했으며, 또한 정이 많은 친구이기도 했지요. 베리티는 제가 만난 아이 중에서는 가장 아름다운 아이라고 할까요, 그런 소녀였답니다. 얼굴만이 아니고 생각이나 마음도 아름다운 소녀였지요. 완전히 어른이 되기 전에 부모님을 잃은 것은 커다란 불행이었습니다. 부모님은 휴가차 이탈리아로 가는 도중에 비행기 사고로 죽었지요. 베리티는 학교를 나와서, 아마 부인도 아실 줄 압니다만, 이곳에 살고 있는 클로틸드 브래드베리스코트 양 댁에 와서 지내게 되었지요. 클로틸드 양은 베리티 어머니의 친구였습니다. 클로틸드의 자매는 셋인데, 둘째는 결혼해서 외국에서 살았고, 여기서 살고 있었던 것은 둘뿐이었습니다. 가장 위인 클로틸드가 베리티를 굉장히 귀여워했지요. 그 아이를 행복하게 해주기 위해서 정성을 다했습니다. 외국에도 한두 번 데려가 주었고, 이탈리아에서 그림 공부를 받도록 해주고, 모든 방법으로 정말 마음 깊이 그 아이를 사랑하고 뒤치다꺼리를 해주었답니다. 베리티도 또한 차츰 그녀를 사랑하게 되어 아마 자기 어머니 못지않은 사람으로 대하고 있었을 겁니다. 완전히 클로틸드에게 의지하게 된 거죠. 클로틸드 역시 지성이 뛰어나고 충분한 교육을 받은 여자였습니다. 그녀가 베리티에게 대학으로 진학할 것을 강요하지 않은 것은, 이건 제 추측입니다만, 베리티가 대학 진학보다는 그림이나 음악과 같은 공부를 더욱 좋아한 탓이 아닌가 합니다. 그 애는 이곳 옛날 영주의 저택에 와서 살면서 정말 행복해 하는 것 같았답니다. 그리고 그 아이가 이리로 오고 난 뒤로는 자연히 만나는 일도 별로 없어졌지요. 왜냐하면 제가 있는 교회는 필핀스터에 있어서 여기서 60마일이나 되니까요. 저는 크리스마스나 그 밖의 명절 때에는 그 아이에게 소식을 적어 보냈는데, 그 아이도 저를 잊지 않고 언제나 크리스마스카드 같은 것을 보내주곤 했답니다. 그러다가 어느 날 갑자기 그 아이가 훌륭한 한 여성으로서 아름다운 모습을 하고 나타날 때까지 저는 그 아이에 대해서 아무것도 모르고 있었지요. 그때 그 아이와 함께 온 미남 청년이 저도 좀 알고 있었던 래필 씨의 아들 마이클이었답니다. 저를 찾아온 이유는 두 사람이 서로 사랑하고 있으니 결혼하고 싶다는 것이었습니다."

"그래서 당신은 두 사람의 결혼에 동의하셨나요?"

"예, 동의했지요. 혹시, 마플 양께서는 동의하지 말았어야 했다고 생각하시는 건 아닌지요? 두 사람이 저를 비밀리에 찾아온 것은 분명했으니까. 클로틸드 브래드베리스코트는 아마 둘 사이의 로맨스를 식혀 버리려 했다고 생각됩니다. 그것은 당연한 일이지요. 마이클 래필은 솔직히 말해서 누구의 친척 아가씨에게 남편감으로 권할 수 있는 그런 남자는 아니니까요. 그 아이는 그 생각을 단념하기에는 너무 어린 나이였고, 마이클은 아주 어릴 때부터 사고뭉치 같은 청년이었습니다. 소년재판소에 간 적도 있었고, 좋지 않은 친구들과 어울려 갱 사건에 휘말리기도 했으며, 건물이나 공중전화 박스를 일부러 부순 적도 있었습니다. 여성에 대해서도 그랬지만 모든 일에도 성실치 못했지요. 그러나 외모만은 대단히 매력적인 남성이고 보니, 여성들은 앞뒤 돌아보지도 않고 빠져들고 말았습니다. 단기형무소에도 두 번이나 갔었습니다. 솔직히 말해서 그는 전과자였지요. 저는 그의 아버지를 알고 있었습니다만, 그렇게 자주 만나는 사이는 아니었습니다. 그러나 그의 아버지는 아들을 위해서 많은 애를 썼지요. 사고가 날 때마다 아버지는 달려왔습니다. 성공할 듯한 일을 맡겨주기도 했지요. 아들의 빚도 갚아주고, 손해배상도 해주었습니다. 그런 일들을 그의 아버지는 전부 다했지요. 그러나……."

"그러나 좀더 해주었어야 했다고 당신은 생각하시는군요?"

"아닙니다." 부주교가 말했다.

"저도 이젠 그런 것들을 알 나이가 되었지요—그것은 사람이라는 것은 자기의 동료를 어떤 종류의 인간이든 그대로 받아들이고, 또 그 사람들의 성격을 규정하고 있는, 요즘 말로 하자면 유전학적인 소질을 가진 것으로 받아들이지 않으면 안 된다는 것을 말입니다. 래필 씨는 제 생각으로는 그 아들에게 사랑을, 언제나 한없는 사랑을 느끼고 있었다고는 보이지 않았습니다. 상당히 귀여워했다는 정도가 고작이지요. 그는 아들에게 사랑을 주고 있지 않았습니다. 그러나 마이클이 그 아버지에게서 사랑을 느끼고 있었더라면 좀더 나은 사람이 되었을는지 어땠을는지는 모르지요. 어쩌면 아무런 차이가 없었을는지도 모르기는 합니다만. 그 소년은 결코 바보는 아니었습니다. 지능도 재능도 남 못지않았습니다. 그는 자기 스스로 해나가자고 마음먹고, 또한 그만한 수고를 아끼지 않았다면 훌륭하게 해나갔을 아이입니다. 그러나 그는 선천적으로……, 솔직히 말해서 못된 아이였지요. 그는 사람들의 인정을 받을 만한 훌륭하고 좋은 소질을 몇 가지나 갖고 있었습니다. 유머 센스도 있었고, 여러 가지 점에서 관대했으며 친절하기도 했지요. 그는 친구를 감싸주고 어려움에서 끌어내 주기도 했습니다. 그는 여자친구에게 심한 짓을 해서 이 지방의 말로 골치 아프게 되어버리면 끝내는 외면해 버리고 또 다른 여자와 사귀는 짓을 했습니다. 그럴 때에 저는 그 두 사람과 만나게 되었고—그래요, 저는 두 사람의 결혼에 동의했습니다. 저는 베리티에게 말했습니다. 아주 사실 그대로를 말했지요—그 아이가 결혼하려는 상대방 남자가 어떤 종류의 인간인가 하는 것을. 그는 그 아이를 속일 생각은 추호도 없다는 것도 알았습니다. 그 아이에게 자신이 언제나 경찰이나 그 밖에 여러 가지 방면에서 골칫거리가 되어 있다는 것을 숨김없이 털어놓았던 겁니다. 그 아이와 결혼하면 마음을 잡고 생활태도를 완전히 바꾸겠다는 말도 했답니다. 모든 것을 다 바꾸겠다고 하는 것이지요. 저는 그 아이에게 경고했습니다—그렇게는 될 리가 없다. 그는 변하지 않을 것이다—하고. 사람은 변하는 것이 아닙니다. 그는 변할 마음을 먹긴 했겠지요. 제가 알고 있듯이 그것은 베리티도 알고 있었다고 생각합니다. 그것은 알고 있다고 그 아이도 인정했습니다. 그 아이는 말했지요—저는 마이클이 어떤 사람인지 알고 있어요. 아마 계속 이런 식일 거라고 생각합니다. 그러나 저는 그를 사랑하고 있는걸요. 그를 제가 도와줄 수 있을는지도 모르고, 돕지 못할는지도 몰라요. 하지만 저는 위험을 각오하고서 하겠습니다. 그리고 저는, 마플 양, 부인에게 이런 말씀을 드리고 싶습니다. 저는 압니다—잘 압니다. 저는 많은 젊은이들에게 실망했지요. 많은 젊은이들의 결혼식을 주관했습니다. 그리고 슬픔에 젖어 찾아오는 것도 보았고, 예상을 뒤엎고 잘 해가고 있는 것도 보았습니다. 그런데 저는 이것을 이해합니다. 두 사람이 서로 정말로 사랑하고 있으면 그것을 저는 압니다. 그렇지만 그것이 단지 성적으로 이끌리고 있다는 이야기는 아닙니다. 요즘은 섹스에 대한 것을 너무 내세우고 그쪽으로만 시선을 돌리려는 경향이 있습니다. 난센스이지요. 섹스가 사랑을 대신할 수는 없습니다. 그것은 사랑과 함께 있어야 할 것이지 그 자체로서 완성되는 것은 아니거든요. 사랑한다는 것은 결혼선서의 말을 뜻하지요. 즐거울 때나 괴로울 때나, 넉넉할 때나 가난할 때나, 건강할 때나 병들었을 때나 말입니다. 서로 사랑해서 결혼하려고 한다면 이 각오가 필요합니다. 그 두 사람은 서로를 사랑하고 있었습니다. 사랑하고 위로하며 죽음이 자기들을 갈라놓을 때까지 말입니다. 그리고 그것이……, 제 이야기의 끝입니다. 더는 말씀드릴 수가 없군요. 그것은 무슨 일이 있었는지 모르기 때문입니다. 제가 알고 있는 것이라면 두 사람의 요청에 동의하여 필요한 절차를 밟은 것뿐입니다. 우리들은 그 날짜, 시간, 장소를 정했습니다. 비밀리에 찬성하고 동의한 것에 대해서는 저는 책망을 받아도 도리가 없다고 생각하고 있습니다."

"두 사람은 그 누구에게도 알리고 싶지 않았을까요?" 마플 양이 말했다.

"예, 베리티는 누가 알게 되는 것도 싫다고 했고, 마이클 역시 그랬을 것이라고 저는 분명히 말할 수 있습니다. 두 사람은 방해를 받을까 봐 겁내고 있었던 겁니다. 베리티에게는 사랑 말고도 도피하려는 마음도 있었다고 생각됩니다. 그 아이의 생활환경으로 미루어 보아서는 그것도 무리는 아니지요. 그 아이는 정말 보호자인 부모님을 잃고서 여학생이면 누구에게나 '열중하게 되는' 그런 나이가 되었을 무렵 새로운 생활에 들어갔으니까요. 아름다운 여교사. 스포츠에서 수학까지 모두 여선생, 아니면 상급생이나 언니뻘 소녀. 그렇게 오래는 계속되지 않는 상태이며 인생에 있어서 당연한 일부에 불과합니다. 그러고는 이제 다음 단계로 들어가게 됩니다—자신의 인생에서 필요한 것은 자기 스스로 채워나가야 한다는 것을 깨닫는 시대이지요. 남자와 여자와의 관계입니다. 그리고 자기의 주위를 둘러보고 상대를 구합니다. 자기 인생에는 빠져 버리고 없는 상대입니다. 현명한 사람은 서두르지 않고 신중하게 친구를 만들면서, 나이 드신 부모님이 흔히 아이에게 말하듯이 장래의 훌륭한 남편감이 나타나기를 기다리는 겁니다. 클로틸드 브래드베리스코트는 베리티에 대해서 너무 잘 해주었고, 또 베리티는 영웅숭배와도 같은 마음을 그 여자에 대해서 갖고 있었다고 저는 생각합니다. 그 여자는 여성으로서 훌륭한 인격자였으니까요. 미인이고, 교양 있고, 재미있었지요. 베리티는 그 여자를 거의 공상적으로 숭배하고 있었다고 생각되며, 또 클로틸드는 베리티를 자기가 낳은 딸같이 사랑하게 되었을 것으로 여겨집니다. 이렇게 베리티는 흠모하고 숭배하는 분위기 속에서 성인으로 자라며 자신의 지성을 자극할 만한 흥미 있는 사람과 함께 재미있는 생활을 하고 있었던 것이지요. 그것은 행복한 생활이기는 했습니다만, 제 생각으로는 차츰 그 아이는 의식을 하게 되었던 것 같습니다—하지만 스스로는 의식하고 있는 것도 모르는 채 탈출하고 싶다는 생각을 의식하기 시작한 거지요. 사랑받고 있다는 것으로부터의 탈출 말입니다. 탈출을 한다고는 해도 그 아이는 무엇을, 또는 어디를 향해 탈출해야 하는지를 몰랐던 겁니다. 그러나 마이클을 만나고는 그것을 알게 된 것이지요. 남성과 여성이 함께 되어 이 세상에 있어서의 생활의 다음 단계를 창조하는 인생, 그곳으로 탈출하고 싶었으나, 자기의 마음을 클로틸드에게 이해시키기는 불가능하다는 것을 알고 있었습니다. 자기가 마이클에게 바치고 있는 그 참된 사랑을 클로틸드는 결코 용납하지 않을 것을 알고 있었던 겁니다. 그러나 이제 와서 저는 생각합니다. 유감스럽게도 클로틸드의 생각이 옳았다고. 그는 베리티가 남편으로서 고를 남자가 아니었습니다. 그 아이가 출발한 그 길은 생활이나 행복이 갈수록 불어나는 그런 길이 아니었습니다. 그것은 충격으로, 고통으로, 그리고 죽음으로 이어지는 길이었지요. 마플 양! 저는 중대한 죄를 지은 기분이라 견딜 수가 없습니다. 동기는 좋았지만 저는 꼭 알았어야 한 것을 모르고 만 겁니다. 저는 베리티는 알고 있었지만, 마이클은 알지 못했습니다. 저는 베리티가 비밀을 지키려던 기분은 알고 있었습니다. 즉, 클로틸드 브래드베리스코트가 얼마나 완강한 성격인가를 알고 있었기 때문입니다. 베리티를 우격다짐으로 설득해서라도 결혼을 못하게 했을는지도 모르기 때문이지요."

"그러면 당신은 클로틸드가 그랬다고 생각하시는 건가요? 클로틸드가 마이클의 나쁜 점을 하나하나 베리티에게 얘기하고는 그와의 결혼을 단념하도록 설득했다고 생각하십니까?"

"아니, 그렇게는 생각지 않아요. 만일 그랬다면 베리티가 제게 이야기했을 겁니다. 사실을 밝혔을 테지요."

"그럼, 그날 어떻게 되었나요?"

"아직 그 이야기를 하지 않았군요. 결혼 날짜가 정해졌습니다. 시간과 장소도 그리고 저는 기다리고 있었습니다. 신랑 신부가 오기를 기다리고 있었습니다만 끝내 오지 않았습니다. 인편에 무슨 말을 전해 오지도 않았습니다. 오지 못하는 이유란 아무것도 없었지요. 무슨 영문인지 저는 알 수가 없었습니다.

이젠 언제까지나 모르게 되어버렸지요. 지금도 믿을 수가 없습니다. 믿을 수 없다는 것은 두 사람이 오지 않았다는 것이 아니고, 두 사람이 한마디도 전하는 말이 없었다는 것을 믿을 수가 없다는 겁니다. 한 줄의 메모라도 좋았죠. 바로 그것이 제게는 견딜 수 없을 정도로 이상했기에, 혹시 엘리자베스 템플이 세상을 떠나기 전에 뭔가 그 이유를 부인에게 말하지 않았을까하고 생각했습니다. 저에게 무슨 전할 말이라도 부인에게 부탁한 것이 아닐까요? 만일 그녀가 자기의 죽음을 알고 있었거나 그런 느낌이라도 들었다면 저에게 뭔가 전하고 싶은 말이 있었을 것이라고 생각합니다만."

"그녀는 당신 이야기를 듣고 싶어했지요." 마플 양이 말했다.

"즉, 그것 때문에 당신에게 가는 길이었다고 저는 확신합니다."

"아, 예, 아마 그렇겠지요. 베리티는 자기를 방해할 수 있는 사람들, 클로틸드나 앤시아 브래드베리스코트에게는 아무 말도 안 했겠지만, 그러나 엘리자베스 템플은 평소 마음 깊이 믿고 있었으니······. 그리고 또 엘리자베스 템플도 그 아이에게 대단한 영향력을 가지고 있었으니까, 아마 뭔가 소식을 전했을 것이라고 저는 생각합니다."

"저도 그렇게 생각해요." 마플 양이 말했다.

"소식 말입니까?"

"그 여자가 엘리자베스 템플에게 보낸 소식은 이러했습니다." 마플 양이 말했다.

"그녀는 마이클 래필과 결혼한다는 것이었습니다. 왜냐하면 템플 양이 그 사실을 알고 있었으니까요. 그건 그 여자가 제게 말한 것 중의 하나입니다. 그녀가 이렇게 말했죠. '전 베리티라는 젊은 여자를 알고 있는데, 마이클 래필과 결혼하려 했답니다.'라고요. 그런 일을 그녀에게 말할 수 있는 사람은 베리티 본인 말고는 없습니다. 베리티는 그녀에게 편지를 보냈거나, 아니면 사람을 보냈겠지요. 그리고 제가 '어째서 그 여자는 그와 결혼하지 않았나요?' 하고 물으니까 그녀는 이렇게 말했습니다. '죽었답니다, 그 여자가.'라고요."

"드디어 여기서 마무리 단계에 왔군요." 브라바존 부주교는 한숨을 쉰 뒤 계속해서 말했다.

"엘리자베스와 저는 그 두 가지 사실밖에는 아무것도 몰랐습니다. 엘리자베스는 베리티가 마이클과 결혼하려 한다는 것, 그리고 저는 그 두 사람이 결혼하려 하고 있으며, 그 준비를 갖추고서 정한 날짜에 두 사람이 오기로 되어 있다는 것만 알고 있었지요. 그리고 저는 두 사람을 기다렸지만 결혼식은 거행되지 않았습니다. 신랑의 모습이나 신부의 모습을 볼 수가 없었으며, 말을 전해 주는 사람도 없었지요."

"그럼 무슨 일이 생겼는지 당신은 짐작도 못하시나요?" 마플 양이 물었다.

"저는 베리티와 마이클이 분명히 헤어졌거나 따로 떨어져 산다는 생각은 결코 해보지 않았습니다."

"하지만 두 사람 사이에는 무엇인가가 있었던 것이 분명해요. 뭔가 베리티의 눈을 뜨게 한 것—그 아이가 지금까지 깨닫지 못했거나, 또는 몰랐던 마이클의 성격이나 개성의 어떤 면을 알았다든지……."

"그것으로는 충분한 설명이 될 수 없다고 생각합니다. 만일 그랬다고 해도 역시 제게 말했을 것으로 생각합니다. 신성한 결혼식에서 두 사람을 맺어주기 위해서 기다리고 있는 저를 마냥 기다리게 하지는 않았을 것으로 생각합니다. 더구나 그 아이는 좋은 가정에서 자라 예의 바른 점이 있었으므로, 한마디쯤은 전하는 말이 있었을 겁니다. 그렇습니다. 유감스럽게도, 무엇이 있었는지 그것은 오직 하나밖에는 없다고 생각합니다."

"죽음?" 마플 양이 말했다. 그녀는 엘리자베스 템플이 이 한마디를 했을 때 그것이 종소리처럼 무겁게 울리던 것이 떠올랐다.

"예." 브라바존 부주교가 한숨을 쉬었다.

"죽음입니다."

"사랑이에요." 마플 양이 차분한 목소리로 말했다.

"무슨 뜻인지요?" 부주교가 말했다.

"그것은 템플 양이 제게 한 말이었습니다. 제가 '무엇이 그 여자를 죽게 했나요?' 하고 물었더니 그 여자는 '사랑' 하고 대답했습니다. 그리고 이 사랑이라는 말은 세상에서 가장 무서운 말이지요."

"알겠습니다." 부주교가 말했다.

"그렇다고……할까요, 알 듯한 느낌이 듭니다."

"당신의 해답은?"

"인격의 분열입니다." 하고 한숨을 쉬고 말했다.

"전문적으로 인격의 질을 나누어서 관찰하기 전에는 다른 사람은 그것을 분명히 알 수는 없습니다. 지킬 박사와 하이드는 실재하는군요. 그건 스티븐슨의 창작만은 아닌 겁니다. 마이클 래필은……, 정신분열증을 갖고 있었던 것이 분명합니다. 그는 이중인격이었습니다. 저는 의학지식이나 정신분석의 경험은 없습니다만, 그 사람 속에 두 사람의 인간이 있어서 두 부분으로 나뉘어 있었던 것이 분명합니다. 그 하나는 선의(善意)의 사랑스러운 청년이며, 행복을 찾는 것이 주목적인 청년. 그러나 또 하나, 제2의 인격이 있어서 그것은 뭐라고 할까, 정신적인 기형이라고 할까 우리로서는 아직 확실하게 알지 못하는 무엇에 의해 지배되어 적을 죽이는 것이 아니라 자기가 사랑하는 것을 죽이게 되어 있어서, 그래서 그는 베리티를 죽인 겁니다. 아마도 왜 죽이지 않으면 안 되었는가, 또는 그것이 어떤 것인지조차도 모르면서 말이지요. 우리가 살고 있는 이 세상에는 참으로 무서운 것이 있습니다—정신적인 기형아, 정신병, 또는 뇌의 결함 같은 것들. 제 교구민 중에도 그런 예가 있었습니다. 연금으로 살아가는 두 늙은 여인이 함께 살고 있었습니다. 어떤 군대에서 함께 일을 하다가 친구가 된 것이지요. 정말 행복해 보이는 두 사람이었습니다. 그런데 한 사람이 다른 사람을 죽여버린 겁니다. 그 여자는 오랜 친구인 교구목사에게 이렇게 말했다고 합니다. '나는 루이자를 죽였습니다. 정말 슬픈 일이에요. 하지만 그 여자의 눈에서 악마가 내다보고 있는 것을 보았고, 또 나에게 그 여자를 죽이라는 명령이 내려졌습니다.'라고요. 이런 일은 자칫하면 사람들에게 살아가는 것을 절망케 합니다. 대체 이유가 뭐냐고 사람들은 묻습니다. 왜 그렇게 되느냐고. 하지만 모르는 겁니다. 의사들은 단지 염색체나 유전자의 변형에 불과한 것을 발견하는 정도이지요. 무슨 선(腺)이 지나친 활동을 했다든가, 아니면 활동을 중지했다든가."

"바로 그런 일이 있었다고 생각하시는군요?" 마플 양이 물었다.

"정말로 있었던 사실입니다. 시체는 꽤 나중에까지 발견되지 않았던 것을 저도 알고 있습니다. 베리티는 자취를 감추고 말았지요. 집에서 나가서는 두 번 다시 사람들 눈에 띄지 않았습니다……"

"하지만 '그때'는 이미 사건이 일어나고 말았죠―바로 그날―."

"재판에서는 분명히……"

"시체가 발견되고 경찰이 마침내 마이클을 체포한 뒤의 일을 말씀하시는 건가요?"

"그는 경찰에게서 협조요청을 받은 최초의 몇 사람 가운데 하나였습니다. 그는 문제의 여자와 함께 있는 것을 여러 번 사람들이 보았고, 또 그 여자가 그의 차에 타고 있었던 것도 알고 있었습니다. 경찰에서는 처음부터 자기들이 찾고 있는 것은 바로 그 청년이라고 확신하고 있었지요. 최초의 용의자이며, 또한 경찰은 그에 대한 의심을 풀지 않았습니다. 베리티를 아는 젊은이들도 심문을 받았습니다만, 모두 알리바이가 있거나 증거가 불충분했습니다. 경찰은 마이클에 대한 수사를 계속해 가던 중 마침내 시체가 발견된 겁니다. 목이 졸리고 머리와 얼굴은 엉망이 되어 있었습니다. 그야말로 미친 인간의 범행이었지요. 그런 상태에서 마구 두들겨 팰 때의 그는 정상이 아니었습니다. 말하자면 하이드 쪽이 이긴 것이지요."

마플 양은 몸서리를 쳤다.

부주교는 계속했다. 목소리는 낮고 슬픔에 젖어 있었다.

"그러나 지금도 역시 저는 그 여자를 죽인 것은 다른 사람일 거라는 생각이 가끔 들며, 또한 그렇게 되었으면 하고 생각합니다. 완전히 미친 사람이지만 아무도 그렇다고 생각지 않은 어떤 인간이 말입니다. 아마 그 아이가 부근에서 만난 남자일 수도 있습니다. 우연히 만나서 그 아이를 차에 태워주고는, 그런 다음에……" 부주교는 머리를 가로저었다.

"그것도 있을 수 있는 일이라고 생각해요." 마플 양이 말했다.

"마이클은 법정에서 나쁜 인상을 주고 말았습니다." 부주교가 말했다.

"어리석은, 말도 안 되는 거짓말도 했고, 자기 차가 있었던 장소까지도 거짓말을 했습니다. 자기 친구들을 시켜 될 수도 없는 알리바이를 진술하게도 했습니다. 그는 완전히 겁먹고 있었죠. 결혼계획 같은 얘기는 한마디도 하지 않앉습니다. 그것을 말하면 그에게 불리하다고 변호사는 생각한 모양입니다―여자 쪽에서는 결혼하자고 졸랐으나 그는 결혼할 생각이 없었다고. 벌써 꽤 오래전의 일이라서 세세한 점은 기억하지 못합니다. 그러나 증거는 완전히 그에게 불리했지요. 그는 유죄판결을 받았습니다―그리고 유죄처럼 보였지요.

그런 까닭으로 저는 아주 슬프고 비참한 인간이 되어버린 것을 마플 양은 이해하실 줄 압니다. 저는 판단을 잘못한 탓으로 아주 상냥하고 귀여운 한 처녀를 죽음으로 내몰았던 겁니다. 그것도 제가 인간성을 잘 몰랐기 때문이지요. 그 애가 위험으로 빠져들고 있는 것을 깨닫지 못했단 말입니다. 만일 그 애가 그에 대해서 어떤 두려움을 갖게 되거나 갑자기 어떤 악을 느끼는 일이 있더라면 그 애는 그와의 결혼약속을 포기하고 저에게 그 두려움을, 그리고 그에 대해서 새로 알게 된 사실을 호소해 왔을 것이라고 믿고 있었습니다. 그러나 그런 일은 전혀 없었지요. 왜 그는 그 애를 죽여야만 했는가? 그 애가 아이를 낳게 된 것을 알고 그것 때문에 그 애를 죽였을까? 그때는 이미 다른 여자와 특별한 사이가 되어버려 베리티와 어쩔 수 없이 결혼하는 것이 싫었기 때문일까? 그런 것은 저는 믿을 수가 없습니다. 아니면 뭔가 전혀 다른 이유가 있었던 것일까? 그 애가 갑자기 그에게서 두려움을 느끼기 시작했을까? 그에게서 위험을 느껴서 그와의 인연을 끊으려 한 것일까? 그것이 그를 화나게 해서 그 애를 죽이게까지 되었는가? 알 수 없는 일입니다."

"모르시겠어요?" 마플 양이 말했다.

"하지만 역시 아시면서 믿고 계신 것이 하나 있잖아요?"

"대체 그 '믿고 있다'는 것은 어떤 뜻으로 말씀하시는 겁니까? 종교적인 뜻인가요?"

"아니, 그렇지 않아요." 마플 양이 말했다.

"그런 의미로 말씀드린 것이 아니랍니다. 제가 말씀드린 뜻은 당신의 마음속이라고 할까요, 제가 그렇게 느꼈다고 할까요, 그 두 사람은 서로를 사랑하고 결혼할 생각이었는데 무슨 일인가가 있어서 그것이 틀어지고 말았다고, 틀림없이 그렇다고 믿고 계시는 듯하다는 그런 뜻이에요. 무엇인가가 그녀를 죽음에 이르게 했는데, 당신은 지금도 그날 결혼하기 위해서 당신에게 두 사람이 찾아 올 예정이었다고 믿고 계시지요?"

"맞습니다. 그래요, 저는 아직도 그 두 연인이 결혼을 바라고 있었다고 믿지 않을 수가 없습니다. 서로 좋을 때나 나쁠 때나, 부유할 때나 가난할 때나, 건강할 때나 병들었을 때나 함께하기를 원했었다고 생각합니다. 그 애는 그를 사랑하고 있었기에 좋든 나쁘든 그를 선택했을 겁니다. 그 애는 나쁜 그를 택함으로써 그것이 그 애를 죽음으로 이끈 것이지요."

"당신은 자신이 믿고 있는 그대로 믿고 계세요." 마플 양이 말했다.

"저 또한 아무래도 그렇게 믿게 되는군요."

"뭘 말입니까?"

"모르겠어요." 마플 양이 말했다.

"분명히는 모르겠으나, 엘리자베스 템플은 어떤 일이 있었는지 알고 있었거나, 아니면 알게 되어 있었다고 생각되는군요. 무서운 말이라고 그녀는 말했습니다. 사랑이라는 것이. 그녀가 그렇게 말했을 때 저는 베리티가 사랑 때문에 자살을 했다는 뜻으로 받아들였답니다. 마이클에 대한 새로운 무엇인가를 그녀가 발견했거나, 또는 마이클에 대한 무엇인가가 그녀를 놀라게 해서 환멸을 느꼈기 때문일 거라고요. 하지만 자살은 아니었다는 것이지요?"

"예, 있을 수 없습니다." 부주교가 말했다.

"법정에서 그 살해된 모습이 자세히 발표되었습니다. 자신의 머리에 심한 타격을 가해서 자살할 이유가 없지요."

"혐오스러워요!" 마플 양이 말했다.

"설령 '사랑을 위해서' 죽이지 않을 수 없었다고 하더라도, 사랑하는 사람에게 그렇게 끔찍한 짓을 할 수가 있을까요? 만일 그가 그녀를 죽였다고 하더라도 그런 것까지는 할 수 없었을 거예요. 목을 조르는 정도야……. 하지만 자기가 사랑하는 사람의 머리나 얼굴을 짓이기는 짓은 하지 못할 거예요."

그녀는 작은 목소리로 중얼거렸다.

"사랑, 사랑……무서운 말입니다."

제19장

안녕이라는 말

그 다음 날 버스는 골든 보어 호텔 앞에 세워져 있었다. 마플 양도 나와서 함께 지낸 친구들에게 잘 가라는 인사를 하고 있었다. 라이즐리 포터 부인이 대단히 화가 나 있는 것이 눈에 띄었다.

"정말 요새 젊다는 계집애들은—." 그녀가 말했다.

"스태미너가 없어. 끈기가 없단 말이야."

마플 양이 의아한 듯이 그녀의 얼굴을 쳐다보았다.

"조안나 말이에요, 내 조카딸 말입니다."

"아니, 어디가 아픈가요?"

"말은 그렇게 합니다만 내가 보기에는 아무렇지도 않아요. 목이 아프고 열이 난다고 하지만 다 헛소리지요."

"어머나, 안됐군요." 마플 양이 말했다.

"뭐 내가 도울 일이라도?"

"그냥 두면 돼요." 라이즐리 포터 부인이 말했다.

"아프다는 건 다 핑계니까."

마플 양은 다시 한 번 의아한 눈으로 부인의 얼굴을 보았다.

"젊은 계집애들은 정말 바보예요. 금방 사랑에 빠져 버리니."

"엠린 프라이스 말인가요?" 마플 양이 말했다.

"어머, 그럼 부인도 알고 계셨군요? 그래요, 벌써 시시덕거리며 둘이 붙어 다니기까지 되어버려서 말이에요. 난 아무래도 그 청년이 별로 맘에 안 들어요. 요즘의 장발학생 중 하나지요. 언제나 데모나 뭐 그런 짓만 하는 녀석들. 왜 말 한마디라도 단정하게 데몬스트레이션이라고 하지 못하는지 모르겠어요.

나는 약식으로 말하는 것은 딱 질색이거든요. 대체 나는 앞으로 어떻게 해야 좋을까요? 아무도 돌봐줄 사람 없이 혼자서 짐도 꾸리고 끌어내렸다가 올렸다가 해야 하니. 이 여행에 대한 비용을 모두 내가 대신 내주었는데."

"내가 보기에는 그 아가씨가 꽤 자상하게 보살펴 드릴 것 같은데요." 마플 양이 말했다.

"아니에요, 마지막 하루 이틀밖에 남지 않았는데 이젠 틀렸어요. 사람은 중년이 되면 누가 옆에서 좀 도와주는 사람이 없으면 해나가기 어렵다는 것을 요새 젊은 계집애들은 모른답니다. 그 두 사람—조카딸과 프라이스 말인데요, 당치도 않은 생각을 하고 있는 모양이에요. 무슨 산인가의 경계선까지 갔다 오겠다는 겁니다. 걸어서 왕복 7마일이나 8마일쯤 되는 곳을 말이에요."

"아니, 그 아가씨는 목이 아프고 열도 있다면서요?"

"두고 보세요, 이 버스가 떠나기만 하면 목도 금방 나을 것이고, 열도 내릴 것이 뻔해요." 라이즐리 포터 부인이 말했다.

"오, 저런, 이젠 타야겠군요. 잘 있어요, 마플 양! 만나서 즐거웠답니다. 우리 모두 함께 떠나지 못해서 섭섭하군요."

"나도 참 섭섭해요." 마플 양이 말했다.

"하지만 나는 부인처럼 젊고 건강하지 못해서 지난 2~3일 그런 충격적인 일이 있고 나니 꼬박 24시간은 아무래도 휴식이 필요합니다."

"언제 다시 우리 만나기로 해요."

두 사람은 악수를 나누었다. 라이즐리 포터 부인은 버스에 올랐다.

뒤에서 마플 양의 어깨너머로 소리가 들렸다.

"안녕, 그리고 골칫거리도 안녕!"

돌아보니 엠린 프라이스였다. 그는 싱글싱글 웃고 있었다.

"지금 그 말은 라이즐리 포터 부인에게 한 말인가요?"

"그래요. 또 누가 있나요?"

"오늘 아침 조안나 양이 몸이 불편하다고 하던데, 가엾게도."

엠린 프라이스는 다시 한 번 마플 양을 보고 싱긋 웃었다.

"그 여자는 끄떡없습니다. 저 버스만 가버리면."

"오, 설마!" 마플 양이 말했다.

"설마 제정신으로······."

"그래요, 제정신이랍니다." 엠린 프라이스가 말했다.

"조안나는 이제 그 숙모에게 넌더리를 내고 있다고요. 일 년 내내 이것저것 시키기만 하고."

"그럼 젊은이도 저 버스로 함께 가지 않기로 했나요?"

"그렇습니다. 한 이틀쯤 여기 있을까 하고요. 잠깐 일행과 떨어져서 여행이라도 할까 합니다. 마플 양! 그런 얼굴로 보지 마십시오."

"나도 한때—." 마플 양이 말했다.

"젊어서는 그런 적이 있었지. 하지만 지금의 젊은이들처럼 덮어놓고 피하려고만은 하지 않았다오."

워커 대령 부부가 다가왔다. 마플 양과 따뜻한 악수를 나누었다.

"알게 되어 정말 즐거웠습니다. 그리고 재미있는 원예 이야기도요." 대령이 말했다.

"마침내 모레엔 굉장히 신나는 일이 기다리고 있답니다, 별다른 일만 없다면 말이지요. 이번 그 사고는 참으로 가슴 아프고 슬픈 일이었지요. 나 역시 그것을 사고였다고 생각지 않을 수가 없군요. 이런 점에서 그 검시관은 조금은 지나치게 감상적이었다고 생각합니다."

"아무래도 정말 이상한 일이었어요." 마플 양이 말했다.

"아무도 신고가 없는 것이 이상해요! 만일 언덕 위에서 바위나 돌을 흔들어댄 사람이 있었다면 신고하고 나섰을 텐데."

"문책이 겁났겠지요, 그건." 워커 대령이 말했다.

"모르는 척하고 있으려는 걸 겝니다. 그럼, 안녕히 계십시오. 말씀하시던 하이다우넨시스 목련과, 그리고 마호니아 자포니카도 곧 보내드리겠습니다. 하긴 부인이 살고 계시는 그 지역에서 잘 자랄지는 모르겠습니다만."

모두들 하나하나 버스에 올랐다. 마플 양은 뒤를 돌아보고 버스에서 물러섰다. 그때 원스티드 교수가 출발하려는 버스를 향해서 손을 흔들고 있는 것이 보였다. 샌본 부인이 나와서 마플 양에게 작별인사를 하고 버스에 올라탔다.

마플 양은 원스티드 교수의 팔을 잡았다.

"당신에게 볼일이 있었습니다." 교수가 말했다.

"어디 이야기를 할 수 있는 곳까지 함께 가시겠습니까?"

"예. 언젠가 우리가 앉았었던 그곳이 어떻겠어요?"

"여기서 조금만 돌아가면 아주 그럴 듯한 베란다가 있을 겁니다."

두 사람은 호텔의 모퉁이를 돌아갔다. 경쾌한 경음기 소리가 들리고 버스는 출발했다.

"아니, 실은 말입니다―." 원스티드 교수가 말했다.

"부인이 뒤에 남지 말았으면 하고 생각했습니다. 방금 떠난 그 버스로 아무일 없이 떠나셨으면 하고 생각했지요."

그가 날카로운 눈으로 그녀를 바라보면서 말했다.

"어째서 이곳에 남으려 하십니까? 몸이 너무 피로해서 그럽니까, 아니면 뭔가 다른 일이라도?"

"그 다른 일이에요." 마플 양이 말했다.

"저는 별로 지치지는 않아요. 하지만 저 정도의 나이가 되면 아주 알맞은 핑계가 되지요."

"저는 아무래도 부인을 지켜드리기 위해서는 이곳에 머물러야겠다고 생각했습니다."

"아니, 그럴 필요까지는 없는데요." 마플 양이 말했다.

"그러나 꼭 부탁하고 싶은 것은 있답니다."

"무슨 일이십니까?" 교수가 그녀의 얼굴을 보고 물었다.

"뭔가 생각나는 일이나, 아니면 아시게 된 일이라도 있나요?"

"새로 알게 된 일이 있는데, 그에 대한 것을 확인하고 싶군요. 저로선 할 수 없는 일이랍니다. 교수님은 제가 말씀드리는 당국자들과 접촉이 있으시니까 그 확인을 도와주실 줄 압니다만."

"혹시 런던경시청이나 경찰본부장, 또는 형무소장을 말씀하시는 건가요?"

"예. 그중의 하나이거나, 아니면 전부랍니다. 교수님은 내무장관과도 가깝게 지내시지요?"

"마침내 짐작 가는 것이 있군요? 자, 제가 뭘 해드리면 되겠습니까?"
"먼저 이 주소를 간직해 주세요."

마플 양은 수첩을 꺼내더니 그 가운데 한 페이지를 찢어서 교수에게 주었다.

"뭐죠, 이것은? 아, 유명한 자선단체로군요?"
"꽤 유명한 자선단체 가운데 하나라고 생각해요. 여러 가지 좋은 일을 하고 있지요. 모두들 그곳으로 많은 옷가지를 보내고 있답니다. 어린애나 여자용을. 코트, 풀오버 등등 여러 가지 것들을 보내지요."
"여기에 저도 기부를 하라는 말씀입니까?"
"아니에요. 그런 이야기가 아니고 이 자선단체는 우리가, 즉 당신과 제가 하고 있는 일과 좀 관련이 있을 것 같아서요."
"어떻게 하면 될까요?"
"교수님은 이 단체에서 소포 하나를 조사해 보시면 돼요. 그 소포는 이틀 전 이곳 우체국에서 보낸 거랍니다."
"누가 보냈습니까, 부인입니까?"
"아니―." 마플 양이 말했다.
"아니에요. 그러나 제가 그 소포에 책임이 있는 것처럼 해놓았답니다."
"대체 그게 무슨 말씀이신지요?"
"실은 이렇게 된 거랍니다." 마플 양은 싱긋 웃으며 말했다.
"저는 이곳 우체국에 가서 말이에요. 약간 노망기가 있는 척하고서(아니, 사실은 진짜 노망이 난 것도 같네요) 실은 어떤 사람에게 소포를 우체국에서 부쳐 달라고 부탁을 했는데, 그만 깜박 주소를 잘못 써넣었다고 했지요. 아주 당황해 하면서 말이에요. 여자 우체국장이 아주 친절하게 그 소포를 알고는 있지만 수취인은 내가 말하는 것과 다르다고 알려 주더군요. 그 수취인은 방금 내가 당신에게 드린 그곳이랍니다. 가끔 정신이 깜박하곤 해서 다른 수취인을 소포에 적었다고 변명을 했지요―가끔 물건을 보내는 다른 수취인과 혼동을 했다고 하면서 말이에요. 그 여자는 이미 그 소포는 발송이 되어서 어쩔 수 없다고 하더군요. 저는 그건 괜찮으니까 그 소포를 보낸 자선단체에 편지를 보내어 그 잘못된 경위를 설명하고서 그 자선단체에서 내가 보내려던 자선단체로 그 소포를 보내주도록 부탁하겠다고 했답니다."

"이야기가 꽤 빙빙 도는군요."

"하지만 뭐라고든지 핑계를 대야만 해서 말이에요. 저도 그런 짓을 하고 싶어서 하는 것은 아니랍니다. 교수님에게 그 일을 처리해 달라고 부탁하려는 겁니다. 그 소포 안에 무엇이 들어 있는지, 그것을 우리는 알아야만 해요! 어떻게 해서든지 교수님이 그 방법을 생각해 주실 줄 믿겠어요."

"소포 안에는 누가 그것을 보냈는지 알 수 있는 것이 들어있지 않을까요?"

"들어 있지 않을 것 같아요. 그저 종이쪽지에 뭐라고 할까, '친구로부터'라든지, 또는 가공의 이름이나 주소 같은 것이 들어 있어서—예를 들면 피핀 부인, 웨스트본 그로브 14번지 등으로 말이에요. 그리고 누군가가 그리로 찾아가면 그런 사람은 살지도 않겠지요."

"그 밖에 다른 것은?"

"어쩌면 있을 것 같지는 않지만, 혹 있을는지도 모르는 것은 종이쪽지에 '앤시아 브래드베리스코트로부터'라고 씌진 것이 들어 있을는지도 모르겠네요……."

"그 여자가……?"

"그 여자가 그 소포를 우체국으로 가져갔거든요." 마플 양이 말했다.

"부인이 시킨 겁니까?"

"아뇨." 마플 양이 말했다.

"저는 누구에게 우체국에 무엇을 갖고 가라고 부탁한 적은 없답니다. 처음에 제가 그 소포를 본 것은 교수님과 제가 골든 보어 호텔의 정원에서 이야기를 하고 있을 때 앤시아가 그 소포를 갖고 지나갈 때였어요."

"하지만 부인은 우체국에 가서서 그 소포는 당신 것이라고 했다면서요?"

"그래요, 그것은 새빨간 거짓말이지요. 하지만 우체국이라는 곳은 조심성이 많은 곳이잖아요. 그런데 저로서는 그 소포가 어디로 보내졌는지 알고 싶어졌거든요."

"부인은 그런 소포가 분명히 보내졌는지, 또 그것이 브래드베리스코트 자매 중 한 사람, 아니 특히 앤시아 양이 보낸 것인지 그것을 알아보려 했군요?"
"아마 그것은 앤시아일 거라고 저는 짐작했답니다."
"그러세요?" 교수는 쪽지를 그녀에게서 받아쥐면서 말했다.
"예, 즉시 활동을 개시하라고 이르지요. 그 소포가 흥밋거리라고 생각하고 계시군요?"
"그 내용물이 아주 중요한 물건일 것이라고 생각하고 있답니다."
"비밀을 유지하는 게 좋겠다는 뜻인가요?" 윈스티드 교수가 말했다.
"아니, 비밀이라고까지 할 것은 없어요. 제가 탐색중인 가능성에 불과하니까요. 좀더 분명한 것을 알게 될 때까지는 발설하지 않는 것이 좋을 것 같군요."
"그 밖에 다른 말씀은?"
"글쎄요……, 이런 일을 담당하는 분이 어느 분이든지 두 번째 시체가 발견될는지도 모른다는 것을 경고해 주었으면 해요."
"다시 말하자면 지금 우리가 조사 중인 이 범죄와 관련해서 두 번째 시체가 있다는 뜻이군요? 10년이나 전에 일어난 범죄에?"
"그렇답니다." 마플 양이 말했다.
"저는 장담할 수 있답니다."
"또 하나의 시체. 누굽니까?"
"그것은……." 마플 양이 말했다.
"아직은 짐작에 불과해서."
"그 시체는 어디에 있는지 혹 짐작이라도?"
"아! 예, 어디에 있는지는 확실히 알고 있어요. 하지만 말씀드리기까지는 좀더 시간이 필요하겠네요."
"시체의 종류는? 남자입니까? 여자입니까? 어린이? 아니면 처녀?"
"행방불명이 된 또 하나의 젊은 여자가 있답니다." 마플 양이 말했다.
"노라 브로드라는 젊은 여자죠. 여기서 자취를 감춘 뒤로 전혀 소식이 없답니다. 그 여자의 시체가 어떤 장소에 있을는지도 모른다고 생각하고 있는 거예요."
윈스티드 교수가 그녀의 얼굴을 보며 말했다.

"여러 가지 이야기를 들으면 들을수록 여기에 부인을 혼자 남겨둘 수가 없다는 생각이 드는데요. 이런 여러 가지 생각을 하고 계시니……뭔가 이상한 행동도 하시고……여하튼……." 하고 그는 말을 끊었다.

"여하튼 모두 난센스라고 하실 참인가요?" 마플 양이 말했다.

"아니, 아니, 그런 뜻이 아닙니다. 그러나 어찌되었건 부인은 너무 많은 것을 알고 있어요—그것은 위험할는지도 모릅니다. 저는 아무래도 이곳에 남아서 부인을 보호해 드려야겠는데요."

"아니, 그건 안 돼요." 마플 양이 말했다.

"교수님은 꼭 런던으로 돌아가서 활동을 시작해 주셔야만 해요."

"하지만 부인 이야기를 들어보면 이미 여러 가지 것을 충분히 알고 있는 것 같은데요, 마플 양."

"저도 충분할 만큼 여러 가지를 알고 있다고 생각은 해요. 하지만 확실하지 않으면 안 되잖겠어요?"

"그건 그렇습니다만, 너무 확실하게 하시려다가 그것이 부인의 확실한 끝이 될 수도 있지요. 우리로선 세 번째 시체는 고맙지 않으니까요. 더구나 부인이라면."

"오, 그런 생각은 해보지도 않았어요." 마플 양이 말했다.

"만일 부인의 예상이 옳다고 하면 위험이 있을는지도 모르겠습니다. 누군가 특정한 사람에게 의문을 품고 있는 것은 아닌가요?"

"저는 어떤 사람에 대해서 어떤 일을 알고 있답니다. 그 일은 반드시 밝혀내야만 해요—그래서 이곳에 꼭 남아 있어야 하는 거지요. 교수님이 제게 한 번 물으신 적이 있었지요—악의 분위기를 느끼지 않느냐고 말이에요. 그 분위기가 이곳에 있답니다, 악의 분위기가. 교수님 식으로 말하자면 위험의 분위기, 커다란 재앙의 공포 분위기. 이것은 어떻게든지 알아내야 해요. 제가 할 수 있는 데까지는. 하지만 저 같은 늙은이는 별로 많은 것은 할 수가 없답니다."

윈스티드 교수는 작은 목소리로 수를 세고 있었다.

"1, 2, 3, 4……."

"뭘 세고 계시나요?" 마플 양이 물었다.

"버스를 타고 떠난 사람들입니다. 부인은 아마 그 사람들에게는 흥미가 없으시겠죠. 왜냐하면 가도록 내버려두었고, 부인은 이곳에 남아 있으니까요."

"그 사람들에게 왜 흥미를 가져야만 할까요?"

"그것은……, 부인이 말씀하셨지요―래필 씨가 어떤 특별한 이유가 있어서 부인을 그 버스에 타도록 손을 썼으며, 그리고 어떤 특별한 이유가 있어서 이 여행에 보냈고, 또 어떤 특별한 까닭이 있어서 부인을 옛날 영주의 저택에 보냈다고 말이죠. 자, 그렇다면 엘리자베스 템플의 죽음은 버스 안의 누군가와 관련이 있고, 부인이 이곳에 남게 된 것은 옛날 영주의 저택과 관련이 있겠군요?"

"꼭 그대로라고 할 수는 없겠지요." 마플 양이 말했다.

"그러나 아무튼 그 둘 사이에는 관련이 있긴 있답니다. 어떤 사람에게 그 사정을 물어보고 싶어요."

"누군가에게 그 사정을 이야기하게 할 수 있다고 생각하십니까?"

"가능하리라고 생각해요. 얼른 출발하시지 않으시면 열차시간에 늦겠어요."

"그럼 조심하십시오." 원스티드 교수가 말했다.

"자신의 일은 자신이 알아서 한다고 말씀드려 둘까요."

로비의 문이 열리고 두 사람이 나왔다. 쿡 양과 배로 양이었다.

"오―." 원스티드 교수가 말했다.

"버스로 이미 떠나신 줄 알았습니다만."

"우리는 나중에 가서 생각을 바꾸었답니다." 쿡 양이 명랑한 목소리로 말했다.

"이 근처에 산책하기에 아주 좋은 곳이 있다는 것을 알았거든요. 그리고 한두 곳 꼭 구경하고 싶은 곳도 있고요. 아주 진귀한 색슨인의 세례반(洗禮盤)이 있는 교회 같은 곳 말이에요. 불과 4~5마일 되는 곳인데, 이곳 지방 버스로 금방 갈 수 있다나 봐요. 전 말이지요, 저택이나 정원만이 아니고 교회의 건물에도 깊은 흥미를 갖고 있답니다."

"저도 그래요." 배로 양이 말했다.

"그리고 여기서 별로 멀지 않은 곳에 아주 훌륭한 원예식물이 있는 핀리

공원도 있다니까요. 우리는 앞으로 하루나 이틀쯤 여기에 있는 편이 훨씬 재미있을 것 같았어요."

"골든 보어 호텔에 묵으시겠군요?"

"예. 정말 운 좋게도 알맞은 2인용 방이 있다는군요. 지난 이틀 동안 있었던 방보다는 훨씬 좋은 방이에요."

"교수님, 열차에 늦겠어요……." 다시 한 번 마플 양이 말했다.

윈스티드 교수가 말했다.

"아무래도 부인 일이……."

"아니, 제 걱정은 마시라니까." 마플 양이 말했다.

"정말 자상도 하셔라." 그녀는 교수가 건물의 모퉁이를 돌아서 모습이 보이지 않게 되자 낮은 목소리로 중얼거렸다.

"나에게 그렇게 마음을 써주시니……, 마치 내가 자기의 대고모쯤 되는 것 같아."

"그런 일이 생겨서 정말 굉장히 충격이었다고요." 쿡 양이 말했다.

"우리가 그로브에 있는 세인트 마틴 교회에 갈 때에 함께 가시겠지요?"

"정말 고맙군요." 마플 양이 말했다.

"하지만, 오늘은 멀리 나갈 만한 기운이 없을 것 같네요. 혹 재미있는 구경거리가 있다면 내일 좀……."

"그럼 우리끼리 가보겠습니다."

마플 양은 두 사람에게 싱긋 웃어 주고 호텔로 들어갔다.

마플 양의 생각

식당에서 점심을 마친 마플 양은 커피를 마시려고 테라스로 나갔다. 마침 두 잔째의 커피를 마시고 있을 때에 키가 크고 비척 마른 사람이 성큼성큼 뛰어 올라와서 그녀에게 다가오더니 숨을 헐떡이며 말을 꺼냈다. 그것은 앤시아 브래드베리스코트였다.

"아, 마플 양, 우린 말이지요, 방금 부인이 버스로 가셨다고 들었어요. 여행단 사람들과 부인도 함께 가시는 줄만 알았답니다. 죽 여기에 계실 줄은 몰랐어요. 클로틸드 언니와 래비니아 언니가 저한테 부인을 찾아가서 우리 집에 다시 와서 우리와 함께 지내시라고 말씀드리고 오라고 했답니다. 아마 그쪽으로 가시는 것이 훨씬 편하실 거예요. 여기는 별의별 사람들이 특히 주말 같은 때는 우르르 몰려온답니다. 그러니까 우리 집으로 와주시면 정말 좋겠어요."

"어머나, 친절도 하시지." 마플 양이 말했다.

"정말 이렇게 친절하시니……. 하지만, 실은 여기서는 이틀만 묵기로 했었답니다. 그러니까 원래는 버스와 함께 가기로 되어 있었지요. 즉, 그 이틀 뒤에 말이죠. 그런 상상도 못한 슬픈 사고만 없었더라면……아니, 그, 나는 더 이상 여행을 계속할 생각이 안 나더군요. 아무래도 적어도 하룻밤은 쉬어야겠다는 생각이 들어서요."

"아녜요, 우리 집으로 가시는 편이 훨씬 좋으리라고 생각해요. 우리가 잘 해드릴게요."

"그 점에 대해서는 정말 더 드릴 말씀이 없군요." 마플 양이 말했다.

"댁에서는 너무 융숭한 대접을 받았는걸요. 참으로 즐거웠답니다. 아주 깔끔한 집이었고, 모든 것이 다 멋있었어요. 댁의 가구나 도자기 같은 것들도 호텔이 아니고 그런 집에서 지낼 수 있었다니 정말 고마운 일이지 뭐예요."

"그럼 당장 함께 가시지요. 제가 방에 가서 짐을 챙겨 드릴게요."

"정말 친절도 하셔라. 하지만 그런 건 혼자서도 할 수 있답니다."

"그럼 거들어드리는 건 괜찮겠죠?"

"정말 고마워요." 마플 양이 말했다.

두 사람은 마플 양의 침실로 갔다. 앤시아는 조금 거친 솜씨로 마플 양의 짐을 챙겼다. 마플 양은 물건을 하나 개는 데도 자기가 하는 식이 있으므로 억지로 만족한 듯한 얼굴을 하느라고 애쓰는 형편이었다. 아니, 저 여자는 도대체 물건도 단정하게 갤 줄도 모르는 사람인가 하고 마플 양은 생각했다.

앤시아가 호텔의 보이를 데려다 주어서 그 보이가 가방을 옛날 영주의 저택으로 날라다 주었다. 마플 양은 보이에게 적당한 팁을 주고는, 그에 더하여 감사의 인사를 거창하게 늘어놓고서 그 자매들과 함께 집으로 들어갔다.

'세 자매라!' 마플 양은 생각하고 있었다.

'다시 이리로 오게 되었군.'

응접실 의자에 앉아서 1분쯤 눈을 감고 호흡을 진정시키고 있었다. 꽤 숨이 찼던 모양이다. 그녀의 나이라면 그럴 법도 하다. 앤시아와 호텔의 보이가 빠른 걸음으로 걸어왔으니까. 그러나 그녀가 눈을 감고 잡으려고 하는 것은 다시 이 집에 들어온 느낌이 어떤가 하는 것이었다. 혹시 집 안에 불길한 느낌은 없는가? 불길까지는 가지 않더라도 불행한 느낌이 들었다. 깊은 불행. 뭔가 두려운 듯한 느낌.

눈을 뜨고 응접실에 있는 두 사람을 보았다. 그린 부인은 부엌에서 이제 막 들어왔는데, 오후의 찻상을 들고 있었다. 언제나와 같은 모습이었다. 조용하며, 특별한 감동이나 감정이 없었다. 어쩌면 감동이나 감정이 거의 결핍되어 있을는지 모른다고 마플 양은 생각했다. 그녀는 어떤 중압과 고통의 생활을 외부에는 조금도 나타내지 않고 자신의 마음속에서 자제하며 아무도 모르게 자기 자신을 길들이고 있는 것은 아닐까?"

그녀에게서 클로틸드에게로 시선을 옮겨 보았다. 전에도 생각해 본 것이지만 그녀는 클라이템네스트라 같은 얼굴을 하고 있었다. 물론 남편을 살해할 리도 없고 살해할 남편이 있었던 적도 없고, 또 그렇게 귀여워했다는 그 처녀를 그녀가 죽인다는 것은 생각할 수도 없다. 지극히 귀여워했다는 것에 대해서는 마플 양도 사실일 것이라는 확신이 있었다. 베리티의 죽음에 대한 이야기가 나왔을 때 클로틸드의 눈에서 눈물이 흘러내리는 것을 전에 보았으니까.

그럼 앤시아는 어떨까? 앤시아……앤시아는 아무래도 특히 수상하다. 머리도 모자란다. 그녀의 나이로 보아서는 노망은 아직 이르다. 눈동자가 언제나 바쁘게 움직이면서 사람의 얼굴을 본다. 다른 사람에게는 보이지 않는 무엇인가를 어깨너머로 보고 있다. 그녀는 겁내고 있다고 마플 양은 생각했다. 무엇인가를 두려워하고 있다. 그녀가 두려워하고 있는 것은 무엇일까? 어쩌면 어떤 종류의 정신병일는지도 모른다. 뭔가 그녀가 한때 지낸 적이 있었을지도 모르는 시설이나, 아니면 병원으로 다시 가게 될까 봐 두려워하고 있을는지도 모른다. 그녀의 두 언니들이 그녀를 자유롭게 내버려두는 것은 좋지 않다고 생각하는 것을 겁내고 있는 것일까? 두 언니들은 동생인 앤시아가 무엇을 저지를지, 무슨 말을 하고 다닐지 그것이 불안하기라도 한 것일까?

여기에는 어떤 분위기가 있다. 그녀는 차를 마저 마시면서 마음에 걸리기 시작했다―쿡 양과 배로 양은 대체 무엇을 하고 있는 것일까? 두 사람은 정말로 그 교회를 구경 간 것일까, 아니면 그것은 그냥 입으로만 해본 소리일까? 아무래도 이상했다. 두 사람이 세인트 메리 미드에 찾아왔었고, 버스에 탔을 때도 알 수 있듯이 그녀를 보러 왔던 일, 그리고 또 그녀를 전에 본 적도 만난 적도 없다고 잡아떼던 그 태도, 아무래도 이상하다.

정말 여러 가지 어려운 일뿐이다. 이윽고 글린 부인이 찻잔을 들고 나가고 앤시아도 뜰로 나갔기 때문에 마플 양과 클로틸드만이 남게 되었다.

"저―." 마플 양이 입을 열었다.

"당신은 브라바존 부주교를 알고 있을 줄 아는데요?"

"예." 클로틸드가 말했다.

"어제 장례식에 오셨더군요. 부인도 그분을 아시나요?"

"아뇨." 마플 양이 말했다.

"하지만 골든 보어 호텔에 일부러 찾아오셔서 내게 이야기를 하셨답니다.

병원에 가셨다가, 가엾은 템플 양의 죽음에 대한 것을 물으러 오셨다는군요. 혹시 템플 양이 자기에게 무슨 남긴 말이 있지 않나 해서래요. 아무래도 그녀는 부주교를 찾아가려고 했었나 봐요. 나는 물론 뭐라도 좀 도와드릴 일이라도 있을까 해서 병원에 갔었습니다만, 아무것도 해드릴 것도 없어서 단지 템플 양의 침대 곁에 앉아만 있었다고 말씀드렸지요. 그녀에게는 의식이 없었답니다. 내가 도와드릴 수 있는 것은 아무것도 없었죠."

"뭐 좀, 그……어떤 일이 있었거나, 무슨 설명 같은 걸 그녀가 하지는 않던가요?" 클로틸드가 물었다.

특별히 흥미를 갖고 물은 것은 아니었다. 마플 양은 그녀의 말에서 풍기는 느낌보다도 실은 훨씬 흥미를 갖고 있는 것은 아닐까 하는 생각도 해보았지만, 역시 그렇지는 않다고 생각했다. 클로틸드는 뭔가 전혀 다른 생각을 하느라고 바쁜 모양이었다.

"그것이 사고였다고 당신은 생각하나요?" 마플 양이 물었다.

"아니면, 라이즐리 포터 부인의 조카딸이 한 이야기에 뭔가가 있다고 생각하나요—어떤 사람이 바위를 밀고 있는 것을 보았다고 하던데."

"글쎄요, 그 두 사람이 보았다고 하면 틀림없이 보았겠죠."

"그래요, 두 사람 다 그렇게 말했죠." 마플 양이 말했다.

"하긴 두 사람의 말이 완전히 일치하지는 않지만. 하지만 그것이 실은 더 자연스럽지요."

클로틸드가 수사관 같은 눈으로 그녀를 보았다.

"그 일에 흥미를 느끼시는 모양이군요?"

"뭐라고 할까요, 도저히 있을 것 같지 않게 생각되거든요." 마플 양이 말했다.

"있을 것 같지 않은 이야기로서, 다만……."

"다만 뭐지요?"

"다만, 아무래도 어쩐지 이상한 느낌이 드는 거예요." 마플 양이 말했다.

글린 부인이 다시 방으로 들어오며, "뭐가 이상하다는 말씀인가요?" 하고 물었다.

"우리들은 그 사고라고 할까 사고가 아닌 이야기라고 할까, 그 이야기를 하고 있는 중이야." 클로틸드가 말했다.

"하지만 누가……."

"그 두 사람의 이야기는 아무래도 아주 이상하다는 생각이 들어서요." 다시 마플 양이 말했다.

"이 집에는 아무래도 뭔가 있어요." 갑자기 클로틸드가 입을 열었다.

"이곳 분위기 속에도 뭔가 있어요. 그것을 여기서 쫓아낼 수가 없답니다. 아무래도 안 돼요. 아무래도 안 돼―베리티가 없어지고 난 뒤로는 계속 그렇답니다. 벌써 몇 년이나 지났는데도 그것이 없어지지 않는군요. 무슨 그늘 같은 게 있어요, 여기에는."

그녀는 마플 양을 보고 말했다.

"부인도 그렇게 생각지 않으세요? 여기서 뭔가 그늘 같은 것을 느끼지 않으세요?"

"나는 외부 사람인데요." 마플 양이 말했다.

"여기서 살고 있고, 세상을 떠난 그 아가씨에 대한 것을 잘 알고 있는 당신이나 동생분과는 다르지요. 그 아가씨는, 브라바존 부주교도 그런 말씀을 하셨습니다만, 정말 상냥하고 예쁜 아가씨였던 모양이더군요."

"아름다운 애였답니다. 또 귀여운 아이이기도 했고요." 클로틸드가 말했다.

"그 아이를 좀더 사귀었더라면 좋았을 걸 그랬어요." 글린 부인이 말했다.

"저는 마침 해외에서 살고 있었거든요. 남편과 함께 휴가로 본국에 한 번 돌아온 일은 있었지만, 거의 런던 쪽에 있었기 때문에 여기에는 별로 오지 못했죠."

앤시아가 뜰에서 들어왔다. 손에 커다란 백합꽃 다발을 들고 있었다.

"장례식 꽃이야." 그녀가 말했다.

"오늘은 이 꽃을 꽂는 날이야, 그렇지? 커다란 화병에 꽂아둘 거야. 장례식 꽃." 하고 그녀는 갑자기 웃기 시작했다. 섬뜩한, 히스테릭하게 끌어당기는 듯한 웃음이었다.

"앤시아." 클로틸드가 말했다.

"안 돼—그런 짓은 안 돼. 그런 짓은……, 하는 게 아니야."

"나는 가서 이 꽃을 물에 담가둘 거야." 앤시아가 신바람이 난 듯이 말하고는 방에서 나갔다.

"정말 골치예요." 글린 부인이 말했다.

"앤시아는 틀림없이……."

"점점 나빠지고 있을 뿐이지." 클로틸드가 말했다.

마플 양은 듣고 있지 않은 척, 들리지 않는 척하고 있었다. 그러면서 에나멜을 칠한 조그만 상자를 들고는 감탄하는 듯이 보고 있었다.

"앤시아가 꽃병을 깨뜨릴는지도 몰라." 래비니아가 말했다.

그러고는 방을 나갔다. 마플 양이 말했다.

"동생이 걱정되시죠? 앤시아 말이에요."

"예, 글쎄, 약간 정상이 아니라서요. 우리들 중에서 막내인데, 어릴 때에는 좀 약한 편이었답니다. 그런데 근래에 와서는 아무래도 분명하게 더 나빠지고 있는 모양이에요. 동생에게는 사물에 대한 진지한 생각이라는 것이 없는 것 같아요. 가끔 저렇게 병적으로 흥분하는 분별없는 발작이 일어나거든요. 당연히 진지해야 될 일에 대해서도 히스테릭하게 웃어버리지요. 우리들로서는 그 동생을 어디에도 보내고 싶지는 않답니다. 치료를 해주어야 된다고 생각은 합니다만, 저 애는 집 떠나는 걸 싫어하나 봐요. 여하튼 여기가 앤시아의 집이니까요. 정말 때로는……, 견디기 힘들 때도 있답니다."

"인생이란 때로는 견디기 힘들 때도 있게 마련이지요." 마플 양이 말했다.

"래비니아는 다른 곳으로 가버리겠다고 합니다." 클로틸드가 말했다.

"다시 해외에 나가서 살겠다고 하는 거예요. 타오르 미나일 거예요. 거기서 오랫동안 동생은 남편과 함께 살면서 꽤 행복했었거든요. 이리로 와서 우리와 함께 살게 된 지도 꽤 오래되었는데도, 역시 어디론가 떠날 생각이 없지는 않나 봐요. 가끔 저도 생각한답니다—래비니아는 앤시아와 같은 집에 사는 것이 싫은 것은 아닌가 하고 말이에요."

"정말이에요." 마플 양이 말했다.

"나도 그런 이야기를 들은 적이 있었어요."

"래비니아는 앤시아가 무서운 거예요." 클로틸드가 말했다.

"굉장히 무서워하고 있답니다. 그래서 저는 언제나 겁낼 건 하나도 없다고 말해 주곤 하지요. 앤시아는 단지 가끔 좀 이상해질 뿐이거든요. 무슨 이상한 생각을 하기도 하고, 이상한 말을 하기도 하지요. 하지만 특별히 위험할 건 없다고 생각하고 있어요—아니, 다시 말하자면 그……, 뭐라고 할까, 무슨 위험한 짓이나 이상한 일을 한다는 거지요."

"그런 일이 지금까지는 한 번도 없었나요?" 마플 양이 물었다.

"예, 그런 일은 전혀 없었죠. 가끔 짜증을 일으키고 갑자기 사람을 싫어하는 일은 있었지만, 또 무슨 일에나 질투가 심해요. 그러다 보니까 여러 사람들에게 걱정을 끼치고 있지요. 어떻게 해야 좋을지 저도 모르겠어요. 가끔 이 집을 팔아버리고 모두 함께 어디로 가버리는 편이 좋지 않을까 생각하기도 한답니다."

"괴로우시겠어요." 마플 양이 말했다.

"당신에게는 과거의 추억과 함께 이 집에 살고 있는 것이 적잖이 괴로우시겠다는 생각도 드는군요."

"제 마음을 아시겠어요? 부인은 알아주실 줄 압니다. 어쩔 수가 없어요. 아무리 애를 써도 사랑스러운 그 아이 생각이 나곤 하니. 그 아이는 제게는 정말 친딸 같았답니다. 그 아이는 제 친한 친구의 딸이었지요. 참 이해심이 많은 아이였어요. 머리도 좋았고, 그림도 잘 그렸답니다. 그림 공부나 디자인 공부에서도 성적이 아주 좋았죠. 디자인 쪽도 열심히 하고 있었거든요. 그런데……, 그 몹쓸 사랑, 머리가 돌아버린 남자지요……."

"래릴 씨의 아들 마이클 래필 말이군요?"

"그렇답니다. 여기에 그 젊은이가 오지만 않았더라면 아무 일도 없었을 텐데. 어쩌다가 그 젊은이가 이 방면으로 오는 길에 아버지의 심부름으로 우리 집에 들르게 되어 우리와 함께 식사를 하게 되었답니다. 그런데 처음 만나보니 아주 상냥한 미남이었어요. 그러나 알고 보니 더할 나위 없는 망나니에다 나쁜 과거까지 있더군요. 두 번이나 형무소를 들락거렸고 여성 관계도 복잡했다는군요. 하지만 설마 베리티가……, 그렇게 빠져버릴 줄이야 누가 알았겠어요. 그러나 생각해 보면 그런 나이의 처녀에게는 흔히 있는 일이지요. 그 아이는 완전히 그에게 빠져서 다른 생각은 하려고도 않고, 그에 대한 나쁜 이야기라면 들어볼 생각조차 하지 않았답니다. 그에게 여러 가지 일이 있었던 것은 그의 죄가 아니라고까지 하는 거예요. 그럴 때에 처녀들이 흔히 그러듯이—모두가 그를 나쁘게만 말한다는 거죠. 그리고 또 사실 모두들 그를 나쁘게 말했답니다. 그를 위해 변명하고 나서는 사람은 아무도 없었으니까요. 듣기도 지겨울 만큼 나쁜 소문들뿐이었죠. 처녀들에게는 올바른 분별을 갖게 할 수가 없는 것일까요?"

"본래부터 처녀들에게는 분별이라는 것이 별로 없는 것이지요." 마플 양이 말했다.

"그 아이는 전혀 아무 말도 들으려 하지 않았답니다. 저는 그래서……, 그 젊은이를 이 집에 오지 못하게 했지요. 저는 그 젊은이에게 말해 주었답니다. 앞으로는 우리 집에 오지 말라고. 그것은 물론 어리석은 짓이었지요. 뒤에 가서야 깨달았습니다만. 그것은 단지 그 아이가 집에서 나가 집 밖에서 그와 만나게 되었을 뿐이었거든요. 어디서 만났는지는 모릅니다. 만나는 장소는 여기저기 여러 곳이었던 모양입니다만. 흔히 그는 예정한 장소에서 자기 차로 그 아이를 불러내고는 밤늦게 집으로 데려다 주곤 했습니다. 한두 번은 날이 밝도록 그 아이를 데려오지 않은 적도 있었지요. 저는 그런 짓은 하지 말라고 했지만 둘은 듣지 않았답니다. 베리티도 듣지 않았으며, 물론 그 젊은이도 들을 리가 없었지요."

"그 아가씨는 결혼할 생각이었군요?" 마플 양이 말했다.

"거기까지는 아직 가지 않았다고 저는 생각하고 있었어요. 그가 그 아이와 결혼할 생각은 추호도 없었을 테니까요."

"당신이야말로 걱정이 태산 같았겠군요." 마플 양이 말했다.

"예. 그중에서도 가장 싫었던 것은 시체를 확인하러 가야만 한 일이었지요. 그것은 한참 뒤의 일이었습니다만—여기서 그 아이가 자취를 감추고 나서. 우리는 물론 그 아이가 그 남자와 함께 멀리 달아나 버렸다고 생각하고 있어서 언젠가는 반드시 소식이 올 거라고 여기고 있었답니다. 경찰에 있는 사람들은 훨씬 중대하게 생각하고 있는 눈치였습니다만, 경찰에서는 경찰서로 마이클을 불러다놓고 수사에 협력하라고 한 모양인데, 그의 말은 이 지방 사람들이 하는 말과는 전혀 맞지가 않았답니다.

그때 시체가 발견된 것이지요. 여기서 꽤 떨어진 곳이었지요. 30마일이나 된답니다. 거의 지나다니는 사람이라고는 없는 오솔길 끝의 덤불 그늘로 가려진 도랑 같은 곳이었습니다. 저는 어쩔 수 없이 가서 시체 임시안치소에서 시체를 보아야만 했지요. 그것은 정말 너무도 끔찍한 꼴이었습니다. 참혹한 폭력이었습니다. 그 젊은이는 그 아이를 그런 꼴로 만들어서 대체 어쩔 셈이었을까요? 목을 조르는 것만으로는 만족할 수가 없었던 걸까요? 남자는 그 아이의 스카프로 목을 졸랐더군요. 전……, 이젠 더 말씀드릴 수가 없군요. 도저히 견딜 수가 없어요."

눈물이 갑자기 얼굴로 흘러내렸다.

"정말 안됐습니다." 마플 양이 말했다.

"정말 뭐라고 해야 할지 모르겠군요. 가엾게도."

"그렇게 생각해 주시는군요." 클로틸드는 갑자기 그녀 쪽을 보면서 말했다. "하지만 그러시는 부인도 좀더 나쁜 일은 모르실 겁니다."

"그건 무슨 말씀인지?"

"모르세요, 앤시아의 일을 모르신다는 거지요."

"앤시아의 일이라니, 무슨 일인데요?"

"그 무렵의 앤시아는 정말 이상했답니다. 동생은 굉장히 질투가 심해졌어요. 갑자기 베리티에게 반발하는 것 같았습니다. 마치 미워하는 듯한 눈으로 그 아이를 보는 것이었지요. 가끔 생각난답니다. 혹시……, 아니, 생각하기조차도 싫은 일이랍니다. 부인은 동생을 그렇게 생각지 마세요. 동생은 한번 어떤 놈에게 폭행당한 일이 있었답니다. 그 뒤로 동생은 가끔 미친 듯이 화를 낼 때가 있습니다. 혹시 그런 일이 일어났을까 봐—아니, 이런 말은 해선 안 되지요. 그런 의문 같은 것이 특별히 있었던 것도 아니고 지금 그 말은 안 들은 걸로 해주세요. 특별히 무슨 뜻이 있는 말은 아니었답니다. 그렇지만……, 동생은 결코 정상이라고 할 수는 없죠. 분명하게 말씀을 드려야겠군요. 동생이 젊었을 때의 일이랍니다. 한두 번 이상한 일이 있었습니다―동물에게요. 우리 집에 앵무새가 한 마리 있었죠. 여러 가지 말을 흉내 낼 줄 아는 앵무새였답니다. 앵무새니까 쓸데없는 말도 지껄이지요. 그런데 동생이 그 새 목을 비틀어 버린 겁니다. 그 뒤로 저는 동생을 그 일이 있기 전같이는 생각되지 않더군요. 동생을 믿을 마음이 안 생기는 겁니다. 절대로, 절대로……. 이건 도무지 제가 좀 히스테릭하게 되어버려서……."

"아니―." 마플 양이 말했다.

"그렇게 너무 자책하지 마세요."

"베리티가 죽은 것을 알았을 때……, 그때의 절망은 이루 말할 수가 없었지요. 그렇게 참혹한 꼴로. 그런데 다른 여자들은 그 남자에게서 무사했잖아요. 그 사람은 종신형이 되었죠. 지금도 형무소에 있답니다. 그를 형무소에서 풀어주어 또 누군가에게 그런 짓을 하게 내버려두어서는 안 되지요. 하지만 왜 요즘 흔히 말하는 책임감 상실 같은 정신장애자로 판정하지 못할까요? 그런 사람은 정신병원으로 보내는 것이 원칙이지요. 그는 자기가 한 일에 조금이라도 책임 같은 것을 질 수 있는 사람이 절대 아니거든요."

클로틸드는 자리에서 일어나더니 방에서 나갔다. 글린 부인이 돌아오다가 입구에서 그녀와 엇갈렸다.

"저, 클로틸드 언니가 하는 말에 너무 신경 쓰실 것 없으세요." 그녀가 말했다.

"벌써 몇 년이나 지났는데도 그 무서운 일에서 아직 벗어나지 못하고 있답니다. 언니는 베리티를 너무 지나치게 사랑했어요."

"동생에 대한 것도 걱정하고 있는 모양이더군요."

"앤시아 말인가요? 앤시아는 걱정 없어요. 동생은……, 아시다시피 머리가 좀 모자라지요. 히스테리를 일으킬 때도 좀 있답니다. 쉽게 흥분하고, 때로는 이상한 것을 생각하고 망상을 할 때도 있지요. 하지만 언니가 걱정해야 할 건 아무것도 없답니다. 아니, 누굴까요, 저 창문으로 들어오는 사람이?"

두 사람이 사과를 해가면서 갑자기 프랑스식 창문으로 들어왔다.

"정말 미안합니다." 배로 양이 말했다.

"우리는 마플 양을 찾아다니고 있었답니다. 이리로 마플 양이 오셨다는 말을 듣고 혹시……, 아아, 마플 양, 거기 계셨군요. 실은 오늘 오후에 가기로 한 교회에는 가지 못하게 되어서 그 말씀을 드리려고요. 청소를 하는 바람에 문이 잠겨 있답니다. 그래서 우리는 오늘의 관광은 그만 끝내고 내일 가기로 했지요. 이렇게 창문으로 들어와서 정말 미안합니다. 현관의 벨을 눌렀지만 아무래도 소리가 안 나는 것 같아서요."

"그 벨이 가끔 말썽을 부린답니다. 죄송합니다." 글린 부인이 말했다.

"아주 제멋대로예요. 소리가 날 때도 있고, 벙어리가 되기도 하고 아무튼 좀 앉아서 말씀하시지요. 버스로 함께 떠나지 않으셨군요."

"예. 우리는 이 부근을 좀 구경하고 싶어서 여기까지 오긴 했지만, 그 버스로 더 가는 것이 아무래도……, 그, 좀 꺼림칙해서요. 이틀 전에 그런 일이 있은 뒤라서 말이에요."

"여러분, 셰리주라도 드시겠어요?" 글린 부인이 말했다.

그녀는 방을 나갔다는 곧 다시 돌아왔다. 앤시아도 함께 왔는데, 이젠 얌전한 얼굴로 컵이며 셰리주 병을 갖고 왔다. 그리고 모두들 함께 자리에 앉았다.

"전 말이지요, 정말 궁금해 죽겠어요." 글린 부인이 말했다.

"이번 일은 정말 어떻게 될까요? 그 가엾은 템플 양 사건 말이에요. 즉, 경찰이 어떻게 생각하고 있는지, 그것을 알기란 불가능하겠지요? 아직도 수사를 계속하고 있는 모양이고, 또 검시재판이 연기된 것도 확실히 만족스러운 결과가 나오지 않았다는 것이겠지요. 상처의 상태에 대해서 무슨 의문이 있는 것은 아닐까요?"

"저는 그렇게 생각지는 않아요." 배로 양이 말했다.

"즉, 머리를 얻어맞고 심한 뇌진탕을 일으켰겠지요. 다시 말하자면 그것은 바위에 맞아서 그렇게 된 거지요. 다만 문제는, 마플 양, 그 바위가 저절로 굴러 떨어진 것인가, 아니면 누군가가 밀어내린 것인가 하는 것이지요."

"하지만—." 쿡 양이 말했다.

"그런 생각은 할 수가 없지요. 그런 바위를 굴러 떨어뜨리는 그런 짓을 할 사람이 대체 어디 있겠어요? 그야 불량소년들이 없는 건 아니지만. 그리고 젊은 외국인이나 학생들, 설마 그런……."

"그렇게 얘기하는 것은 그 사람이 우리들과 함께 여행 온 일행 중 하나가 아니냐 하는 것인가요?" 마플 양이 말했다.

"아니, 저는 그런—그런 말을 한 건 아니에요." 쿡 양이 말했다.

"하지만—." 마플 양이 말했다.

"역시 우리로서는 그런 생각도 하지 않을 수가 없군요. 다시 말하자면 거기에는 그럴 만한 이유가 있어야 되겠지요. 만일 경찰이 그것을 사고는 아니었다고 생각하고 있다면 누군가가 했다는 것이 될 수밖에 없지요. 그런데 템플 양은 이 지역에서는 전혀 알려지지 않은 사람입니다. 그렇다면 그런 짓을 할 사람은 없다—아니, 이 지역에는 그런 짓을 할 사람은 없다는 것이 되겠지요. 그렇게 되면 이야기는 다시 처음으로 돌아가서—즉, 그 버스 안에 있던 우리들 전부에게로 되돌아오게 된답니다, 그렇지 않나요?"

마플 양은 노부인다운 조용하고 부드러운 소리로 웃었다.

"그렇군요, 분명히 그렇게 되는군요!"

"내가 공연히 그런 말을 했나 봐요. 하지만 범죄란 흥미 있는 문제지요. 때로는 전혀 엉뚱한 일도 일어나게 되니까."

"마플 양은 분명하게 감을 잡으신 거지요? 이야기해 주시면 재미있을 것 같은데." 클로틸드가 말했다.

"아니에요, 다만 있을 수 있는 것을 생각해 보았을 뿐인걸요."

"그 캐스터 씨—." 쿡 양이 말했다.

"저는 아무래도 그 사람의 태도가 처음부터 마음에 안 들었답니다. 아무래도 제가 보기에는—뭐랄까, 그 스파이나 그런 것과 관계가 있는 것이 아닌가 하는 생각이 드는 거예요. 어쩌면 원자폭탄의 비밀이나 뭐 그런 걸 캐내려고 이 나라에 와 있는 것은 아닐까요?"

"이 부근에는 원자폭탄의 비밀 같은 것은 없을 거예요." 글린 부인이 말했다.

"물론 없지요." 앤시아가 말했다.

"아마 그건 그 사람을 계속 뒤따라온 어떤 사람일 거예요. 틀림없이 그 여자가 모종의 범인이어서 어떤 사람이 계속 미행을 해왔을 거예요."

"바보같이." 클로틸드가 말했다.

"그 사람은 어떤 아주 유명한 학교의 교장이었던 분인데 은퇴하신 거야. 그리고 아주 훌륭한 학자라고. 그런 사람을 대체 뭣 하러 미행을 하겠니?"

"아아, 난 모르겠어. 머리가 좀 돌아버렸거나 한 건 아닐까?"

글린 부인이 말했다.

"마플 양에게는 분명히 무슨 생각이 있을 것 같습니다만."

"예, 내게도 약간 생각한 것은 있답니다." 마플 양이 말했다.

"내가 생각하기에는……, 한 사람……. 정말 이런 이야기는 하기 어렵군요. 하지만 이치상으로는 가능성이 있는 사람으로서 머리에 떠오르는 사람이 둘 있군요. 하지만 사실은 전혀 그렇지 않으리라고 생각한답니다. 무슨 말이냐 하면, 그 두 사람은 아주 신분이 확실한 사람들이거든요. 하지만 내가 말하고 싶은 것은 이치상으로 의심을 해본다면 다른 사람은 없다고 하는 거예요."

"누구를 말씀하시는지요? 이건 아주 재미가 있군요."

"그런 말을 할 수는 없다고 생각해요. 단지……, 즉, 일종의 억측에 불과하니까요."

"대체 그 바위를 굴러 떨어뜨린 것은 누구라고 생각하세요? 그 조안나와 엠린 프라이스가 보았다는 사람이 누구라고 생각하세요?"

"내가 생각하는 것은……, 그 두 사람은 사실은 아무도 보지 않은 게 아닐까 하는 거랍니다."

"저는 무슨 말인지 도무지 모르겠군요." 앤시아가 말했다.

"두 사람은 아무도 보지 않았다고요?"

"글쎄, 혹시 그 두 사람이 이야기를 꾸며낸 것이 아닌가 해서."

"무엇을 말인가요—누군가를 보았다는 것 말인가요?"

"그렇지요, 있을 법한 이야기지요?"

"즉, 장난 같은 것이거나, 아니면 계획적인 것이라고 말씀하시는 겁니까? 정말 무슨 뜻인가요?"

"저, 내 생각은 말이에요, 요즘 젊은 사람들이 엉뚱한 짓을 한다는 말을 자주 듣게 되잖아요?" 마플 양이 말했다.

"살아 있는 말의 눈에다가 무슨 물건을 쑤셔 박았다든가, 대사관의 유리창을 박살낸 일이라든가, 사람을 덮친 이야기 등등. 이런 짓은 대개 젊은 사람들의 소행이겠죠? 그리고 그 두 사람도 역시 젊은 사람들이고?"

"다시 말하자면 엠린 프라이스와 조안나가 그 바위를 굴러 떨어뜨렸다고 말씀하시는 건가요?"

"그래요, 그 두 사람 말고 누가 또 있겠어요, 뻔뻔스럽고 조심성 없는 사람이. 그렇지 않나요?" 마플 양이 말했다.

"정말 놀랐습니다!" 클로틸드가 말했다.

"그런 생각은 해보지도 않았는데. 하지만 그 말씀이 옳다는 생각도 드네요. 물론 저는 그 둘이 어떤 사람인지는 모르지만. 여행을 함께 해온 것도 아니니까."

"아, 아주 좋은 사람들이랍니다." 마플 양이 말했다.

"조안나 같은 아가씨는 내 처지에서 보자면 특히 그……, 유능하고 젊은 여성같이 생각되는군요."

"무엇을 하는 데 유능하다는 뜻인가요?" 앤시아가 물었다.

"앤시아, 가만 좀 있어." 클로틸드가 말했다.

"예, 아주 유능하지요." 마플 양이 말했다.

"여하튼 사람을 죽이는 일을 하자면 사람들 눈에 띄지 않도록 궁리를 해야 하는 유능한 솜씨가 없어서는 안 되니까요."

"그런데 두 사람이 함께 있었던 것은 분명하겠지요?" 배로 양이 갑자기 물었다.

"예, 그렇겠지요." 마플 양이 말했다.

"두 사람은 함께 있었고, 하는 이야기도 대체로 비슷하더군요. 그 두 사람은……, 말하자면 그 두 사람이 용의자인 것만은 분명하겠지요. 두 사람은 다른 사람들이 볼 수 없는 곳에 있었거든요. 다른 사람은 모두 아래에 있는 오솔길에 있었으니까요. 두 사람은 언덕의 정상까지 갈 수도 있었고, 그 바위를 움직일 수도 있었을 겁니다. 아마 두 사람은 특히 템플 양을 죽이려는 생각은 없었겠지요. 두 사람은 단지, 약간 반항을 해보고 싶었다든가 아니면, 그냥 무엇인가를, 누군가를(누구라도 좋았겠지요) 맞춰보고 싶었을 거예요. 그래서 그 바위를 밀지 않았을까요? 그리고 누군가를 보았다는 말을 꾸며대고 어딘지 좀 괴상한 복장을 한 사람, 아주 이상한 느낌을 주는……, 아니, 저, 난 이런 말을 해서는 안 되는데……. 단지 그런 생각을 좀 했을 뿐이에요."

"하지만 제가 보기에는 아주 재미있는 생각 같은데요." 글린 부인이 말했다.

"언니! 언니는 어떻게 생각해?"

"나도 있을 수 있는 일이라고 생각해. 하지만 나로서는 그런 생각은 해볼 수도 없겠어."

"그건 그렇고—." 쿡 양이 말하면서 의자에서 일어났다.

"우리는 이제 골든 보어 호텔로 돌아가야 됩니다. 마플 양도 함께 가시겠어요?"

"아, 아니에요." 마플 양이 말했다.

"참, 아직 모르셨군. 깜박 잊어버리고 말았네. 브래드베리스코트 양이 친절하게도 여기서 하루나 이틀 묵으라고 하기에……."

"아, 그러세요. 그거 아주 잘 되었군요. 여기가 훨씬 좋을 거예요. 골든 보어 호텔에는 매일 밤 시끄러운 패거리들이 몰려오니까."

"저녁식사 뒤에 커피라도 마시러 오시지 않겠어요?" 클로틸드가 말했다.

"오늘 밤은 따뜻할 것 같군요. 사실은 저녁식사라도 대접하고 싶습니다만, 준비된 것이 없어서요. 하지만 오세요, 커피라도 함께 하게요……."

"정말 감사합니다." 쿡 양이 말했다.

"예, 친절을 무시해서야 실례가 되겠지요."

큰 시계 3시를 치다

1

쿡 양과 배로 양은 일찌감치 8시 45분에 찾아왔다. 한쪽은 레이스로 된 베이지색 옷이고, 또 한쪽은 올리브 그린 색 옷이었다. 저녁 식탁에서 앤시아가 마플 양에게 그 두 여자에 대한 것을 물었다.

"그 사람들 정말 이상하네요. 뒤에 남아 있다니."

"그렇게 말할 수도 없지요." 마플 양이 말했다.

"두 사람은 뭔가 계획이 있는 모양이에요."

"계획이라고 하셨는데, 어떤 건가요?" 글린 부인이 물었다.

"그것은 저, 그 두 사람은 틀림없이 장차 일어날지도 모르는 여러 가지 일에 대해서 언제라도 대처할 수 있는 준비가 되어 있어서 그에 따른 계획을 갖고 있을 거예요."

"그게 무슨 말씀인가요?" 앤시아가 흥미를 보이면서 물었다.

"그렇다면 그 사람들은 살인사건에도 대처할 만한 계획을 갖고 있다고 하시는 건가요?"

"그런 말 하는 거 아니야, 앤시아." 글린 부인이 말했다.

"그 가엾은 템플 양의 죽음을 살인사건이라니."

"아니, 그건 정말 살인이야." 앤시아가 말했다.

"단지 내가 모르는 것은 누가 그 사람을 죽일 생각을 했는가 하는 점이야. 나는 그 사람 학교의 학생이 오랫동안 미워하다가 결국 죽인 것이 아닌가 생각하는데."

"미움이라는 것이 그렇게 오래 계속될 수 있을까요?" 마플 양이 물었다.

"예, 전 그렇게 생각해요. 몇 년이든 사람은 사람을 미워할 수 있다고 생각해요."

"아니에요." 마플 양이 말했다.

"나는 미움은 사라지는 것이라고 생각하는데. 더구나 미움은 일부러 간직하려고 해도 되는 일이 아니라고 생각합니다." 그리고 덧붙여 말했다.

"미움은 사랑만큼 강한 것이 아니거든요."

"그럼, 쿡 양이나 배로 양, 아니면 그 두 사람이 함께 살인을 했다고 생각할 수는 없을까요?"

"무엇 때문에 그 사람들이?" 글린 부인이 말했다.

"앤시아, 대체 무슨 소리를 하는 거니? 그 두 여자, 좋은 사람들 같지 않았니?"

"그런데 나는 왠지 그 두 사람이 수상하게 생각되는데." 앤시아가 말했다.

"언니는 그렇게 생각 안 해, 클로틸드?"

"그럴는지도 모르지." 클로틸드가 말했다.

"그 사람들 약간은 부자연스러운 데가 있기는 해, 내 말의 뜻을 알겠지?"

"나는 그 두 사람에게 뭔가 아주 음흉한 데가 있는 것 같기만 해서 견딜 수가 없어." 앤시아가 말했다.

"앤시아! 넌 언제나 상상이 너무 지나쳐." 글린 부인이 말했다.

"그건 여하튼 그 두 사람은 먼저 오솔길을 걸어갔었죠? 부인도 보셨겠죠?"

글린 부인이 마플 양을 보고 물었다.

"나는 특히 그 사람들에게 주의를 기울였다고 할 수가 없군요." 마플 양이 말했다.

"또 실제로 주의해 볼 기회도 없었고."

"그게 무슨 말씀이신지······."

"마플 양은 그곳에 함께 가시지 않았어." 클로틸드가 말했다.

"우리 집 정원에 계셨지."

"아, 그랬었지. 난 잊어버렸어."

"오늘은 아주 조용하고 좋은 날이었어요." 마플 양이 말했다.

"정말 즐거웠습니다. 내일 아침엔 정원에 나가서 뜰 구석의 커다란 흙더미 같은 곳에 피기 시작한 하얀 꽃밭을 다시 한 번 구경하고 싶군요. 저번 날 보았을 때는 꽃망울이 잔뜩 맺어 있었는데, 지금쯤 한창 피기 시작했겠죠? 이 댁을 방문한 기억 중 하나로 언제까지나 잊지 못할 거예요."

"나는 그 꽃이 싫어." 앤시아가 말했다.

"그런 건 파버렸으면 좋겠어. 난 거기에 온실을 다시 세우고 싶어. 언니, 돈을 좀 모으면 다시 세울 수 있을 거야, 그렇지, 언니?"

"그대로 두는 것이 좋아." 클로틸드가 말했다.

"손대지 마. 지금 우리에게 대체 온실 같은 것이 무슨 필요가 있니? 다시 포도가 열리려면 적어도 몇 년은 걸릴 텐데."

"자, 그런 이야기는 이제 그만해." 글린 부인이 말했다.

"응접실로 가시죠. 이젠 손님이 커피를 마시러 올 때가 됐어요."

마침 그때 손님들이 찾아왔다. 클로틸드가 커피잔을 올려놓은 쟁반을 들고 왔다. 각자의 잔에 커피를 따르고 모두에게 돌렸다. 손님들 앞에 한 잔씩 놓고 마플 양에게도 하나 가져왔다. 쿡 양이 옆에서 참견을 하고 나섰다.

"마플 양, 용서하세요. 저, 저 같으면 마시지 않겠습니다. 아니, 저, 커피 말인데요, 이런 시간의 커피는 잠을 쫓는답니다."

"어머, 그럴까요?" 마플 양이 말했다.

"나는 밤에도 가끔 마셔서 버릇이 되어 있는데."

"예, 하지만 이건 아주 고급품이라 진하답니다. 마시지 말라고 권하겠어요."

마플 양은 쿡 양의 얼굴을 바라보았다. 쿡 양의 얼굴은 너무 진지했으며, 그 가발 같은 머리가 한쪽 눈 위를 덮고 있었다. 그녀는 다른 한쪽 눈을 어렴풋이 깜박여 보였다.

"예, 알겠어요." 마플 양이 말했다.

"당신 말이 옳겠군요. 당신은 아마 식이요법에 대해서 잘 아시는 것 같군요."

"예, 공부도 꽤 했답니다. 간호법도 연수받았고요, 그 밖에도 이것저것."

"그러세요?" 하고 마플 양은 잔을 조금 앞으로 밀어놓고 "저, 그 아가씨의 사진은 없는 것 같군요?" 하고 물었다.

"베리티 헌트라든가? 부주교님이 그 아가씨 이야기를 하더군요. 부주교님도 그 아가씨를 무척 귀여워했었나 봐요."

"그럴 거예요. 그분은 젊은 사람이라면 누구나 귀여워하시니까." 클로틸드가 말했다.

그녀는 일어나서 방을 가로질러 가서는 책상 뚜껑을 들어올렸다. 거기서 사진 한 장을 꺼내더니 그것을 마플 양에게 갖고 와서 보여주었다.

"이것이 베리티랍니다." 그녀가 말했다.

"아름다운 얼굴이군요." 마플 양이 말했다.

"정말 아름답고 뛰어난 얼굴이에요. 가엾게도."

"요즘은 겁이 나요." 앤시아가 말했다.

"그런 일이 일 년 내내 일어나고 있으니까요. 젊은 여자들은 젊은 남자라면 덮어놓고 함께 가버리지요. 그리고 아무도 그런 사람들을 돌봐줄 이도 없고."

"자신은 자신이 지킬 수밖에 없어요, 요즘은." 클로틸드가 말했다.

"그런데 불쌍하게도 어떻게 지켜야 할는지를 모르고 있답니다!" 하고 그녀는 손을 내밀어 마플 양에게서 사진을 받으려 했다. 그때 그녀의 소매가 커피 잔에 걸려서 마룻바닥으로 떨어지고 말았다.

"어머나!" 마플 양이 말했다.

"내가 그랬나요? 당신 손을 밀었나 보지요?"

"아니에요." 클로틸드가 말했다.

"내 소매에 걸렸어요. 너무 너덜거려요, 이 소매가. 커피가 싫으시면 따뜻한 우유를 드릴까요?"

"정말 미안하군요." 마플 양이 말했다.

"자기 전에 따뜻한 우유를 마시면 잠이 잘 오지요."

그 뒤 한동안 잡담을 하고 나서 쿡 양과 배로 양은 돌아갔다. 어쩐지 허둥대고 있는 듯했다. 한 사람이 다시 왔는가 했더니 또 한 사람이 잊고 간 물건을 찾으러 오는 둥 수선을 피웠다. 스카프니 손수건이니 핸드백이니.

"허겁지겁이군." 두 사람이 가버리자 앤시아가 말했다.

"아무래도 언니가 한 말에 나도 찬성해야겠어." 글린 부인이 말했다.

"그 두 사람은 아무래도 진짜 같은 생각이 안 들어. 제가 하는 말 아시겠지요?" 하고 마플 양을 보며 말했다.

"그럼은요." 마플 양이 말했다.

"나 역시 당신 생각과 같답니다. 그 두 사람, 아무리 봐도 진짜 관광객은 아닌 것 같아요. 나도 그 두 사람에 대해서 이것저것 생각해 봤답니다. 그 두 사람은 대체 무슨 목적으로 이 여행에 나섰는가, 그리고 정말 여행을 즐기고 있는가 하고 말이에요."

"그래서 그런 답이 나왔군요?" 클로틸드가 물었다.

"그렇게 생각하고는 있지만—" 마플 양이 말하고는 한숨을 내쉬며, "여러 가지 많은 것의 해답도 얻었답니다." 하고 말했다.

"지금까지의 여행이 즐거웠으면 좋겠습니다만." 클로틸드가 말했다.

"난 말이지요, 그 여행단에서 떨어져 나오길 잘했다고 생각해요." 마플 양이 말했다.

"이제 더는 즐거운 일이 있을 것 같지도 않거든요."

"그래요, 그건 저도 짐작이 가는군요."

클로틸드가 부엌에서 뜨거운 우유를 한 잔 가져다주며 마플 양과 함께 그녀의 방으로 올라갔다.

"뭐 다른 것은 필요한 것이 없으신가요?" 그녀가 물었다.

"무엇이든지 말씀만 하세요."

"아니에요, 고맙습니다." 마플 양이 말했다.

"필요한 것은 다 있으니까. 이 조그만 나이트 백도 갖고 있으니까 이젠 짐을 풀 것도 없답니다. 정말 고마웠어요. 정말 당신도 그렇고, 동생분들도 친절하게 해주셔서. 오늘 밤에도 여기서 또 묵게 되었으니……."

"정말 아무것도 해드리지 못했어요. 래필 씨가 편지까지 했는데. 그분은 정말 생각이 깊은 분이었답니다."

"그래요." 마플 양이 말했다.

"무엇 하나 빠뜨리는 법이 없는 분이지요. 머리가 좋은 사람이었나 봐요."

"아주 훌륭한 금융인이었지요."

"경제적인 일이든 다른 일이든 그분은 생각이 참 치밀한 분이었지요." 마플 양이 말했다.

"자, 그럼 이젠 그만 자야겠네요. 안녕히 주무세요, 브래드베리스코트 양."

"아침식사는 이리로 가져올까요? 침대에서 드시겠습니까?"

"아니, 아니, 그렇게 하시면 안 됩니다. 아래로 내려가지요. 홍차 한 잔이면 돼요. 정원을 거닐고 싶어서 그러니까. 그 흙더미 위를 덮고 있는 그 하얀 꽃이 꼭 보고 싶어서요. 너무 예쁘고, 승리를 자랑하고 있는 듯한 느낌이라서……."

"안녕히 주무세요." 클로틸드가 말했다.

"좋은 꿈 많이 꾸시고."

2

옛날 영주의 저택 현관 홀의 계단 밑에 있는 대형 시계가 2시를 쳤다. 집 안의 시계가 일제히 종을 치는 것이 아니고, 그 가운데는 전혀 종을 안 치는 것도 있었다. 집 안의 고물 시계를 정확하게 맞추어두는 일은 쉬운 일이 아니다. 3시에는 2층 계단 앞에 있는 큰 시계가 부드러운 차임으로 3시를 알렸다. 출입문 경첩 틈새로 희미한 불빛이 보였다.

마플 양은 침대 위에 일어나 앉아서 침대맡 전등 스위치에 손가락을 올려놓고 있었다. 문이 살며시 열렸다. 방 바깥의 불빛은 이미 없어졌지만, 가벼운 발걸음 소리가 문에서 방 안으로 들어왔다. 마플 양이 전등 스위치를 눌렀다.

"아, 당신이었군요." 그녀가 말했다.

"브래드베리스코트 양. 무슨 특별한 일이라도 있나요?"

"뭐 또 시키실 일이 없는가 해서 왔습니다." 브래드베리스코트 양이 말했다.

마플 양이 가만히 그녀를 쳐다보았다. 클로틸드는 긴 보라색 로브(길고 품이 큰 겉옷)를 입고 있었다. 정말로 무척 아름다운 여인이라고 마플 양은 생각했다. 머리칼이 이마를 곱게 가리고 있었으며 비극적인 얼굴이었다. 드라마 속의 얼굴. 마플 양은 또다시 그리스 연극을 떠올리고 있었다. 클라이템네스트라가 분명했다.

"뭐 더 가져올 것은 없을까요?"

"없어요. 고맙습니다." 마플 양이 말했다.

"저, 아까 그 우유 안 마셨어요."

"어머, 왜 그러셨어요?"

"몸에 별로 좋을 것 같지 않아서." 마플 양이 말했다.

클로틸드는 버티고 서 있었다―침대의 발치께에서 그녀를 보고만 있었다.

"위생적이 못 되어서 말이지요." 마플 양이 다시 말했다.

"그게 무슨 뜻이지요?" 클로틸드의 목소리가 거칠어지고 있었다.

"내가 하는 말의 뜻을 당신은 알고 있을 줄 아는데." 마플 양이 말했다.

"오늘 밤 내내 알고 있는 줄 알았지요. 아니, 훨씬 이전부터."

"대체 무슨 말씀을 하고 계시는지 저는 전혀 모르겠는데요."

"그래요?" 하고 되묻는 목소리에는 어렴풋한 빈정거림이 있었다.

"그 우유 이미 식었겠죠? 그건 내가고 더운 것을 가져오겠습니다."

클로틸드가 손을 뻗어 침대 옆에 놓인 우유컵을 들었다.

"마음대로 하시지요." 마플 양이 말했다.

"다시 가져다주어도 나는 마시지 않을 테니까."

"부인이 하시는 말을 저는 전혀 알아들을 수가 없군요, 정말로." 클로틸드는 그녀를 가만히 보면서 말했다.

"부인은 정말 어처구니없는 분이세요. 대체 어떤 분이시죠? 왜 그런 말씀을 하시지요? 대체 부인은 누구죠?"

마플 양은 머리에 감고 있던 핑크빛 털실 뭉치를 끌어내렸다―지난날 서인도제도에서 그녀가 몸에 지니고 있었던 것과 똑같은 종류의 털실로 짠 스카프였다.

"내 이름 중 하나는 말이야―." 마플 양이 클로틸드에게 말했다.

"네미시스라고 하지."

"네미시스? 그게 무슨 뜻이지요?"

"당신은 알 텐데." 마플 양이 말했다.

"당신은 아주 훌륭한 교육을 받은 여자야. 네미시스는 아주 늦게 올 때도 있지만, 언젠가는 꼭 오게 되어 있지."

"대체 무슨 이야기를 하시는 거죠?"

"당신이 죽인 아주 예쁜 아가씨 이야기야." 마플 양이 말했다.

"제가 누굴 죽였다고? 그게 무슨 이야긴가요?"

"베리티라는 처녀의 이야기지."

"왜 제가 그 아이를 죽여야만 하나요?"

"그것은 당신이 그 아가씨를 사랑했으니까." 마플 양이 말했다.

"물론 저는 그 아이를 사랑했습니다. 마음 깊이. 그리고 그 아이도 저를 사랑했지요."

"어떤 사람이 얼마 전에 내게 한 말이 있었어. 사랑은 아주 무서운 말이라고. 정말로 무서운 말이지. 당신은 베리티를 지나치게 깊이 사랑하고 있었어. 그 아가씨는 당신에게 있어서 이 세상의 전부였지. 그 아가씨도 당신을 몸과 마음을 다해 사랑하고 있었어—그 아가씨의 인생 속에 새로운 것이 들어오기 전까지는. 그 아가씨의 인생에 지금까지와는 다른 종류의 사랑이 점령해 들어온 거야. 그 아가씨는 어떤 남자와—어떤 젊은 남자와 사랑하게 되었어. 결코 어울리는 남자도 아니고 별로 좋은 사람도, 또한 좋은 과거를 가진 남자도 아니었지만 그 아가씨는 그를 사랑하고, 그는 그 아가씨를 사랑하여 아가씨는 탈출을 원했어. 당신과 함께 살아가는 사랑의 속박이라는 무거운 짐을 벗어던지고 싶었지. 탈출을 바란 거야. 그녀는 정상적인 여성 생활을 하고 싶었던 거야. 자기가 선택한 남자와 함께 살면서 그 남자의 아기를 갖고 싶었던 것이지. 그녀는 결혼을 원했고, 일상적인 행복을 구했던 거야."

클로틸드는 감동했다. 의자에 와서 앉더니 마플 양을 말없이 보고 있었다.

"그래요." 그녀가 말했다.

"부인은 알고 있었군요, 아주 자세히."

"그래, 알고 있었어요."

"부인이 한 말은 그대로 진실입니다. 저는 부정은 하지 않겠어요. 제가 부정을 하든 말든 상관없는 일이지만."

"그래—." 마플 양이 말했다.

"그 점, 당신 말이 옳아요. 상관없는 일이지."

"부인은 제가 얼마나 괴로워했는지 아시나요—아니, 상상할 수 있나요?"

"그래요, 상상이 돼요. 나는 언제나 사물을 상상할 수가 있다오."

"부인은 이 세상에서 가장 사랑하고 있는 것을 잃어가고 있다는 사실을 알았을 때의 괴로움, 그 슬픔을 상상해 본 일이 있으신가요? 그리고 그 사랑을 비열하고 타락하고 부패한 망나니로 말미암아 잃어가고 있었던 거랍니다. 저의 아름답고 멋진 아이의 짝으로는 추호의 가치도 없는 사내지요. 무슨 일이 있어도 그것은 막아야만 했습니다. 무슨 일이 있어도—무슨 수를 써서라도."

"그래요." 마플 양이 말했다.

"그 아가씨를 놓치느니 차라리 죽인 것이지, 당신은 사랑하기 때문에 죽인 거야."

"제가 그럴 수 있다고 생각하나요? 자기가 사랑하는 아이의 목을 제 손으로 조를 수 있다고 생각하나요? 제가 그 아이의 얼굴과 머리를 그렇게 짓이겨 놓을 수 있다고 생각하시나요? 그런 짓을 할 수 있는 것은 타락하고 극악한 남자가 아니고는 할 수가 없는 거랍니다."

"맞아요." 마플 양이 말했다.

"당신은 그런 짓은 안 했지. 당신은 그 아가씨를 사랑하고 있어서 도저히 그렇게 할 수는 없었지."

"그렇다면 부인이 하는 말은 무슨 뜻인가요."

"당신은 그 아가씨에 대해서는 그런 짓은 하지 않았어. 그런 꼴을 당한 아가씨는 당신이 사랑하던 그 아가씨가 아니었지. 베리티는 지금도 여기에 있어, 그렇지? 그 아가씨는 이 집 정원에 있어. 당신은 그녀의 목을 조르지는 않았어. 그녀에게 고통이 없는 수면제를 과량으로 커피나 우유에 타서 먹였겠지. 그러고는 그녀가 죽자 정원에 내다가 쓰러져 버린 온실 벽돌을 옆으로 치우고서 그 바닥 밑에 벽돌로 그녀의 무덤을 만들고는 다시 전처럼 덮어두었어. 그리고 거기에 폴리고넘을 심었는데, 그 뒤로 거기서는 꽃이 피고 세월과 더불어 크고 무성하게 자라고 있지. 베리티는 여기에 계속 당신과 함께 있었던 거야. 당신은 절대로 그녀를 놓칠 수가 없었어."

"이 바보! 이 미친 바보! 그런 말을 하고서도 여기서 무사히 나갈 줄 알았어?"

"글쎄, 그럴 생각인데." 마플 양이 말했다.

"분명한 자신은 없지만. 하지만 당신은 힘이 센 여자지, 나 같은 사람과는 비교도 할 수 없을 만큼."

"그것을 아니 다행이군."

"그리고 당신은 무슨 일이든지 거침없이 할 수 있는 사람이야." 마플 양이 말했다.

"사람은 살인을 한번 하게 되면 그것으로 끝나지 않아. 나는 일생을 통해서, 또 범죄를 보아오면서 그것을 알고 있어. 당신은 처녀를 둘이나 죽였어. 사랑하는 아이를 죽였고, 또 다른 처녀도 죽였어."

"나는 바보 같은 떠돌이에다 창녀 같은 여자를 죽였어. 노라 브로드를. 그 여자의 일은 어떻게 알았지?"

"의문이 생기더군." 마플 양이 말했다.

"당신을 보면서 자기가 사랑하는 아이의 목을 조르고 얼굴을 무참하게 짓이길 수 있으리라고는 생각되지 않았어. 하지만 마침 그 무렵 또 다른 처녀 하나가 행방불명이 된 채 시체가 발견되지 않은 것이었지. 그러나 나는 그 시체는 이미 발견되어 있다고 생각했어. 다만 그 시체가 노라 브로드라는 것을 모르고 있을 뿐이지. 그 시체에는 베리티의 옷이 입혀져 있었으며, 맨 먼저 물어볼 만한 사람에 의해서 확인되었어. 베리티를 누구보다도 잘 알고 있는 사람에 의해서 말이야. 당신은 발견된 시체가 베리티의 시체인지 아닌지 확인을 하기 위해 현장으로 갔어. 당신은 그것을 확인했지. 그 시체는 베리티가 분명하다고."

"그런 짓을 왜 내가 해야만 하지?"

"그것은 당신에게서 베리티를 빼앗아간 젊은 녀석을, 베리티가 사랑하고 베리티를 사랑한 젊은 녀석을 살인죄로 몰아 재판을 받게 하기 위해서였지. 그리고 당신은 두 번째 시체는 쉽게 발견되지 않을 곳에 숨겼어. 그 시체가 발견되었을 때 다른 처녀라는 것이 드러나지 않게 하려고 당신은 손을 썼지. 시체에 베리티의 옷을 입히고, 그녀의 핸드백을 놔두고 편지도 두어 통, 팔찌, 사슬이 달린 조그만 십자가도, 그리고 그 얼굴은 누군지 몰라보게…….

일주일 전에 당신은 세 번째 살인, 엘리자베스 템플을 살해했어. 당신이 그 여자를 죽인 것은 그 여자가 이리로 오기 때문이었지. 베리티가 그 여자에게 말했거나, 아니면 편지로 알려서 그 여자가 무엇인가를 알고 있을는지도 모른다고 생각해서 겁도 났고, 또 만일 엘리자베스 템플이 브라바존 부주교와 만나 세 사람이 알고 있는 것을 단서로 사실 규명에 나설 것으로 생각했기 때문이지. 엘리자베스 템플을 부주교와 만나게 해서는 안 되었어. 당신은 상당히 힘도 좋은 여자야. 그 바위를 언덕으로 밀어내릴 수도 있었고 좀 힘은 들었겠지만. 힘이 센 여자니까."

"당신을 처치할 정도의 힘은 충분히 있어." 클로틸드가 말했다.

"하지만—." 마플 양이 말했다.

"그런 짓을 호락호락하게 하도록 내버려두지는 않겠어."

"그건 무슨 뜻이지? 이 초라하게 시들어버린 할망구야."

"그래." 마플 양이 말했다.

"나는 늙은 할망구라 팔이고 다리고 힘이라곤 없어. 하지만 나는 정의의 사도라고 자부하고 있지."

클로틸드가 웃음을 터뜨렸다.

"그래, 당신을 죽이려는 나를 누가 막지?"

"아마—." 마플 양이 말했다.

"나를 수호하는 천사겠지."

"수호신 같은 것을 당신은 믿고 있나?" 클로틸드가 말하고 다시 웃었다.

침대로 그녀가 다가왔다.

"아마 수호의 천사는 둘일 거야." 마플 양이 말했다.

"래필 씨는 무엇이든 그렇게 인색한 분이 아니었으니까."

그녀의 손이 재빨리 베개 밑으로 들어갔다가 다시 나왔다. 손에는 호루라기가 들려 있었다. 그것을 입으로 가져갔다. 호루라기가 엄청나게 크게 울렸다. 한길 건너 파출소까지 들릴 만큼 요란한 소리였다. 두 가지 일이 거의 동시에 일어났다. 방문이 열리자 클로틸드가 뒤돌아보았다. 입구에 배로 양이 서 있었다. 동시에 커다란 옷장의 문이 열리고, 거기서 쿡 양이 튀어나왔다. 두 사람 모두 초저녁에 보였던 그 사교적인 태도와는 너무도 다른 날카로운 직업적 특성이 엿보였다.

"두 사람의 수호천사들이라오." 마플 양이 말했다.

"래필 씨는 역시 래필 씨답군!"

마플 양의 설명

"대체 부인은 언제 알았습니까?" 윈스테드 교수가 물었다.

"그 두 여자가 사립탐정이며, 당신의 호위를 위해 동행하고 있었다는 것을."

교수는 자기와 마주 보는 의자에 허리를 꼿꼿이 세운 자세로 앉아 있는 백발의 노부인을 가만히 바라보고 있었다. 두 사람이 있는 곳은 런던의 어떤 관청 건물 안이며, 그 밖에도 네 사람이 더 있었다.

검찰청 관리, 런던경시청 부총감 제임스 로이드 경, 맨스톤 형무소장 앤드류 맥닐 경. 네 번째가 내무장관이었다.

"어제 저녁까지는 몰랐답니다." 마플 양이 말했다.

"그때까지는 분명하게는 몰랐죠. 쿡 양은 지난번에 세인트 메리 미드에 온 일이 있었는데, 그때 그 여자가 자기 입으로 말하는 그런 여자가 아니라는 것은 비교적 쉽게 알 수 있었지요. 그 여자 말로는 자기는 원예에 관심이 있으며, 마을 친구 집에 원예를 가르쳐 주기 위해서 와 있다고 했답니다. 그래서 나는 그 여자의 진짜 목적이 무엇인가 하고 생각해 보았지요. 그것은 내 모습이나 동태를 한번 보아두려는 것 말고는 없다는 것이 분명했어요. 내가 두 번째 그녀를 버스 안에서 발견했을 때 대체 그 여자는 경호의 목적으로 여행을 온 것인지, 아니면 그 두 여자가 내가 말하는 상대 측에 협력하고 있는 적인지 분명히 알아야만 했습니다.

그것을 분명히 안 것은 겨우 어제 저녁이었는데, 쿡 양이 아주 분명한 말로 클로틸드 브래드베리스코트가 내게 가져다준 커피를 마시지 말라고 경고해 주었을 때입니다. 그 여자는 말씨에 꽤 신경을 써가면서 알려주었는데, 분명히 경고임을 알 수 있었답니다. 그 뒤 그 두 사람에게 내가 잘 자라고 인사를 했을 때 그중 한 사람이 내 손을 잡고 특별히 친근하고 정이 넘치는 악수를 해주었답니다. 그리고 악수하는 도중에 내게 무엇인가를 쥐여주더군요. 나중에 살펴보니까 고성능 호루라기였습니다. 그 호루라기는 침대로 갖고 들어갔으며, 여주인이 권하는 우유컵을 받아쥐고는 아무것도 모르는 척하고 잘 자라는 인사를 다정스럽게 했지요."

"그 우유는 안 마셨군요?"

"물론이지요." 마플 양이 말했다.

"나를 바보로 아시나 봐."

"실례했습니다." 윈스티드 교수가 말했다.

"부인이 방문을 잠그지 않은 데는 놀랐습니다."

"그것은 잘못한 건지도 모르겠으나—." 마플 양이 말했다.

"나는 클로틸드 브래드베리스코트 양이 방에 들어오기를 바랐습니다. 그녀가 무슨 말을 하는지 그것이 보고 싶었거든요. 충분하다 싶을 만큼 시간이 지나면 그 여자가 반드시 올 줄 알았답니다. 내가 우유를 마시고 아마 다시는 눈을 뜰 수 없는 깊은 잠에 떨어져서 의식을 잃은 것을 확인하러 올 것이 분명했거든요."

"당신은 쿡 양이 그 옷장에 숨는 것을 도와주었습니까?"

"아니에요. 그때는 정말 깜짝 놀랐답니다. 그 여자가 갑자기 그곳에서 튀어나왔을 때에는 정말 놀랐지요. 그 여자는 아마 내가 화장실에 잠깐 다녀오는 사이에 그곳으로 숨어들었겠지요."

"두 여자가 집 안에 잠복하고 있다는 것을 당신은 알고 있었습니까?"

"그 호루라기를 내게 건네준 뒤에 두 사람은 어딘가 아주 가까운 곳에 있을 것이라고 생각은 하고 있었죠. 그 집은 들어갈 마음만 먹으면 손쉬운 집이거든요. 창에 셔터도 없지요, 도난방지장치 같은 것은 하나도 없는 것 같았으니까. 한 사람은 핸드백과 손수건을 잊은 척하고 돌아왔답니다. 두 사람 중 한 사람이 창문 고리를 풀어놓고 갔겠지요. 그리고 그 두 사람은 호텔로 돌아가는 척하고는 곧 다시 돌아왔는데, 그 사이에 집안사람들은 2층 침실로 올라가 버렸지 않나 싶어요."

"마플 양, 부인은 대단한 모험을 했습니다."

"나는 최상의 결과를 기대하고 있었던 거랍니다." 마플 양이 말했다.

"필요하다면 어느 정도의 위험은 각오하지 않으면 살아갈 수 없지요."

"그런데 당신이 가르쳐 준 그 자선단체로 보낸 소포 말인데요, 그것은 완전한 성공이었습니다. 그 안에는 야한 빨강과 검정 체크의 남자용 새 점퍼가 들어 있었거든요. 아주 눈에 확 들어오더군요. 그 소포에 관심을 갖게 된 이유는 어디에 있었습니까?"

"그건 아주 간단했답니다." 마플 양이 말했다.

"엠린과 조안나가 보았다는 사람의 모습이 너무 야한 색깔에 눈에 잘 띄는 옷이라는 점에서, 그것은 일부러 사람의 눈을 끌기 위한 것이 분명하다고 생각했고, 그렇다면 그 옷은 이 지역에서 다시 눈에 띄지 않도록 하기 위해서 되도록 빨리 어디 먼 곳으로 보내 버려야 했을 거라고 생각했지요. 그리고 무슨 물건을 처분하는데 있어서 가장 확실한 방법은 하나밖에 없답니다. 그것은 우편에 의한 것이지요. 옷이라면 자선단체에 보내는 것이 가장 간단하거든요. 생각해 보면 알 수 있어요. '직업 없는 어머니'들을 위해서 겨울용 의류를 모으고 있는 사람들에게 있어서, 혹은 어떤 자선단체든지 거의 신품에 가까운 털실 점퍼를 보내면 그건 대환영을 받지요. 내가 해야 할 일은 그것이 어디로 보내지는가 그 수취인을 찾아내는 것이었습니다."

"그래서 부인은 우체국에서 물어보셨습니까?" 내무장관은 좀 놀란 얼굴이었다.

"직접 물어본 건 물론 아니에요. 나는 좀 당황하는 척해 가며 소포의 수취인을 잘못 써넣었으며, 그 소포는 어떤 자선단체에 보내기 위해서 내가 묵고 있는 집의 친절한 여주인이 이리로 가져왔는데 그 소포가 이미 발송되었는지 어떤지 알려줄 수 없느냐고 물었지요. 그랬더니 우체국장인 아주 상냥한 여자분이 아주 친절하게 대해 주면서, 그 소포에는 내가 보내려던 수취인이 아닌 다른 수취인이 적혀 있었던 것도 기억해 내 주었답니다. 그리고 그녀가 기억해 낸 그 수취인을 가르쳐 주기도 했지요. 그 사람은 내가 찾고 있는 정보 같은 것에는 조금도 의심을 갖고 있는 것 같지 않았어요. 다만 약간 노망기가 있는 늙은이가 자기의 헌옷을 보내놓고 그 수취인에만 잔뜩 신경을 쓰고 있는 것같이 생각되었겠지요."

"허허, 이건 도무지……." 원스티드 교수가 말했다.

"부인은 수사능력만이 아니고 배우의 소질도 대단하군요, 마플 양. 부인이 10년 전에 일어난 사건이라는 것을 처음 알게 된 것은 언제였습니까?"

"우선 먼저 말씀드리고 싶은 것은……." 마플 양이 말했다.

"나는 문제가 아주 어려워서 거의 불가능하다는 생각이 들었습니다. 나는 마음속으로 래필 씨가 나에게 문제를 분명하게 말해 주지 않은 것을 원망했지요. 하지만 지금 와서 생각해 보면 래필 씨가 그렇게 하지 않은 것이 아주 현명한 처사였다는 것을 알게 되었답니다. 모두들 아시는 바와 같이 그분은 더없이 머리가 좋은 사람이었지요. 그런 대금융인으로 그만큼 거대한 부를 쌓게 된 것도 당연한 일이었습니다. 정말 잘 짜인 계획이었지요. 필요할 때마다 정보자료를 조금씩 나누어서 내게 주었답니다. 말하자면 나는 지시를 받고 있었던 것이지요. 첫째, 나의 수호천사들은 내가 어떤 인물인가를 빠짐없이 조사했습니다. 그런 다음에 여행을 가도록, 그리고 그 여행단 일행에 끼도록 지시에 의해서 이끌려간 것이지요."

"부인은 그 여행단 가운데 누구를 처음 수상하다고(이런 말이 적당하다면) 생각했습니까?"

"다만 있을 수 있는 일만을 생각했지요."

"악의 느낌이 없었다는 이야기로군요?"

"아, 그것을 교수님이 기억하고 있었군요. 분명한 악의 분위기는 버스 안에는 없다는 느낌이 들었지요. 버스에서 내가 접촉할 사람이 누구인지 내게 알려주진 않았지만, 그쪽에서는 내가 알 수 있도록 하고 있었답니다."

"엘리자베스 템플이군요?"

"그렇습니다. 마치 서치라이트처럼." 마플 양이 말했다.

"어두운 밤에 불을 비추고 있는 식이었지요. 그때까지 어둠속에 있었으니까요. 뭔가 문제가 있어야만 했고, 또 뭔가 논리적 필연성이 있어야만 했습니다. 래필 씨의 지시가 있었으니까. 어딘가에 피해자가 있고, 어딘가에 살인범이 있어야만 했지요. 그렇습니다, 살인범이 있다는 암시였지요. 왜냐하면 그것이 래필 씨와 나와의 사이에 있었던 과거의 유일한 연관이었으니까요. 서인도제도에서도 살인사건이 있었습니다. 그분과 내가 함께 그 사건에 말려들었었으니까, 그분이 저에 대해서 알고 있다면 그 살인사건과의 관련 때문입니다. 그래서 그 문제는 다른 종류의 범죄가 아닌 것을 알게 되었지요. 그리고 또 대수롭지 않은 범죄일 리도 없고요. 아주 잘 계획된 범죄일 것이 분명했습니다. 또 그것은 어떤 사람이건, 악을 받아들이고 믿고 있는 인물의 소행일 것이 분명했습니다. 선이 아니고 악을 인정한 인간. 희생자는 아무래도 두 사람인 듯했습니다. 어떤 남자, 또는 여자가 자신이 범한 일이 없는 범죄 때문에 고발당했겠지요. 저는 그런 일들을 이것저것 생각해 보긴 했습니다만 템플 양과 이야기를 할 때까지는 완전히 아무런 희망도 가질 수가 없었답니다. 그 여자는 대단히 진지했고, 또 강한 견인력이 있었지요. 거기서 저와 래필 씨 사이를 잇는 최초의 1절이 나왔습니다. 그 여자는 그전에 알았던 소녀로서 래필 씨의 아들과 약혼한 아가씨의 이야기를 했습니다. 거기서 저로서는 최초의 빛을 본 셈이지요. 마침내 그 여자는 그 아가씨가 그 청년과 결혼은 하지 않았다고 말했습니다. 제가 왜냐고 물으니까—그것은 그 아가씨가 죽었기 때문이라고 했습니다. 그래서 제가 왜 그 아가씨가 죽었느냐, 어째서 죽게 되었느냐고 물어보니 그녀는 아주 강력히 밀어붙이듯이(지금도 그녀의 그때 목소리가 들리는 듯합니다. 무거운 종소리같이 울렸죠) 사랑 때문이라고 했답니다. 그리고 그 뒤에 이렇게 말했지요—가장 무서운 말이 있다고 하면 그것은 사랑이라고. 그때는 저는 그 뜻을 분명하게 알 수가 없었답니다. 사실은 제일 먼저 제 머리에 떠오른 것은 그 아가씨는 불행한 사랑을 비관하고 자살했구나 하는 것이었습니다. 흔히 있는 일이며, 또 그렇게 되면 큰 비극이지요. 이것이 그때로서는 제가 알게 된 최상의 것이었습니다. 그리고 그녀 자신이 여행을 하고 있는 것은 단지 즐기려는 것만이 아니라는 것이었습니다. 그녀는 순례여행을 떠났다고 했습니다. 누군가에게, 또는 어딘가로 가는 중이었던 겁니다. 그때는 저는 그 사람이 누군지 몰랐습니다만, 나중에 가서야 알았습니다."

"브라바존 부주교로군요?"

"그렇습니다. 그때에 저는 부주교에 대한 것은 생각지도 못했죠. 그러나 그 뒤 차츰 저는 드라마 가운데의 중요인물―주역들이라고 할까요, 그것은 그 여행단 안에는 없다고 생각하게 되었답니다. 주역들은 버스의 일행 중에는 없다. 그래서 잠깐 저는 망설였지요. 어떤 특별한 사람들의 일로 망설인 겁니다. 조 안나 크로퍼드와 엠린 프라이스 때문에 좀 헤매게 되었지요."

"왜 그들을 의심하게 되었나요?"

"그들이 젊었기 때문이지요." 마플 양이 말했다.

"젊음이란 가끔 자살이라든가 폭력, 격렬한 질투나 비극적인 연애로 이어지는 수가 있거든요. 남자가 그 여자를 살해했다―흔히 있는 일입니다. 저는 처음엔 그들을 수상하게 보긴 했지만 아무래도 특별한 관련은 없을 것으로 생각했답니다. 악이나 절망이나 불행의 그늘이 없었거든요. 저는 나중에 그 두 사람에 대한 것을 그 옛날 영주의 저택에서 마지막 밤 셰리주를 마실 때 일종의 거짓 암시로 썼습니다. 그 두 사람이 엘리자베스 템플의 죽음에 있어서 얼마나 간단히 용의자로 보이는가를 지적한 거지요. 다시 그 두 사람을 만나게 된다면 나는 사과를 해야만 합니다. 내가 정말 생각하고 있는 것에서 주의를 다른 쪽으로 유도하기 위해서 그 두 사람을 이용했으니까요."

"그럼 다음은 엘리자베스 템플의 죽음에 대해서겠군요?"

"아닙니다." 마플 양이 말했다.

"실은 그다음은 제가 그 옛날 영주의 저택에 갔답니다. 대단한 환영과 그 사람들의 융숭한 대접을 받으며 지냈지요. 그것 또한 래필 씨에 의해서 준비되어 있었던 것이었답니다. 그러니까 저로서는 가야만 된다는 것은 알고 있었지만, 무슨 이유로 거기에 가야 되는지는 모르고 있었던 거지요. 그것은 앞으로 제가 조사하는 데 필요한 정보를 얻을 수 있는 장소에 불과할는지도 몰랐던 겁니다. 어머, 나 좀 봐……." 마플 양이 갑자기 송구한 듯 어찌해야 할지 모르겠다는 듯이 말했다.

"그만 이야기가 너무 길어졌나 봐요, 주책없는 노인네가……."

"아닙니다, 계속하시지요." 원스티드 교수가 말했다.

"부인은 모르시겠지만, 부인 이야기는 저에게 특별히 재미가 있답니다. 그것은 제가 하고 있는 일 중에서 보고 들은 것들과 불가분의 관련이 있으니까요. 부탁입니다, 부인이 느끼신 것들을 말씀해 주시지요."

"예, 계속해 주십시오." 앤드류 맥닐 경이 말했다.

"그것은 느낌이었답니다." 마플 양이 말했다.

"그것은 사실은 논리적인 추리는 아니었지요. 일종의 감정의 반응이라고 할까요, 감수성이라고 할까요—그런 것이었답니다. 저로서는 그저 분위기라고 말씀드릴 수밖에 없군요."

"그렇지요." 원스티드 교수가 말했다.

"분위기라는 것이 있지요. 집 안의 분위기, 여러 장소의 분위기, 정원이나 숲속, 술집의 분위기 등등."

"세 자매. 이것이 제가 그 옛날 영주의 저택에 들어갔을 때에 느끼고 생각하고 혼잣말로 중얼거리게 한 단어랍니다. 래비니아 글린이 아주 친절하게 저를 맞아주었지요. 뭔가 이 '세 자매'라는 말은 어쩐지 불길한 것을 느끼게 했답니다. 러시아 문학 가운데의 세 자매를 연상케 했고, 또 맥베스에 나오는 히스 황야의 세 마녀도 연상이 되었거든요. 제 느낌으로는 그곳에는 슬픔의 분위기가 있었습니다. 불행의 심각한 느낌, 또 공포의 분위기도 있었습니다. 거기에 여러 가지 분위기가 뒤엉켜서 뭐라고 할까요, 평상시의 분위기라고밖에는 할 수 없는 분위기도 있었답니다."

"그 마지막 말이 제게는 흥미가 있군요." 원스티드가 말했다.

"그것은 글린 부인 탓이라고 생각합니다. 그 여자가 버스가 도착했을 때에 저를 마중나와 주었고, 초대에 대한 것을 설명해 준 사람이거든요. 그녀는 완전히 정상적이고 기분 좋은 사람이며, 또 미망인이었답니다. 별로 행복해 보이지는 않았습니다만, 지금 제가 행복해 보이지 않았다고 말씀드린 것은 슬픔이나 심각한 불행과는 아무런 관계도 없고, 다만 그 여자는 자기의 성격과는 맞지 않는 분위기 속에 있음으로써 행복해 보이지 않았다는 뜻일 뿐이랍니다. 그 여자가 저를 집으로 안내해 주어서 다른 두 자매와도 만났습니다. 다음 날 아침 저에게 식전에 마시는 차를 가져다준 늙은 하녀에게서 과거의 슬픈 이야기, 남자친구에게 살해된 여자의 이야기 등을 듣게 되었지요. 또 이 부근의 여자 몇 명이 폭행이라고 할까요, 강간의 희생자가 되었다는 이야기도 들었습니다. 저는 거기서 생각을 바꾸어야만 했습니다. 버스에 함께 타고 온 사람들을 제가 찾고 있는 것과는 아무 관계도 없는 것으로 생각하고 있었던 겁니다. 하지만 어딘가에 살인범은 있다. 저는 자문해 보았습니다—이 집에 살인범이 한 사람 있을 수도 있다. 저에게 가라고 지시가 되어 있는 이 집에. 클로틸드, 래비니아, 앤시아, 세 명의 이상한 자매의 세 개의 이름……세 명의 행복한 듯한……불행한……고민이 있어 보이는……겁먹고 있는 사람들……대체 이 사람들은 어떤 인물들일까? 저는 처음엔 클로틸드에게 관심이 끌렸습니다. 키가 크고 아름다운 여자이지요. 개성적이었고, 마치 엘리자베스 템플이 개성적이었던 것과 같은 느낌이었습니다. 저는 거기가 바로 제가 활동할 무대구나 하는 생각을 했습니다. 적어도 세 자매에 대한 인물 연구는 해야 했지요. 세 개의 운명. 누가 살인범일 수 있는가? 어떤 타입의 살인범인가? 살해한 수법은? 그때 천천히, 아주 천천히, 마치 늪에서 피어오르는 물안개처럼 어떤 분위기가 느껴지게 되었습니다. 그것은 악이라고 표현할 수밖에 없었죠. 결코 그 세 사람 중에 누구라는 것은 아니고, 그러나 분명히 이 사람들은 악이 발생한 분위기 안에서 살고 있었습니다. 그 악이 남기고 간 그늘이거나, 아니면 그 악에게 아직도 겁먹고 있었던 겁니다. 제일 위인 클로틸드가 제가 제일 먼저 관심을 가져야 할 인물이었습니다. 그 여자는 아름답고 강인하며 격렬한 마음을 가진 사람이라고 저는 생각했습니다. 클라이템네스트라가 될 수 있는 여자라고 저는 분명하게 단정을 했지요. 실은……." 마플 양은 여기서 일상적인 어조로 바꾸어서 말했다.

"최근에 저는 집에서 별로 멀지 않은 곳에 있는 유명한 사립고등학교에서 하는 그리스 연극을 구경오라는 초대를 받은 일이 있었는데, 아가멤논(트로이 전쟁의 그리스 군 총지휘관) 역 연기에 감탄도 했지만, 그중에서도 특히 클라이템네스트라의 연기에는 정말 탄복했었답니다. 정말 멋진 연극이었죠. 저는 클로틸드에게서 남편을 욕실에서 살해하는 계획을 세우고 그것을 실행할 만한 여자가 상상이 되었답니다."

한동안은 윈스티드 교수는 오로지 나오려는 웃음을 참으려고 애쓰고 있었다. 그것은 마플 양의 너무도 진지한 그 표정 때문이었다. 그녀는 잠시 교수를 흘끔 보고는 말했다.

"그래요, 우습게 생각되실 거예요, 이런 식으로 말씀드리면. 하지만 제게는 클로틸드가 그렇게 보였답니다. 즉, 그 역을 정말로 해낼 수 있는 사람이라고요. 그런데 애석하게도 그 여자에게는 남편이 없었습니다. 한 번도 남편을 가져본 적이 없었으니, 그 또한 남편을 살해한 일도 없겠지요. 다음에 저는 그 집으로 안내해 준 사람에 대해서 생각해 보았습니다. 래비니아 글린이지요. 아주 상냥하고 건전하며 기분 좋은 부인이었습니다. 하지만 대개 살인을 한 사람들은 자기 주변에 흔히 그러한 인상을 주더군요. 아주 매력 있는 사람으로 살인범이 유쾌하고 기분 좋은 사람인 경우가 많았고, 그래서 사람들을 더욱 놀라게 하지요. 저는 그런 것을 훌륭한 살인이라고 하기로 했답니다. 완전히 계산적인 동기에서 살인을 범하는 사람들입니다. 감정은 덮어두고 필요로 하는 결과만을 얻으려 하는 거지요. 거기에 꼭 맞는 타입은 아니었지만, 그렇다고 글린 부인을 완전히 제외시킬 마음 또한 없었답니다. 그 여자에게는 남편이 있었지요. 지금은 미망인인데, 이미 몇 년 동안이나 혼자 지내고 있습니다. 가능성이 있었지요. 저는 우선 그런 정도로 해두었습니다. 다음은 세 번째인 동생입니다. 앤시아 말입니다. 그 여자는 불안정한 사람이었지요. 정리되어 있지 않은 생각이 산만하고, 또한 어떤 감정적인 불안상태에 있었습니다. 그것은 요컨대 공포라고 저는 생각했습니다. 그 여자는 무엇엔가 겁먹고 있었죠. 무엇인가를 굉장히 겁내고 있다—이것은 그 어떤 것과 딱 들어맞을는지도 모른다—그 여자가 어떤 범죄를 저질렀다고 치자—이젠 다 정리가 되어버려서 과거의 범죄라고 생각하고는 있겠지만, 자칫하면 다시 문제 삼게 될는지도 모른다고 생각하고 있다—혹시 엘리자베스 템플 사건의 수사와 관련이 있는 옛날 문제로 재수사되지나 않을까—옛날 범죄가 발각되는지도 모른다는 공포에 휩싸여 있다—어쩐지 이상한 눈빛으로 사람을 보고, 마치 무엇인가가 자기의 등 뒤에 서 있기라도 한 듯이 휙 돌아다본다—무엇인가가 그 여자를 겁주고 있다—그래서 그 여자 역시 가능성이 있다고 보아야만 했지요. 정신적으로 조금 불안전한 살인범도 있을 수 있으니까요. 자기가 박해받고 있다고 생각해서 사람을 죽이는 겁니다. 그것은 그 여자가 겁먹고 있기 때문이었습니다. 하지만 이런 것은 그냥 생각에 불과합니다. 이런 것들은 어디까지나 가능성일 뿐이지요. 그런 것보다는 그 집의 분위기가 훨씬 실질적으로 피부에 와 닿는 느낌이었습니다. 그 다음 날 저는 앤시아와 정원을 걸었지요. 잔디로 덮인 오솔길 끝에 조그만 둔덕이 있더군요. 본래 온실이었던 것이 무너져 내려앉아서 생긴 아주 조그만 둔덕이었습니다. 전쟁이 끝나갈 무렵, 수리도 할 수가 없고 정원사도 구할 수 없는 상태에서 온실은 못 쓰게 되어 점점 허물어져서 벽돌 같은 것이 쌓이고, 그 위에 흙도 덮인 채 거기에 어떤 덩굴식물이 심어져 있었습니다. 그것은 잘 알려진 식물로서 정원의 연장창고 같은 데에 덩굴을 올려서 보기 싫은 것을 감추는 데 쓰이고 있는 것이거든요. 폴리고넘이라고 부르는 덩굴식물이지요. 덩굴 중에서도 가장 성장이 빠른 것 중 하나인데, 그것이 번지기만 하면 무엇이나 다 삼켜버리고 옆에 있는 다른 식물에게도 적지 않은 피해를 주게 된답니다. 어떤 곳에서도 잘 자라니까 어떻게 보면 무서운 식물이라고도 할 수 있지요. 예쁘고 흰 꽃이 피면 꽤 볼 만하답니다. 아직 피기 시작하지는 않았지만, 이제 곧 피려 하고 있었지요. 저는 앤시아와 그 옆에 서 있었는데, 그 여자는 온실이 없어진 것을 몹시 슬퍼하고 있는 것 같았답니다. 그 여자는 온실에 달콤한 포도가 있었다고 하더군요. 그것은 그 여자가 어릴 때의 정원에 관한 가장 커다란 추억인 것 같았습니다. 그리고 그 여자의 큰 소망은 돈을 많이 저축해서 이 조그만 흙더미를 파내고는 그곳에다 온실을 다시 세워서 머스캣 종의 포도며 복숭아를 옛날 그대로 심어놓는 것이었지요. 그것은 그녀가 느끼고 있는 과거에 대한 무서울 정도로 병적인 동경이었던 겁니다. 아니, 동경 이상의 것이었지요. 저는 또다시 아주 분명하게 공포의 분위기를 느꼈습니다. 그 조그만 흙더미가 그 여자에게 뭔가 두려움을 주고 있다고요. 그때는 그것이 무엇인지 저는 생각해 낼 수가 없었습니다. 그다음에 일어난 일은 아시는 바와 같고요. 그것은 엘리자베스 템플의 죽음인데, 엠린 프라이스와 조안나 크로퍼드의 이야기로는 더 생각할 것도 없이 단 하나의 결론뿐이라는 것을 알았습니다. 그것은 사고는 아니라는 것이지요. 잘 계획된 살인이었습니다.

그 무렵에야 겨우 저는 알게 되었답니다.

저의 결론은 살인이 세 개가 있었다는 겁니다. 저는 래필 씨 아들의 이야기를 귀가 아프도록 들었습니다―불량소년, 전과자, 뭐 그런 청년이라고 했지만 아무도 그를 가리켜 살인자라든가 살인도 서슴지 않을 청년이라고는 하지 않았습니다. 모든 증거가 그에게는 불리한 것이었지요. 아무도 그가 정말로 사람을 죽였을까 하고 깊이 생각해 보지도 않고 모두들 덩달아 베리티 헌트라는 여자는 그가 죽였다고만 생각했던 겁니다. 그런데 브라바존 부주교님이 그 두 젊은이를 알고 있었지요. 두 사람은 부주교님을 찾아가서 결혼하겠다고 했고, 부주교님도 그 두 사람을 결혼시킬 마음을 갖고 있었습니다. 부주교는 그것이 그리 걸맞은 결혼이라고는 생각지 않았으나, 두 사람이 서로를 사랑하고 있다는 것만으로도 훌륭한 결혼이라고 생각했던가 봅니다. 부주교의 말씀으로는 그 아가씨가 그 청년을 진실로 사랑하고 있었다더군요. 그 여자의 이름 그대로 진실한 사랑이었던 겁니다. 그리고 남자도 과거는 어찌되었든 그 여자를 진정으로 사랑했고, 그 여자에게 성실하려고 했으며, 또한 자기의 나쁜 점을 고치려 애썼다는 겁니다. 부주교님은 결코 낙관적은 아니었습니다. 제가 생각하기에는 부주교님은 그 결혼을 결코 행복한 결혼이라고 보지는 않았으나, 그분이 말했듯이 필요한 결혼이었던 겁니다. 필요하다는 것은 그렇게 서로 사랑하고 있다면 그 대가를 치러야 하며, 설사 그 대가가 실망적이고 다소 불행하다 할지라도 할 수 없다는 것이지요. 그러나 제가 확신을 가진 것이 하나 있었습니다. 그것은 그 짓이겨서 형체를 알 수 없게 된 얼굴입니다. 여자를 진정으로 사랑하는 남자의 행위일 수는 없다는 것이었지요. 그것은 성적 폭행에 관한 이야기는 아니잖아요. 그 연애에서 그 사랑은 참으로 부드러운 애정을 바탕으로 하고 있는 것이었습니다. 그리고 또 저는 틀림없는 단서를 잡게 되었다는 것을 알았답니다―그것은 엘리자베스 템플에게서 얻은 단서였습니다. 그녀는 말했죠. 베리티가 죽은 원인은 사랑 때문이라고―사랑이라는 말은 이 세상에 있는 말 중에서 가장 무서운 말 중 하나라고요. 이제는 모든 것이 분명해졌습니다.

좀더 일찍 그것을 깨달아야 했지요. 사소한 부분만이 아직 이가 맞지 않았

있는데, 그것도 이젠 딱 들어맞게 되었습니다. 베리티의 죽음의 원인 말입니다. 엘리자베스 템플은 처음에 한마디 '사랑'이라고만 했습니다. 그런 다음에, '사랑이라는 말같이 무서운 말은 없습니다.'라고 했지요. 그제야 만사가 정말로 분명해졌습니다. 그 아가씨에 대해서 가지고 있었던 클로틸드의 정상이 아닐 정도로 강렬한 사랑이었던 겁니다. 그 아가씨의 그녀에 대한 영웅숭배와 같은 마음, 그녀에 대한 신뢰, 그러나 조금 나이가 들어감에 따라 그 아가씨의 정상적인 생각이 사리를 분별하게 된 거지요. 그 처녀는 사랑을 원했습니다. 사랑하는 자유, 결혼하는 자유, 아기를 갖는 자유를 원했던 것이지요. 거기에 그 처녀가 사랑할 수 있는 남성이 나타난 겁니다. 처녀는 그가 신뢰할 수 없는 남자라는 것을 알고 있었지요. 그는 소위 불량배였습니다. 그러나, 그러나 말입니다……." 하고 마플 양은 어느 정도 보통 어조로 돌아와서 말했다.

"그런 일로 여자가 남자에게서 떠나지는 않지요. 젊은 여성은 불량배를 좋아한답니다. 언제나 그랬지요. 젊은 아가씨들은 불량배와 사랑에 빠집니다. 틀림없이 불량배를 좋은 사람이 되도록 해보겠다고 생각하는 겁니다. 상냥하고 친절하고 건전하고 믿을 만한 남편은 제가 젊었을 때에는 해답을 갖고 있었죠 ─그것은 '남편의 여동생'이 될 수는 있어도 남편으로선 조금도 만족하지 못한다는 것이지요. 베리티와 마이클 래필이 서로 사랑하게 되자, 마이클 래필은 완전히 새사람이 되어서 그 여자와 결혼하여 다시는 다른 여자는 거들떠보지도 않을 생각이었습니다. 그들의 장래가 꼭 행복하리라고 말씀드릴 수야 없지요. 그러나 부주교님도 분명히 말씀하셨듯이 그것은 진실한 사랑이었던 겁니다. 그래서 두 사람은 결혼할 계획을 세웠지요. 그리고 베리티는 엘리자베스에게 편지를 써서 마이클 래필과 결혼하게 된 것을 알렸으리라고 생각합니다. 그 일을 비밀리에 진행시키고 있었을 것으로 생각되는 것은, 베리티는 자신이 하고 있는 일이 사실상 탈출이라는 것을 알고 있었기 때문입니다. 이제 더 이상 계속하고 싶지 않은 그런 생활에서의 탈출, 자신이 끔찍이 사랑했고, 그리고 마이클을 사랑한 것과는 다른 형태로 사랑한 사람으로부터의 탈출이었지요. 그리고 그런 것은 용납될 수 없는 일이었던 겁니다. 허락은 도저히 바랄 수도 없었고, 또 두 사람 앞에는 온갖 장애물이 놓여 있었겠지요. 그래서 다른 젊은

이들처럼 두 사람은 함께 달아나기로 한 겁니다. 그렇다고 두 사람이 그레트나 그린(스코틀랜드의 경계에 있는 마을. 옛날 영국의 사랑의 도피자들이 여기에서 결혼을 했다)까지 갈 필요는 없었지요. 결혼을 위한 성인 연령엔 이미 도달해 있었으니까요. 그래서 그 처녀는 자기의 견진례도 주관을 해주었으며 진정한 친구이기도 한 브라바존 부주교님에게 부탁을 한 것이지요. 그리고 결혼식 준비가 진행되었습니다—날짜가 정해지고, 아마 그 처녀는 몰래 결혼식 때 입을 옷도 준비했겠지요. 두 사람이 어디선가 만날 약속을 한 건 의심할 여지도 없습니다. 따로따로 랑데부 장소에 갔겠지요. 그는 갔겠지만 처녀는 안 왔을 겁니다. 그는 아마 기다리고 있었겠지요. 기다리고 기다리다가 왜 그녀가 오지 않는지 찾으러 나섰을 겁니다. 그런데 거기에 처녀의 편지나 말을 전해준 사람이 있었겠지요. 거기에는 흉내 낸 그 처녀의 글씨로 그녀가 변심한 내용이 적혀 있었을 겁니다—모든 게 끝났으니 그녀는 그 일을 잊기 위해 얼마 동안 멀리 여행이라도 떠난다고 했을는지도 모르지요. 그러나 그는 그녀가 왜 오지 않았는지, 왜 한마디 말도 안 했는지 그 진짜 이유는 꿈에도 몰랐을 겁니다. 그녀가 면밀한 계획하에 살해되었으리라고는 설마 생각지 않았겠지요. 클로틸드는 자기가 사랑하는 것을 놓치고 싶지 않았던 거예요. 그녀가 탈출하도록 내버려두고 싶지가 않았던 겁니다. 자기가 그렇게 미워하고 있는 청년에게 그녀를 보내고 싶지 않았던 거예요. 그녀는 베리티를 계속 차지하고 싶었지요—자신이 생각하는 방법으로 차지하고 싶었던 겁니다. 그러나 제가 믿어지지 않은 것은—저는 그녀가 그 처녀의 목을 조르고, 그 얼굴을 다시 엉망으로 만들었다는 것이었습니다. 아무래도 그런 짓을 할 수는 없다고 생각했지요. 제 생각으로는 그녀는 허물어진 온실의 벽돌을 다시 정리하고, 그 위에 흙과 잔디를 잔뜩 쌓아올렸습니다. 그 처녀에게는 이미 과량의 수면제가 든 음료수를 가져다주었을 거고, 말하자면 그리스풍의 전통이라고 할까요. 사실은 독이 든 홍당무는 아니었지만, 그것은 역시 독이 든 홍당무즙이라고 해야만 되겠지요. 그리고 그녀는 정원에다 처녀를 묻은 겁니다."

"다른 두 동생은 아무런 의심도 하지 않았을까요?"

"글린 부인은 당시에는 그 집에서 살지 않았지요. 그녀의 남편이 아직 죽기 전이니까 해외에 있었겠죠. 그러나 앤시아는 그 집에 있었습니다. 앤시아는 어떤 일이 있었는지 알고 있었을 거예요. 처음에는 죽음에 대한 의문 같은 것은 갖지 않았다고 생각합니다만, 클로틸드가 정원 한구석에 조그만 둔덕을 만들고는 예쁘게 꾸미기 위해서 꽃이 피는 덩굴식물을 심는 것은 알고 있었을 겁니다. 아마 그녀도 어렴풋이 눈치를 채기 시작했겠지요. 그리고 클로틸드는 악을 받아들이고서 악을 행하고, 악에게 항복한 그녀는 다음에는 무슨 짓을 해도 조금도 양심의 가책을 받지 않게 된 거랍니다. 그녀는 악을 계획하는 데 어떤 즐거움을 느끼고 있었다고 생각해요. 그녀는 같은 마을에 사는 좀 못돼 먹고 섹시한 아가씨 하나를 가끔 용돈을 주어가며 꾀어두었지요. 그래서 어느 날 그 아가씨를 상당히 먼 곳까지 피크닉을 데리고 나가기는 손쉬웠을 겁니다. 30마일이나 40마일쯤. 그 여자는 미리 장소를 보아두었겠지요. 그녀는 그 아가씨의 목을 조르고 얼굴을 못 알아볼 만큼 짓이겨 놓고서 흙이나 나뭇가지 등으로 가려두었습니다. 그 누가 그녀가 그런 짓을 했다고 상상이나 하겠습니까? 그 여자는 베리티의 핸드백을 거기에 두고, 언제나 그 처녀가 목에 걸고 있었던 조그만 십자가도 함께 두었고, 베리티가 입고 있었던 옷까지 그 아가씨에게 입혀 놓았겠지요. 그 범행이 당분간만 발각되지 말기를 바라면서, 그 여자는 그동안에 여기저기 소문을 냈던 겁니다. 노라 브로드가 마이클의 차에 타고 있는 것을 보았다는 둥, 마이클과 함께 여기저기로 싸돌아다녔다는 둥 그럴 듯한 소문을 말입니다. 아마 베리티가 약혼을 깨어버린 것은 남자와 이 아가씨와의 스캔들 때문이라는 이야기도 그 여자가 퍼뜨렸을 겁니다. 그 밖에도 그 여자는 여러 가지 소문을 냈겠지만 자신이 하고 있는 짓을 즐기고 있었을 겁니다. 가련하게 떠도는 영혼이지요."

"어째서 '가련하게 떠도는 영혼'이라고 하십니까, 마플 양?"

"그건 말이지요―." 마플 양이 말했다.

"꽤 오래전……, 벌써 10년이군요……. 영원한 슬픔 속에서 살고 있는 클로틸드의 괴로움은 다른 데 있었던 것이 아니에요. 함께 살아야만 할 사람과 살고 있었으니까요. 그녀는 베리티를 계속 차지하고 있었습니다. 옛날 영주의 저택 정원에 영원히 간직하고 있어야만 했습니다. 처음에는 그것이 무슨 짓인지 잘 몰랐겠지요. 다시 한 번 살아나 주었으면 하는 간절한 소망도 있었겠지요. 그러나 양심의 가책으로 괴로움을 당하지도 않았을 것으로 생각해요. 마음의 위안도 없었을 것이고, 그녀는 오직 괴로워했습니다—세월과 더불어 계속 괴로워했을 겁니다. 그리고 이제야 엘리자베스 템플이 말한 뜻을 저는 알게 되었답니다. 아마 그녀가 알고 있었던 것 이상으로 잘 알 겁니다. 사랑은 참으로 두려운 것이지요. 그것은 악이 되기 쉽답니다. 그것은 세상에서 가장 나쁜 것 중 하나가 되기 쉬운 거랍니다. 그리고 그 여자가 그런 사랑과 매일매일을, 한 해 한해를 함께 살지 않으면 안 되었던 것이지요. 앤시아는 거기에 겁먹고 있었다고 저는 생각합니다. 그는 클로틸드가 무슨 짓을 했는지 이미 오래전부터 분명히 알고 있었을 거예요. 그리고 자기가 알고 있다는 사실을 클로틸드도 알고 있다고 생각한 것이지요. 그리고 클로틸드가 무슨 짓을 할는지도 모른다는 생각에서 두려워하고 있었던 거랍니다. 클로틸드는 앤시아에게 문제의 풀오버가 들어 있는 소포를 우송하라고 건네주었지요. 그 여자는 저에게 앤시아에 관해 여러 가지로 나쁘게 말했습니다—머리가 이상하다든가, 박해를 받고 폭행을 당했다든가, 질투심이 생기면 앤시아는 무슨 짓이든 할 수 있다든가 하는 이야기를. 저는……, 그렇습니다. 머지않아서 앤시아에게 무슨 일이 생길 것이라고 생각했지요—양심의 가책에 견딜 수 없어서 자살을 한 것으로 꾸며져서……."

"그런데도 부인은 그 여자를 가련하다고 말씀하시나요?" 앤드류 경이 물었다.

"암 중에서도 악성 암, 악성종양 같은 건데—아주 큰 고통을 가져다주지요."

"그야 물론이지요." 마플 양이 말했다.

"그날 밤 어떤 일이 있었는지 들려주실 줄 압니다만." 원스테드 교수가 말했다.

"부인의 수호천사가 부인을 데리고 간 다음에 말입니다."

"클로틸드에 대한 것을 말씀하시나요? 그 여자가 제 우유컵을 집어든 것이 생각나는군요. 쿡 양이 제 방 밖으로 끌어낼 때까지 그 컵을 손에 들고 있었답니다. 아마 그것을 그 여자는……, 마셨겠지요, 그렇죠?"

"그렇습니다. 그렇게 될 줄 알고 계셨습니까?"

"아뇨, 그때는 그런 생각은 미처 못했답니다. 그런 생각을 했었더라면 그것을 막을 수 있었겠지만."

"아무도 막을 수가 없었습니다. 너무도 재빨리 마셔 버렸고, 아무도 그 우유 안에 독이 들어 있는 줄은 몰랐으니까요."

"그래서 그 여자는 그것을 마셨군요."

"놀라셨습니까?"

"아뇨. 그것이 그 여자로서는 당연한 일이었겠죠. 마침내 이번에야말로 그 여자는 탈출이 가능했던 거랍니다—그 여자가 함께 살아가지 않으면 안 되었던 모든 것으로부터. 마치 베리티가 그 집에서 보내던 생활에서의 탈출을 원했듯이 말이지요. 참 이상한 것이지요, 복수를 가져오게 한 사람이 그 복수의 원인이 된 사람과 일치한다는 것은."

"부인은 그 죽은 처녀를 가엾게 여기기보다는 그 여자 쪽을 더 가엾게 여기는 듯합니다만?"

"아니에요." 마플 양이 말했다.

"그것은 종류가 다른 동정이랍니다. 제가 베리티를 가엾게 여기는 것은 그녀가 잃은 것, 이제 곧 잡을 수 있었던 모든 것을 잃게 된 것 때문이지요. 그녀가 참으로 사랑하고 선택한 남자에 대한 봉사와 헌신과 사랑의 생활. 성실과 진실을 다해 사랑한 남자. 그녀는 그 모두를 잃고, 그녀에게 돌아온 것은 아무것도 없었던 것이지요. 제가 그녀를 가엾게 생각하는 것은 그녀가 그러한 것을 갖지 못한 것 때문이랍니다. 하지만 그녀는 클로틸드가 괴로워해야만 되는 것으로부터 탈출했습니다. 슬픔, 고민, 공포, 그리고 점점 더해가는 악의 수용과 성장. 클로틸드는 이것들 모두와 함께 살아가야만 했지요. 다시는 되찾을 수 없는, 채워보지 못한 사랑과 슬픔. 의혹을 안고 그녀를 두려워하고 있는 두 동생과 더불어 살아가지 않으면 안 되었고, 집 안에 숨겨져 있는 그 처녀와도 함께 살아가지 않으면 안 되었으니까요."

"베리티 말이군요?"

"그렇답니다. 정원에 묻힌, 클로틸드가 준비해 둔 무덤에 묻힌 처녀. 그녀는 옛날 영주의 저택 안에 있답니다. 그리고 클로틸드는 그녀가 거기 있다는 것을 잘 알고 있었지요. 그녀를 보는 일조차 있었을는지도 모르고, 또 보았다고 생각했을는지도 모르지요—가끔 폴리고넘 꽃을 한 가지 꺾으러 갔을 때에 말이에요. 그럴 때에 그녀는 베리티에게 더없는 친근감을 느꼈을 겁니다. 그녀에게 있어서 이 이상 나쁜 일이란 있을 수 없었겠지요? 이 이상의 나쁜 일은……."

에필로그

1

"그 노부인을 보고 있으면 소름이 끼치는 것 같아."

앤드류 맥닐 경이 말했다. 마플 양에게 잘 가라고 인사를 하고 난 뒤의 일이다.

"아주 상냥하면서도……, 또 아주 냉혹하군요." 경시청 부총감이 말했다.

원스티드 교수가 자기 차에 마플 양을 앉혀놓고서는 마지막 이야기를 나누려고 되돌아온 참이었다.

"그 여자를 어떻게 생각하십니까, 에드먼드?"

"지금까지 만난 사람 중에서 가장 무서운 여자요." 내무장관이 말했다.

"냉혹하다는 건가요?" 원스티드 교수가 물었다.

"아니 아니, 그렇게 생각진 않지만……, 그러나 아주 무서운 여자요."

"네미시스이지요." 원스티드 교수가 감격 어린 목소리로 말했다.

"그런데 그 두 여자—" 하고 검찰청 관리가 말했다.

"그 여자를 감시했었던 경비회사의 탐정인 그 두 사람이 그날 밤 그 여자에 대한 것을 잘 표현하더군요. 두 사람은 간단히 집 안으로 숨어 들어가 집안사람들이 모두 2층으로 올라가 버릴 때까지 아래층 구석방에 숨어 있었답니다. 그런 다음에 한 사람은 침실로 가서 옷장 속에 숨고, 또 한 사람은 방 밖에서 지켜보고 있었다나 봅니다. 침실에 들어가 있었던 사람의 말에 의하면, 자기가 옷장 문을 박차고 나가보니 그 노부인은 침대 위에 앉아서 목에는 핑크빛 털실로 짠 스카프를 두르고서 아주 침착한 얼굴을 하고, 마치 노인학교의 선생님처럼 말하고 있더라는군요. 두 사람은 정말 놀라 자빠질 뻔했답니다."

"핑크빛 털실로 짠 스카프라." 원스티드 교수가 말했다.

"그래 그래, 기억나는군……"

"뭐가 기억난다는 말이오?"

"래필 노인 말입니다. 그가 그녀에 대한 이야기를 해주었는데, 그 이야기를 하면서 웃더군요. 평생 잊을 수 없는 것이 하나 있다는 겁니다. 그것은 그때까지 보지도 듣지도 못한, 머리가 좀 돈 이상한 올드미스가 서인도제도에 와서 한 행동인데, 그의 침실로 털실로 짠 핑크빛 스카프를 목에 감고 당당하게 들어와서는 그를 향해서 말하더라는 겁니다. 어서 일어나서 살인사건을 막아 달라고요. 그래서 그가 말해 주었다는군요. '도대체 당신은 무슨 짓을 하고 있소?'라고요. 그랬더니 그녀는 자기가 '네미시스'라고 했다는 겁니다. 네미시스라고요! 나는 핑크빛 털실 스카프의 촉감을 좋아한답니다."

원스티드 교수가 차분한 목소리로 말했다.

"나는 그걸 좋아하죠, 굉장히."

2

"마이클—." 하고 원스티드 교수가 말했다.

"자네를 위해 애를 많이 써주신 제인 마플 양을 소개하겠네."

32살쯤 되는 청년이 백발에 좀 비실비실해 보이는 노부인을 의아한 얼굴로 바라보고 있었다.

"아, 그러세요……" 그가 말했다.

"예, 그 이야기는 들은 것 같습니다. 정말 고맙습니다."

그는 원스티드를 보고 말했다.

"정말입니까, 저를 사면해 준다든가 하는, 그런 엉터리 같은 이야기가요?"

"그래. 머지않아 석방이 되겠지. 곧 자유의 몸이 될 거야."

"예?" 마이클은 좀처럼 믿어지지 않는 듯이 말했다.

"자유의 몸이 되려면 좀 익숙해질 때까지 시간이 필요할 거예요." 마플 양이 상냥하게 말했다.

그녀는 마이클을 감개 어린 눈으로 바라보고 있었다. 한 10년쯤 거슬러 올라간 그를 보고 있었다. 아직도 아름다웠다. 하지만 고생한 흔적이 역력했다. 아름다워. 그래. 과거에는 더욱 아름다웠겠지—하고 그녀는 생각했다. 그 무렵에는 밝고 명랑하며 매력이 있었겠지. 지금은 이미 그런 것은 없지만, 그러나 분명히 다시 되돌아오겠지. 나약해 보이는 입모습, 그리고 고운 눈매. 사람을 똑바로 쳐다보는, 그래서 그의 말을 사실로 믿게 했던 눈. 아주 비슷했다. 누구였더라……? 과거의 추억 속으로 그녀는 뛰어 들어가 보았다. 그렇구나. 조나단 버킨이구나. 그는 성가대에서 찬송을 불렀었다. 정말 멋진 바리톤이었지. 계집애들이 얼마나 그에게 정신이 팔려 있었던가! 그는 유명한 개브리얼 상점의 직원이었다. 그런데 가엾게도 수표 관계로 약간의 문제가 일어났었지.

"아, 그……." 하고 점점 더 허둥대며 마이클이 말했다.

"정말 너무너무 친절하시군요. 너무 폐를 끼쳐서……."

"그런 말을 들으니 기쁘군요." 마플 양이 말했다.

"당신을 만나서 반가웠어요. 잘 있어요. 앞으로는 좋은 일만 있도록 빌겠어요. 지금 이 나라는 좀 바람직하지 못한 쪽으로 가고 있지만, 찾아보면 보람 있는 일도 있을 거예요."

"예, 정말 고맙습니다. 저는……, 정말 감사드리고 있습니다."

목소리는 아직도 불안해하는 듯했다.

"감사해야 할 사람은 내가 아니고 당신 아버님이에요." 마플 양이 말했다.

"아버지? 우리 아버지는 조금도 제 생각은 해주지 않았는데요."

"당신 아버님은 자신에게 죽음이 다가오고 있는 때에도 당신에게 정의가 있다는 것을 분명히 보여주려고 결심하셨답니다."

"정의라고요?" 마이클 래필은 생각에 잠겼다.

"그래요, 당신 아버님은 정의가 소중한 것이라고 생각하고 계셨답니다. 아버님은 정의를 사랑하신 분이었다고 나는 생각해요. 나에게 편지로 이번 일을 해달라고 부탁하셨지요. 그리고 편지 속에 이런 구절을 적어 보내셨답니다.

'오직 공법을 물같이,

정의를 하수같이 흘릴지로다'."

"아, 그게 무슨 말입니까? 셰익스피어의 글인가요?"
"아니, 성경의 한 구절이랍니다. 생각해 봐야 하는 일이에요—나도 마찬가지고"
마플 양은 종이에 싸가지고 있었던 것을 펼쳤다.
"모두들 이것을 내게 주셨답니다." 그녀가 말했다.
"내가 기뻐할 줄 알고 준 것이지요. 그것은 내가 실제로 있었던 일의 진실을 찾아내는 데 도움을 주었기 때문이지요. 하지만 나는 당신이야말로 이것을 가장 먼저 요구해야 할 사람이라고 생각해요—당신이 정말로 이것을 갖고 싶다면 말이에요. 어쩌면 당신은 갖고 싶지 않을는지도 모르겠지만……."
그녀는 베리티 헌트의 사진을 그에게 건네주었다. 그것은 지난번에 옛날 영주의 저택의 응접실에서 클로틸드 브래드베리스코트가 그녀에게 보여준 사진이었다.
그는 그 사진을 받아쥐고는 그것을 갖고 일어나더니 가만히 들여다보고 있었다. 그의 얼굴이 변했다—얼굴 윤곽이 부드러워지더니 다시 굳어졌다. 마플 양도 아무 말 없이 그를 보고 있었다. 침묵이 한동안 이어졌다. 원스티드 교수는 노부인과 젊은이를 번갈아 바라보았다.
이것은 어떤 의미로는 하나의 위기라고 그는 생각했다—인생의 완전히 새로운 길에 영향을 주는 순간이라고 생각했다.
마이클은 한숨을 크게 내쉬고는 손을 쑥 내밀어 사진을 마플 양에게 돌려주었다.
"부인 말씀처럼 저는 이것이 필요 없습니다. 그 인생은 모두 지나가 버리고 말았지요—그 여자도 가버렸습니다. 저는 그 여자를 저 자신과 함께 계속 간직하고 있을 수는 없습니다. 제가 지금 해야 할 일은 새로워지는 것, 앞으로 나아가는 것이지요. 부인은……." 하고 머뭇거리더니 그녀를 보면서 말했다.
"부인은 알 수 있으시겠습니까?"
"그래요." 마플 양이 말했다.

"알아요……. 당신 말이 옳다고 생각해요. 당신이 지금부터 시작하려는 인생에 행운이 있기를 바랍니다."

그는 잘 자라는 인사를 하고 나갔다.

"아무래도—." 하고 원스티드 교수가 말했다.

"별로 열광적인 사람은 아니로군요. 그를 위해서 부인이 하신 일에 대해서 조금은 더 열광적으로 감사해야만 했는데."

"아니, 괜찮아요." 마플 양이 말했다.

"그런 인사는 받고 싶지 않답니다. 만일 교수님이 그 사람 앞에서 그런 말을 했다면 그것은 그를 더욱더 당혹하게 했을 거예요. 교수님도 아시겠지만……." 하고 그녀가 덧붙였다.

"사람에게 감사하고, 인생의 새로운 출발을 시작하고, 모든 것을 새로운 각도에서 보아야만 할 때에 그것은 대단히 당혹케 하는 것이지요. 틀림없이 그는 잘해나갈 겁니다. 그는 고통스러운 것 같지는 않았거든요. 그것이 중요한 일이지요. 그 처녀가 왜 그를 사랑하게 되었는지 이제는 저도 잘 알 것 같군요……."

"이번에야말로 저 사람도 성실해지겠지요."

"사람들은 그것을 믿지 않을 텐데." 마플 양이 말했다.

"그가 자유롭게 스스로 해나갈 수 있게 될지는 모르겠군요……. 오직 그가 정말로 멋진 여성을 만나게 되기를 바랄 뿐이랍니다."

"아니, 제가 부인을 좋아하는 점은 부인의 그 대단히 실제적인 머리랍니다." 원스티드 교수가 말했다.

3

"이제 곧 그 노부인이 올 걸세." 브로드리브 씨가 슈스터 씨에게 말했다.

"예, 모든 것이 너무 뜻밖이었지요?"

"처음에는 믿어지지 않았어." 브로드리브 씨가 말했다.

"그 래필 노인이 거의 죽어가고 있을 때, 이런 일이—아니, 정말 그의 노망

탓인가 했었지. 하긴 아직 노망이 날 나이는 아니었지만."

부저가 울렸다. 슈스터 씨가 수화기를 들었다.

"아, 오셨는가? 이리로 모시고 오게.

지금 그 여자가 옵니다. 나는 정말 아무래도 이해가 안 돼요. 지금까지 들어본 일도 없는 이상한 이야기라고요. 노부인을 시골 여행에 보내어 알지도 못하는 사건을 찾아다니게 하다니. 경찰에서는 그 여자가 하나가 아니고 셋이나 살인을 했다고 생각하고 있는가 봅니다. 세 사람이라니! 정말일까요? 베리티 헌트의 시체는 그 노부인이 말한 대로 정원의 흙더미 속에 있었다는군요. 목을 졸린 것도 아니고, 얼굴을 짓이긴 흔적도 없었다더군요."

"정말 그 노부인이 살해당하지 않은 것만도 다행이었어." 브로드리브 씨가 말했다.

"자기 몸 하나도 돌보기 힘든 나이인데 말일세."

"탐정 두 사람이 그녀를 지키고 있었답니다."

"뭐? 둘?"

"그래요. 나도 그건 몰랐어요."

마플 양이 방으로 안내되어 들어왔다.

"축하합니다, 마플 양." 브로드리브 씨가 일어나서 그녀를 맞았다.

"축하인사 드립니다, 정말 멋진 일이었습니다." 슈스터 씨가 악수하며 말했다.

마플 양은 책상 건너편에 버티고 앉았다.

"편지로 이미 말씀드렸듯이—." 그녀가 말했다.

"제게 제안된 여러 조건을 저는 모두 이행한 것으로 생각하고 있답니다. 제가 맡은 일은 완수했죠."

"예, 알고 있습니다. 저희들도 이미 다 들었습니다. 원스티드 교수께도 법무성에서도, 또 경찰에서도 들었습니다. 예, 정말 훌륭하게 해내셨습니다, 마플 양. 거듭 축하의 말씀 올립니다."

"실은—." 하고 마플 양이 말했다.

"저에게 의뢰된 일을 나는 해낼 수 없을 것만 같았답니다. 너무 어려워서

제23장 에필로그

처음에는 거의 불가능하다는 생각도 들었죠."

"옳은 말씀입니다. 저도 불가능하리라고 생각했으니까요. 어떻게 해내셨는지 모르겠습니다."

"아니, 그저—, 오로지 인내가 필요했을 뿐이지요. 무슨 일이건 해내기 위해서는."

"그런데 저희들이 맡아가지고 있는 돈에 대한 것 말입니다, 이젠 언제든지 부인 뜻에 따르겠습니다. 부인의 거래 은행으로 입금을 시키든지, 또는 그것을 투자하시겠다면 저희와 의논을 해주셔도 좋습니다만? 금액이 워낙 커서요."

"2만 파운드였지요?" 마플 양이 말했다.

"제 생각에도 꽤 큰돈이군요. 정말 큰일인데요." 하고 덧붙였다.

"만일 저희들이 소개하는 중개인과 투자에 대한 상담을 하시겠다면……."

"아, 저는 투자할 생각은 조금도 없답니다."

"하지만 반드시 그……."

"나이가 저 정도 되면 이미 저축 같은 것은 아무 의미가 없으니까요." 마플 양이 말했다.

"이 돈의 목적에 대해서 말인데요, 분명히 래필 씨는 이런 생각을 했을 거예요. 그만한 돈은 도저히 가질 수 없었을 테니 결코 해볼 수 없을 것으로 생각한 두세 가지 일을 해보라고요."

"예, 무슨 뜻인지 알겠습니다." 브로드리브 씨가 말했다.

"그럼 이 돈을 부인의 거래 은행에 입금시키면 되겠군요?"

"세인트 메리 미드 마을 하이 가(街) 132, 미들턴 은행." 마플 양이 말했다.

"저축예금통장을 갖고 계시겠지요? 그 통장에 입금시키겠습니다."

"아니, 그렇지 않아요." 마플 양이 말했다.

"제 당좌예금에 넣어주세요."

"설마……."

"제 당좌예금에 넣어주세요."

그녀는 일어서서 악수를 했다.

"마플 양, 부인이 거래하시는 은행 지배인과 꼭 한 번 의논을 해보시지요.

정말입니다―비 오는 날을 위한 준비가 꼭 필요하니까요."

"비 오는 날 제가 필요한 것은 단 하나, 그것은 우산이지요." 마플 양이 말했다.

그녀는 다시 한 번 그 두 사람과 악수했다.

"정말 고맙습니다, 브로드리브 씨. 그리고 당신도, 슈스터 씨. 정말 친절하게도 제가 원하는 정보를 모두 알려주셨으니."

"정말 그 돈을 당좌예금에 넣으라고 말씀하시는 겁니까?"

"예." 마플 양이 말했다.

"저는 그 돈을 쓰고 싶답니다. 그것으로 재미있는 일을 하나 해보려고요."

그녀는 문앞에서 뒤돌아보고 웃었다. 순간 슈스터 씨는 브로드리브 씨보다는 상상력이 풍부한 사람이므로, 시골 가든파티에서 교구 목사와 젊고 아름다운 여성이 악수하고 있는 장면을 어렴풋이 본 듯했다. 그것은 다음 순간 자기 자신의 젊은 날의 추억이라는 것을 알았다. 그러나 아주 잠깐 동안 마플 양은 그 젊고 행복하고 재미있고 즐거워하던 처녀를 그에게 생각나게 했던 것이다.

"래필 씨는 저에게도 재미있고 즐겁게 해주고 싶었을 것이라고 생각해요." 마플 양이 말했다.

그녀는 밖으로 나왔다.

"네미시스야." 브로드리브 씨가 말했다.

"래필 씨가 저 노부인을 그렇게 말했지. 네미시스라고. 정말이야, 저 노부인만큼 네미시스다운 여자를 본 일이 없어. 어때?"

슈스터 씨가 고개를 흔들었다.

"이건 분명 래필 씨의 또 하나의 장난이 틀림없어." 브로드리브 씨가 말했다.

<끝>

■ 작품 해설 ■

여기 소개하는 《복수의 여신(Nemesis, 1971)》은 애거서 크리스티(Agatha Christie, 영국, 1890~1976)의 81번째 추리소설이며 62번째 장편이다.

이 소설은 이미 읽은 분들은 알겠지만 《카리브 해의 비밀(A Caribbean Mystery, 1964)》의 속편과 같은 인상을 주고 있다. 실제로 크리스티 여사는 《카리브 해의 비밀》과 《복수의 여신》에 한 권을 더 보태어 마플 양 3부작으로 꾸밀 예정이었으나 그 마지막 작품은 쓰지 못하고 세상을 떠났다. 제목은 'Woman's Realm(여인의 왕국)'으로 정해 놓고서 말이다.

이러한 형식의 작품으로는 엘러리 퀸이 버나비 로스라는 새로운 이름으로 발표한 《X의 비극》, 《Y의 비극》, 《Z의 비극》, 《드루리 레인의 최후》등 4부작을 들 수 있다. 여기에는 은퇴한 셰익스피어 연극배우이면서 귀머거리인 드루리 레인이라는 탐정이 등장한다.

아무튼 마플 양 3부작은 완성되지는 못했지만 《복수의 여신》은 그 작품 나름대로 또 새로운 시도를 해본 것으로 높이 평가되고 있다. 즉, 여행 미스터리라는 새로운 맛을 독자들에게 준 것이다. 마플 양은 사건 개요를 전혀 모르는 채 여행을 떠나게 된다. 그녀는 도무지 감을 잡을 수조차 없는 가운데 새로운 지시가 하나씩 내려지게 되는 것이다.

이 작품 이후에 발표된 《잠자는 살인(Sleeping Murder, 1976)》에도 마플 양이 나오지만 이것은 2차대전 때에 써놓은 작품이라 실제로 크리스티 여사가 마플 양을 주인공으로 쓴 것은 《복수의 여신》이 마지막 작품이다.